W0381404

Soti Triantafillou

Der unterirdische Himmel

ROMAN

Aus dem Griechischen
von Birgit Hildebrand

Paul Zsolnay Verlag

Die Originalausgabe erschien erstmals 1998
unter dem Titel Ο υπόγειος ουρανός
bei Polis in Athen.

Die Übersetzung wurde
vom griechischen Ministerium für Kultur
in Athen gefördert.

1 2 3 4 5 05 04 03 02 01
ISBN 3-552-05175-9
© Soti Triantafillou 1998
Alle Rechte der deutschsprachigen Ausgabe
© Paul Zsolnay Verlag Wien 2001
Satz: Filmsatz Schröter GmbH, München
Druck und Bindung: Friedrich Pustet, Regensburg
Printed in Germany

Für K. A.,
der in den Staat Indiana
und bis Kalifornien kam

Es geht hier um eine Geschichte, die 1988 beginnt – im Todesjahr des Jazztrompeters Chet Baker – und wenige Tage vor den Autorennen in Indianapolis im Mai 1991 zu Ende geht. Die Personen sind fiktiv, haben aber in einer Stadt im Norden von Indiana gelebt, nicht weit von Chicago und dem Michigansee. Die Stadt heißt South Bend.

Ich bin Amerikaner, weil
mein Vater die Reise gemacht hat.

ELIA KAZAN, *America, America*
1963

Im Viertel nannten sie ihn *Dudes* …

Sein Name war Billy Morrow, aber im Viertel nannten sie ihn *Dudes*. Es war ein Viertel mit Holzhäusern, in der Nähe des Highways, der nach Indianapolis führt; Billy lebte dort in der Dubeil Street, in einem Einfamilienhaus, das 52 erbaut worden war, als es in der Stadt South Bend in Indiana viele Fabriken gab. Billy ging in die St. Joseph's School, zehn Blocks weiter unten: jeden Tag ging er dorthin, fünf Tage in der Woche, außer wenn er mit seinem Freund Tony Farina schwänzte. Sie nannten ihn *Dudes*, ganz egal, was er machte; denn selbst wenn er auf dem Platz in der Nachbarschaft Basketball spielte, blieb Billy sauber, knitterfrei und wohlfrisiert – und ebendeshalb nannten sie ihn *Dudes*. Seine Mutter bügelte ihm die Bluejeans und Baumwoll-T-Shirts, als handelte es sich um Hemden – und dann besah sich Billy lange im Spiegel, wie es sonst die Mädchen tun. Sein Vater rief dann, paß ja auf, daß dir auch keine Knitterfalte entgeht, Vassilakis, paß ja auf deinen Scheitel auf – und gelegentlich stellte er sich besorgt die Frage: Wird aus dem Jungen etwa eine Schwuchtel? Nein, aus dem Jungen wurde ganz sicher keine Schwuchtel: in der dritten Klasse des Gymnasiums ging Billy regelmäßig mit Wilma Popper am Fluß spazieren, die hatte genau über ihren großen Ohren zwei große Zöpfe. Sein Vater murrte, er hat sich von einer Amerikanerin einfangen lassen, wo hat er die denn aufgegabelt – als sei es schwierig, in Amerika eine Amerikanerin aufzugabeln –, wir werden noch ihren Vater auf den Hals bekommen. Aber Billy ließ sich nie einfangen, und sie bekamen auch keinen Vater auf den Hals, außer bei diesem einen Mal, wo sie Anny nicht mit ihm nach Michigan City ins Drive-in fahren ließen. Sie hatten eigentlich *Cotton Club* sehen wollen, aber Anny hatte den blöden Fehler gemacht, ihrem Vater zu erzählen, es sei die Geschichte eines Haarlemer Clubs, und ihr Vater war an die Decke gegangen – wie Billy später erfuhr, hatte Annys Vater gesagt, das hat uns gerade noch gefehlt, daß wir uns anschauen, wie sich die Nigger beim Tanzen aufführen; und er beschimpfte Billy und nannte ihn einen *»spic«* und einen *»wop«*, das heißt, er beschimpfte ihn im Grund schon ganz richtig – nannte ihn einen Scheißeinwanderer, einen Neuling in Amerika. Als sei der Umstand, daß man ein Neuling ist, ein Verbrechen. Zudem war er gar kein Neuling; er war in dieser Stadt hier geboren, in South Bend in Indiana, in der Dubeil Street, in der Nähe des Highways, der nach Indianapolis führt. Deshalb machte sich Billy nichts daraus – eher wunderte er sich, daß Annys Vater keine Ahnung hatte, was für ein bedeutender Film *Cotton Club* war –, und so sagte er seinem Vater nichts wegen dem *spic* und dem *wop*; solche Sachen nahm sich der Vater zu Herzen. Und er hatte auch keine Lust mehr, Anny wiederzusehen – ihm stanken die Mädchen, die alles mit ihrem Vater besprachen und dann auch noch *Sir* sagten: »Yes Sir«, »No Sir«. Billy überlegte, wie es wäre, wenn er zu seinem Vater *Sir* sagte, und er mußte lachen. Schließlich fuhr er mit Tony ins Drive-in – mit dem Auto von Tonys Mutter Vi Farina. Sie hatten eine super Zeit: sie tranken Lefty O'Doule-Bier – so ein alkoholfreies Bier, wie Limo –, verspeisten Popcorn aus Riesentüten und grinsten voll Schadenfreude über die, die ein Cabrio hatten und schlotterten. In den Nordstaaten hat es keinen Sinn, mit dem Cabrio ins Drive-in zu kommen, abends ist es eiskalt, und die Luft ist wie Nebelschwaden.

In der ersten Klasse der Highschool ging Billy zuerst mit Mary Lynch (die hatte auch Zöpfe, aber keine so großen

Ohren) und dann mit Adrienne Pappas, die aus Zypern stammte und in der gleichen Straße ein Stück weiter unten wohnte – sein Vater freute sich schon: Die Zyprioten sind nett, auch wenn sie keine echten Griechen sind. Aber er freute sich nicht sehr lange; denn er fand heraus, daß Billy während der Zeit, als er mit Adrienne ging, stundenlang mit einer Lotty oder Letty herumtelefonierte – Herr Moropoulos (hier in Amerika nannten sie ihn Morrow) hatte den Namen nicht recht verstanden. Seine Englischkenntnisse reichten nicht aus, um den Lauscher zu spielen.

In der Schule war Billy eine Plage: keine große Plage – er gehörte zu keiner Gang und ging auch nicht oft auf Schießstände; aber er war doch eine Plage. Er lernte gerade so viel, daß er durchkam, er wußte ein bißchen was über Bücher, ein bißchen was über Geographie und etwas mehr über Geschichte – über die Entdeckung Amerikas und über die Kriege mit den Indianern, wie sie die Weißen skalpiert hatten. Aber er kam zu spät zum Unterricht, er konnte in der Früh nicht wach werden. Und obwohl er in der Klasse nicht viel sagte, verursachte er die paar Male, wo er etwas sagte, einen Aufruhr: einmal hatte er gesagt, die Religion sei ein Quark, und ein anderes Mal, die Heimat sei ein Quark.

Möchtest du uns das näher erklären, Bill? hatte Mrs. Normand-Parks gefragt, die amerikanische Geschichte unterrichtete. Sie versuchte, sich in Toleranz zu üben.

Nein, hatte Billy erwidert. Er saß da und hielt sich den Kopf mit der Hand, als wollte er ihm herunterfallen. Er konnte und wollte es auch gar nicht erklären – aber er war sich sicher, seit er auf einem Foto ein Werk von Robert Indiana gesehen hatte: ein Gemälde, wo der ironischste Satz der Welt draufstand: *God is a lily in the valley – he can do anything but fail.* Es war ein perfekter ironischer Satz, der aus einem Lied von Schwarzen stammte, und Billy freute sich, daß ihn Robert Indiana auf das Gemälde gesetzt hatte.

An einem anderen Tag sagte Billy in der Klasse, die Ehe, die Kinder, die Familie, »dieses Ganze«, sei ein Quark. Mrs. Normand-Parks rief ihn in der Pause zu sich und fragte ihn, ob er zu Hause Probleme habe, ob seine Eltern geschieden seien oder so ähnlich. Billy wunderte sich. Er begriff nicht, warum sie ihn das alles fragte.

Das gleiche hatte sie auch Tony Farina gefragt, bei der einzigen Gelegenheit, als er den Mund aufgemacht hatte, um etwas zu äußern; normalerweise machte er ihn auf, um zu lachen. Es war kurz vor dem Ende der zweiten Klasse der Highschool, und Mrs. Normand-Parks ließ eine Arbeit schreiben über das Thema »Einheimische aus Indiana, die ich bewundere«. Tony hatte acht dichtbeschriebene Seiten über Eugene Debs verfaßt, den großen Gewerkschafter aus Terre Haute. Es war ja nicht das erste Mal, daß Tony eine Arbeit schrieb, aber es war das erste Mal, daß er einen solchen Fleiß an den Tag legte: normalerweise gab er ein Stück Papier mit einem kleinen Absatz, allerhöchstens zwei Absätzen ab. Aber über Eugene Debs, der für seine Ideen ins Gefängnis gewandert war, hatte Tony ganze acht Seiten in kleiner Schrift vollgeschrieben.

Mrs. Normand-Parks übte sich wieder in Toleranz, aber in der Pause fragte sie Tony, ob er zu Hause Probleme habe oder ob seine Familie auseinander sei.

Alles ist auseinander, antwortete er mit einem Lachen. Tony lachte viel.

South Bend, Indiana

Billy und Tony lachten viel in der Schule: sie waren sechzehn und lachten. Dann wurden sie siebzehn und lachten immer noch. Das einzige, was für Tony Farina wirklich zählte, war das Lachen – er lachte zu den unpassendsten Gelegenheiten über die unwahrscheinlichsten Dinge: wenn er jemand die Treppe hinunterstürzen sah oder wenn er makabre Geschichten hörte. Das einzige, was für Billy wirklich zählte, waren die Autos: er hatte *Car and Driver* abonniert und *Downbeat* und verbrachte in seinem Zimmer viele Stunden mit Lesen. Und er reparierte sämtliche Autos in seinem Viertel; egal, was daran kaputt war, er reparierte es; kaum hatte er einen Blick auf den Motor geworfen, war ihm schon klar, was los war, und nichts kam ihm unreparierbar vor. Es gab kleinere und größere Defekte, Defekte, für die man Ersatzteile brauchte, und Defekte, für die man keine brauchte, aber fast alle waren wieder hinzukriegen. Ihn riefen sogar Leute zu Hilfe, die über der Western Avenue wohnten, auf der anderen Seite der Bahnlinie – er war schneller und billiger als die Automechaniker in der Werkstatt. Und sie gaben ihm Geld dafür; nicht zu üppig – er war ja noch jung, und außerdem machte er alles ganz leicht und fix, er schien sich wegen nichts groß zu plagen. Er sagte dann, na gut, holt ihn in ein, zwei Stunden wieder ab – lief um Ersatzteile, beugte sich über die Motoren, wobei er aufpaßte, daß er sich nicht zu schmutzig machte. Und reparierte sie und war zufrieden.

Zwei-, dreimal im Monat schwänzte er die Schule, zusammen mit seinem Freund Tony Farina, den sie bis zur Highschool »Smily« nannten, weil er immerzu lächelte. Später verlor sich der Spitzname wieder, denn viele hielten ihn eher für einen problematischen Typen. Billy und Tony gingen dann immer zum St. Joseph-Fluß hinunter, wo der Highway auf die Hauptstraße von South Bend traf – setzten sich in den kleinen Park, streckten sich längelang ins Gras, die Arme hinter dem Kopf, und blickten in den Himmel. Die Schule war eine Zeitverschwendung: Billy wunderte sich, wie er sie so lange Jahre ausgehalten hatte, wie er es fertiggebracht hatte, die Gedichte von James Whitcomb Riley zu lesen, dämliche Verschen (»Erfroren ist der Kürbis«, »Ach,

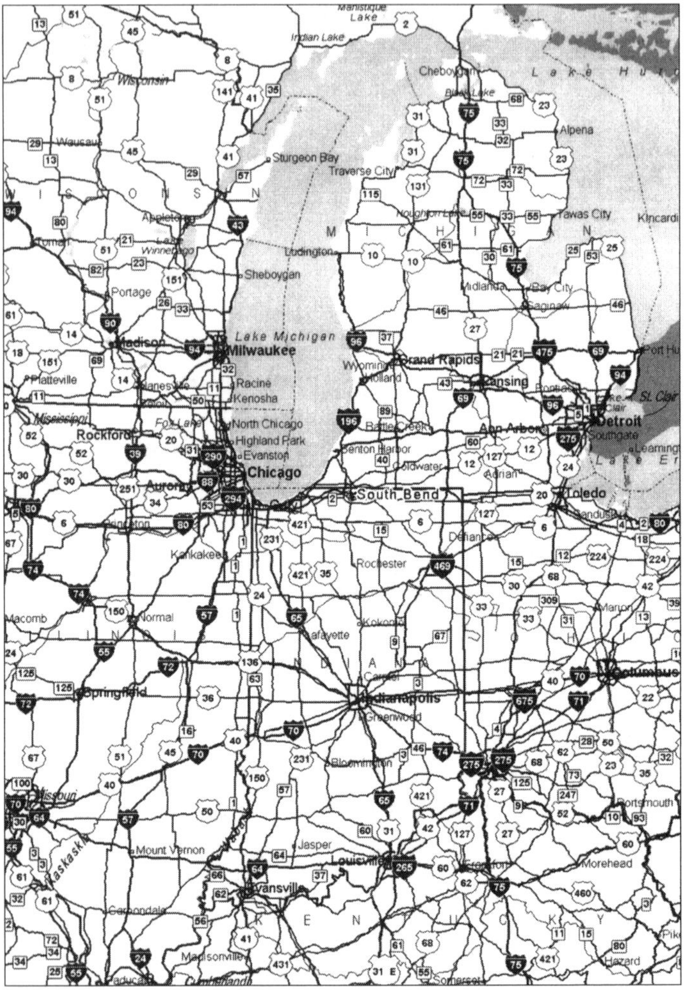
Manistique Lake
Indian Lake
Wisconsin
Wausau
Cheboygan
Black Lake
Lake Huron
Alpena
Sturgeon Bay
Traverse City
Houghton Lake
Tawas City
Kincardi
Appleton
Lake Winnebago
Tomah
Ludington
Sheboygan
Midland
Bay City
Saginaw
Portage
Lake Michigan
Madison
Milwaukee
Wyoming
Grand Rapids
Holland
Lansing
Port Hu
Platteville
Janesville
Racine
Kenosha
Pontiac
St. Clair
Mississippi
Rockford
Fox Lake
North Chicago
Highland Park
Evanston
Chicago
Battle Creek
Ann Arbor
Detroit
Southgate
Benton Harbor
Coldwater
Adrian
Leaming
Lake Erie
Aurora
South Bend
Toledo
Sandusky
Kankakee
Defiance
Rochester
Macomb
Normal
Kokomo
Marion
Lafayette
Carmel
Columbus
Springfield
Indianapolis
Greenwood
Bloomington
Missouri
Portsmouth
Mount Vernon
Jasper
Louisville
Morehead
Kaskaskia
Evansville
Carbondale
Madisonville
Hazard
Paducah
Cumberland
Somerset
W I S C O N S I N
M I C H I G A N
I L L I N O I S
I N D I A N A
O H I O
K E N T U C K Y

Annchen, armes Waisenkind«, so was in der Art), genau wie diejenigen, die sie in der griechischen Schule lernten, nur daß die hier amerikanisch waren. Sein Vetter Telis (Telis nach Aristotelis – Onassis – und nach Telly Savalas) hatte zumindest an etwas Interesse, er hatte ein Hobby – Basketball; sein Traum war, in eine halbprofessionelle Mannschaft einzutreten, sich für den Staat Indiana auszuzeichnen. Er trainierte zusammen mit Ray Bildner, der der große Basketballstar war; sie hatten den Plan, im Sommer nach dem Schulabschluß nach Massachusetts zu fahren, um das große Pantheon der Basketballheroen zu sehen. Das kleine Pantheon hatten sie schon gesehen – es befand sich in Newcastle, einer Kleinstadt östlich von Indianapolis. Außer den *Lakers*, die er nicht leiden konnte – weil sie in seinen Augen einfach Ärsche waren –, schaute sich Telis im Fernsehen sämtliche Mannschaften und sämtliche Spiele an, auch die Sportsendungen über Basketball, besonders den von Indiana. Er hatte etwas, womit ihn die Schule fesseln konnte – die Trainings, die Spiele mit den anderen Schulen, die »Hoosier-Hysterie«: so hieß in Indiana das regionale Basketballfieber. Aber Billy und Tony hatten nichts. Nichts außer ihren Namen, denn Billy nannten sie *Dudes* – was nicht unbedeutend war –, und Tonys Nachname war Farina, demnach war er der Namensvetter eines bedeutenden Rennfahrers, Giuseppe Farina. Eigentlich durch puren Zufall. Aber wenn Tony mit seinem Mustang richtig loslegte – einer Schrottmühle, die er sich in der zweiten Klasse der Highschool zugelegt hatte – und Telis vom Rücksitz aus protestierte, sagte er gelegentlich, so ist mein Großvater Peppe gefahren. Er sagte es nur zum Spaß, aber Telis war nahe daran, es zu glauben.

Das Leben in South Bend war nicht besonders toll; und Billy und Tony waren von dem, was die anderen jungen Leute bewegte, nicht so begeistert – von den Basketballspielern und den Trainern oder den Schaupielern und Sängern, über die sich die Mädchen nicht einkriegen konnten. Und sie gehörten auch nirgends dazu: sie waren keine Lumpenkerle wie Danny Wells, der sich mit Skinheads herumtrieb und Zeitschriften wie *World of Arms* oder *Shoot* las, sie waren aber auch keine braven amerikanischen Kids wie Ray Bildner, der für die Schulmannschaft die meisten Körbe warf. So war Billys und Tonys Leben nicht besonders toll, auch wenn sie es gerne richtig toll gehabt hätten, voll sensationeller Ereignisse.

★

SOUTH BEND – wo Billy *Dudes* Morrow lebt – ist eine Stadt im Nordwesten des Staates Indiana. Der französische Forscher René Robert Cavelier de La Salle war 1679 bis zu dem Punkt vorgestoßen, an dem es erbaut wurde – Billy kannte La Salle, weil es bei General Motors ein Automodell dieses Namens gegeben hatte. Im Jahr 1831 wurde South Bend offiziell gegründet, und allmählich begann sich an den Ufern des Michigansees das Stadtgebiet herauszubilden, das bei Elkhart in Indiana beginnt und bis Milwaukee in Wisconsin reicht. Zahllose Jahrhunderte lang hatten an diesen Seeküsten lediglich Wölfe, wilde Möwen und Indianer gelebt: die Stämme der Miami, der Menomini, der Pottawatami und der Saouk. Dann entstand Chicago, das zum Umschlagplatz des Mittleren Westens wurde, zum größten

Industriezentrum der Neuen Welt. Und im zwanzigsten Jahrhundert entwickelte sich das Gebiet zu einem netzartigen Gewirr kleiner Städte, einer urbanen Galaxie nach der Art sogenannter *strip cities* – diese *strip city* umfaßt viele Gemeinden, die in diesem Roman vorkommen: Michigan City, Gary, Hammond und La Port, wo das regionale Crash-Rennen stattfindet, das *Demolition Derby*. Einige dieser Städte liegen am Ufer des Michigansees, dort, wo sich einst die einsamen, grasüberwachsenen Strände befunden hatten, während die anderen mehr zum Inland hin erbaut sind, in den fruchtbaren Ebenen Indianas.

South Bend ist sechsundachtzig Meilen von Chicago entfernt, einhundertvierzig von Indianapolis – der Hauptstadt des Bundesstaates – und knapp zehn von Elkhart. Bei der letzten Zählung hatte es eine Bevölkerung von 105 511 Einwohnern, und wenn man Mishawaka (ein Indianername, der »Land der toten Bäume« bedeutet) mit dazunimmt, das gewissermaßen eine Erweiterung darstellt, erreicht die Bevölkerung von South Bend die Summe von 247 000. Es ist eine Stadt, die von zwei großen Highways in vier Teile zerschnitten wird und von einem Fluß, dem St. Joseph-Fluß, der dem County seinen Namen gibt, in zwei Teile. South Bend besitzt ein relativ neues Zentrum, wo hohe Gebäude in Massenbauweise zu finden sind, und dazu noch das große Stadion der *Silver Hawks*, der örtlichen Baseballmannschaft.

Was kann ein aufgeweckter Mensch in South Bend schon zu sehen bekommen: die Rafting-, Kanu- und Kajak-Wettkämpfe auf dem künstlichen Fluß im St. Joseph's Park, das »Glühwürmchen«-Festival im St. Patrick's Park, die Spiele der Baseball-Jugendmannschaft *White Socks* im Kovelesky-Stadion. Man kann die

Grotte der Madonna von Lourdes besichtigen, aber dazu muß man an die Madonna glauben. Man kann die Mannschaft der Römisch-Katholischen Universität von Notre Dame – die sogenannten »Belligerant Irishmen« – im Knut-Rocny-Stadion Rugby spielen sehen, aber dazu muß man an den amerikanischen Fußball glauben. Schließlich kann man im Zoologischen Garten, der sich im »Dorf des Römers« befindet, wilde Tiere sehen – gar nicht so weit von *Dudes* Haus entfernt.

★

Tony

Sensationelle Ereignisse gab es keine, außer bestimmten Musikstücken und den Autos und außer manchen Samstagen im *Roadhouse*. In der vorletzten Klasse in der St. Josef's Highschool langweilten sich Billy und Tony so entsetzlich, daß sie glaubten, sie müßten platzen: sie saßen in Zweierbänken, und ihre Beine waren so lang geworden, daß sie keinen Platz mehr hatten, außer wenn sie sie in den Gang streckten. In der letzten Klasse wurde Tony aus der Schule geworfen: Er hatte etwas wie Schwarzpulver in den Drucker des Rektors gesteckt – der Drucker flog in die Luft, und beinahe wäre Miss Leeson, die Gemeinschaftskundelehrerin, von den Splittern getroffen worden; Miss Leeson fiel bäuchlings auf den Boden und zerbrach sich dabei die Brille. Hinterher sagte sie fälschlicherweise, sie hätte sechzig Dollar gekostet. Schuld an allem war Billy, und doch auch wieder nicht: als Tony gemeint hatte, sie könnten doch einen Brandsatz in Luzifers Büro werfen (so nannten sie ihn, weil er immer drohte, sie würden in der Hölle schmoren), hatte Billy ausgerufen: Tolle Idee. Aber er hatte es doch nicht wirklich gemeint; er hatte nicht geglaubt, daß Tony die Schule in Brand setzen würde. Es gab eine Untersuchung, und Tony ging in Luzifers Büro und sagte: Ich war's. Es ist mir so eingefallen. Warum, weiß ich nicht. Es ist mir eben eingefallen. Sie riefen seine Eltern in die Schule, und zwar zum dritten Mal in diesem Jahr: das erste Mal war es wegen der Fehlzeiten gewesen, das zweite Mal, weil Tony – angeblich – ein anderes Kind mit dem Taschenmesser bedroht hatte (es handelte sich auch gar nicht sosehr um ein »Kind«, er hatte Tony nämlich beim Pokern beklaut), aber dieses dritte Mal erschienen seine Eltern nicht in der Schule. Sein Vater ging nicht hin, weil er krank war – er redete kaum, trank Bier und hockte den ganzen Tag zu Hause –, und seine Mutter ging nicht, weil sie die Nase voll hatte.

Mir doch scheißegal, schnauzte sie ihn an.

Sie hatte wirklich die Nase voll. Sie dachte nicht daran, zum Rektor zu gehen.

Er fliegt aber raus, meinte Billy, der eingeschüchtert in der Tür stand.

Tonys Mutter warf ihm einen wilden Blick zu. Tony sagte gar nichts.

Zieh Leine, Dudes, keifte Vi Farina. Sie blickte Billy im Schlafzimmerspiegel an, vor dem sie sich Lockenwickler ins Haar drehte.

Zieh Leine, ich dreh gleich durch, rief sie noch einmal, einen Haarclip zwischen den Lippen.

Billy kehrte bekümmert nach Hause zurück – und vom nächsten Tag an ging Tony nicht mehr in die Schule. Er bekam keinen Abschluß, obwohl er das Schuljahr fast bis zu Ende gemacht hatte.

Macht nichts, Dudes, ich hätt die Prüfungen sowieso nicht geschafft, sagte er danach zu Billy. Ich bin ein geborener Drop-out – Charlie Parker war auch ein Drop-out, setzte er nach einer kleinen Pause hinzu.

Aber Charlie Parker hat Saxophon gespielt, dachte Billy, und wir können nichts – wir verlieren bloß unsere Zeit. Aber er sagte nichts.

Seit Tony aus der Schule geflogen war, verlor ihn Billy immer mehr aus den Augen: oft war er nicht in der Stadt, schlief nicht zu Hause, kam samstags nicht ins *Roadhouse* in Mishawaka und erschien auch nicht im *King Gyros*. Und dann tauchte er plötzlich wieder auf, manchmal ganz mitgenommen, als hätte er tagelang nicht geschlafen, und manchmal mit einem neuen Anzug; einmal trug er sogar eine Krawatte. Am einen Tag hatte er einen Haufen Geld, und am nächsten ging er Blut spenden und bekam fünf Dollar dafür; er sagte, er hätte gutes Blut. Diejenigen, die ihn nicht leiden konnten, behaupteten, er drückte sich Stoff, er wäre ein Junkie – sie glaubten nicht, daß er sein Blut verkaufte.

Billy hatte auch den Traum, zu verschwinden, von zu Hause abzuhauen, überhaupt aus der Stadt, aus Indiana – nicht weil er etwas werden oder wichtige Leute kennenlernen wollte. Leute wollte er ja schon kennenlernen, aber nicht unbedingt wichtige; er wollte bloß abgedrehte, lustige Typen treffen, die unglaubliche und witzige Geschichten kannten.

Er wußte nicht, was er werden wollte: mal dachte er, er wollte Rennfahrer werden, und dann wieder Automechaniker, und dann wieder wollte er lieber in einer Schule für Hochleistungsfahrer arbeiten, wie zum Beispiel die Schule von Bob Bondurant in Phoenix, Arizona. Aber sein allergrößter Wunsch war, nach Kalifornien zu fahren. Sich in die Sonne zu legen – und das Meer zu sehen, denn das Meer hatte er noch nie gesehen. Wie war das Meer überhaupt? Wie der Michigansee, aber größer, salzig, ohne die toten Schornsteine von Gary am Ufer, ohne daß Chicago gegenüber auftauchte, fahlblau im Dunst. Das Meer war tief und türkisgrün; im Fernsehen hatte es Billy schon gesehen, voll schäumender Wogen, auf denen alle surften, sonnengebräunt.

STUDEBAKER

In dem Sommer wurde Billy siebzehn Jahre alt, die Schule war zu Ende, und Jean Pauls – eine Mitschülerin – machte eine Reise nach New York: die hatten ihr ihre Eltern zum Abschluß geschenkt. Billys Mutter machte *Galaktobureko*, griechischen Blätterteigkuchen, um den Schulabschluß zu feiern. Aber Billy feierte nicht das Kackabitur, er feierte seinen Führerschein. Er hatte den beschissenen Test bestanden: die Lenkmanöver führte er fast schon einhändig aus – wenn er auch aufpaßte, daß er nicht den Eindruck erweckte, er führe unvorsichtig, hielte sich nicht an die Geschwindigkeitsgrenzen und wollte mit weiten und schnellen Fahrstrecken angeben, in *spins and whirls*, wie die Autofans sagten. Und der Beamte musterte ihn überrascht: normalerweise kamen ihm eher kleine Mädchen unter, die nicht einmal wußten, daß der Motor vorn und der Kofferraum hinten sitzt. Zu Billy sagte er aber bloß *Okay* – er wollte nicht *Bravo* zu ihm sagen und ihn damit übermäßig ermutigen. Und doch hatte Billy nicht einen einzigen Fehler gemacht. Schließlich sagte der Beamte zu ihm: Paß gut auf, junger Mann. Und unterschrieb den Führerschein.

Jawoll, sagte Billy.

Zu einem richtig eigenen Auto hatten es Harry und Helen Morrow nie gebracht – Harry teilte sich einen Nissan mit seinem Cousin. Manchmal dachte Billy, sein Vater sei der einzige Bürger dieses Landes, der kein eigenes Auto besaß. Selbst die Familie Joad in *Früchte des Zorns* hatte ein Auto gehabt: und wie alle Welt weiß, war das eine total arme Familie. Zu Beginn hatte Onkel Andreas (auch ein Moropoulos, aber nicht Morrow – er hatte den Nachnamen nicht geändert) einen 63er Ford Squire gekauft, und den benützten sie abwechselnd, die Kosten wurden gemeinsam beglichen. Sie hatten ihn noch bis 81, Billy hatte das behalten, denn in dem Jahr hatte Indiana die Basketballmeisterschaft gewonnen. Und jetzt besaßen sie eben den Nissan.

Na bravo, Vetter, hatte Moropoulos gesagt, du hast also ein Auto von den Schlitzaugen gekauft. Wieso eigentlich, sind dir die hiesigen etwa nicht gut genug?

Wenn dem Fuchs die Trauben zu hoch hängen, sagt er, sie sind sauer, erwiderte Onkel Andreas.

Ob sie nun ein Auto besaßen oder nicht, sie hatten jedenfalls den größten Teil ihres Lebens zwischen Auspufftöpfen und Stoßdämpfern zugebracht: ihre Heimat war Indiana – auch wenn Moropoulos das nicht zugab –, und in Indiana war die erste Benzinpumpe eingerichtet worden, in Indiana gab es die größten Stahlhütten von Amerika; in Indiana wurden die Menschen mit dem Auto geboren. Im Auto küßte man sich zum ersten Mal, dort stritt und versöhnte man sich – im Auto hatte man seinen ersten Unfall; in ihm lebte man und in ihm starb man.

Und Billys Kusine Stavroula, die einen Kreter aus Chicago geheiratet hatte – einen Versicherungsmenschen –, die hatte sogar einen Van und einen Cherokee Jeep. Aber auch wenn sie den Kreter mit dem Van und dem Cherokee nicht geheiratet hätte, hätte Stavroula ein Auto gehabt; sie war »sehr dynamisch«, sagte Moropoulos immer, und fügte mit einem Handwedeln hinzu, als wolle er eine lästige Fliege verjagen: Gott bewahre. Er betrachtete Auto fahrende Frauen mit Mißtrauen, speziell, wenn sie einen Van oder einen Jeep fuhren wie Stavroula; er zog das Kinn nach oben, das sind keine Frauen, meinte er. Es sind Teufel. Und Eleni traute sich nicht zu sagen, daß sie auch gern Auto fahren gelernt hätte; es machte ihr aber einen kinderleichten Eindruck, sie beobachtete, wie Andreas den Nissan chauffierte, und hatte das Gefühl, wenn sie selbst am Steuer säße, würde sie es wunderbar ganz alleine schaffen, ohne auch nur eine einzige Stunde zu nehmen.

Als Moropoulos nach Amerika gekommen war – unter Eisenhower, Ende 53 –, hatte er im Studebaker-Werk gearbeitet; deshalb war er überhaupt nach South Bend gekommen; sein Bruder Andreas hatte in der Autoindustrie Arbeit für ihn gefunden. Der hatte ihn auf die Beine gebracht; er hatte ihm geschrieben, komm, wir schaffen es, nur nimm dir keine Frau mit ins Schlepptau. Wir arbeiten zwei, drei Jährchen in der Fabrik, und dann machen wir was Eigenes auf. Irgendeine Werkstatt, eine Autowaschanlage. Moropoulos kam und hatte Eleni im Schlepptau: sie hatten das Schiff gleich ein paar Tage nach der Hochzeit bestiegen (Eleni war damals noch keine neunzehn) und kamen nach einer vierwöchigen Reise zu Wasser und zu Land völlig abgewrackt in South Bend an. Zwei Wochen lang hatten sie den Atlantik überquert – in der dritten Klasse der *Amerika* –, und Eleni war es schwindelig und speiübel gewesen; sie hatte noch nie einen Fuß auf ein Schiff gesetzt. Als sie dann von Boston aus die Eisenbahn nahmen, machte es ihr großen Spaß: das ist es, sagte sie. In eine Eisenbahn hatte sie auch nie einen Fuß gesetzt.

Als Moropoulos das Industriegebiet sah, die Stahlhütten, den schwarzen Himmel von Nordindiana, Illinois und Michigan, erschrak er: Hier kommen wir um, sagte er. Der ganze Qualm und das Maschinenstampfen, das macht uns kaputt. Hier kommt ja die Sonne nie raus.

Sie fanden einen Platz ohne Fachausbildung in der Produktionsstraße bei Studebaker – damals fertigten sie ein Auto, das »Falke« hieß, setzten Schrauben, zogen sie fest, schweißten Bleche; jahrelang hatten sie keinen Durchblick, was sie da eigentlich machten, acht bis neun Stunden zogen sie jeden Tag Schrauben fest. Aber es war besser als die Berge von Tripolis – in gewisser Weise. Sie produzierten zwar Autos, aber ein eigenes Auto besaßen sie nicht; Moropoulos träumte davon, er sagte immer, ach, hätten wir doch auch einen Study, einen »Falken« – aber das Werk gab seinen Arbeitern keine Vergünstigungen. Es hatte bereits finanzielle Probleme, litt ständig unter heftigen wirtschaftlichen Schwankungen, es gab Lohnkürzungen und Entlassungen. Im Mai 63 schloß die Fabrik, bevor Moropoulos dazu gekommen war, sich ein Auto zu kaufen – und dann verschlechterte sich die Lage drastisch, Eleni arbeitete drei Jahre als Köchin in einem *Diner*, bis Billy zur Welt kam; dann fand Moropoulos endlich eine feste Stelle bei einer Insektizidfirma, für drei Dollar vierzig die Stunde. Den ganzen Tag atmete er die Chemieausdünstungen ein – es hieß, sie seien gesundheitsschädlich –, aber Moropoulos fühlte sich stark, und so grübelte er nicht weiter darüber nach.

*

Die Geschichte von South Bend und das Leben von Harry und Helen Morrow sind nicht von der Fahrzeug- und Autofabrik Studebaker zu trennen, die sich in der Stadtmitte befunden hatte, in der South Central Street, und die nun schon seit Jahren Museum ist. Die Geschichte des Studebaker-Werks liest sich in groben Zügen so: 1852 waren Henry und Clem Studebaker nach Pennsylvania gekommen und hatten in South Bend, das damals eintausendsiebenhundert Einwohner hatte, eine Schmiedewerkstatt eröffnet; die meisten der Einwohner waren in der Landwirtschaft tätig oder arbeiteten in Fabriken für landwirtschaftliche Geräte, Fässer und Zaumzeug.

Das Anfangskapital der Studebaker-Brüder betrug achtundsechzig Dollar. Während der Bürgerkriegszeit fertigte die Werkstatt Gerätschaften für die Armee. 1868 gründeten vier Mitglieder der jüngeren Studebaker-Generation die Incorporation *Studebaker Bros.*, die zur größten Fahrzeugfabrik der Welt wurde; ihr Motto lautete: »Gib stets mehr, als du versprichst.« Das Studebaker-Werk entwickelte sich parallel zur Papierproduktion, der Nähmaschinenindustrie, der Eisenbahn, den Stahlhütten und den Fabriken für Blechblasinstrumente, die im benachbarten Elkhart gegründet wurden. Zu Anfang des zwanzigsten Jahrhunderts begann Studebaker elektrische und benzingetriebene Fahrzeuge herzustellen. Nach dem Ersten Weltkrieg, in dem das Werk die Alliierten mit Fahrzeugen beliefert hatte, begann es sich ausschließlich auf Automobile zu konzentrieren.

Als South Bend mit Autos überschwemmt wurde, begann sich das Leben zu verändern. Die Stadt bildete Vorstädte aus, von und zu denen sich die Einwohner mit dem Auto bewegten. Außer Studebaker, wo Billys Vater und Mutter in den fünfziger und sechziger Jahren gearbeitet hatten, hatte sich auch das Bendix-Werk in South Bend niedergelassen, das Autobremsen herstellte und sie an General Motors weiterverkaufte, während in Elkhart eine der größten Trailerfabriken aufmachte. In einem dieser traditionellen Trailer wohnte Lucia Rossi, eine der tragenden Personen dieser Geschichte.

Von 1911 (als Studebaker an die Börse ging) bis 1924 war Albert Russel Erskin Vorstand der *Studebaker Cor-*

poration; er beging 1933 Selbstmord, indem er sich eine Pistole an die Schläfe setzte. Bevor das passierte, hatte er eine Geschichte des Unternehmens von 1852 bis 1923 verfaßt; Erskin war die Inkarnation des amerikanischen Traums, die perfekte Personifizierung Studebakers und gleichzeitig auch der Bürger des Mittleren Westens (Harry Morrow betrachtete ihn als *winner* und als Erfolgstypen, wobei er übersah, daß sich der Mensch das Gehirn aus dem Kopf geblasen hatte). Zum Schluß drückte Erskin – Mitglied des Vereins der Söhne der Amerikanischen Revolution, Machtmensch und Wohltäter der Region – auf den Abzug. Wie es hieß, war der ständige Rückgang der Verkaufszahlen der Gesellschaft dafür verantwortlich gewesen.

Von den zwanziger Jahren bis 1966 – als auch die letzten Filialen des Werks geschlossen wurden – verkaufte die *Studebaker Automotive* Prestigelimousinen an die amerikanischen Unternehmer, speziell an die in der Provinz. 1947 wurde das erste Modell der fünfziger Jahre aus der Taufe gehoben, das Raymond Loewy entworfen hatte: es hieß *Champion*, aber die breite Öffentlichkeit begriff seine Ästhetik nicht. Viele Modelle jedoch, wie der *Bullet* und der *Hawk*, die vom Fließband in South Bend stammten, wurden zu Meilensteinen der amerikanischen Unternehmensgeschichte. Harry und Eleni Morrow arbeiteten in der Produktion des *Hawk*; Harry war von Anfang an in der Fertigungsstraße eingesetzt, während Eleni in einem anderen Gebäude an der Montage kleiner Einzelteile arbeitete.

Dieses letzte Jahrzehnt war für Studebaker eine Zeit der Geldverschwendung: die Produktivität war niedrig, und man benötigte einige hundert Stunden, um nur ein einziges Auto herzustellen. Trotzdem hatte man

1953 das *President Coupé* produziert – einen sehr lustigen Zweisitzer – sowie mehrere Versionen des *Hawk*, den *Golden Hawk* und den *Heavenly Hawk*. Das Studebaker-Werk hatte nachhaltige Stürme zu überstehen; während der Zeit, als Harry und Eleni dort arbeiteten, spitzten sich die Probleme mit der Gewerkschaft unrettbar zu – speziell der Streik vom Mai 53 war offensichtlich der Anfang vom Ende. Außerdem wirkte sich die Konkurrenz von Ford und Chevrolet katastrophal für Studebaker aus, der weiter bei teuren Automobilen in einem gewissermaßen »europäischen« Stil blieb. Zusätzlich tauchte ein schwerwiegendes Qualitätsproblem auf: die 53er Modelle begannen vorzeitig durchzurosten. In der zweiten Hälfte des Jahres 1954 hatte der Schaden zwölf Millionen Dollar erreicht. So wurde eine Art Fusion mit Packard und die Produktion eines neuen »Kleinwagens« beschlossen, dessen Herstellung im Oktober 58 anlief. Es war der *Lark*, der Studebaker allerdings nicht den erforderlichen Vorwärtsschub zu verschaffen vermochte. In der Folge wurde eines der beliebtesten Modelle in der Geschichte der amerikanischen Automobilindustrie entworfen, der *Avanti*, nach dem Design von Raymond Loewy, ein Wagen »für das Weltraumzeitalter«, der bis 1982 in Washington, Ohio, produziert wurde.

Im Januar 62 fand ein Streik statt, und zwar wegen der Pausenlänge. Harry nahm an dem Streik nicht teil; er ging ins Werk, stellte sich neben das Fließband und tat, als ob er arbeitete. Eleni gab eine Schwangerschaft vor – was sie sich zwar innig wünschte, was aber nicht der Wahrheit entsprach – und nahm einen Monat lang unbezahlten Urlaub. Die Arbeitsbeziehungen verbesserten sich nach dem Ende des Streiks nicht; die Arbeitgeberseite fürchtete eine Sabotage. Eine Sabotage fand zwar nie statt, aber Studebaker stand das Wasser bereits bis zum Hals. Das letzte Modell, das in South Bend hergestellt wurde, war ein roter *Dayton*.

Am 9. März 1963 gingen Harry und Eleni nach zwei Wochen Produktionsunterbrechung wieder zur Arbeit. In der Mittagspause um zwölf war Harry für zehn Minuten hinausgegangen, um sich ein Sandwich zu holen – als er zurückkam, sah er an der Pforte eine Traube Journalisten. Studebaker werde am Monatsende schließen, sagten sie. Die meisten Arbeiter glaubten es nicht: Harry und Eleni kehrten nach Hause zurück und setzten ihr Leben fort, als habe das Werk für immer Bestand.

Siebentausend Arbeiter wurden entlassen; ihr Durchschnittsalter war vierundfünfzig. Viele hatten bei Studebaker gearbeitet, soweit ihre Erinnerung zurück reichte – bei sechzig Prozent der Familien in South Bend hatte mindestens ein Mitglied dort eine Arbeit gehabt. Die Hälfte dieser Arbeiter waren keine Fachkräfte, und mehr als viertausend hatten noch nie in einem anderen Unternehmen gearbeitet.

In einem Artikel der Zeitschrift *Business Week* vom 19. Februar 1966 wird South Bend nach der Schließung von Studebaker beschrieben: »Siebenundzwanzig Prozent der Arbeiter gehen kleinen Beschäftigungen in der Schattenwirtschaft nach. Fünfunddreißig Prozent werden durch ihre Ehegatten unterhalten, und fünfunddreißig Prozent leben nur von den Ersparnissen, die sie sich während ihres Arbeitslebens zulegen konnten. Bei den meisten waren sie bis Ende 1964 erschöpft.«

Nach den ehrgeizigen Einschätzungen des regionalen Kongreßvertreters John Bradima (Harry ist sein Bewunderer) hat sich South Bend rasch erholt. Zu der Zeit, als Billy zwanzig wurde, wirkte die Stadt wie jede beliebige andere amerikanische Provinzstadt; sie war besser als die unterentwickelten Dörfer Montanas, regnerischer als die sonnenbeschienenen Küsten Floridas.

★

Autos

Ein Glück, daß Billy den Führerschein endlich bekam, er war nämlich bereits vier Jahre ohne gefahren. Er hatte ihn schon im Vorjahr machen wollen, also seit er das Recht dazu hatte, aber sein Vater hatte kein Geld für die Prüfung herausgerückt. Sie verschlang das ganze Geld, das er mit Reparaturen verdient hatte.

Was willst du denn mit dem Führerschein, hatte der Vater gesagt. Du baust einen Unfall mit so 'nem *caros* von einem Ami, und dann können wir blechen.

Billy fuhr mit den Autos der älteren Jungs und der Dads von den Mädchen – und er hatte auch schon das Auto von Annys Vater ins Auge gefaßt, einen Chevy Bel Air (das schönste Auto von South Bend), aber da hatten sie Anny eben verboten, mit dem *wop* ins Kino zu gehen. Billy tat es mehr ums Auto als um Anny leid – aber dann dachte er sich, auch wenn er mit Anny ausgegangen wäre, hätten sie ihm ja doch nie das Auto geliehen, weil er noch keinen Führerschein hatte. Es sei denn, er hätte es – mit Annys Einverständnis – zusammen mit Tony geklaut, nur für eine halbe Stunde natürlich, nicht mehr.

Es war nicht schwierig, ein Auto zu klauen. Billy wandte das System mit den zwei Drähtchen an, ein anderes System als Tony, der einen Riesenbund Schlüssel hatte und sie nacheinander am Anlasser ausprobierte. Nur daß Tony sein System auch regelmäßig anwandte, er hatte schon ein paar Wagen geklaut, einen mit einer Nummer von Illinois, die anderen mit welchen von Indiana. Er hatte sie geklaut, hatte mit Billy und einem Mädchen aus der Schule eine Spritztour gemacht und sie dann am Anfang der National Road stehenlassen – gänzlich unangetastet, allerdings mit leerem Tank; er hatte ja damit weiß Gott auch nichts Schlimmes verbrochen. Es war nur ein bißchen gefährlich, denn man konnte den Anlasser zwar leicht in Gang bringen, aber die Motoren heulten laut auf und waren zu hören. Sie brachten die Leute auf die Beine. Außerdem war South Bend eine kleine Stadt, zirka hundertfünfzigtausend – es war nicht wie in Chicago, wo man klauen kann, was man will, und einen keiner kennt.

Wenn Billy mit Tony an den Fluß ging, machte er die Augen zu und stellte sich vor, der Fluß brächte ihn nach Chicago; es war nicht weit, ungefähr achtzig Meilen, möglicherweise auch weniger – und doch war es ganz anders als South Bend, das nur so wenige Kreuzungen hatte; vielleicht war ja Chicago nicht der schönste Ort von Amerika, aber es war ein Ort, wo etwas los war, es gab wild durchfeierte Nächte und Parties. Vor allem gab es Livemusik; und bei diesen Konzerten, in den Saloons auf der South Side, fanden manchmal auch Messerstechereien statt.

Chicago pulsierte und schien die Arme gen Himmel zu heben; wenn man den 90er Intercity-Highway nahm und mittendrin ausstieg, stand man vor dem Tor des Westens. Und es war nichts als eine Einöde voller Fabriken, manche wirkten verlassen, manche stampften und gurgelten. Billy betrachtete Chicagos erleuchtete Wolkenkratzer und hörte die Sterne über sich atmen: er träumte von Kalifornien – seit er das Stück gehört hatte, das Wes Montgomery auf der Gitarre gespielt hatte, *I dream of California*, hatte sich sein Leben verändert, nein, nicht sein Leben, seine Träume. Wes war der beste Gitarrenspieler der ganzen Welt, der allerbeste – ganz zu schweigen davon, daß er aus Indianapolis stammte, daß er auch ein *Hoosier* war wie Billy. Und er hatte in sämtlichen Clubs von Indiana gespielt, und jetzt lebte er in Billys Zimmer, obwohl er schon seit zwanzig Jahren tot war.

Nachts hörte Billy auf seinem Radiorecorder den einzigen Sender, der keine Country-Hits spielte, die Lieder, zu denen die Farmer tanzten. Und er hörte sich Kassetten mit Stükken von Chet Baker an und andere Stücke von Wes Montgomery, mit der Gitarre, auf der Wes mit dem Daumen spielte – Billy dachte, es ist, als ob man auf Motoren spielt, mit den Stoßdämpfern und den Vergasern; das Autoreparieren ist eine Kunst mit dem Kopf und mit den Fingern, genau wie das Gitarrespielen. Während seiner Schulzeit war Wes sein einziger Trost: nach und nach hatte er seine ganzen Platten aufgenommen, und auf ein paar davon waren die gleichen Stücke in verschiedenen Aufnahmen – das heißt, Billy besaß mehrere Stücke schließlich zwei- oder dreimal. Aber jede Aufnahme erschien ihm ganz anders; Billy fragte sich, wie die Welt wäre, wenn es Wes nicht gäbe, wenn es diese unbekümmerte Art, Oktaven zu spielen, nicht gäbe. Und während er die Musikstücke hörte – Chet Bakers Trompete und die Gitarre von Wes – fragte er sich, wie wohl die Reichen während der Zeit des Jazz gelebt hatten, immer nur Parties und durchfeierte Nächte und Orchester mit weißen Pianos. So verging die Zeit, und wenn man Billy gefragt hätte, wie er sein Leben bis zum Schulabschluß verbracht habe, hätte er nichts zu antworten gewußt; jedes Jahr fand der Festival im St. Patrick's Park statt; am Unabhängigkeitstag gab es das Fest, das »American Pie« hieß – Lieder, Essen, Imitatoren, einen Markt mit Losen, derartige Dinge. Damit einmal etwas wirklich Richtiges passierte, mußte man Geld haben oder ein Gauner werden, wie Tony Farina, der alles mögliche klaute und der nicht einmal den Sheriff oder den Deputy fürchtete. Der so wirkte, als fürchte er sich vor niemand.

Tony fürchtete sich vor niemand, aber in dem Sommer, in dem die Schule zu Ende ging, erwischten sie ihn bei einem Raub in einem Supermarkt. Wieder hatte sich das gleiche abgespielt wie bei der Geschichte mit dem Drucker: Tony hatte zu Billy gesagt: Demnächst machen wir einen Einbruch in den Drugstore in Niles – nicht in dem im Zentrum, der hat eine Alarmanlage. Und Billy hatte nichts unternommen, um ihn aufzuhalten. Er sah ihm zu, wie er eine Lucky Strike rauchte. Er dachte, die Zigaretten sind wirklich was Tolles, es ist schön, den Rauch nach oben zu blasen. Ringe zu machen wie die Cowboys.

Wer, wir? fragte er, als ginge es darum, Tonys Kollegen kennenzulernen.

Tony zeigte ihm die Pistole, die er hinten im Gürtel trug. Er sagte: Es ist eine Achtunddreißiger. Aber Billy verstand nichts von Waffen; es war eine alte .38er Enfeld; aber auch wenn es eine Magnum gewesen wäre, hätte sie für ihn gleich ausgesehen.

Wo hast du sie aufgetrieben? fragte Billy und wunderte sich über sich selbst. Er war neugierig, er fühlte nichts als Neugier.

Ich hab sie geklaut, sagte Tony und lachte stolz. An dem Abend fuhren sie in Tonys Schrottmühle nach Chicago; Tony kannte eine Bar in der North Avenue, eine sagenhafte Bar, sagte er, die hat die beste Jukebox, mit alten Jazzaufnahmen. Sie fuhren los; sie kamen erst ziemlich spät an, weil sie ewig nicht von South Bend wegkamen – Billy brauchte zwei Stunden, um sich anzuziehen.

Tony wartete geduldig.

Hab Erbarmen, Dudes, sagte er schließlich, als Billy zum dritten Mal das Hemd gewechselt hatte.

Ich hab nichts anzuziehen, protestierte Billy.

Tony lachte nur. Bei solchen Gelegenheiten verlor Tony die Geduld, Mann, Dudes, sagte er, du bist ja noch schlimmer als die Weiber. Als sie an dem Abend endlich in die Bar kamen, ertönte *When you are young* von Wes Montgomery, und Billy war total begeistert, er hätte am liebsten losgebrüllt, weil er so jung war und weil er sich dort befand, mitten im Windgebraus von Chicago und im Zentrum der wilden Menge. Tony und er setzten sich an den Tresen und tranken Bourbon, Bier und dann wieder Bourbon. Billy hätte am liebsten alle Blondinen und alle Rothaarigen abgeküßt, jede einzeln und alle zusammen; Tony lächelte bloß vor sich hin, trank langsam und methodisch, rauchte billige mexikanische Zigaretten und betrachtete Billy, wie er die Weiber betrachtete. Billy hatte nie bei ihm erlebt, daß er sich wegen einem Mädchen verrückt machte; er war höflich zu ihnen, ab und zu legte er ihnen den Arm um die Taille, ab und zu rutschte seine Hand auch bis zu den Schenkeln – aber er beachtete keine und besaß auch nicht Billys Neugier.

Kurz nachdem er von der Schule geflogen war, hatte er ein Mädchen kennengelernt, das hieß Linda Peters – sie war Schlagzeugerin; als Billy sie einmal bei einem Open-Air-Festival in South Bend gesehen hatte, spielte sie so intensiv und schnell, daß sich ihr Körper vor ihren Augen aufzulösen begann, er wurde zu Rauch wie bei einem Geist. Billy mußte an Gene Krupa denken, wie der vor Stolz geplatzt wäre, wenn er noch am Leben gewesen wäre und sie mit angesehen hätte – aber Gene Krupa war bereits tot, wie alle großen Jazzmusiker. Tony hatte sich in sie verliebt – dessen war sich Billy sicher; er redete nie von ihr, aber er verbrachte die ganze Zeit mit ihr; und als sie sich nicht mehr trafen, sagte er zu Billy, wir haben verloren, Großer. Wir haben gespielt und verloren. Für Tony war alles ein Spiel, ein Zocken. Als er es sagte, hatte er sich ganz tief übers Bier gebeugt, aber sonst hatte er nichts gesagt. Danach erwähnte er ihren Namen nicht mehr und ließ sich voll auf die illegalen Geschichten ein – nur das beschäftigte ihn.

Vor dem Raubüberfall in Niles war er schweigsam und hatte ständig den Arm auf Billys Schulter liegen. Er wollte ihm etwas sagen, aber er sagte es nicht, und Billy achtete nicht groß darauf; er spielte im Geist Gitarre und hielt den Rhythmus und ging immer wieder zur Jukebox und legte Charlie Parker und Dinah Washington auf. Tony imponierten alle, die jung gestorben waren, an der Schlaflosigkeit, am Fixen und am überzogenen Drogenkonsum. Er sagte, ich sterbe an einem Autounfall wie mein Großvater Peppe, aber jünger; Giuseppe Farina – der gar nicht sein Großvater war – war im Alter von Sechzig umgekommen. Der ideale Tod war für Tony der von Ross Lockridge, einem Lokalautor, der nur einen einzigen Roman geschrieben und sich dann das Leben genommen hatte, indem er die Auspuffgase seines Wagens einatmete. Lockridge war damals dreiunddreißig Jahre alt; er hatte sich in die Garage seines Hauses in Bloomington, Indiana, eingeschlossen und den Motor seines *Kaiser* angelassen. Am folgenden Tag war sein Buch, das den Titel *Raintree County* trug, unerwartet zum Bestseller geworden.

Wenn Billy und Tony abends herumhingen und Jazzmusik hörten, redete Tony immer über Geschwindigkeit, über Geld und darüber, daß er jung sterben würde. Billy dagegen achtete auf jede Note der Stücke und dachte, daß er viele Jahre lang leben wollte und erst danach langsam sterben und eine schöne, betagte Leiche werden. Sonst wollte er nichts: nur leben; er wollte nicht erfolgreich werden und auch nicht wirklich reich – er wünschte sich nur, lange Zeit auf der Welt zu bleiben. Er besaß eine gewaltige Neugier.

Hör dir die Griffe an, sagte Billy dann und wedelte mit den Armen wie ein Dirigent. Tony lächelte: Weißt du, woran wir leiden, Dudes? An Sonnensucht – Son-nen-sucht! Leg *Summertime* auf.

Billy legte *Summertime* auf, auch wenn es zu den Stücken gehörte, die er etwas überhatte. Aber Tony begeisterte sich daran, wir finden ja doch keine Ruhe, ehe wir nicht ins Land der Sonne kommen, sagte er. Aber da finden wir auch keine Ruhe. Er lachte.

*

Hätte Ross Lockridge nicht existiert, dann hätte sich diese Geschichte vielleicht gar nicht erst abgespielt, oder vielleicht wäre ihr Hintergrund dann nicht der Staat Indiana gewesen. Lockridge wurde 1914 in Bloomington, Indiana, geboren; er war das jüngste von vier Kindern. Sein Vater war Buchhändler und hatte Bücher über die Geschichte der Stadt geschrieben. Ross studierte ein Jahr in Paris, dann an der Universität seiner Geburtsstadt und schließlich in Harvard. Während er sich in Harvard befand, begann er einen umfangreichen Roman über Indiana am Ende des 19. Jahrhunderts zu schreiben – eben *Raintree County* –, der ihn ganze fünf Jahre in Anspruch nahm. Er schrieb fieberhaft, in der Hoffnung, den bedeutendsten Roman in der Geschichte der amerikanischen Literatur zu vollenden, »The Great American Novel«. Er ließ seine Doktorarbeit liegen, und das Buch wurde zu seiner fixen Idee; er glaubte, er habe ein wirkliches Meisterwerk geschrieben. Sein Manuskript wuchs bis zu zweitausend Schreibmaschinenseiten an; seine Frau Berenice tippte es während der Schwangerschaft – im Laufe der Niederschrift von *Raintree County* brachte Berenice vier Kinder zur Welt. Lockridge schickte es Ende 1945 an den Verlag Houghton Mifflin. Fünf Wochen später antwortete Houghton Mifflin, sie wollten den Druck des Buches übernehmen – sie sandten ihm sogar einen Vorschuß von 3500 Dollar –, verlangten aber, er müsse zahlreiche Seiten streichen. Lockridge stimmte dem zu und wartete dann voller Ungeduld auf das Erscheinen seines Buches; mittlerweile war er gezwungen, nach Boston zu ziehen, um sich in der Nähe seines Verlegers aufzuhalten, damit er die Korrekturen umsetzen konnte, die dieser in seinem Manuskript für erforderlich hielt.

Zum letzten Mal hielt er das Manuskript im April 1947 in Händen; da wohnte Lockridge mit seiner Familie in Manistee am Ufer des Michigansees. Er mußte noch weitere Kürzungen vornehmen, und dann noch welche und wieder welche, denn unterdessen interessierte sich Hollywood für das Manuskript; die Filmgesellschaft MGM versprach ihm einen Preis von 150 000 Dollar unter der Bedingung, daß er noch weitere fünfzigtausend Wörter strich. Schließlich kam *Raintree County* nach vielen Kürzungen, Änderungen und Umstrukturierungen am 5. Januar 1948 heraus. Lockridge war aber darüber zu einem seelischen Wrack geworden: er war vom Warten, den ununterbrochenen Eingriffen der Herausgeber und der zwanghaften Beschäftigung mit dem Buch völlig ausgehöhlt. Nach einer vergeblichen Reise nach Hollywood hatte er mit einer Elektroschocktherapie begonnen.

Die ersten Kritiken waren ermutigend, doch der

New Yorker und *Newsweek* mißbilligten das Buch – Lockridge bekam eine schwere Depression. In der *New York Times* schrieb der ehrwürdige Alfred Barett, es handle sich um »eintausendsechsundsechzig Seiten voller Obszönitäten, Materialismus, Schimpf und Schmutz« – und daraufhin erkrankte Lockridge sehr schwer und war nicht mehr arbeitsfähig. Mittlerweile hatte MGM, die versprochen hatte, das Buch zu verfilmen, einen Rückzieher gemacht; *Raintree County* kam schließlich erst 1958 als Film in die Kinos, zehn Jahre nach Ross Lockridges Selbstmord auf dem Vordersitz seines Autos, einem *Kaiser* von 1947. Am Tag nach seinem Tod, noch bevor das Ereignis bekanntgeworden war, befand sich *Raintree County* an Stelle eins der Bestsellerliste.

Tony hatte das Buch gelesen, als er in die Highschool ging; er hatte davon die meisten Kapitel gelesen – ein paar hatte er allerdings ausgelassen. Ihm gefiel die Figur der Susan Drake, die Scarlett O'Hara ähnelte.

*

Bewaffneter Raubüberfall

Und in der Tat fanden Billy und Tony nicht die geringste Ruhe: ein paar Wochen später fand der Hold-up im Supermarkt von Niles statt, und die Polizei verhaftete Tony. Später wurde er zu vier Jahren Gefängnis im Staatsgefängnis von Michigan verurteilt, wegen illegalem Waffenbesitz und versuchtem Raubüberfall. Und Billy hatte das Gefühl, daß er nichts unternommen hatte, um ihn zu retten, daß er ihn allein gelassen hatte – wie er es mit allen tat. Er hatte das Gefühl, er sei völlig unfähig, er sei nutzlos.

Als Moropoulos von der Verhaftung erfuhr, hätte er beinahe einen Anfall bekommen:

Wenn mein Sohn als Zeuge bei einem *Holdupi* erscheint, dann erstech ich mich.

Er sagte eine ganze Reihe makabrer Dinge, er würde einen Blutsturz bekommen, einen Herzschlag, einen Infarkt; er schwor aufs Grab seines Vaters und seiner Mutter.

Letzten Endes ging er selbst als Zeuge zu Tonys Prozeß. Billy sagte vor Gericht aus, Tony sei sein bester Freund gewesen; alle hätten ihn Smily genannt, es müsse wohl irgendein Irrtum vorliegen. Moropoulos fuhr beinahe aus der Haut, aber er hatte seinen besten Anzug angelegt, um einen guten Eindruck zu machen, und sagte: Ich bin ein ruheliebender und gesetzestreuer amerikanischer Bürger. Ich bezahle Steuern und gehöre einem wohltätigen Verein an. Ich zahle meinen Beitrag an die American League, zur Unterstützung der Kriegsveteranen. Ich will, daß das Verbrechen niedergeschlagen wird. Aber Antony Farina ist kein Verbrecher, er ist der beste Junge aus unserer Nachbarschaft.

Er sagte es wohlgesetzt, denn er hatte geübt, in seiner bestmöglichen Aussprache und ohne jeden grammatischen Fehler. Auch Pixy, die das Eisenwarengeschäft hatte, war als Zeugin erschienen und sagte, Tony sei der höflichste Junge, er tue Dinge aus Gefälligkeit, er sei in der ganzen Stadt bekannt und beliebt – er sei immer gekommen, sagte sie, um offenes Kölnischwasser für seine Mum zu kaufen. Das Gericht solle doch Milde walten lassen, setzte sie noch hinzu. Sie wirkte wirklich bekümmert, als sei Tony ihr Sohn und sie persönlich verantwortlich. Moropoulos musterte ihr Alltagskleid, ihre falschen Ohrringe und sah, wie stark sie gealtert war; sie war so gealtert, daß ihr Name nicht mehr zu ihr paßte. Es war ein zu kindlicher Name. Auch Luzifer sagte vor Gericht aus, er gab an, der Junge habe »Anpassungsschwierigkeiten« gehabt, sein Verhalten sei »unberechenbar« gewesen, und er glaube, er werde in der Hölle schmoren – an diesem Punkt meinte der Verteidiger, er zöge es vor, wenn Flüche unterblieben; der Rektor wurde puterrot. Miss Leeson meinte, er sei »in schlechte Gesellschaft geraten«, er habe sie ständig angelächelt, um sich über sie lustig zu machen. Er sei auch die Ursache dafür gewesen, daß sie gestürzt sei und sich ihre Brille aus Schildpatt zerbrochen habe. Mrs. Normand-Parks sagte, er sei ein abgebrühter Junge, der, wie sie hinzufügte, »harmlos« wirke, aber in Wirklichkeit »kaltschnäuzig« sei. Als sie dies sagte, blickte sie Billy an, und der dachte, daß sie vielleicht meinte, er sei auch nicht so harmlos und ebenso kaltschnäuzig. Billy fürchtete, sie werde dem Gericht erzählen, daß Tony acht dichtbeschriebene Seiten über Eugene Debs geschrieben habe, der die Arbeiter zu Streiks aufgerufen hatte, aber Mrs. Normand-Parks erwähnte davon nichts; deshalb war er ihr dankbar und lächelte ihr am Ende der Verhandlung zum ersten und letzten Mal in seinem Leben zu.

Auch ein Deputy sagte aus: er erzählte etwas, was der Richter schon wußte, nämlich daß Tony vier Vorladungen wegen Geschwindigkeitsüberschreitungen bekommen habe, daß er zweimal wegen Fahrens in angetrunkenem Zustand verhaftet worden sei, und ein drittes Mal, weil an seinem Auto die hinteren Lichter kaputt waren. Der Deputy schien tief bewegt, daß er als Zeuge bei einem Verbrechen vorgeladen war, das auf Bundesebene verhandelt wurde.

Das Gericht erklärte Tony für schuldig, aber seine Strafe war nicht so hart wie die der anderen beiden; die beiden anderen waren ehemalige Fischer aus Michigan, die bereits ein Strafregister besaßen, sie waren 1984 wegen Mord verurteilt worden. Nach der Verhandlung, dem Begnadigungsgesuch und so weiter bekam Tony vier Jahre; er konnte noch von Glück sagen: nur ein paar Monate vorher war ein anderer wegen illegalem Waffenbesitz und bewaffnetem Raubüberfall zu dreiunddreißig Jahren Gefängnis verurteilt worden.

Moropoulos nahm es sich am meisten von allen zu Herzen, er sagte, der Scheißanwalt sei schuld – ein Provinzanwalt –, er hätte darauf bestehen müssen, daß der Junge nur mit hineingezogen worden sei, und nicht wie ein Idiot hingehen und dessen Schuld zugeben dürfen.

Doch am Abend nach dem Prozeß war Harry optimistisch und sagte zu Eleni, er hoffe auf die *Commutation*, er habe Vertrauen in das amerikanische Rechtssystem. Eleni wußte nicht, was die *Commutation* war, und Harry regte sich auf: Du schaust dir immer bloß Serials an, sagte er.

Eleni schämte sich ein bißchen.

Ich weiß nicht alles, gab sie zu.

Nach der *Commutation* wurden aus Tonys vier Jahren drei. Er war neunzehn, und so steckten sie ihn nicht in die Erziehungsanstalt, wovor er immer Angst gehabt hatte – er war froh darüber; das Gefängnis war ihm lieber als die Erziehungsanstalt. Moropoulos war enttäuscht: Wenn ich Geld hätte, sagte er, würde ich einen anständigen Anwalt zahlen, *fuck* auf die Muttergottes.

Indianapolis

Aber bevor das geschah, der Hold-up und der Prozeß, war vieles andere geschehen. Billy hatte sein Abschlußzeugnis und den Führerschein bekommen; und von da hatte für ihn die Plackerei angefangen. Es war nicht nur, daß Tony aus der Schule geflogen war und zu klauen und mit Karten und Pistolen herumzuspielen begonnen hatte. Es war, daß sich insgesamt alles verändert hatte; die Plackerei vorher war ja nicht seine Sache gewesen – es war die seiner Mutter und seines Vaters. Daß sie arm waren und in einem Holzhaus in der Dubeil Street wohnten, in einer ganz ärmlichen Straße, war nicht sein Problem; auch nicht, daß man ihn einen *wop* und einen schmierigen Griechen nannte; er war weder schmierig – wo doch jeder, der ihn kannte, Dudes zu ihm sagte – noch ein Grieche; zu Hause sprach er zwar Griechisch, aber überall sonst sprach er Englisch, sogar mit seinem Vetter Telis. Und wenn er seinen Vater reizen wollte, benützte er schwierige englische Wörter, indirekte Anspielungen, die Moropoulos nicht verstand – manchmal tat Billy bei einem Familienstreit einfach so, als ob er wegen seiner griechischen Aussprache nicht verstehen könnte, was er sagte. Auch in die Kirche setzte er keinen Fuß; einmal hatte er zu Harry gesagt, das Kirchenvolk sehe aus wie eine Herde Elefanten. Harry hatte den Kopf geschüttelt: Du bist doch nicht ganz bei Trost.

Sonntags schlief Billy erst ganz lange, und dann ging er ins Stadion und spielte Basketball. Oder er sah sich mit den anderen das Match im Fernsehen an, besonders, wenn die *Pacers* spielten – ein bißchen verfolgte er auch die *Cavaliers* aus Cleveland, weil sie Nachbarn waren, aus der Stadt nebenan. Die meisten Sonntage drehte er seine Runden mit Tony, der, seit Billy denken konnte, sein Freund war, der der einzige Freund war, den er je gehabt hatte. Sie ließen sich durch South Bend treiben, aßen im *Stude Bagel* Bagels mit Käse, sahen die Kinder im Viertel weiter unten Softball spielen, im Sommer schauten sie sich im Drive-in von Michigan City Filme an und tranken dabei das alkoholfreie Bier, das sie sich in der Snackbar des Kinos gekauft hatten.

Sobald er die Schule abgeschlossen hatte, begann sich alles zu verändern; die meisten seiner Mitschüler nahmen eine Arbeit an, andere gingen aufs College. Bloß einer aus der Nachbarschaft, einer aus Zypern, wollte Priester werden und an einer orthodoxen Fakultät in Pennsylvania studieren. Adrienne Pappas hatte sich in Indianapolis an einer Schule für Sekretärinnen eingeschrieben, Mary Lynch an einer für Kindergärtnerinnen in Fort Wayne. Wilma Popper wurde Angestellte beim Sozialamt von South Bend; Billy sah sie beim Open-air-Fest am 4. Juli. Ihre Haare waren gewachsen, und die Ohren standen gar nicht mehr ab. Ray bekam ein Sportstipendium und ging an die Universität von Indiana nach Bloomington im Süden des Bundesstaates; an eine Uni, die ein Stadion mit fünftausend Sitzen hatte – Ray wollte so berühmt werden wie Larry Bird und Bobby Knight. Danny Wells war in der Versenkung verschwunden, Billy fragte sich, ob er Mitglied einer paramilitärischen Organisation geworden oder als Söldner nach Zentralamerika gegangen war. Und Tony war in diese Gefängniszelle gekommen, und Billy brachte ihm Comics, alte Science-Fiction-Hefte und die illustrierten Abenteuer mit Snappy Sammy Smoot[1] hin. Tony erwartete ihn mit einem Lachen auf dem Gesicht, er sagte, ich bin absolut vorbildlich, ich erzähl dem Wärter Witze, wir machen auch Pokerspielchen, ich komm sicher bald raus, Dudes, du wirst schon sehen: kaum hab ich mich hier richtig eingewöhnt, komm ich raus.

Billys Vater hatte nicht das Geld, ihn aufs College zu schicken. Billy wollte auch gar nicht aufs College, auch wenn seine Mutter gesagt hatte, geh doch wenigstens aufs Technical, in zwei Jährchen bist du fertig. Ich werde das Geld schon auftreiben. In South Bend gab es ein solches College, es hieß »Zum Heiligen Kreuz«; aber Billy hatte nicht die geringste Neigung, an einem Ort mit einem derartigen Namen zu studieren. Er dachte daran, eine Autowerkstatt aufzumachen und *Hot-rods* anzufertigen – aber er wollte kein Businessman werden, das einzige, was er wollte, war, verschiedene Einzelteile zusammenmontieren und schnelle, laute Autos herstellen, Autos für Liebhaber des Tempos und der offenen Straße. Autos mit einem verstärkten Motor, der aufheult, mit einem schwingenden Chassis, mit blendenden Farben

[1] Underground-Comics von Skip Williamson. (Anm. d. Autorin)

und witzigen, bedrohlichen und spinnigen Accessoires, ebendas, was die Leute *funny cars* nannten. Aber der einzige Weg, um zu einer solchen Werkstatt zu kommen, führte über Arbeit und über gespartes Geld. Du arbeitest höchstens zehn Jahre, meinte sein Vater, was sind schon zehn Jahre? Weißt du, wie schnell zehn Jahre vergehen? Wie der Wind!

Genau davor hatte Billy Angst. Daß seine besten Jahre in der Garage von so einem Italiener verstreichen könnten, der auch noch Ohrfeigen austeilen würde. Dann war da noch etwas anderes: er liebte die Autos zwar, aber er wollte sich nicht so schmutzig machen, er hatte keine Lust, dauernd Ölflecken abzukriegen. Und auch nicht sein ganzes Leben zwischen Zylindern, Kolben und Stoßdämpfern zuzubringen. Er wollte die Welt sehen; viele Bierchen trinken, viele Lucky Strikes rauchen und viele hübsche Körper streicheln, rosig und sonnengebräunt, schlank und auch nicht so schlank. So beschloß er, sich nicht nach einer Arbeit in einer Werkstatt umzusehen. Oder sich umzusehen – damit sein Vater nicht muckte –, aber eben keine zu finden. Er hatte noch eine andere Lösung in petto: zu den Rallys und Rennpisten zu gehen und Rennfahrer zu werden. Er hatte das Gefühl, daß er nichts anderes wollte, und genau davor hatte er Angst; wie es sich wohl anfühlte, einen Ferrari zu fahren, auf dem der eigene Name steht? So verkündete er nach einigen Wochen sommerlicher Untätigkeit am Sonntagstisch, er werde nach Indianapolis gehen.

Ich mache bei den Rennen mit, sagte er.

Rennen? Was denn für Rennen? fragte sein Vater zerstreut – er war in seine überbackenen Nudeln vertieft.

Bei den Wettrennen eben.

Wieso, bist du ein Pferd?

Bei den Rennen in Indianapolis.

Moropoulos erstickte beinahe, der Bissen blieb ihm im Hals stecken. Aber Billy fuhr fort: Ich werde Pilot.

Bei der Luftfahrt? fragte Eleni.

Mensch, Eleni, hörst du denn nicht, in Indianapolis, bei den Indycars, lauter *burrshit* gibt er von sich, lauter *burrshit*. Und er wandte sich an Billy: Du Blödkopp, Mann, ist dir denn nicht klar, wieviel Geld man braucht, Mann, damit man nach Indiana gehen kann, du Phantast, glaubst du vielleicht, Mann, du steigst einfach in 'ne Formel 1 und drehst ein paar Runden und kriegst gleich den Grand Prix? Und die Weiber gießen dir den Champagner ins Gesicht?

Moropoulos fing an zu brüllen und drohte, er werde den Tisch umwerfen. Er schrie, Billy habe nicht für fünf Pfennig Verstand. Eleni hielt den Tisch mit beiden Händen fest und dachte, es wäre gar keine so schlechte Idee, wenn Billy dorthin ginge, so wie Paul Newman. Nur daß es ziemlich gefährlich wäre, denn es gab einen Haufen Unfälle, alle naselang fing einer hinter dem Steuer zu brennen an oder überschlug sich und knallte ins Kiesbett. Billy sagte gar nichts; wie gewohnt wartete er, bis sich sein Vater ausgetobt hatte, und ging dann in sein Zimmer, legte eine Platte von Coleman Hawkins auf und blätterte in Zeitschriften über die Autorennen in Indianapolis.

★

INDIANAPOLIS wird Indianapls ausgesprochen, es wurde 1821 offiziell zur Stadt. Früher erinnerte es an einen Ort im Süden, und auch die Leute waren mit den Südstaatlern zu vergleichen; Booth Tarkington, einer der Schriftsteller, die in Indianapolis geboren und gestorben waren, hatte die Stadt und ihre Einwohner in seinen Büchern *Der Gentleman*

aus Indiana, Alice Adams und *Die stolzen Ambersons* beschrieben – Indianapolis ähnelte in der Tat dem amerikanischen Süden. Doch seit Tarkingtons Zeit hat sich viel verändert.

Obwohl Indianapolis also im neunzehnten Jahrhundert nur ein Dorf in den Sümpfen war, ernannte man es zur Hauptstadt des County Merion und anschließend des gesamten Bundesstaates, da es im Zentrum einer weiträumigen kultivierten Ausdehnung lag, am Ufer des White River. Die Lage hatte viele Vorteile für den Handel, doch das Fehlen eines Flusses für die Binnenschiffahrt schloß den Transport voluminöser Produkte wie Kohle und Eisen aus, die die Schwerindustrie gestützt hätten. So wurde Indianapolis zu Beginn des zwanzigsten Jahrhunderts für kurze Zeit der Sitz von mehr als sechzig Automobilfirmen (unter anderem *Stutz* und *Dusenberg*), ohne aber ernstlich mit Detroit konkurrieren zu können.

Es ist eine Stadt des amerikanischen Binnenlands, eines Binnenlands in geographischer und kultureller Sicht: wenn es auch nicht zum Süden gehört, ist es doch der sogenannten Bibelzone zuzurechnen, dem weiteren Gebiet der missionierten Rednecks. Außerdem machte sich während der Blütezeit der Industrie in den Staaten des Mittleren Westens die Landbevölkerung aus dem Süden massenweise auf den Weg, um dort Arbeit zu finden. Sie gingen in der Hauptsache nach Chicago, aber auch in andere Industriezentren am Michigansee, wie Gary und Calumet City, das einst die Stadt der Sünde gewesen war, voller Stripteaselokale und Bars mit schrillen Neonreklamen.

Das Land um Indianapolis ist ein Teil des bäuerlichen Amerika: Maisstauden, Buchen, Akazien und Ahornbäume, Farmen und Scheunen. Auf der Karte

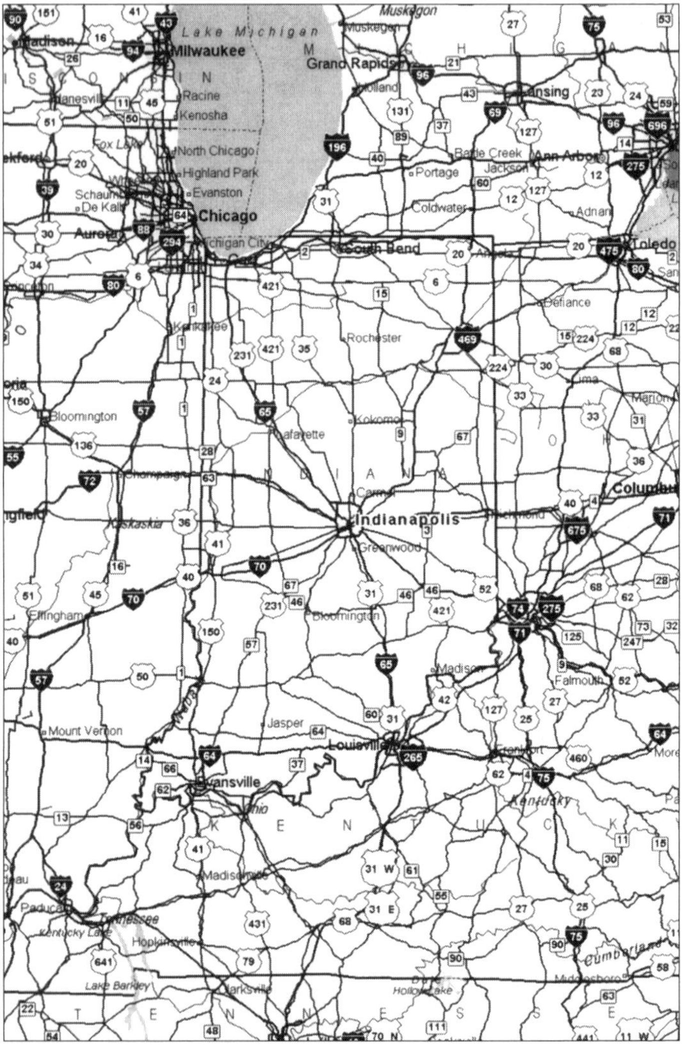
Lake Michigan
Muskegon
Madison
Milwaukee
Grand Rapids
Holland
Lansing
Racine
Kenosha
North Chicago
Highland Park
Evanston
De Kalb
Chicago
Aurora
Fox Lake
Battle Creek
Ann Arbor
Jackson
Portage
Coldwater
Adrian
Toledo
South Bend
Defiance
Kankakee
Rochester
Lima
Bloomington
Kokomo
Lafayette
Marion
Champaign
Carmel
Indianapolis
Greenwood
Kaskaskia
Effingham
Bloomington
Madison
Falmouth
Mount Vernon
Jasper
Louisville
Frankfort
Evansville
Ohio
Kentucky
Madisonville
Paducah
Tennessee
Kentucky Lake
Hopkinsville
Lake Barkley
Clarksville
Cumberland
Dale Hollow Lake

gleicht die Stadt einem Fahrradreifen, wie Washington ist sie strahlenförmig angelegt: von vierzehn Landstraßen durchzogen. Wenn man das Monatsheft *Indianapolis* durchblättert, kann man den falschen Eindruck gewinnen, daß man sich in der Stadt amüsieren kann; wie Billy schnell feststellte, schläft sie in Wirklichkeit; deshalb trägt sie auch die Spitznamen *Naptown* (Wes Montgomery hat ein Stück mit dem Titel *Naptown Blues* geschrieben), *India-no-place* und *Brickhouse in the Cornfield*, was bezeugt, daß es sich um ein Provinznest handelt, in dem sich keine großartigen Dinge abspielen. Und doch tut sich einiges: die panamerikanischen Sportkämpfe und die nationalen Qualifikationsausscheidungen für die Olympiade. Am letzten Maiwochenende (dem Wochenende des Kriegsgefallenengedenkens) wird das Autorennen veranstaltet: das *Indy 500*, das bedeutendste und glanzvollste Automobilereignis der Vereinigten Staaten.

Das *Indy 500* findet auf der Rennstrecke sieben Meilen (ca. elf Kilometer) nördlich vom Stadtzentrum statt. Dreiunddreißig Rennfahrer nehmen daran teil, einer gewinnt den Preis von einer Million Dollar. Die Piste hat eine Länge von zweieinhalb Meilen und wurde ursprünglich als Teststrecke für die Automobilindustrie gebaut. Die ersten Rennen fanden 1911 statt; damals lag die Durchschnittsgeschwindigkeit bei 115 Stundenkilometern – heute sind es über 345. Das Rennen hat jedes Jahr an die 450 000 Zuschauer, wobei noch etwa 100 000 von außen vergeblich versuchen, hineinzukommen. Anfangs sah die Kommunalverwaltung im *Indy 500* eine Provokation gegenüber dem Andenken an die Kriegsgefallenen, doch dann gewöhnten sich alle daran; durch das eingenommene Geld verebbte der fortschrittsfeindliche Patriotismus, und alle Welt stürzte sich auf die Industrie und den Zirkus um die Rennen. Vor dem *Indy 500* halten sich Tausende von Autofans einen ganzen Monat lang in Indianapolis auf und nehmen an Festen wie dem Schönheitswettbewerb um die *Speedway Queen*, dem Bürgermeisterball, dem großen Umzug und der Mechanikerparty teil.

Die Autorennen sind die eine Seite von Indianapolis; in Wahrheit gibt es keine andere. Es handelt sich um einen gottesfürchtigen Ort, wo fortwährend verschiedenste religiöse Versammlungen stattfinden. Auf dem großen Crown-Hill-Friedhof liegt Benjamin Harrison (Republikaner), der dreiundzwanzigste Präsident der Vereinigten Staaten, begraben, der Dichter James Whitcomb Riley (Billy verabscheut seine Gedichte) und der Bankräuber John Dillinger, den seine Freunde Jo und seine Feinde »Öffentliche Gefahr Nr. 1« genannt hatten. Viele behaupten, im Grab Nummer 94 in Sektor 44 liege gar nicht der echte Dillinger, sondern ein ganz anderer, den der FBI vor jenem Chicagoer Kino 1934 aus Versehen umgelegt habe. Dillinger ist eine Art regionaler Robin Hood, der ebenso in Indiana (1933 raubte er die Bank in Greencastle aus) wie in Chicago wirkte, wo er während der Prohibition illegal Whiskey verkaufte. Zu den kleinen Überspanntheiten, die sich der Staat Indiana leistet, zählt das Dillinger Museum im Dorf Nashville in der Nähe von Indianapolis. (Billy war noch nicht dort, aber er hat es vor; dort gibt es eine ständige Ausstellung alter Automobile.)

Man kann Indianapolis vom zweiunddreißigsten Stockwerk des Soldaten- und Seefahrer-Memorials aus besichtigen, aber es lohnt sich nicht. Es gibt einen Punkt südwestlich des Memorial Place, wo sich Geschäfte, Cafés und Musikbars konzentrieren, während im Gebiet um den Lockerby Place die Häuser rosa, hellblau und gelb sind und mit ihren Veranden an den Süden erinnern. Die meisten Taxis sind altrosa lackiert und gehören der *Hoosier*-Gesellschaft; sie wirken wie aus einer vergangenen Zeit.

Was kann ein aufgeweckter Mensch in Indianapolis anfangen: vor dem Technikmuseum die Skulptur *LOVE* von Robert Indiana ansehen; in der Louisiana Street im *Original Pancake House* deutsche Pfannkuchen essen; die *Indianapolis Colts* im *Hoosier Dome* Fußball spielen sehen; in der *Chatterbox* in der Massachusetts Street Jazz hören und Blues in der *Slippery Noodle* in der Meridian Street, Billys Lieblingsclub. Er war einmal ein Saloon: er hat zwei Stockwerke, viele Zimmer und billiges Bier. Als Billy noch zur Schule ging, war er samstags oft zu Jazzkonzerten nach Indianapolis gefahren, die entweder im Militärpark oder im Murat Center stattfanden. Manche konnte er aus Geldknappheit nicht besuchen – er hörte sie sich dann von draußen, vom Drahtzaun aus, an.

Wenn man den Highway 39 nimmt, kommt man fünfundvierzig Meilen weiter in Richtung Südwesten nach Bloomington, wo Ross Lockridge geboren ist, der Verfasser von *Raintree County*; dorthin ging Billys und Tonys Schulfreund Ray Bildner mit seinem Sportstipendium zum Studieren.

★

Sommer

So kam der Sommer, und Billy starrte auf den feuchten Beschlag an seinem Fenster. Und zog mit dem Finger Muster hinein, wie im Winter in die Eisblumen. In South Bend waren die Sommer kühl und unbeständig – manchmal gab es am gleichen Tag Regen und unerträgliche Hitze. Billy hatte das Gefühl, daß eine rote Glutwolke über der Stadt hing. Manchmal kamen Wirbelstürme in die Nähe, aber nur in die Nähe, ganz kamen sie nie; sie suchten die Nachbarstaaten heim, das Kackmissouri, das Kackkansas und das Kackoklahoma. In Indiana war sogar das Wetter öde; im Winter gab es nichts als Schnee und im Frühjahr blühten immer und ewig die gleichen Bäume, Bäume, die »goldene Tulpenbäume« hießen, aber gar nicht golden waren. Bei den Sommerfesten in den Parks ging oft ein Regen herunter; Billy hatte die städtische Musikkapelle schon unter farbigen Regenschirmen spielen sehen.

In diesem Juli war es aber heiß, und mitten in der größten Hitze fing Billy mit seiner Arbeit an, in einer Werkstatt in Elkhart, einer Kleinstadt, die etwa zwanzig Kilometer weiter auf der anderen Seite des Flusses lag. Er hatte vor, ein Jahr zu arbeiten und Geld zu sparen und dann nach Indianapolis zu gehen, um sich als Rennfahrer ausbilden zu lassen. Jeden Morgen nahm er den Regionalbus nach Elkhart, stand verschlafen an der Kreuzung, wartete an der Station. Während der Fahrt döste er – und sah gelangweilt auf die schlafenden Vorstädte, auf Mishawaka, auf die Straße, die am *King Gyros* und am *Roadhouse* vorbeiführte. Um acht war er dann in Schietelkhart und mußte noch weitere zehn Minuten bis zu Brunos Schietwerkstatt laufen, die »Automobilklinik« hieß. Bis spät am Nachmittag hing Billy über den Autos der Bauern, den Caravans und den Lastwagen – und den ganzen Sommer über tauchte nicht einmal ein Chevy Bel Air auf. Nicht einmal ein Buick. Bloß Brockway-Laster, Ford-Transporter und Kleinbusse, wie sie Milchverkäufer und Bäcker haben. Bruno gab ihm zwar keine Ohrfeigen – aber er zog ihn auf: er sagte *»bambinuccio«* und *»bambinello«* zu ihm, lauter Abwandlungen von *bambino*. In der Werkstatt arbeitete Brunos dicker Bruder mit, den Bruno *»Elefante«* nannte; für alle hatte er irgendeinen Namen, sogar für die Kunden; deshalb machte es Billy nicht so viel aus, daß er ihn *»bambinuccio«* nannte. Ihm machten andere Dinge etwas aus: Bruno schien Tag für Tag auf den entscheidenden Fehler von Dudes zu warten, einen Motor, der in die Luft flog, oder eine Unehrlichkeit; er ließ keine Gelegenheit aus, zu erzählen, daß er die Kasse sehr gut verschlossen hielt und nicht einmal seinem eigenen Bruder traute.

Neun Stunden am Tag verbrachte Billy in der Werkstatt und zwei auf dem Weg; abends kam er halbtot nach Hause und hatte weder die Zeit, sich mit seinem Vater anzulegen noch mit Jean Pauls oder Constance Fisher herumzutelefonieren. Er aß, las ein bißchen in der *South Bend Tribune* – über Traktorenwettkämpfe, Countrymusiker, die Weihnachtsalben herausbrachten, über Dichterabende und Familienverbrechen. Er ärgerte sich kurz, dann gewöhnte er sich wieder daran; er suchte Nachrichten über die neuen Automodelle und die regionalen Rennen »frisierter« Autos an verschiedenen Orten Indianas. Danach ging er ins Bett, aber er konnte nicht schlafen, weil er sich Gedanken machte, was aus seinem Leben werden sollte. Samstag abends ging er aus: mit Jean Pauls oder mit Constance Fisher – und einmal auch mit beiden. Sie fuhren nach Chicago, die Mädchen wollten tanzen; sie nahmen Jeans Auto, und Conny saß hinten und zog einen Flunsch – jede von ihnen glaubte, sie sei die offizielle Freundin von Billy. Aber am Ende des Abends hielt Billy sie alle beide im Arm, und seine Zunge steckte dauernd in einem anderen Mund, und alle drei lachten sich halbtot. Am nächsten Tag redete Jean nicht mit ihm, aber Conny rief an und heulte und fragte ihn, ob ihm Jean denn besser gefiele, und ob es ihm etwas ausmachte, daß sie ein bißchen zugenommen hätte, und wenn er sie lieber dünner wollte, würde sie ihm zuliebe eine Abmagerungskur machen. Billy war geknickt, er wollte sie ja nicht verletzen, er wollte nur herumspielen.

Immer bevor er Samstag abends loszog, probierte Billy vor dem Spiegel seine spärlichen Kleidungsstücke in verschiedenen Kombinationen durch, das karierte Hemd zu den Bluejeans und das weiße T-Shirt zur Khakihose – und spürte, daß er nichts als sein Aussehen hatte. Und daß er nicht einmal Kleider hatte, denn die Hosen kaufte er sich beim Armeediscount, obwohl er so gerne gesehen hätte, wie die Hosen in Beverly Hills waren. Und ob sie ihm stehen würden. Wenn er ausging, wenn er mit den anderen ins *Roadhouse* nach Mishawaka ging, dachte er, daß er nur wegwollte, zumindest nach Indianapolis wollte er. Und wenn er es sich mit Constance im Transporter ihres Vaters auf dem Sitz bequem zu machen versuchte und sich bemühte, den Ganghebel nicht unter den Hintern zu kriegen, überlegte er sich, wie es wohl wäre, wenn man in einem Motel vögelte. Für ein Motel reichte nämlich sein Geld nicht – nur für ein Bier, allenfalls zwei. Und dann auch nur einheimische, denn die importierten waren teurer.

Er wurde allerdings auch oft eingeladen. Von Tony vor den ganzen Zwischenfällen und dann hinterher, als er wieder aus dem Gefängnis heraus war, zu holländischem Bier und zu Bourbon, *Wild Turkey*. Wonach verlangt dein Herz, fragte er. Die Bank zahlt. Und deutete vergnügt auf seine Brieftasche. Ein paarmal hatte Tony einen Haufen Geld dabei, Zwanziger, Fünfziger, manchmal sogar Hunderter. Und er gab für alle, die kein Geld zum Trinken hatten, einen aus – aufs Geld nahm er keine Rücksicht –, und einmal hatte er im *Roadhouse* eine ganze Flasche *Wild Turkey* auf einen Typen geworfen, der ihm stank. Er hatte die Flasche gekauft und sie ihm halb im Scherz, halb im Ernst auf den Kopf gehauen; dann hatte er eine Lokalrunde geschmissen.

Auch Conny lud Billy ein, sie behauptete nämlich, er wäre

besser, wenn er ein bißchen getrunken hätte – sie gab ihr gesamtes Taschengeld für Billys Bier aus und für verschiedene Kosmetika und die Dessous, die fürs Vögeln mit Billy gedacht waren. Auch für Kondome mit Bananen- oder Erdbeergeschmack oder so. Jean Pauls lud ihn auch ein, aber nicht so üppig, weil sie ihn im tiefsten Herzen auch als *wop* betrachtete, weil sie ihn als etwas Vorübergehendes in ihrem Leben ansah – einen ganz amüsanten Typen, aber einen Loser; sie hatte vor, einen Jungen zu heiraten, der aufs College ging und ein Auto hatte wie alle Leute. Sie wollte keinen aus der Mechanikerwerkstatt mit einem Vater, der nicht richtig Englisch konnte, der die Verben im Präsens benutzte und die Rs so rollte. Billy war es relativ schnuppe, was Jean wollte. Aber als er ihr erzählte, daß er vorhätte, Pilot auf der Formel 1 und bei Indycars zu werden, meinte Jean: Ach nee? Wie denn? Billy war eingeschnappt. Den ganzen Abend lang zog er eine Flappe; er machte sogar einem Mädchen am Billardtisch gegenüber schöne Augen, das sich herunterbeugte, um die Kugel anzustoßen, und einen schönen ausladenden Arsch hatte. Nicht daß er eine besondere Schwäche für ausladende Ärsche gehabt hätte. Sie machte ihm ebenfalls Augen, aber sie war mit einem Cowboy da, und Billy hatte Angst, er könnte Prügel kriegen.

Winter

Ums Haar hätte er Prügel gekriegt, allerdings von seinem Vater; Harry glaubte, er befände sich immer noch in seinem Scheißdorf bei Tripolis, wo Billys alte Tanten lebten – die mit dem Schnurrbart und den Warzen. Und warum hätte er fast welche gekriegt? Weil Moropoulos seit Tonys Verhaftung beim geringsten Anlaß mit Billy aneinandergeriet; in der letzten Zeit hatte er es mit seinen Haaren; Billy hatte sich die

Haare wachsen lassen und band sie hinten zu einem Pferdeschweif zusammen. Den ganzen Sommer hatte sein Vater herumgemeckert, und schließlich hob er sogar die Hand gegen ihn, als ob er fünf Jahre alt wäre.

In der Zwischenzeit hatte ein schwerer Winter eingesetzt, die Flüsse waren fast zugefroren, der Wind blies von den Michiganseen herüber; die Temperatur lag unter zwanzig Grad Fahrenheit. Billy arbeitete noch in Brunos Werkstatt, er ging durch den kalten Nordwind, durch den eisigen Frost, schnallte sich Schneeschuhe unter, die Hände wurden ihm steif, die Lippen sprangen auf. Bei der Arbeit grantelte Bruno herum, er war unausstehlich – an einem Tag, als sich Billy um zehn Minuten verspätet hatte, bekam er einen Anfall; er fluchte sogar auf den *Elefante*.

Und wenn Billy dann von der Arbeit nach Hause kam, vernahm er die ewige Leier seines Vaters:

Der Farina ist ein Gangster geworden. Und du ein Hippie.

Billy aß und stemmte dabei das Kinn auf die Hand, als würde es ihm sonst herunterfallen; er kaute am Essen, als wäre das Kauen eine harte Arbeit – und hielt den Mund. Er stocherte in den Bohnen auf seinem Teller und zählte innerlich eins, zwei, drei, vier, um nicht laut zu werden. Das hatte ihm seine Mutter beigebracht. Du zählst bis zehn, sagte sie, und wenn der Zorn dann noch nicht verraucht ist, kannst du immer noch laut werden. Sie selbst zählte bis zehn und wurde nie laut.

Ein-, zweimal in diesem Winter drückte sich Billy vor der Arbeit, wie früher, als er noch in die Highschool ging; nur daß er nicht an den Fluß ging. Einmal wollte er Tony besuchen, aber er hatte keine Besuchserlaubnis, und sie ließen ihn nicht hinein; das andere Mal blieb er einfach zu Hause im Bett liegen, und die Wände schienen ihm ganz nahe beieinanderzustehen, als wollten sie über ihm zusammenstürzen. Er zählte im Geist sein Geld zusammen: sechzig Dollar pro Woche – ein Hungerlohn –; und ab und zu noch ein Trinkgeld, einmal von einer Dame, die nach Michigan City unterwegs war und deren Blechkiste erbärmlich tuckerte. Sie hatte ihm fünf Dollar gegeben und ihn eindringlich angeschaut, eieiei, meinte sie, solche geschickten Hände. Aber Billy hatte keinen Appetit auf Abenteuer mit Damen.

Billy dachte voll Trauer an Tony, der in Michigan in diesem Riesengefängnis eingesperrt war, dachte an das ewige Stänkern seines Vaters – das würde er nicht mehr lange aushalten. Wenn es so weiterging, kam er nie nach Indianapolis, von Kalifornien ganz zu schweigen. Und sein Vater hatte auch nicht vor, ihm unter die Arme zu greifen; erstens, weil er kein Geld hatte, und zweitens, weil er auf ihn einen größeren Groll hatte als je. Und der Streit um die Haare wurde immer erbitterter, Moropoulos blaffte ihn an, bist du etwa ein Pope? Bloß Popen haben einen Zopf! Oder bist du vielleicht schwul? He? He? Seine Mutter sagte dagegen nur, Sweetheart, mit so viel Haaren mußt du dich aber ziemlich lange kämmen. Und eines Tages, als Moropoulos schon im Bett war, sagte sie zu Billy:

Mir gefallen deine Haare schon. Und sie fragte weiter: Hast du was zum Nähen? Einen abgegangenen Knopf?

Billy wollte über den Tisch nach ihrer Hand greifen – um ihr zu zeigen, daß er sie gern hatte, daß er wußte, wie lieb sie war. Aber er tat es nicht – er stand nur auf und ging in sein Zimmer und drehte das Radio leise an.

Bei den Haaren gab er auch nicht nach; er holte sich ein paar Gummiringe von Conny und stolzierte mit seinem Haarschweif herum und gab damit an. Sonntags warf er ihn immer bei Tisch hin und her, um seinen Vater in Rage zu bringen; er nahm auch mal den Gummi ab, behielt ihn kurz zwischen den Zähnen und nahm dann die Haare wieder zusammen. Moropoulos schüttelte immer wieder den Kopf, und seine Mundwinkel zogen sich nach unten.

Ihr seid alle Nichtsnutze geworden. Der eine (er meinte Tony) ist verurteilt worden, der andere (er meinte Telis) spielt bloß Ball, sonst kann er nichts, wirft Bälle ins Netz. Und du frisierst dich.

Jesus, dachte Billy und fragte sich, wie oft er sich das schon hatte anhören müssen.

Es verstrichen zwei, drei Monate, der Winter ging weiter, und das Hin und Her zur Werkstatt und zurück ging auch immer weiter; samstags wusch sich Billy die Haare, kämmte sie durch und frottierte sie – dann wartete er, bis sie trocken waren, denn es gab bei ihnen zu Hause keinen Fön. Gegen neun ging er ins *Roadhouse* oder ins *King Gyros* und aß Hamburger oder Souvlaki mit Kartoffeln mit seinem Vetter Telis und mit zwei drallen Mädchen, die Telis in der Kirche aufgetan hatte; sie waren Zwillinge, absolut gleich. Sie trugen sogar die gleichen Kleider – fast.

Telis ging in die orthodoxe Kirche in Hammond und sogar in Chicago und lernte verschiedene Griechinnen kennen, die noch nie in Griechenland gewesen waren; die lud er dann in die Fast-Food-Kneipen ein, spendierte ihnen Limos, fuhr sie im Nissan seines Vaters spazieren. Er sagte immer, er fühlte sich mit diesen Mädchen verwandt, die Althea, Irini, Anastasia hießen und mit ihren Eltern in die Kirche gingen und damit die Last des Tages hinter sich brachten. Er war zu den Gräkoamerikanerinnen übergegangen; die suchten genau wie er jemanden aus der alten Heimat zum Heiraten.

Sie saßen alle zusammen im *Roadhouse* neben Leuten, die sie kannten, und anderen, die auf der Durchreise waren und die sie nicht kannten; es war ein großer Saal, sehr kalt, wenn er leer war, und sehr heiß, wenn er voll war, mit Deckenventilatoren, die sich langsam drehten. Das *Roadhouse* war der älteste Ort, den Billy, Telis und Tony kannten; der älteste außer ihrem Viertel; dort hatten sie ihre ersten Biere getrunken und die Nächte durchgemacht. Und sie hatten sämtliche einheimischen Sänger erlebt, die Honky-Tonk-Artisten; einen, der im Stehen Klavier spielte und behauptete, er sei ein unehelicher Sohn von Jerry Lee Lewis, und einen anderen, der wie ein Kuhtreiber »Iiiii« pfiff und sich mit dem Hut auf den Schenkel schlug. Es war eine bäuerliche Bar, wo nur drei Biersorten ausgeschenkt wurden und an den Wochenenden Brathühner und knusprige Kartoffelchips auf den Tisch kamen. Rosalie, die das Bier ausgab, verlangte jedesmal den Personalausweis, als bestünde die Gefahr, daß sie vom einen zum anderen Samstag Alkoholiker geworden wären – und wenn sie zwei Biere tranken, sagte sie, genug für heute, ab ins Bett mit den Babys; und servierte kein weiteres mehr. Aber Billy und Tony machten natürlich weiter; sie liefen den Highway hinauf und hinunter und hatten den Flachmann dabei – sie tranken Bourbon. Ein paarmal war Billy auch allein bis nach Gary gefahren, um einen Typen zu treffen, der Tony Geld schuldete; Tony hatte ihn hingeschickt, aber Billy fand ihn nicht, er suchte das ganze Scheißkaff nach ihm ab, aber er war wie vom Erdboden verschwunden; und Billy war bedrückt, weil er sich in Städten herumgetrieben hatte, ohne daß dabei etwas herauskam. Als er wieder zu Hause war, schloß er sich in seinem Zimmer ein, hörte sich im Radio eine Jazzsendung an und grübelte, wie er zu einem *Hot-rod* kommen könnte.

⋆

DIE HOT-RODS sind umgebaute Autos, das heißt Autos, die man zugeschnitten, lackiert und umgebaut hat, bis sie nicht mehr an die industriellen Standardprodukte erinnern. Es handelt sich dabei um eine Spielart eines typisch amerikanischen Phänomens: die Dinge protzig, verspielt, originell und irgendwie geschmacklos zu machen. Manche *Hot-rods* sind Oldtimer, die man mit Ersatzteilen einer fortgeschritteneren Technik, mit schrillen Farben und Zubehörteilen aufgemotzt hat, um ihnen einen »individuellen« Charakter zu geben und sie von den anderen abzuheben.

Das Umbauen ist so alt wie die Pioniere des Automobils; Henry Ford, der das Fließband einführte, war einer der ersten, der Automobile auf Bestellung anfertigte, Einzelstücke, die einander nicht gleichsahen. Einige dieser umgewandelten T-Modelle nahmen in den zwanziger Jahren sogar an den Rennen in Indianapolis teil. Zu der Zeit fingen auch die Wettbewerbe »frisierter« Autos an, die zu einem festen Bestandteil von Jahrmärkten und Pferderennen wurden.

Die *Hot-rods* und der damit verbundene Sport – das »Tuning«, die Wettrennen, die Organisation von Gruppen fanatischer Fahrer – entstanden in den dreißiger Jahren in Südkalifornien. Der Grund dafür lag hauptsächlich in der Wirtschaftskrise; die jungen Leute konnten sich keine neuen Sportwagen leisten, und so kauften sie sich billige T- oder A-Modelle und *B-bone roadsters* (offene Ford-Einsitzer) und bauten sie so um, daß ihnen an der Ampel keiner davonfahren konnte. Sie hatten eben diesen Fimmel mit dem Rasen und den Ampeln. In der Gegend von Los Angeles wurden *Hot-rod*-Clubs mit exotischen Namen gegründet: Parias,

Flachflugpiloten, Ritter der Nacht, während in Südkalifornien in den fünfziger Jahren die Nationale *Hot-rods*-Vereinigung gegründet wurde, die die *Hot-rodders* aus ihrer Situation am Rand der Legalität befreite, indem sie Rennen mit »normalen« Autos organisierte. (Bis dahin hatten Autorennen auf ausgetrockneten Seen und Sandpisten stattgefunden.) Die Autos der *Hot-rodders* hatten kein Dach und auch keine Stoßstangen; oft fuhren sie ohne Motorhaube – die Motoren lagen blank; die Auspuffrohre machten einen Höllenkrach und stießen blaue Rauchwolken aus. Die *Hot-rods* fuhren extrem schnell: die Mechaniker tunten die Motoren und nahmen viele Teile heraus, um das Chassis leichter zu machen. Die Kunst des *hot-rodding* verbreitete sich schnell, und in den fünfziger Jahren benützten die *Hot-rodders* auch Coupés und Sedans, das heißt nicht nur billige alte Roadster, sondern Familienkutschen mit glänzenden Polstern und Radkappen und Reifen von Feuerwehrwagen. Sie bastelten Liliputautos und solche mit wahnwitzigen Formen, Autos, die wie Nilpferde aussahen oder wie große phosphoreszierende Insekten.

Als Billy das Auto baute, das er *Shane* taufte, hatte sich der Begriff *Hot-rod* bereits verwischt und umfaßte auch die frisierten Autos der sogenannten *drag races* (das sind Beschleunigungsrennen über eine Strecke von einer Viertelmeile), die *Street-rods*, das heißt, die umgebauten großen Limousinen, die vor 1949 hergestellt worden waren, und auch die Buggies für die Sanddünen. Zu Beginn der sechziger Jahre reagierte die Autoindustrie in Detroit mit den sogenannten *Muscle-cars* auf die *Hot-rods* – verstärkten Modellen von Chevy, Pontiac und Oldsmobile, und diese Kraftwagen wurden dann ebenfalls als *Hot-rods* betrachtet, genau wie die billigeren *pony cars* von Ford Mustang und Chevy Camaro.

Der große Held in der Geschichte der *Hot-rods* ist Gary Gablidge, ein Fahrer aus Long Beach in Kalifornien, der am 23. Oktober 1970 ganze 1001,67 Stundenkilometer erreichte; das Fahrzeug, das er bei dem Rennen von Bonville Salt Flats in Utah fuhr, war gar kein Automobil, sondern ein Ding, das wie eine Kugel aussah, ein *Rocket-car*. Die weibliche Heldin der *Hot-rodders* ist Shirley Manoldy, die es nicht nur schaffte, in einer Männerwelt zu überleben, sondern sogar dreimal den ersten Preis der Nationalen *Hot-rods*-Vereinigung errang.

Die *Hot-rods* stellen einen Teil der amerikanischen Volkskultur dar und sind mit einer ganz eigenen Art von Popmusik (von den *Beach Boys* bis zu den *Blasters*) und einer Vielzahl von Jungfilmen verbunden, die *Dragsters* und *Hot-rodders* als Helden haben. Als Dudes' Geschichte beginnt, das heißt um 1989 herum, erwirbt ein anderer Billy – Billy Gibbons, der Gitarrist der *ZZ Top* – einen der berühmtesten *Hot-rods*, den *CadZZilla*, ein Automonster mit einer 48er-Cadillac-Karosserie, einem Motor von 500 PS und einer internen Elektrik, die einem Kernkraftwerk Ehre gemacht hätte.

1992 wurde ein Dokumentarfilm mit dem Titel *Wilde Räder* gedreht, der die Technik und den Irrsinn der *custom cars* beschreibt – aber Dudes hat ihn nie gesehen. Die *Hot-rods* sind auch Teil der amerikanischen Literatur, aber Dudes liest Western und kennt offenbar weder Henry Gregor Felsens Roman *Hot Rod*, wo der Held ein Waisenjunge ist, der seinen Lebenssinn im »Basteln« eines Autos findet, noch den *Autodieb* von Theodore Weesner, in dem der sechzehnjährige Alex Houseman einen Chevy Bel Air stiehlt, genau so einen, wie ihn Annys Dad hat.

★

Sein Glück sollte sich bald einstellen: in die Werkstatt wurde ein Ford gebracht, der doppelt so alt war wie Billy; ein Wrack aus dem Jahr 1950. Es war ein riesiges Auto, mit zwei Türen und Plastikdach, ein Modell mit in der Mitte geteilter Windschutzscheibe. Ein Typ aus Dunlop brachte es mehr schiebend als fahrend an und sagte: Jungs, wenn ihr den macht, findet mir doch gleich auch jemanden, der ihn mir abnimmt. Er wollte den Wagen für zweihundertfünfzig Dollar abgeben, er meinte, er sei am Ende. Die Karosserie ist noch in Ordnung, sagte er, aber er braucht einen neuen Motor. Was will man, setzte er noch hinzu, die amerikanischen Autos halten eben nicht mehr als zwanzig Jahre.

Billy musterte das Auto, dann musterte er den Typen, und schließlich sagte er:

Zweihundert.

Zweihundertfünfzig.

Zweihundert.

Bruno legte zwanzig Dollar dazu, und Billy wunderte sich über seine plötzliche Großzügigkeit, er hatte den Verdacht, daß er als Gegenwert irgend etwas Schreckliches von ihm verlangen würde. Trotzdem nahm er die zwanzig Dollar an und kaufte den Ford mit seiner abgeblätterten Farbe und seinem verrosteten Kühlergrill. Der Motor war völlig unbrauchbar und ein Reifen geplatzt. Und in den folgenden vier bis fünf Monaten blieb Billy je zwei, drei Stunden länger in der Werkstatt und arbeitete an dem Wagen, oder er graste auf der Suche nach Ersatzteilen die Schrottplätze und Autofriedhöfe in ganz Nordindiana ab; er montierte Reifen von einem Mustang Grant Coupé (mit den silbernen Radkappen) daran, vorne Scheinwerfer von einem 57er Chevy Eldorado, hinten Stoßstangen von einem Pontiac, und wieder von einem Pontiac einen Kühlergrill, aber diesmal von einem älteren Modell. Er stylte ihn superschnieke zurecht, auch wenn man einwenden konnte, daß er wie ein Monstrum aussah; er hatte eine mörderisch aggressive Vorderseite – ein bißchen wirkte er wie das historische 53er Modell des *Kaiser Dragon*, aber wenn man genauer hinsah, hatte er damit überhaupt nichts zu tun. Die Türgriffe besaßen die Form von Totenköpfen, und aus dem Motor ragten zwei Chromröhren; das Armaturenbrett und das Steuer sahen aus wie das vom Chevy Belair, aber in Wirklichkeit waren sie aus zahlreichen Einzelstücken zusammenmontiert. Billy machte vor und nach dem Umbau ein Polaroidfoto davon, um es Tony mitzubringen; Tony war begeistert: *What a killer, man, what a killer!* Danach spritzte er ihn dunkellila, in dieser Farbe, die man in den Lackierereien perlviolett nennt. Schließlich brachte er ihn nach Chicago zu einem Typen, der Autos bemalte, und der malte ihm große gelbe Flammen auf die Kotflügel. Soll ich auch welche auf die Motorhaube malen? fragte er Billy. Aber der wollte nicht, und er konnte sich auch nicht noch mehr gemalte Flammen leisten.

Der *Hot-rod* war kein richtiges Rennauto, aber er war herrlich und protzig. Billy rieb ihn immer wieder mit Wachs ab, um ihn aufzupolieren. Und am Ende ging er zur Meldestelle und bestellte Nummernschilder; er wollte eigentlich JAZZY 68 draufstehen haben, aber der Angestellte schaute in den Computer und sagte:

Die Nummer hat schon ein anderer.

Billy blickte ihn sprachlos an.

Wenn Sie keine andere Idee haben, gebe ich Ihnen eine ganz normale Nummer, setzte der Angestellte hinzu.

Shane? fragte Billy.

Wie, Shain?

S-H-A-N-E. Kann ich ein Nummernschild mit SHANE haben?

Der Angestellte sah in seinen Computer.

Okay, meinte er. SHANE 68.

Billy war überglücklich: Shane hieß der Revolverheld, der in einem Film gespielt hatte – Alfred B. Guthrie Jr. hatte das Drehbuch geschrieben. Es war nicht irgendein Revolverheld, es war ein Ritter, ein Retter, er beschützte die Leute vor dem Prinzen der Finsternis. Als Bruno den fertigen *Hot-rod* sah, rief er:

Porca Madonna. Porca miseria.

Und als er das Nummernschild sah, rief er:

Shain.

Shane, korrigierte ihn Billy.

Und dann begann ihn Bruno aufzuziehen: Na, Dudes, Mann, fährst du jetzt mit dem Auto rum? *Madonna.* Und du setzt Weiber in diese Karnevalskutsche?

Sein Vetter Telis sagte: *Tough Jesus.*

Conny sagte: *Wow.*

Sie stiegen ein und fuhren bis an den See, bis Michigan City; Conny wollte sich splitternackt ausziehen und sich streicheln lassen; sie sagte, komm, streichel mich doch ein bißchen, Dudsy. Streichel mich *hier.* Aber der *Hot-rod* hatte keine Heizung, und Billy hatte Angst, daß sie sich erkälten könnte. Aber sie blieb dabei, zog sich aus und drückte sich an ihn und steckte dabei ihr eines Bein durchs Steuerrad.

Als Billy den Ford vor dem Haus parkte, rannte seine Mutter bis zum verschneiten Bürgersteig und blieb voller Bewunderung stehen. Du meine Güte, sagte sie.

Und sein Vater betrachtete ihn von allen Seiten und fragte dann:

Hast du irgendein Teil von einem Study eingebaut?

Das war sein Kummer, der *Study Hawk.* Und bevor Billy antworten konnte, fragte er noch:

Hast du dir auch Schneeketten besorgt?

Er besorgte sich auch noch Schneeketten; und auf seinem Konto blieb kein einziger Dollar mehr übrig. Er hatte alles fürs Auto ausgegeben. Und für ein paar Biere, die er den Leutchen im *Roadhouse* spendiert hatte. Als er um Mitternacht nach Hause kam, schneite es; das Haus sah aus wie eine Weihnachtskrippe. Billy schlich so leise er nur konnte in sein Zimmer, aber seine Mutter rief aus dem Schlafzimmer heraus:

Bist du's, Billy?

Nein, der schizophrene Hammermörder.

Putz dir die Schuhe anständig ab. Mach den *carpetto* nicht dreckig.

Danach sank die Stille der Nacht herab, und Billy stellte sich an sein Fenster und sah in den Schnee. Und er dachte, daß er Indianapolis für ein Auto geopfert hatte, nach dem sich Mario Andretti oder Al Unser nicht einmal umgedreht hätten, obwohl sie auf dem Circuit von Indianapolis auch einen Ford fuhren. Billy legte sich auf das Bett und sah auf die Poster an seiner Wand, mit Andretti, wie er 69 erster geworden war und aus dem Silberpokal Champagner getrunken hatte – und er fühlte sich unglücklicher denn je. Nein, nach Indianapolis würde er nicht gehen. Er würde nicht gehen – ganz sicher nicht.

Von dem Tag an gab er sein ganzes Geld aus: er ging in die Morno Street hinunter und kaufte sich ein Paar englische Schuhe mit kleinen Löchern, die Sorte, die man Brogues nennt – er war ganz verrückt nach diesen Schuhen; und er wußte, daß er sich von den anderen unterscheiden würde, denn die meisten trugen Cowboystiefel. Dann suchte er sich noch einen Ledergürtel aus, der zu den Schuhen paßte, und ein *Pacers*-Cap. Nicht daß er ein *Pacers*-Fan war, aber es gefiel ihm eben.

Als ihn sein Vater sah, sagte er:

Ein Base-Cap tragen alle, du solltest besser einen Hut tragen. Dann bist du wer – sonst bist du niemand.

Am Samstag zog Billy die neuen Schuhe und den Gürtel an und holte Conny von zu Hause ab. Er hatte eine überschäumende Laune und mehr als zwölf Dollar in der Tasche – wenn Conny noch fünf bis sechs drauflegte, konnten sie in ein Motel gehen. Conny hatte zwanzig Dollar und noch ein bißchen Kleingeld; sie holte es aus ihrem Täschchen und zählte es auf dem Sitz des *Hot-rod* durch; sie war glücklich über die Dollars und glücklich über Billys Auto und auch über seine neuen Schuhe. Vor allem war sie glücklich, daß Billy kein Geld für Indianapolis hatte, denn auf die Weise würde er hier bei ihr bleiben. Sie klatschte in die Hände und fiel ihm andauernd um den Hals, und sie fand ihn schöner denn je.

Mensch, setz dich doch gescheit hin, sagte Billy, während er chauffierte. Ich bin doch kitzelig. Er lachte: Conny gefiel ihm, die Art, wie sie ihm die Hand in die Hose schob, und die Art, wie sie ihm den Kopf an die Achsel legte, als wäre da sein Platz.

Sie nahmen den Highway und fuhren nach Süden in Richtung Lake Riddles und stoppten am ersten Motel; es war ein altes verlassenes Gebäude mitten zwischen den Feldern, mehr lang als breit – es sah wie ein Hühnerstall aus. Billy parkte vor dem Eingang mit dem blinkenden Leuchtschild ZIMMER FREI – zwei Buchstaben waren daran kaputt. Er ging in die Rezeption und kam kurz darauf mit dem Schlüssel wieder heraus. Das war es: endlich ein Fick in einem richtigen Bett, dachte er – ein richtiger Fick im Liegen. Ein Fick mit Laken. Ein Fick mit Bad.

Einmal hatte er mit Jean in seinem Zimmer zu vögeln versucht, aber seine Mutter war mit zwei Gläsern Orangensaft dazwischengekommen; Jean war hochrot angelaufen, hatte das Kleid mit beiden Händen nach unten gezogen und Billy angestarrt, als wäre er schuld.

Wenn du noch mal in mein Zimmer kommst, mach ich hier alles zu Kleinholz, sagte er nachher zu seiner Mutter.

Weißt du, was mir im Kopf rumgeht? Daß uns nur keine schwanger wird und wir es dann nicht mehr wegkriegen.

Wer kriegt es dann nicht mehr weg? Welche »wir«? Laß mich bloß in Ruhe, Mama. Ich glaub, es geht los, daß »wir es dann nicht mehr wegkriegen«!

Billys Mutter hatte das eben so an sich: vor Schwangerschaften hatte sie einen Horror; für Eleni bedeutete Vögeln Babys, gewollte Babys und ungewollte Babys. Und wenn sie ungewollt waren, war es ein Kreuz.

Das Motel hieß »Starway« und hatte dunkelrote Tapeten voller Flecken und überall abgerissene Stellen; Billy mußte an die Papiertapeten zu Hause denken, die vor Feuchtigkeit aufgequollen waren, und hätte beinahe einen Hänger bekommen. Nein, doch nicht: Conny trug einen winzigen Slip und einen Spitzen-BH, der vorn mit einem wundervollen Klick aufzumachen ging – Billy wollte ihn ihr nicht ausziehen, es gefiel ihm zu gut so. Er stellte Vergleiche mit Jean und Anny an: Jean hatte zwar einen größeren Busen, aber sie trug keinen BH – er mochte BHs –, und Anny hatte immer so ein Gehabe, ewig »mach mir dies« und »mach mir das«, »ja, so«, »nein, anders«. Es war extrem ermüdend; außerdem hatten sie alles in allem sowieso nur zweimal miteinander gevögelt – einmal in Tonys Auto und einmal im Park in der Nähe des Zoos, wo sich Billy nicht richtig konzentrieren konnte, weil die Tiere so einen intensiven und merkwürdigen Geruch ausströmten.

Sie blieben nicht die ganze Nacht im Motel. Gott sei Dank, dachte Billy, die nimmt mich sonst ganz auseinander, die rupft mir noch sämtliche Federn aus; und in der Tat war Conny unersättlich, sie sagte, komm, wir machen's unter der

Dusche, wir machen's im Schrank, auf, fick mich im Stehen, lauter solche Geschichten wollte sie. Billy wollte lieber das Bett ausnützen, ihm hatte sonst immer ein Bett gefehlt.

Er brachte Conny gegen zwei Uhr nach Hause, und auf der vorderen Veranda stand schon ihre Mutter mit einer Strickjacke über den Schultern und erwartete sie.

Hierher, junger Mann, rief sie ihm zu, als Billy aus dem Auto stieg, um Conny gute Nacht zu sagen.

Ja? stieß Billy aus und kam ein bißchen näher, aber nicht zu sehr, denn er hatte Schiß.

Ich weiß ja nicht, was in Griechenland üblich ist, sagte Mrs. Fisher, hier jedenfalls kommen die Mädchen vor Mitternacht heim.

Billy mußte an das Märchen vom Aschenputtel denken, das um Mitternacht zu verschwinden hatte.

Ach, arme Mama, unterbrach sie Conny, und mit einem: Tschau, Billy, man sieht sich, packte sie ihre Mutter am Ellbogen und schob sie ins Haus.

Ich weiß ja nicht, was in Griechenland üblich ist – Billy machte giftig Mrs. Fishers Stimme nach, als er in die Seitenstraße einbog. Du Ziege, du blöde Ziege.

Und dann fragte er sich, was zum Teufel denn wirklich in Griechenland üblich war – er hatte nicht den geringsten Schimmer.

★

Als Harry und Eleni nach Amerika kamen, war die Zeit von Ellis Island – der »Insel der Tränen« – schon vorüber. Ellis Island in New York und Angel Island in Kalifornien waren geschlossen – und später wurde das erste zu einem Museum für Emigranten und das zweite zu einem Nationalpark. Die Familie Moropoulos gehörte zu den relativ neueren Immigranten; sie waren unter denen, die in Schüben aus dem noch vom Bürgerkrieg gezeichneten Griechenland flohen, und zwar aufgrund eines Gesetzes, das Flüchtlingen aus Italien, Griechenland und Holland in Amerika Schutz gewährte. In den fünfziger Jahren hatte sich in Amerika viel getan: es gab keine Flüchtlingsausbeuter mehr – zumindest nicht mehr in dem Maß wie zu Beginn des Jahrhunderts – und auch die Lebensbedingungen waren nicht mehr so hart wie vor dem Krieg. Hart waren sie trotzdem noch: die meisten Einwanderer stammten aus ländlichen Gebieten und fanden sich plötzlich in einem industriellen Umfeld wieder, in Großstädten, wo ihnen die Technisierung und die Anonymität bedrohlich erschienen.

Zu der Zeit, als Harry und Eleni ihren Fuß zum ersten Mal auf amerikanischen Boden setzten, belief sich die Zahl der griechischen Immigranten auf etwa fünfhunderttausend; wer unbedingt glauben möchte, daß die Griechen die Welt erobert haben, zählt auch noch die Nachkommen der Griechen aus der Türkei, Rumänien und Ägypten dazu; damit steigt die Zahl auf anderthalb Millionen. Sie arbeiten überwiegend in Restaurants, aber ein großer Prozentsatz ist auch in der Industrie beschäftigt, in den Gießereien, Gerbereien und Schlachthöfen. Die meisten leben in geschlossenen Gemeinschaften – den *Greektowns* der großen Städte –, wo sie auch als herumziehende Blumen-, Hot-dogs- und Zigarrenverkäufer ihr Brot verdienen.

Wenn sich auch während der fünfziger Jahre etwa 40 Prozent der griechischen Immigranten in die amerikanische Gesellschaft integriert hatten, blieben die Griechen (im Gegensatz zu dem, was man zu der Zeit in Griechenland glauben wollte) Bürger zweiter Klasse; sie waren besser dran als die Schwarzen und schlechter als die Westeuropäer.

In der Region des Dorfes Archontiki in Arkadien, wo Harry geboren war, hatte die Auswanderung schon nach dem Krieg von 1897 begonnen. Bis 1952 waren 213 Personen nach Amerika emigriert, von denen 62 wieder nach Griechenland zurückgekommen waren. Reich waren sie nicht zurückgekehrt, auch wenn sich ihre wirtschaftliche Lage verbessert hatte; vierzehn der Rückkehrer litten aber an unheilbaren Krankheiten – Tuberkulose, Herzbeschwerden, Blindheit – während bei anderen fünfzehn Familien Epilepsie oder Nervenleiden auftraten. Allerdings ging den meisten, die nach Arkadien zurückgekehrt waren, durch die ständigen Abwertungen der Drachme und die Inflation verloren, was sie in Amerika angespart hatten.

Harry und Eleni waren nach South Bend gegangen, weil Andreas Moropoulos sie dazu animiert hatte – und sie kamen sofort im Studebaker-Werk unter. Sie verrichteten stereotype Arbeiten: Harry arbeitete an den Blechkarosserien und Eleni an den Kleinteilen; sie standen anderen Arbeitern gegenüber – Polen, Ungarn, Schwarzen aus den Südstaaten –, aber sie konnten sie nur sekundenweise sehen, denn es schoben sich Blechteile, Pressen und Loren dazwischen.

Ambrose Bierce – ein Journalist aus Horse Cave Creek, Ohio – schrieb 1906 im *Wörterbuch des Teufels*: Ein Emigrant ist jemand, der ein derartiger Ignorant ist, daß er glaubt, ein anderes Land sei besser als sein eigenes. Harry und Eleni waren zwar Ignoranten, aber trotz aller Widrigkeiten war South Bend besser als Archontiki in Arkadien. Selbst als das Studebaker-Werk zumachte.

Damit, daß Studebaker zumachte, wurden gewissermaßen die sechziger Jahre eingeleitet; die Ereignisse überschlugen sich: der Mord an Kennedy und die Zuspitzung des Vietnam-Krieges; doch die Familie Moropoulos lebte an der Peripherie der Großstädte und wurde nicht groß vom Zeitgeist erfaßt. Dennoch hörten sie von der Demonstration in Westchicago im Juli 1966 und verfolgten die blutigen Zwischenfälle in Detroit und Cambridge, Maryland, auf dem Bildschirm. Seit sie sich einen Fernseher zugelegt hatten, kam die Geschichte zu ihnen ins Haus in der Dubeil Street – Harry und Eleni erfuhren nun, was sich in Amerika tat: die 35-Stunden-Woche, die Raumfahrt (Billy wurde in den Tagen geboren, als die Apollo II auf dem Mond landete), der Kalte Krieg und ein paar kleinere heiße Kriege. 1967, als in Griechenland die Militärdiktatur angefangen hatte, sah Harry im Fernsehen, daß Präsident Johnson die Obristen unterstützte – aber er war sich nicht sicher, ob der Präsident unrecht hatte. Er war sich auch nicht sicher, ob er recht hatte. Dann war er total stolz auf Spiro Agnew, und hinterher schämte er sich seinetwegen ein bißchen. Er war der lächerlichste Vizepräsident der Geschichte. Der zweitlächerlichste war Dan Quale, der aus Indianapolis stammte; schade, dachte Harry.

Während Billy heranwuchs, durchlief Amerika eine

wirtschaftliche und moralische Krise – und als Billy so um die Zwanzig war, hatte Amerika die Weltherrschaft wiedergewonnen, und während das Jahrhundert seinem Ende zustrebte, schien der amerikanische Traum wieder neu zu erwachen.

★

Zwei Sommer

Griechenland hatte Billy zweimal gesehen, aber das war schon etliche Jahre her. Als Billy mit Harry und Eleni das erste Mal hingefahren war, war er sieben Jahre alt gewesen: das einzige, woran er sich erinnern konnte, war eine ungepflasterte Straße, aber nicht so eine, wie sie durch den Potato Park führte, es war eine Straße voll spitzer Felsbrocken, die in lauter Kurven steil nach oben führte; der Bus keuchte. Sein Vater war über fünfzehn Jahre nicht in seinem Dorf gewesen – und das Dorf war nicht mehr an der alten Stelle. Nicht, daß sie es nicht fanden – das taten sie schon; dort hatte ja die Großmutter gewohnt, die vorvoriges Jahr gestorben war; der Vater war allein zum Begräbnis gefahren, weil das Geld nicht für ein zweites Ticket reichte. Seine Mutter war nicht so traurig gewesen; weder über den Tod der Großmutter noch darüber, daß sie nicht nach Griechenland kam. Sie hatte die Alte nicht leiden können, wenn sie auch nie etwas äußerte – Amerika sagte ihr zu, und in Griechenland hatte sie niemanden mehr. Ihre Eltern – Adoptiveltern – waren bereits seit Jahren tot; sie hatten sie adoptiert, als sie schon relativ groß war. Und ein Onkel von ihr, an den sie sich mit Liebe und Zärtlichkeit erinnerte, weil er sanft war und Gedichte schrieb, hatte sich mit einem Jagdgewehr das Leben genommen. So war Eleni allein und fühlte sich in gewisser Weise frei; sie sagte immer: Im Dorf war ich das ärmste Kind, und dabei waren alle im Dorf bettelarm – das sagte sie heiter, sie war froh, daß sie Moropoulos begegnet war, der sie zur Frau genommen und Billy gezeugt hatte. Es machte ihr nichts, daß ihre Hände von der vielen Arbeit hart geworden waren, sie hatte weder große Träume noch war sie von irgend etwas enttäuscht.

Im Dorf gab es keine Menschen: nur ein paar Steinhäuser, ein, zwei Ruinenhaufen, eine Dorfkneipe, einen Platz. Wie sollten sie denn auch dasein, dachte Billy später, wenn doch Onkel Andreas, Tante Maria, Telis, Katerina, Stavroula und noch so und so viele andere Leute in South Bend oder in Chicago waren. Die meisten lebten oben in den nordwestlichen Wohngebieten von Chicago, und vielleicht gab es auch noch ein paar andere, die mehr Glück hatten und nach Kalifornien gegangen waren; es hieß ja, das sei ein Land, wo Milch und Honig fließt. Zwei, drei Verwandte von Moropoulos waren 1952 nach Chicago gegangen, andere aus seinem Dorf in den Jahren 53 und 54; Onkel Andreas, der Vater von Telis, war als einer der ersten weggegangen und hatte anfangs in der Autoindustrie gearbeitet, aber danach hatte er eine kleine Taverne eröffnet, *Andy's Greek Luncheonette.* In den Sommerferien arbeitete Telis ebenfalls dort, und seine Mutter, Tante Maria, saß hinter einer steinalten Registrierkasse, tippte wie besessen auf die Tasten und gab Restgeld heraus, sie hatte immer Probleme mit den Cents. Bei der Kundschaft hatte sie aber großen Erfolg: sie befreite die Leute vom bösen Blick, las die Zukunft aus dem Kaffeesatz und kannte alle möglichen Sprichwörter und Volksweisheiten vom Peloponnes. Telis ließen sie servieren, denn die Kunden gaben Kindern ein größeres Trinkgeld. Na, Kleiner, sagten sie, gehst du in die Schule, du Bürschchen? Bravo, bravo. Aber die Taverne lief nie richtig gut, sie hatten nur Griechen als Kundschaft; die übrigen waren an die Hamburgerbuden gewöhnt. Eine Zeitlang hatte auch Tony bei Moropoulos in der Kneipe gearbeitet; er gehörte irgendwie zur Familie – er war mit Telis und Billy in der Nachbarschaft aufgewachsen, alle mochten ihn. Einige meinten sogar, er sei ebenfalls Grieche, weil er die Häuser der Griechen besuchte, griechisches Essen probierte, *yummy, yummy* sagte und um eine zweite Portion bat; aber er war kein Grieche. Er war auch kein Italiener, obwohl sich sein Name italienisch anhörte; er hatte die blauesten Augen des Viertels und die weißeste Haut. Tony blieb nicht mehr als ein bis zwei Monate in der Taverne; er wollte Millionär werden, in Luxushotels wohnen und Limousinen chauffieren, nach Hawaii fahren, in Hotels mit Namen wie »Camelot« und »Xanadu«.

Nach seinem ersten Besuch in Griechenland schien es Billy hinterher, als habe er gar nicht existiert. Nicht weil es schön war, sondern weil alles so seltsam war. Es war heiß, und die Sonne löcherte einem das Hirn – es war eine andere Sonne. Sein Vater ging in zwei, drei andere Dörfer und grüßte die Leute wie Präsident Carter auf seinen Wahlveranstaltungen – Billy hatte ihn im Kino gesehen, in der Wochenschau, die vor dem Hauptfilm gezeigt wurde, er hatte viele Präsidenten gesehen, wie sie die Provinzstädte besuchten. Aber Moropoulos sah nicht fröhlich und lächelnd drein – er freute sich nie besonders und lächelte auch nicht –, er hatte immer Tränen in den Augen und redete über Leute, von denen Billy noch nie etwas gehört hatte. Onkel, Tanten oder Vettern, die nach Athen gegangen oder gestorben waren. Billy wurde von allen umarmt, sie sagten, mein Gott, ein richtiger Kerl, kannst du denn Griechisch, junger Mann? Und ein Opa, der ein wollenes Unterhemd trug, sagte zu ihm: Schlag ein! – und hatte sich vorher in die Hand gespuckt.

Er geht in die griechische Schule, sagte seine Mutter. Red doch ein bißchen Griechisch, *sweetheart*, damit es die Oma hören kann.

In Wirklichkeit ging Billy damals erst das erste Jahr in die griechische Schule, und zwar jeden Samstag – und er haßte sie. Während die anderen Kinder im Stadion spielten, ging er in die griechische Schule und lernte: *le-mó-ni*, Zitrone, *por-to-ká-li*, Orange, *vu-nó*, Berg, lauter Wörter, die er schon wußte, weil sein Vater und seine Mutter die ganze Zeit Griechisch sprachen – außer den paar Flüchen, die Moropoulos auf englisch sagte.

Sie blieben zwei Wochen im Dorf, im Haus der Oma: Billy hatte nur noch in Erinnerung, daß es kein Bad hatte – die Toilette war draußen, bei den Käfigen mit den rotäugigen Kaninchen. Aber das machte ihm keinen besonderen Eindruck; das Haus in South Bend hatte auch kein ganz richtiges Bad wie das, das Billy später im Haus von Conny sah; es hatte bloß eine schmale Badewanne mit einem Nylonvorhang rundum, und die Leitungen waren alt und gurgelten. Das Bett, in dem seine Eltern in South Bend schliefen, war ganz ähnlich wie das von der Tante im Dorf, ein hohes Eisengestell mit einem Kopfteil, nur weiß lackiert, nicht so abgeschabt wie das von der Tante.

Das zweite Mal, als sie nach Griechenland reisten, war Billy dreizehn; und diesmal langweilte er sich entsetzlich. Das Dorf hatte Stromanschluß bekommen, aber die große Kneipe hatte zugemacht. Die alten Männer saßen in einem kleineren Kafenio, das auch Kramladen war; Billy erinnerte es ein bißchen an Pixys Eisenwarenhandlung, die zugleich auch Kurzwarenladen war. Es gab die verrücktesten Sachen darin: Garnrollen, Strickwolle, Konserven, Hufeisen für Pferde und Viehfutter. Es gab sogar eine große Jukebox, die seit Jahren kaputt war. Seine Tante Chrysanthi setzte ihn auf einen Esel, um ihm eine Freude zu machen, aber Billy hatte Angst, herunterzufallen. Und Panajota, die andere Tante, saß immer schweigend da und biß auf den Rand ihrer Schürze. Sie war komisch; sie lachte nie, aber sie tat keinem etwas zuleide. Nur die Oma redete ständig und fragte andauernd: Kommt ihr zurück? Wann kommt ihr zurück?

Wie denn zurückkommen, gute Mutter, erwiderte Moropoulos. Was sollen wir denn in der Einöde machen?

Was ihr dort auch macht.

Was willst du eigentlich, Mutter, sollen wir in der Braunkohle schuften? Tag und Nacht hacken?

Moropoulos schüttelte den Kopf. Er war über sich selbst verbittert. Andere hatten in Amerika ganze Vermögen gemacht – er aber nicht; er wohnte immer noch in einem Haus aus Brettern, in einem Viertel mit lauter Schwarzen. Und erzählte Lügengeschichten: daß der Bürgermeister in South Bend Grieche sei (in Wirklichkeit war ein Grieche drei Jahre lang Bürgermeister von Elkhart gewesen) und daß die Griechen in Amerika einen Haufen Geld hätten und von allen geachtet wären. Sie stellten sozusagen eine richtige Lobby dar, sie mischten in Washington mit. Eleni sagte nie etwas dagegen, und wenn sich Moropoulos fragte, wo er den Fehler gemacht hätte, weshalb sie nur mit Mühe dreizehntausend im Jahr zusammenbekamen, tröstete ihn Eleni.

Es geht uns doch prima, meinte sie. Uns fehlt doch nichts.

Moropoulos fühlte sich nur deshalb glücklich, weil er Eleni hatte, er empfand Dankbarkeit, daß Eleni so war, wie sie war: fleißig wie ein Gaul, zäh, mit unerschöpflicher Geduld. Manchmal sagte er zu Billy: Du mußt eine Mutter hüten wie deinen Augapfel, hörst du mich? He?

Billy begriff nicht, was er meinte.

In Griechenland erweckte Moropoulos den Eindruck, daß für ihn alles so gekommen war, wie er es gewollt hatte, und daß das einzige, was ihm etwas ausmachte, das Heimweh war. Er sagte, Amerika ist ein Paradies. Das einzig Schlechte an den Griechen ist, daß sie Ausländerinnen heiraten. Die Ausländerinnen taugen nicht fürs Haus; die sind nur zum Vergnügen gut, hatte er einmal gesagt, und hinterher bereute er es, er schämte sich vor Eleni.

Die anderen, die auf den Stühlen vor dem Kafenio saßen, wackelten mit den Köpfen und stimmten ihm zu. Einer sagte, er hätte amerikanische Touristinnen in Olympia gesehen. Die hätten die Schenkel ganz draußen gehabt, fügte er noch hinzu.

Und später, als Billy größer wurde, predigte er ihm ewig etwas über die Amerikanerinnen vor. Über die Amerikanerinnen und über Geld, das heißt, über zwei Dinge, von denen er nicht das geringste verstand.

Du bist nicht bloß ein Ami geworden, du bleibst auch ein armer Schlucker, sagte er.

Billy wußte nicht, wie man es anstellen sollte, daß man kein armer Schlucker blieb, wenn der Vater ein armer Schlucker war.

Die Illegalen

Und er lernte auch nicht, wie man es anstellte, daß man kein armer Schlucker blieb; schon zweieinhalb Jahre arbeitete Billy in Brunos Werkstatt, und was er befürchtet hatte, war eingetreten: ein Tag folgte auf den anderen, es passierte nichts, und Billy war voller Wagenschmiere. Abends wusch er sich mindestens eine halbe Stunde lang, er quetschte sich in die Badewanne – er hatte fast keinen Platz darin, denn er war mehr als eins achtzig groß; sein Vater hieb an die Badezimmertür: Mach voran, wir wollen pinkeln. Danach ging Billy in sein Zimmer und blätterte Zeitschriften durch, *Downbeat, Car and Driver*, alte Hefte des *Street Rodder*; Zeitschriften, die über Rallys berichteten, über die Autorennen in Monza und in Le Man und über die regionalen Crash-Rennen in La Port, die nicht so wichtig waren wie das Derby von Islip auf Long Island, aber wenigstens in der Nähe stattfanden, in Indiana. Er informierte sich über alle Rennen, und er mochte sie alle – nur die *Camel*-Wettbewerbe waren ihm zuwider, *Camel Trophy* und dergleichen; er sagte immer, wer an *Camel Tours* teilnimmt, ist ein Idiot. Und wenn er abends nicht hier oder dort herumsauste, las er Westernromane, die Bücher seines Lieblingsautors Alfred B. Guthrie Jr. – jawohl, damit war er wenigstens einigermaßen zufrieden: Indiana mochte das Nirgendwo sein, mochte das Nichts sein, aber es hatte diesen großen *Hoosier* hervorgebracht, der die grandiosen Western verfaßte. Während seiner ganzen Schulzeit hatte Billy Geschichten mit indianischen Fährtensuchern gelesen, die durch reißende Flüsse schwammen und die unzugänglichen Berge des Far West bezwangen.

Seit er mit der Arbeit in der Werkstatt begonnen hatte, sah er Jean nicht mehr; Miss Pauls ging jetzt mit einem gewissen Graham aus, der das Technical College besuchte – von wegen Erfolg, dachte Billy, von wegen College. Conny sah er auch nicht mehr so oft, weil sie ihn mit ihrem ewigen »Liebst du mich?« und »Liebst du mich?« streßte – und außerdem war sie gefährlich: während er den Wagen steuerte, streichelte sie ihn am Schenkel, knöpfte ihm die Levi's auf, lutschte ihn am Ohr.

Und die übrigen Mädchen, die er von der Schule kannte, machten so eine Art Pseudostudium (außer Letty Nichols, die Nonne geworden war, *Nonne in einem Kloster*), und Anny beschäftigte sich mit Unternehmensführung, auf einer Schneckenfarm; als Billy das hörte, blieb ihm der Mund offenstehen. Die Mädchen hörten nicht auf, ihn zu überraschen: sie schwärmten alle für Michael Jackson – und nicht nur, weil er ein *Hoosier* war –, wollten Jungs heiraten, die ihrem Dad ähnlich waren, und ließen sich auf die unwahrscheinlichsten Dinge ein.

Unterdessen hatte Billy Deidra Anderson kennengelernt, die in Elkhart wohnte. Sie hatte ihm einen Wagen zur Inspektion gebracht, einen Colt, und ihn angebaggert, sie sagte: Fährst du mich nach Hause, wenn du ihn fertig hast? Und als sie erfuhr, daß ihn seine Freunde Dudes nannten, fragte sie: Nach dem Lied von Michael Jackson?

Nein, sagte Billy. So werde ich schon genannt, seit ich klein war. Das Lied von Michael Jackson ist neuer. Und es ist auch gar nicht von Michael Jackson, es ist von Donald Byerd, sagte er noch.

Deidra kannte Donald Byerd nicht.

Ein Trompeter, sagte Billy. Ein Jazztrompeter. Von ihm ist das Stück *The Dude*.

Na bitte, dachte er bekümmert, noch eine Bewunderin von Michael Jackson, noch eine, die von Jazz keine Ahnung hat.

Das erste Mal brachte er sie nach Hause; sie küßten sich ein bißchen, als er vor der Haustür hielt. Das zweite Mal gingen sie ins *Roadhouse*, aber Deidra trank nicht, sie saß da und nippte an einer Limonade. Rauchen tat sie auch nicht; sie gehörte zur Antiraucherfraktion, meinte sie. Als Billy rauchte, wedelte sich Deidra vor dem Gesicht herum, um den Rauch zu vertreiben. Billy war bedrückt: In diesem Land, in diesem Staat ist alles verboten, dachte er, und wenn es nicht verboten ist, gibt es verschiedene Leute, die einem predigen: du sollst nicht rauchen, du sollst nicht trinken – so in der Art. Billy glaubte, er würde sie nicht wiedersehen, aber er sah sie doch wieder und ging mit ihr ins Starway Motel. Oder vielmehr ging sie mit ihm; sie sagte, ich möchte mit dir irgendwo allein sein, nur wir zwei. Eine halbe Stunde später dachte Billy aber: Was tu ich hier eigentlich? Wer ist sie überhaupt? und träumte von seinem Einzelbett. Sie gab ihm ihre Telefonnummer, aber Billy rief nicht bei ihr an und hatte Angst, sie könnte wieder in der Werkstatt auftauchen und ihm eine Szene machen, warum hast du nicht angerufen, wo bist du abgeblieben, so in der Art. Doch als sie nach vielen Wochen wiederauftauchte, war es Mai, und Billy war von Wohlgefühl überflutet – er dachte, wenn doch ein Wunder geschähe und ich auf den Circuit in Indiana käme. Während dieser Tage bereitete sich Moropoulos gerade darauf vor, zum Jahrestag der Eroberung Konstantinopels zu gehen – Istanbul? fragte Billy, aber aus purer Dummheit, nicht um ihn zu ärgern.

Feiert ihr ein Fest wegen Istanbul? wiederholte Billy.

Eleni, halt mich fest, sonst schlag ich ihn nieder, sagte Harry.

Billy erschrak, aber er zeigte es nicht; er blätterte wieder im *Car and Driver* – es standen Einzelheiten über den Circuit von Indianapolis drin, über die Favoriten und die Outsider.

Darüber dachte Billy gerade nach, als Deidra Anderson in die »Automobilklinik« kam.

Hallo, Dudes, sagte Deidra von hinten. Sie stand in der Werkstattür. Hallo, sagte sie auch zu Bruno und zum *Elefante.*

Hallo, sagte Billy und steckte seine Nase noch tiefer in den Motor.

Bruno machte eine durchtriebene Miene. Wo treibt der bloß immer solche Weiber auf, der gerissene Fuchs, dachte er, was die für Beine hat. *Superbeine.* Er mischte sich ins Gespräch:

Wie geht's mit Ihrem Coltchen; ich hoffe doch, daß er keine Probleme macht.

Alles in Ordnung, bestens, ich hab ihn nur gebracht, damit das Öl nachgesehen wird, ich hab nämlich vor, bis nach Cocomo zu fahren.

Na, das ist ja vielleicht 'ne Entfernung, dachte Billy.

Haben Sie dort Verwandte? fragte Bruno höflich.

Die Schwester von meinem Dad, aber ich fahr zu dem Rennen der *Illegals*.

Billy blieb die Spucke weg. Dem Rennen der *Illegals*? Das Rennen der *Illegals* war ja mit den »frisierten« Autos, bei denen er immer geträumt hatte, er würde sie selber bauen, sie zusammenmontieren, auseinandernehmen und wieder zusammenschweißen. Wie Shane sozusagen, nur eben solche, die viel schneller fuhren.

Ich hab mich gefragt, ob Billy eventuell mitkommen mag, sagte Deidra. Am Wochenende.

Ich hab kein Geld, sagte Billy mürrisch, und seine Stimme hallte in der offenen Motorhaube ein bißchen nach.

Ich hab welches, sagte Deidra.

Als Deidra ging, fiel Bruno mit Faustschlägen über ihn her, angeblich zum Spaß. Aber in seinem Innersten hätte er ihn am liebsten gründlich verdroschen.

Schau dir den *bambinello* an, macht 'ne hübsche Reise und fickt noch dabei. Na super. Was du für ein *rubacuori* bist, Bürschchen! *Rubacuori!*

Aber Billy sank das Herz; am letzten Maiwochenende fanden die Rennen in Indianapolis statt, er wollte sich nicht mit dem Rennen der *Illegals* begnügen. Und wenn er hinfuhr, würden sich die *Illegals* ja bloß über ihn lustig machen; die fuhren phantastische Wagen mit Vierradantrieb und offenliegenden Motoren, die über den erdigen Straßenbelag flitzten, mit einem Chassis, das über die Hinterräder hing, mit raffinierten blauen und roten Flammen auf Kotflügeln, Motorhauben und Türen. Wenn bei seinem auch die Flammen nicht fehlten, war es eben doch kein *heavy metal* – es war ein Pseudo-*Hot-rod*, den man nur mit knapper Not über 55 Meilen in der Stunde hochjagen konnte. Außerdem hatte er keine Lust, durch die Haferfelder zu fahren, und schon gar nicht mit Deidra Anderson, die nicht trank und nicht rauchte. Und die Vegetarierin war, sie aß Möhren-Pies und sagte: Fleisch ist Mord. Und dann war da auch noch das Geld: Billy hatte einfach keins zum Ausgeben.

An dem Samstag kam Tony in die Stadt zurück, von wer weiß wo – Billy fragte ihn danach, aber er antwortete ausweichend und hatte ein Lächeln auf dem Gesicht. Tony war mit seiner Schrottmühle bei ihm vorgefahren – erzählte ihm, er habe einen Haufen Geld, machte die Brieftasche auf und ließ es sehen, er hielt es ihm unter die Nase. Ich halt dich frei, sagte er. Und dann parkte er seine alte Mühle, und sie fuhren mit dem *Hot-rod* auf den Highway hinaus – Tony saß am Steuer, denn er war von Billys Auto ganz weg, er wollte es richtig ausfahren; und er raste wie ein Verrückter, rief, Dudes, *wow*, wir werden unsichtbar, streckte seinen Kopf aus dem Fenster und sang lauthals *»Bye, bye, blackbird«* – er hatte eine Neigung zu melancholischen Liedern. Billy fürchtete, der Motor von Shane würde es nicht aushalten. Aber er hielt aus, und so kamen sie zum *Roadhouse*, Tony bremste abrupt auf dem ungepflasterten Parkplatz, eine Staubwolke stieg auf. Zur Einleitung tranken sie Bierchen, Billy aus dem Glas und Tony aus der Flasche; und er schwadronierte, erzählte etwas von einer Arbeit, einem tollen Stich, der fünf Riesen abwerfen sollte, und daß sie nach Florida fahren würden, nach Hawaii, was sein Herz nur begehrte.

In ein Hotel mit goldenen Wasserhähnen! Mit Blick auf den Pazifik! Mit Thermalbad! Mit *jacuzzi*-Massage! *Wow!*

Während Tony so vor sich hin halluzinierte, bemerkte Billy, daß sich unter seinem rechten Ohr eine tiefe Schramme befand – und er lachte und gestikulierte die ganze Zeit, aber das Lachen war nicht froh. Und während der Abend voranschritt, wurde er immer betrunkener; er hatte fünf *Wild Turkeys* getrunken, auf ex – zwei doppelte und drei einfache –; und er kletterte auf den Tresen, und Rosalie, die die Drinks ausschenkte, erschrak: Mensch, der fällt doch runter, sagte sie, komm wieder nach unten, Kindchen, du brichst dir noch den Hals. In Wirklichkeit gefiel es ihr, wie es allen gefiel, er war wie ein Luftgeist, mit leichten und sachten Bewegungen. Er stieg mit dem Glas auf den Tresen hoch und fing mit einem kurzen Lachen zu deklamieren an: Die Straße soll sich dir entgegenheben / laß dir immer den Wind im Rücken stehn / wünsch dir im Paradies zu sein / eine Stunde bevor der Teufel erfährt, daß du tot bist.

Billy schaute in sein Bierglas und sagte nichts.

Billy redete nicht viel, aber …

Billy redete nicht viel, aber er sah und hörte. Darin war Billy seinem Vater Harry ähnlich, der einmal ein Charalambos Moropoulos gewesen war und in Archontiki bei Tripolis gewohnt hatte, im Bezirk Megalopolis, in der Provinz Arkadien. Bevor er nach Amerika gekommen war, hatte er Ziegen gehütet und gehungert; gehungert hatte auch sein Vater, der nur ein Bein hatte – er war im Balkankrieg verwundet worden –, und auch seine Mutter und die Geschwister hatten gehungert. Sie lebten von der Rente des Vaters und von den Ziegen. Nicht von der gesamten Rente – sein Vater hatte Geld zur Seite gelegt, er besaß einen Notgroschen, nichts Erhebendes, aber damit bestritt Charalambos die Überfahrt nach Amerika.

Charalambos hatte die Volksschule mit Eins abgeschlossen, aber er kam mit der Schule nicht weiter, weil er jeden Tag eine Stunde Weg gehabt hätte; so blieb er da, um auf den Feldern zu arbeiten, die gar keine richtigen Felder waren, denn die Erde war wie tot. Nur Pilze kamen heraus, und von denen war noch ein Teil giftig. Charalambos verbrachte seine Jugendjahre mitten in der unfruchtbaren Einöde mit den Ziegen und den Pilzen, und das einzige, was ihm Spaß machte, war, kaputte Sachen zu flicken: Lebensmittelschränkchen aus Fliegengitter, Dächer, Wasserpumpen, Sättel und Futterkrippen fürs Vieh. Und als der Linienbus die ersten Male nach Archontiki kam, bat er den Fahrer, er möchte ihn doch den Motor sehen lassen, aber der ließ ihn nicht: Weg da, Charalambikos, fangen wir jetzt mit so was an? Aber der

Junge blieb hartnäckig, er wollte unbedingt den Motor sehen. Jedesmal wenn der Bus vorbeikam, lief er auf die Straße hinaus und wartete.

Mensch, ich verspäte mich doch, sagte der Fahrer zu ihm. Du bist mir vielleicht ein Quälgeist.

Schließlich gab er nach. Er machte für ihn den Motor auf, und Charalambos stellte sich auf die Zehenspitzen, um ihn besser zu sehen. Er glühte; nicht dranfassen, du Unglückswurm, sagte der Fahrer, sonst verbrennst du zu Kohle. Komm, husch! Charalambos faßte nicht daran, sondern besah ihn voller Bewunderung, er war ganz geschwärzt und voller Kabel. Na los, du hast ihn gesehen, jetzt aber dalli, sagte der Fahrer und schlug beinahe die Motorhaube über ihm zu. Seitdem dachte Charalambos darüber nach, wie er lernen könnte, solche schönen Sachen instand zu setzen, die den Berg hochfahren und an den Steigungen keuchen. Später, als er zum Militär kam, hatte er den Wunsch, daß man ihn zu den Mechanikern steckte, aber das Militär war in Aufruhr, man beachtete seinen Antrag gar nicht – beinahe wäre er nach Korea geschickt worden. Er wußte selbst nicht, wie er davongekommen war, aber so war es; er blieb in Tripolis, und als er entlassen wurde, kam er mit dem festen Entschluß nach Archontiki zurück, daß er nach Amerika gehen würde. Er träumte davon, zu lernen, wie man Automotoren instand setzt.

Aber als er zu Harry Morrow wurde, dachte er, daß sich seine Träume ohne ihn realisiert hatten – er war Teil einer verlorenen Generation; das Reparieren von Motoren hatte er nie gelernt, und zu einem richtig eigenen Auto hatte er es auch nicht gebracht. Billy war es, der Autoreparatur gelernt hatte, Billy hatte es zu einem Auto gebracht.

Seit er in Amerika angelangt war, war er ein »Harry« geworden, weil das alle so wollten, und ein Morrow, weil sein Vetter Andreas darauf bestanden hatte. Er erzählte ihm, er habe es zu nichts bringen können, weil er seinen Namen nicht rechtzeitig umgeändert habe. Du giltst einfach nichts, wenn du Tadopoulos oder Tadakis heißt, und wenn dein Name auf -off endet wie etwa Chruschtschoff oder Popoff, oder auf -ski wie Pitsaski oder Keraski, dann ist es schon ganz aus; deshalb hatte ihn Moropoulos umgeändert – aber er brachte es gleichfalls zu nichts. Und als er ihn umänderte, kam es ihm lächerlich vor, allerdings nicht so lächerlich wie bei Antonis Papapolychronopoulos aus Chicago, der daraus Tony Kronos gemacht hatte – *Kronos*!

Die Jahre gingen vorbei, und es änderte sich eine Menge: Eleni hatte sich die Haare kurz schneiden lassen, und Harry den Schnurrbart abrasiert. Und er hatte alle möglichen Jobs ausgeübt: Tellerwäscher, Arbeiter bei der Gemeinde (man hatte ihn als Aushilfe eingestellt, zum Schneeschippen); eine Zeitlang war er arbeitslos. Er hatte auch die Idee gehabt, nach Alaska zu gehen und bei den neuen Ölquellen zu arbeiten – man schrieb das Jahr 68 –, aber er kam nicht dazu, denn Eleni war mit Billy schwanger geworden, und es war nicht die rechte Zeit für Abenteuer am Nordpol. Er bewarb sich bei den Chemiewerken und den Speditionen, aber sie nahmen ihn nicht, weil er keine Erfahrung hatte. In der Zeit legte er sich abends rücklings aufs Bett, faltete die Hände über dem Bauch und dachte an Archontiki bei Tripolis, an seine Mutter und an seinen toten Vater, dessen Seele ja vielleicht über dem Dorf schweben mochte, dies hier drüben in South Bend in Indiana aber sicherlich nicht tat. 1954 war ihm Amerika wie ein Ort erschienen, der von der Erde abgeschnitten war, ein andersartiger zweiter Zukunftsplanet – wenn er sich auch noch nie andere Planeten vorgestellt hatte; er pflegte zu sagen, das ist nichts für uns hier, und das war es auch wirklich nicht, alles sah fremd aus, und nichts erinnerte an das, was Harry kannte.

Er arbeitete in der Autoindustrie, ohne je in einem Auto

gesessen zu haben – außer in dem Provinzbus, der von Tripolis nach Athen fuhr; in Amerika betrat er Lifte, Banken, Supermärkte und Fast-food-Buden. Als sie sich in South Bend niederließen, nahm Andreas sie für die ersten sechs Monate auf, aber seine Frau wollte sie hinausexpedieren, sie murrte immer, wann kommt ihr endlich irgendwo unter, wir haben hier drin nicht genügend Platz. Es war wahr: sie hatten keinen Platz; Andreas und Maria wohnten noch in einer Mietwohnung mit drei Zimmern. Und als Harry das Haus in der Dubeil Street fand, nahm er es sofort; ohne Vorschuß und in unzähligen Raten. Es war eine günstige Gelegenheit: es hatte eine große helle Küche, geblümte Tapeten an den Wänden, einen Holzboden und eine kleine Badewanne.

In einer Badewanne hatte Harry noch nie gesessen. Und als er hineinstieg, begriff er, daß er für immer nach Amerika gekommen war, daß es für ihn nirgends besser sein konnte. Seiner Mutter schrieb er die Unwahrheit, Mutter, wir bleiben nur ein Jahr, dann kommen wir wieder zurück. Im nächsten Jahr schrieb er, Mutter, noch zwei Sommer, und wir kommen wieder zurück. Dann begann er eine neue Leier, Mutter, hab Geduld, ich komm dich holen. Glücklicherweise wollte seine Mutter gar nicht nach Amerika, denn Harry meinte es eigentlich gar nicht so, als er schrieb, ich komme dich holen. Er erfand auch noch andere Unwahrheiten, daß es ihnen finanziell phantastisch ginge, daß sie mit goldenen Löffeln äßen, daß sie zwar viel arbeiten müßten, aber daß die Dollars nur so vom Himmel regneten. Und auf der anderen Seite dachte er, was schreibe ich hier eigentlich? Wenn ich so etwas schreibe, werden Mutter, Chrysanthi und Panajota bloß noch mehr Geld wollen. Er schickte Geld; an seine Mutter und seine Schwestern; später, als Chrysanthi geheiratet hatte und seine Mutter gestorben war, nur noch an Panajota. Wenn er es schickte, hatte er immer Zweifel, ob es seine Schwester überhaupt erhielt, und wie sie damit umging, wenn sie es erhielt; er hatte erfahren, daß Panajota seltsame Dinge machte, daß sie schlafwandelte, ihre Haare bis zu den Knien offen trug, und daß man beobachtet hatte, wie sie um Mitternacht auf den Feldern den Vollmond anheulte. Moropoulos sagte immer zu Eleni, die Panajota bringt mich noch ins Grab – sie ist schuld daran, daß wir in Armut leben; es überkam ihn, sie zu verfluchen, weil sie halb verrückt war und keinen Christenmenschen finden konnte, der sie geheiratet hätte.

Ist sie vielleicht häßlich? fragte Billy einmal. Er konnte sich nicht mehr an die Tante Panajota erinnern. Alle Tanten in Griechenland schienen ihm gleich.

Harry dachte darüber nach.

Nein, sagte er. Chrysanthi ist die Häßliche.

Eleni rührte nie an das Problem mit Panajota – sie hatte sie alles in allem nur zweimal gesehen und war sich sicher, daß sie etwas hatte, irgendeine seelische Krankheit. Sie sah Harry die Überweisungen schicken und sagte nichts dazu. Manchmal wünschte er sich, sie würde es ihm verbieten und er könnte es einstellen und dabei ein reines Gewissen haben.

Ihr Leben war nicht leicht: 1957 wurde Eleni schwanger, aber sie verlor das Kind; Harry starb fast vor Kummer, nicht über das Kind, sondern weil er sich gewünscht hatte, sie würde nie eins zur Welt bringen; er hatte nichts gesagt, aber immer gedacht, wie soll ich das mit den Raten und den Versicherungen und den Zahnarztkosten auf die Reihe kriegen? So hatte er gedacht, und als Eleni im fünften Monat war, bekam sie eine Fehlgeburt. Sie wirkte aber sehr tapfer, innerhalb einer Woche war sie wieder auf den Beinen und ging zur Arbeit – es war im Januar 58 – und sagte, macht nichts, ich kriege noch ein Kindchen. Ich kriege ein Mädchen, das nennen wir Trudy, Joan, Linette; sie hatte eine Vorliebe für amerikanische Namen.

Was meinst du zu Mary-Lou? fragte Harry. Oder Barbara?

Harry ächzte. Er hatte es anders erwartet, leichter. Nicht viel leichter, aber doch leichter. Manchmal zog er gegen Andreas vom Leder, der ihn aufgescheucht hatte, manchmal gegen Eleni, die alles normal fand – sogar die Arbeit in den Studebaker-Fabrikhallen, sogar die tägliche Bohnensuppe und die sonntägliche Weizenspeise für die Toten, die sie kiloweise kochte und an die Kirchen verkaufte. Sie verkaufte ihre *Kolliva* an sämtliche umliegenden Kirchen bis hin zur Ajios-Dimitrios-Kirche in Hammond. Aber die Zeit verging, sie blieben gottlob gesund, Moropoulos hatte Angst vor Krankheiten, er hatte Angst, daß ihm etwas passierte und er wie ein Hund in der Fremde starb. Nichts passierte ihm. Mutter, ich bin fett wie ein Ochs, schrieb er in seinen Briefen, und das war das einzige, was ihn freute. Nach und nach verblaßte Griechenland und rückte in die Ferne; er war dreimal nach Archontiki gefahren, das dritte Mal war es zur Beerdigung seiner Mutter. Und da entdeckte er, daß er nichts empfand, nichts für Griechenland und nichts für die, die in Griechenland lebten. Er musterte seine Schwester Chrysanthi und kannte sie nicht wieder; er musterte Panajota und dachte, weshalb schicke ich dieser Frau Geld? Was hab ich mit ihr zu schaffen? Gar nichts hab ich mit ihr zu schaffen. Und weshalb sieht sie aus, als ob sie im Stehen schläft? Was hat sie eigentlich, verflixt noch mal? Bei der Beerdigung stand Panajota einsam da, und die Haare hingen ihr übers Gesicht, sie hatte ein verknittertes Papier in der Hand, das sie in winzige Schnipsel zerriß und auf den Boden streute. Harry hatte Angst, sie könnte irgend etwas Irrsinniges machen, laut kreischen oder so. Aber sie machte nichts. Und Harry dachte sofort, mein Gott, wohin ist es mit mir gekommen – daß ich meine Schwestern nicht liebe. Im Moment der Grablegung kamen ihm ein paar Tränen. Ach, Mutter, dachte er bei sich, du hast es nicht mehr geschafft, nach Amerika zu kommen, hast nichts gesehen – aber danach war er voller Ungeduld, wieder abzufahren, nach South Bend zurückzukehren, in sein Haus und in die Insektizidfabrik. Und zu Eleni, die seine einzige Zuflucht war, und wenn er an sie dachte, hätte er am liebsten eine Kerze angesteckt, damit ihr nur ja nichts zustieß.

In dem Sommer, als Billy den Schulabschluß machte, war Moropoulos in Rage; er war immer in Rage, einmal, weil ihn die AHEPA[2] an den Rand gedrängt hatte, einmal, weil Carter Präsident geworden war, von dem alle sagten, er sei Kommunist – und dann, weil Billy die griechische Schule verlassen hatte (Ich langweile mich zu Tode, hatte er gesagt, hör dir den amerikanischen Ausdruck an, stänkerte Moropoulos) und weil er keinen Fuß in die Kirche setzte. In diesem Sommer war er noch ein Stück gereizter; in Billy sah er einen Fremden; abgesehen davon erschienen ihm alle fremd; fremd und total daneben. Seine Nichte Stavroula, die mit Billy ein Herz und eine Seele war und als verheiratete Frau ankam, um angeblich mit ihm Schallplatten zu hören, *Schallplatten*, auf denen die Nigger Gitarre spielten – ja, hatte Stavroula denn gar nichts anderes zu tun? – jedenfalls hockten sie in seinem Zimmer und legten Schallplatten aufs Grammophon, das sie *Stereo* nannten. Und Vassilakis tanzte auch noch auf diese Lieder; er tanzte auf Lieder, auf die eigentlich sonst nur Frauen und Schwule tanzten. Er schwänzelte herum und schwenkte die Hüften. Aber von griechischen Volksliedern, von anständigen mannhaften *Kalamatianá*-Tänzen nicht die Spur. Von Griechentum nicht die Spur. Er hatte nie richtig lernen wollen, immer nur die Rallys und das Dum-dum, das Trommeln und Pfeifen. An-

---

[2] AHEPA: American-Hellenic Educational Progressive Association, gegründet 1922 in Atlanta. (Anm. d. Übers.)

dreas war auch ein anderer Mensch geworden, jetzt, wo er nur noch Englisch redete, obwohl sie beide einen Haufen Fehler machten. Und Eleni hatte die Fernsehkrankheit erwischt, die war ganz weg mit ihren Quizsendungen und ihren Shows. Sie machte Gymnastik vor dem Fernseher, sie nahm Fernsehunterricht in Aerobic – und außerdem hatte sie das David-Letterman-Fieber infiziert, das war so ein übergeschnappter amerikanischer Jude, der lauter Spinner mit seltsamen Haustieren in seine Sendung holte, die den Zuschauern ihre Tiere vorführten, Echsen, Krokodile, Ameisenbären, Murmeltiere und solchen Käse. Und Eleni erklärte alles, was passierte, übers Fernsehen. Sie sagte, sie hätte eine Sendung über die Midlife-crisis gesehen – und hatte entschieden, daß es das war, woran Harry litt.

Es ist kein Midlife, fauchte Harry. Außer du glaubst, daß wir hundertzehn werden.

Ihn hatte die Verzweiflung überwältigt, weil sechsunddreißig Jahre vergangen waren, ohne daß er es recht begriffen hatte. Amerikaner war er nicht geworden, Grieche war er nicht mehr, sein Haar wurde weiß, die Kräfte ließen nach, und am Ende erwartete ihn eine lausige Rente von der Lebensversicherung Johnson, Taylor and Sons und ein Sarg, der nach Griechenland geschickt werden würde, damit der Leichnam in heimatlicher Erde ruhte. In der Erde, die so hart war, daß die Totengräber stundenlang hacken mußten, um einen einzupflanzen. Wie man so sagt. Moropoulos dachte fortwährend an den Tod, an sämtliche Einzelheiten, und gelegentlich sagte er sich, und wenn sie mich hier begraben, ist es mir auch egal. Das alles setzte ihm zu, das Geld, die Renten, was denn in Dreiteufelsnamen aus Billy werden sollte und wie es Andreas hinkriegte, Stavroula studieren zu lassen – ja, ja, er hatte sie studieren lassen: Stavroula war zwei Jahre aufs College gegangen und hatte dann John Petrakis aus Chicago geheiratet, dem es finanziell sehr gut ging – er baute *projects*, diese großen Wohneinheiten. Bei der Hochzeit hatten es seine Verwandten Dollars regnen lassen; sie warfen mit Dollars, während die Jungvermählten tanzten! Wenn Billy nur auch ein Mädchen wie Stavroula fände, dachte Moropoulos – es macht ja nichts, daß sie eine etwas lose Zunge hat, was heißt da etwas, total, die hat vielleicht ein Mundwerk! Wenn er doch nur ein gescheites Mädchen fände, damit er nicht weiter herumhängt. Moropoulos ging schier an die Decke, weil er meinte, Billy hinge herum, warum ging er denn jeden Abend aus und trank Bier, warum saß er am Tisch und hielt sich lustlos den Kopf – und er fragte sich, *wo* er herumhing, wenn er herumhing, und ob er vielleicht mit der Sorte Frauen Umgang hatte, die Mikroben haben, denen mit den Viren und dem Aids. Und er hatte sich aufgeregt, daß Billy auf Stavroulas Hochzeit eingeschlafen war, während Tony aufgestanden war und ein paar schöne Dreher hingelegt hatte; Harry war erschrocken, daß sein Sohn sich nicht für das interessierte, was das Wichtigste war: die Heimat, Gott, Ehe und Familie. Ich hab Angst, sagte er zu Eleni, daß er sich mit so einer Schlampe aus dem Staub macht.

Trotz alledem war es ein schöner Sommer: außer daß Stavroula aus Chicago einen wunderschönen Lorbeerbaum mitbrachte, gab es traumhaft warmes Wetter – es wehte ein Lüftchen, das von den Seen kam. Eleni machte jeden Morgen gebackene Eier, und sie aßen in der Küche bei offenen Fenstern; abends sahen sie fern – Eleni mochte die Show von Rosanne Bar, die früh kam, und die Show von Letterman, die spät kam, so gegen zehn. Sie saßen gemeinsam vor dem Fernseher und aßen Käseeckchen in selbstgemachtem Blätterteig; manchmal bügelte Eleni auch – Moropoulos empfand tiefe Zufriedenheit; und er fragte sich, ob er vielleicht undankbar war, ob vielleicht das, was er hatte, das höchste war, was man haben kann. Und auf der anderen Seite machte er sich wieder Sorgen, die Gedanken um seinen Sohn nagten an ihm, um Gangs, um Drogen, um die Zeit, die verging, und um sich selbst, weil er nicht mehr jung war. Daß Billy immer so spät nach Hause kam und daß er sich, wenn er kam, in sein Zimmer einschloß und Jazz hörte, verhieß ihm nichts Gutes: er spürte, daß Billy genausowenig reich werden würde und daß Billy dann auch nicht nach Archontiki gehen und sagen konnte: Ich lasse euch eine Kirche bauen, ich baue euch eine Schule, ich lasse ein schönes Brunnenrelief machen. Er würde nie werden wie der selige Erskin, der Vorstand von Studebaker, der, als er Millionen scheffelte, für den Friedhof von Huntsville ein prächtiges Eingangstor hatte bauen lassen – er stammte aus Huntsville in Alabama und hatte seiner Stadt eine Schenkung gemacht, jawohl.

Und dann hatte er wieder Angst, Billy könnte sich mit Juden oder Zeugen Jehovas einlassen, mit diesen Ketzern. Oder mit Kommunisten, denn Billy hatte auch kommunistische Neigungen, er faselte die ganze Zeit alles mögliche über George Bush, der wäre ein Faschist, ein Militarist – Moropoulos wußte, daß Mussolini ein Faschist war, und wie Mussolini war Bush nicht. Und auch den Vizepräsidenten konnte man keinen Faschisten nennen: er wirkte bloß ein bißchen dämlich – schade, er war nämlich ein *Hoosier* aus Indianapolis. So wie Mussolini waren diese Typen, die Heftchen über die arische Rasse verteilten, darüber, daß man jeden, der keine blauen Augen hatte, aus Amerika jagen müßte. Die, ja, die konnte man als Faschisten bezeichnen.

Harry schlief erst nach Mitternacht ein; er wartete darauf, daß Billy heimkam, einmal, als er erst um vier Uhr morgens gekommen war, war ihm ein Pantoffel an den Kopf geflogen – ein anderes Mal gab es einen Riesenkrach wegen der Haare, wegen dem Zopf.

Es ist kein Zopf, sagte Billy. Es ist ein Pferdeschwanz. Und daraufhin war Moropoulos noch mehr aus der Haut gefahren und hatte die Hand erhoben, um ihn zu schlagen. Eleni war dazwischengegangen, sie hatte gesagt, Harry, tu so was nicht, es ist doch nicht so wichtig. Es sind ja bloß Haare. Aber Harry hatte gekeucht wie ein Dampfroß und sich die Hosenträger gehalten, als sei ihm die Hose zu weit. Dann ging er in das eheliche Zimmer und stellte sich ans Fenster und sah hinaus auf die Dubeil Street, auf Vernon Jules, der gerade in dem Moment auf dem Driveway gegenüber parkte. Ach, dachte er, hätte ich doch einen Studebaker, wenn ich nur einen Studebaker hätte. Es war ihm zum Weinen, und er schämte sich über sich selbst. Er blieb dort stehen, hielt sich die Hosenträger und kaute an einem Zahnstocher. Er schüttelte viele Male den Kopf, dann zog er den Vorhang zu und blieb allein in der Dunkelheit.

Die Dunkelheit machte Eleni angst …

Die Dunkelheit machte Eleni angst. Und es war das einzige, was ihr angst machte – fast. Als sie noch klein war, machte sie Mutproben, sie ging auf den Hof und weiter in die Nacht hinein, wobei sie sich wieder und wieder vorsagte, es ist nichts da, es ist nichts da – und trotzdem hatte sie Bange, daß etwas da war, ein Drache, eine Schlange, ein Gespenst, etwas, was die kleinen Kinder im Finstern auffressen würde. Sie ging dennoch weiter; bis zur Pumpe, wo sie immer Wasser holten, und dann drehte sie rennend und vor Angst schlotternd wieder nach Hause um.

Als sie ins Bett ging, tat Harry, als ob er schlief. Eleni legte sich hin und berührte seinen Arm sachte mit ihrer Hand. Sie hätte sich gewünscht, daß er wach wäre, nicht um mit ihm zu reden, sondern einfach nur so, damit sie ein bißchen zusammenwären, damit sie keine Angst haben mußte. Nachts zitterte sie manchmal vor Angst, und ihr war kalt – sie dachte an die Zeit, die verging; ab und zu stand sie auf und besah sich im Spiegel, besah ihren Körper, auch wenn nicht genügend Licht vorhanden war, um ihn richtig zu sehen. Sie hob das Nachthemd bis zum Hals und musterte ihre Brust, die Brust einer Frau von Fünfundfünfzig, und ihre Oberarme, die nach innen zu erschlafft waren, die Haut war weiß geworden und hatte eine Menge kleiner Runzeln bekommen. Es störte sie nicht besonders, sie pflegte sogar zu sagen, daß die schwierigeren Tage in ihrem Leben vorbei seien – die Zeit im Dorf und die erste Zeit in Amerika, als sie von nichts eine Ahnung hatte, als sie allein nichts unternehmen konnte und nicht einmal wußte, was *thank you* bedeutet. Als ich jung war, war ich mit großer Dummheit geschlagen, sagte sie immer – aber sie glaubte es selbst nicht, und es war auch nicht wahr.

Als sie jung war, wollte sie in die Schule gehen, eine Ausbildung machen, Lehrerin werden. Aber man ließ sie nicht gehen, sie machte lediglich zwei Klassen vom Gymnasium und blieb dann zu Hause zum Arbeiten. Und wenn sie nichts zu tun hatte, las sie alte Romane, Alexandre Dumas und so etwas; sie las auch eine ganze Reihe religiöser Bücher, alles, was sie vorfand, das heißt, was sie im Haus von Pater Theophilos finden konnte. Dann starb Pater Theofilos, und es kam kein anderer Priester, die Pfarrstelle wurde aufgegeben, und Eleni kam nicht mehr an Bücher und wußte nicht, was sie sonst tun sollte – aber da tauchte auch schon Charalambos Moropoulos aus Archontiki im Dorf auf und sah sie und sagte, das Dorf hier hat aber schöne Mädchen. Das war im Juni 1953: und bevor das Jahr zu Ende ging, hatten sie in der Ajios-Spirídon-Kirche in Archontiki geheiratet und das Schiff nach Amerika bestiegen. Er hatte zu ihr gesagt, wenn du mich heiratest, gehen wir nach Amerika.

Wieso, traust du dich nicht allein? hatte sie gefragt. Ihm gefiel ihre forsche Art.

Ich geh auch allein, aber es wär schön, wenn du mitkämst. Soll ich mit deinem Vater reden?

Mein Vater will mich sowieso bloß loswerden.

Es war nicht ihr richtiger Vater – er hatte sie adoptiert –, und er wollte sie auch nicht loswerden. Aber er hatte nichts dagegen, sie zu verheiraten; und Moropoulos war zwar bettelarm, aber er hatte keinen schlechten Namen. Er kam aus einer Familie wie alle anderen, sein Vater war einbeinig aus dem 12er Krieg gekommen[3], sein Großvater war Hirte, er hatte Ziegen.

---

[3] Gemeint ist der 1. Balkankrieg 1912. (Anm. d. Übers.)

So fand sich Eleni in South Bend wieder, bei Andreas und Maria zu Gast – Andreas liebte sie, meine Güte, was du für kluge Augen hast, sagte er immer, aber Maria hätte sie ihr am liebsten ausgekratzt. Eleni tat einfach, als bekäme sie davon nichts mit. Teils, weil sie ganz schnell etwas lernen wollte, teils, weil sie Marias »tu dies und laß jenes« loswerden wollte, lernte sie Englisch, als säße sie noch in der Schule; sie schuftete wie ein Berserker und ging dann noch mit anderen Griechen, Jugoslawen und Russen in die Abendschule; sie war durch nichts aufzuhalten. Innerhalb von sechs Monaten beherrschte sie die Grundlagen, ging überall allein hin, redete mit allen – und wenn sie etwas nicht verstand, fragte sie nach und genierte sich nicht. Sie sagte: Wie bitte? Könnten Sie das noch mal sagen? Sie hatte ein liniertes Heft und schrieb die neuen Wörter auf, übte die Aussprache und hatte sich eine eigene zurechtgebastelt, die sich nicht griechisch anhörte, sondern mehr wie die langgezogenen Silben der Südstaatler.

Sonntags gingen sie in die orthodoxe Ajios-Andreas-Kirche, um andere Griechen zu treffen; Harry wollte das so. Er hatte Freude daran, er sagte, wenn er den Weihrauchduft in der Kirche einatme, käme ihm Archontiki in den Sinn, sein Großvater, der noch den traditionellen Rock und die Pomponschuhe getragen hatte, sein Vater, der Vorsänger in der Kirche gewesen war, seine Schwestern mit ihren abgetragenen Kleidchen, die sie von anderen Kindern geerbt hatten. Als Kind war er Meßdiener gewesen – er hatte die schönsten Erinnerungen an den Gottesdienst in der Spirídon-Kirche in Archontiki. Eleni wäre sonntags lieber zu Hause geblieben, um Kuchen und Pittas zu backen, aber sie wollte ihm keinen Kummer machen. So zog sie ihren Sonntagsstaat an und ging mit ihm zum Gottesdienst, und hinterher besuchten sie seine Verwandten und tranken türkischen Mokka und aßen getrocknete Feigen, Mandeln und Nüsse – lauter solches Zeug. Eleni mochte es nicht, aber sie knabberte es aus

Höflichkeit mit. Manchmal aßen sie auch in Andreas' Taverne zu Mittag, die ein Treffpunkt für Griechen war; sie blieben noch bis spät da und hörten sich Volksmusik aus dem Kassettenrecorder an – die Männer spielten Tavli. Eleni saß an der Seite, und der Kopf wollte ihr platzen, sie hielt das Geräusch der Spielsteine nicht aus.

In den ersten Jahren, als sie bei Studebaker arbeiteten, arbeiteten auch alle anderen – es gab keine Arbeitslosen, und die Armen waren einfach nur arm, sie lebten nicht auf der Straße. Später gab es eine Menge Obdachloser, Eleni konnte nicht begreifen, wie das passiert war. Und sie war froh, daß sie nicht betroffen waren. Harry hatte den Vorsatz, reich zu werden, Eleni hatte nur den Vorsatz, gut zu leben und nicht ausgelacht zu werden, von keinem *spic* und *wop* genannt zu werden, ihre *billia* zahlen und sich einen Fernseher anschaffen zu können. Bei ihrer ersten Schwangerschaft war sie dreiundzwanzig, sie hatte Freude an dem Gedanken, ein Mädchen zu haben und es im Kinderwagen spazierenzufahren, ihm rosa Riemchen und rosa Häubchen anzuziehen; aber Harry befürchtete, sie würden mit einem Lohn nicht hinkommen – er schickte ja auch diese Überweisungen an seine Mutter und seine Schwestern; aber es war auch wiederum eine Schande, kein Kind zu bekommen. Wo hatte man je gehört, daß einer keine Kinder bekam – in Amerika hatten die Leute viele Kinder, genau wie in Archontiki; Vernon Jules von gegenüber hatte vier – Jules war reformierter Mennonit, sehr religiös –, und die Schwarzen, die weiter unten wohnten, hatten auch vier. Aber Trudy kam nie zur Welt, weil Eleni an den Maschinen arbeitete und die Maschinen nicht gut für Embryos sind. Als sie die Fehlgeburt hatte, stieß Harry mit dem Kopf an die Wand und sagte, ich bin schuld, aber Eleni begriff nicht, warum; keiner war schuld, nur das Schicksal. Die nächste Schwangerschaft ließ dann auf sich warten; sie war etwas erschrocken und träumte, daß ihr Bett Blutflecken bekam. Aber als sie Dreißig war, sagte sie zu Harry: Jetzt will ich ein Kindchen. Unbedingt. Sie betonte das »unbedingt«. Und Harry dachte, daß er sich einen Sohn wünschte; daß sie ihn Vassilis nennen würden wie seinen Vater. So kam Billy zur Welt, und Eleni verliebte sich sofort in ihn; er war die zweite Liebe in ihrem Leben. Als Billy heranwuchs, dachte sie sich, mein Gott, was bist du denn für einer, und meinte damit, daß sie noch nie so ein hübsches Kind gesehen hatte. Er gefiel allen, im Viertel nannten sie ihn Dudes; er war ein süßer Junge mit ganz großen dunkelbraunen Augen, der auf der Straße mit den kleinen Negerkindern spielte, sie an der Hand nahm und mit nach Hause brachte. Zu der Zeit gehörten die Dubeil Street, die Donald Street und die Indiana Street zu den schwarzen Wohnvierteln. Weiter unten wohnten arme Iren, die nannte man damals »grüne Neger«. Harry hatte es bald heraus: Wir sind reingefallen, Elenitsa, sagte er, deshalb war das Haus so billig, gottverdammte Scheiße. Die haben uns verarscht. Aber Eleni dachte sich Wege aus, um mit den Nachbarn ins Gespräch zu kommen, die so schwarz wie Pech waren und schweigend auf ihrer Veranda saßen, auf ihre wackeligen Stühle gekauert. Es dauerte eine Weile, bis sie sich dazu aufraffen konnte – schließlich schaffte sie es, ging nach nebenan und stellte sich an den Zaun; und während die anderen erwarteten, daß sie um etwas bat, einen Hammer, eine Zange oder so, sagte sie in gebrochenem Englisch:

Hallo. Ich bin Elen Morrow.

Die Leute warteten darauf, daß Eleni noch etwas sagte, aber das tat sie nicht. Sie stand einfach da und lächelte ihnen zu. So stellten sie sich ebenfalls vor, sie sagten, das ist Jim Junior, Bertha, Ruby, Jo und so weiter. Es war eine weitläufige Familie.

Freunde wurden die Schwarzen nicht; aber Eleni war schon zufrieden, daß sie sie jeden Morgen grüßen konnte –

vor allem die Frau – und daß sie zusammen zum Himmel hochblickten und sagten:

Heute gibt's Regen.

Oder:

Es gibt keinen Regen.

Tatsächlich bekamen sie auch keine anderen Freunde. Harry ging selten zu den AHEPAs, denn von denen hatten die meisten Geld, und Harry hatte keins – und Eleni ging selten zum Verein für Bedürftige, weil ihr Vereine und Spendensammlungen zuwider waren. Selbst die Sammlung für die Erdbebengeschädigten von Kalamáta war ihr zuwider, obwohl sie wußte, daß sie sinnvoll war. Gelegentlich verbrachte sie den Nachmittag mit Ella Jules, aber Ella hatte extrem viel zu tun, sie hatte vier Kinder, vier Ungeheuer. Sie rannten die ganze Zeit rund ums Blumenbeet und kreischten, spielten mit Pistolen und Schwertern – und wenn sie nicht brüllend ums Beet herumrannten, machten sie Videospiele mit Killer-Ninjas. Sie spielten brutale Spiele, obwohl sie einen mennonitischen Vater hatten.

Mit Tonys Mutter Violet hatte Eleni nicht viel zu tun; Vi hatte nicht viele Freundinnen; als sie jung gewesen war, hatte sie an Schönheitswettbewerben teilgenommen, einmal war sie Miss South Bend geworden und zweimal Miss Valentine's Day. Sie war in einem großen Herz aus roten Rosen auf einem Wagen durch die Hauptstraßen von South Bend gezogen. Seither gingen ihr die Frauen aus dem Weg. Ab und zu ging sie mit Ella Jules in *Frank's Bar* und ab und zu ins *Roadhouse* in Mishawaka. Nur Stavroula sah Eleni häufig – sie machten zusammen Einkäufe in der Mall, jeden Freitagnachmittag kauften sie im Supermarkt Lebensmittel ein; sie sammelten Treuecoupons von verschiedenen Produkten und bekamen Geschenke dafür – Gläser, Teller, Tischtücher. Stavroula war ihre beste Freundin, obwohl Eleni mehr als zwanzig Jahre älter war. Sie dachte, wenn Trudy gelebt hätte, wäre sie wie Stavroula geworden. Und ihr gefiel, daß sie eine solche Schwäche für Billy hatte.

Alle Mädchen hatten eine Schwäche für ihn, und später, als Billy mit Conny Fisher Schluß gemacht hatte, rief Conny bei Eleni an und weinte. Eleni wußte nicht, was sie sagen sollte, ach, Conny, du lernst einen anderen Jungen kennen, nimm es dir nicht so zu Herzen, Honey. Conny, bist du noch da? Conny blieb schweigend am Hörer, und Eleni wartete geduldig am anderen Ende der Leitung. Conny, sagte sie, komm doch auf einen *carrot-cake* vorbei, ich geb dir auch was davon mit.

Für ihren Möhrenkuchen war sie berühmt; aber jedesmal, wenn in South Bend das Festival of National Food stattfand – jede Gemeinde hatte einen Stand und verkaufte ihre Spezialitäten –, gab es auf dem italienischen Büfett Tiramisu und auf dem griechischen Baklava. Eleni war bekümmert, daß man sie keinen *carrot-cake* backen ließ. Der griechische Stand hatte eine große Theke mit Spinatpitta, Zucchinibällchen, Kebab – aber nicht mit Möhrenkuchen. So fertigte Eleni griechische Gerichte an, und wenn sie dann hinter der Theke saß und sie verkaufte, fragte sie sich, ob sie nicht mit ihrem Kuchen größeren Erfolg gehabt hätte. Zwei-, dreimal war sie auch mit Harry nach Indianapolis zu dem Festival gefahren, das die Ajia-Triada-Kirche jeden September veranstaltete. Billy war auch einmal mitgekommen – unter Zwang –, aber es war das erste und letzte Mal. Er sagte, der Teig der Pitta verdürbe ihm den Magen.

Mensch, schau dir die Nationaltrachten an, sagte sein Vater zu ihm. Du mußt doch die griechischen Sitten erleben.

Billy saß am Tisch und hielt sich den Kopf, als sei er tonnenschwer. Einmal hatte ihm Moropoulos die auf den Tisch gestützten Ellbogen weggezogen, und Billy wäre beinahe mit dem Kopf aufs Resopal gehagelt.

Eleni hatte hart gearbeitet, damit es Billy an nichts fehlte.

Nicht daß ihm überhaupt nichts gefehlt hätte, aber wenn Eleni daran dachte, in was für einem Haus sie geboren und aufgewachsen war, war sie zufrieden. Wir haben einen weiten Weg hinter uns, sagte sie immer. Ein paar Jahre lang hatte sie in einem *Diner* am National Highway am Grill gearbeitet; Harry war damals arbeitslos und absolut unerträglich; er sagte, er würde sich das Leben nehmen; aber Eleni briet *ham and eggs*, Hamburger und Omeletten und dachte, wir haben einen weiten Weg hinter uns. Und sie war entschlossen, den Weg noch weiter zu gehen. So weit es eben nötig war.

Weshalb sollte ich mich einsam fühlen?
Unser Planet befindet sich doch
in der Mitte der Milchstraße.

H. D. THOREAU, *Walden*, 1854

Die Zeit verging, und Dudes …

Die Zeit verging, und Dudes war nicht froh – aber er war auch nicht unglücklich. Er wachte nachts auf und ging in die Küche, trank Milch aus dem Tetrapak – dann hörte er Radio, aber ganz leise, damit er die anderen nicht weckte. Er wünschte den Tag herbei, an dem er für sich alleine wohnte. Aber er konnte es sich nicht leisten, von zu Hause auszuziehen. Sein Vater schob immer wieder die Daumen in die Hosenträger und ging vor dem Fernseher im Zimmer auf und ab: Verlang doch eine Gehaltserhöhung, sagte er. Mach Sonntagsarbeit. Komm, Vassilakis, es ist Zeit, daß du auch was beisteuerst. *Wir kommen nicht hin, das Geld reicht uns nicht.*

Na ja, natürlich, dachte Billy, wenn du es diesen Schrullen im Dorf schickst, wie soll es dann auch reichen. *Jesus*, sagte er immer, Gott sei Dank hab ich keine Schwester, Schwestern sind *ballbusters*. Und er wollte auch nichts »beisteuern«, sondern bloß weg und Amerika sehen, die Welt sehen. Statt dessen saß er in der Dubeil Street und in Brunos Werkstatt fest. Und er hatte das Gefühl, daß er schon gestorben war, aber er lebte noch.

Als er eines Tages unter einem Toyota lag und daran herumschrappte, erblickte er in der Öffnung der großen Garagentür, andersherum, ein Mädchen ohne Gesicht. Die Sonne stand ihr im Rücken, sie blendete ihn – anfangs sah er nur ihre Schuhe mit den Riemchen und dann ihre Beine; das Gesicht war nicht zu erkennen, es war zu dunkel. Nur ihre zarte Silhouette war sichtbar, ganz zart, wie ein kleiner

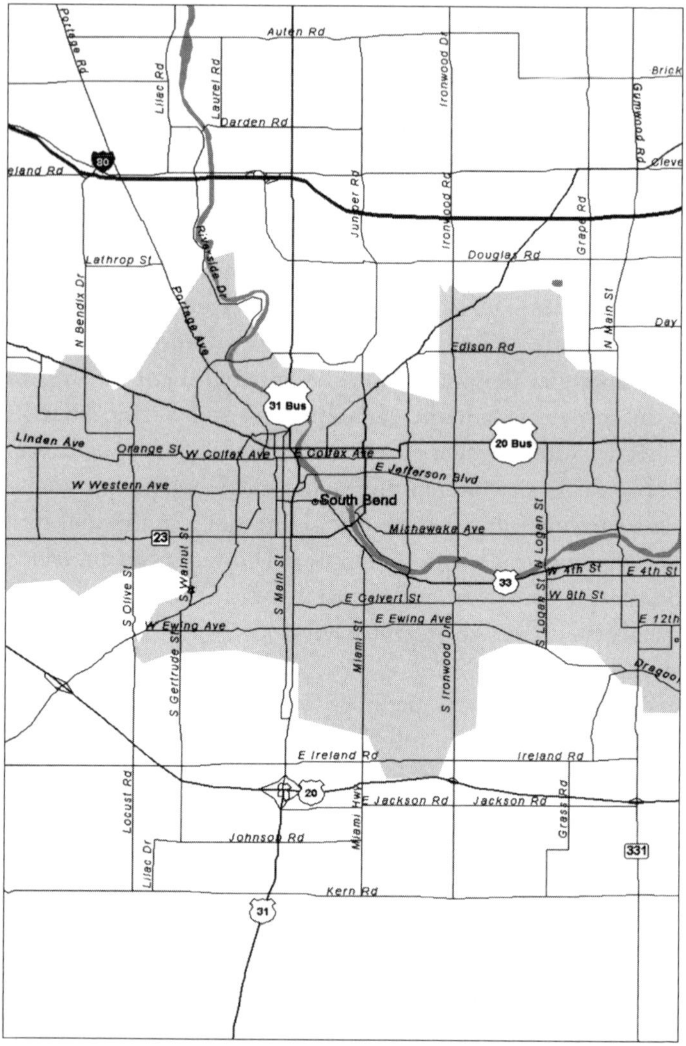
Auten Rd
Portage Rd
Lilac Rd
Laurel Rd
Ironwood Dr
Brick
Gumwood Rd
Darden Rd
80
Cleve
Juniper Rd
Ironwood Rd
Grape Rd
Lathrop St
Douglas Rd
Riverside Dr
Portage Ave
N Bendix Dr
N Main St
Day
Edison Rd
31 Bus
20 Bus
Linden Ave
Orange St
W Colfax Ave
E Colfax Ave
E Jefferson Blvd
W Western Ave
South Bend
Mishawaka Ave
23
S Logan St
N Logan St
W 4th St
E 4th St
S Olive St
S Walnut St
S Main St
33
W 8th St
E Calvert St
E Ewing Ave
W Ewing Ave
E 12th
Miami St
S Ironwood Dr
S Gertrude St
Dragoon
E Ireland Rd
Ireland Rd
Locust Rd
20
E Jackson Rd
Jackson Rd
Miami Hwy
Grass Rd
Johnson Rd
331
Lilac Dr
Kern Rd
31

Zweig, und ihr Sommerkleid, das leise wehte – es windete, wie es in Elkhart immer windete, selbst im Hochsommer. Neben ihr stand reglos ein Hund mit großen Hängeohren und sehr kurzen Beinen, die nach außen gekehrt waren. Billy erhob sich und war im Begriff, sich die Hände an der Putzwolle abzuwischen, während sie einen Schritt, zwei Schritte, zweieinhalb Schritte auf ihn zu kam und sagte:

Bist du Dudes?

Billy fühlte sich nicht im geringsten wie Dudes, er fühlte sich wie Billy in einem Blaumann voll Schmieröl.

Ja, sagte er und musterte den Hund, der auf ihn zuwatschelte wie eine Ente. Ist das dein Hund?

Es ist Drooby, antwortete sie, als sei sie nur deshalb gekommen, um ihm den Hund vorzustellen.

Ein Jagdhund, ej? Er hat ein Gesicht, als ob er weint.

Er weint nicht, sagte sie, als wolle sie ihn beruhigen. Er ist ein Basset.

Basset, wiederholte Billy. Er kannte das Wort nicht.

Es ist eine Jagdhundrasse. Lafayette hat sie nach Amerika gebracht.

Billy fühlte eine gewisse Erleichterung; Lafayette kannte er aus der Schule.

Ein kurzes Schweigen trat ein, und dann sagte das Mädchen: Deidra hat mich geschickt.

Ja? bemerkte Billy mit gespielter Gleichgültigkeit. Was macht sie denn?

Sie heiratet.

Schön.

Ich bin ihre Freundin.

Hab ich mir schon gedacht.

Ich soll dich zur Hochzeit einladen. Ich laufe in Elkhart und sonstwo herum und verteile diese Einladungen, setzte das Mädchen auf eine kindliche Weise hinzu, die Billy gefiel. Er hatte noch keine andere erlebt, die so redete – und sie sprach das L und das W auf eine ganz eigene Art aus, als käme sie irgend wie von weit her, aus Mexiko oder so.

Sie streckte ihm einen weißen Umschlag mit schräger Schönschrift hin.

Sie hat gesagt, du mußt unbedingt kommen. Das Mädchen hustete zwei-, dreimal und hielt sich dabei die Hand vor den Mund. Es gibt eine schöne Hochzeit.

Der Hund winselte und stupste ihr Bein mit der Schnauze an.

Bist du sicher, daß er nicht weint? fragte Billy und nahm die Einladung an sich. Er wollte den Besuch noch ausdehnen und pries sich glücklich, daß Bruno und dessen Bruder nicht da waren.

Nein, er weint nicht, er ist immer so. Also tschüs dann, setzte sie nach einem weiteren ganz kurzen Schweigen hinzu, das Billy aber lang schien. Und er spürte, daß er, wenn sie ihm vorgeschlagen hätte, nach Cocomo zu fahren, die Putzwolle augenblicklich hingeschmissen hätte und nicht bloß bis in das beschissene Cocomo, sondern bis nach Phoenix, Arizona, oder Mexiko und Guatemala gefahren wäre.

Das Mädchen machte eine Kehrtwendung, und Billy sah die Spange in ihrem Haar, eine kleine rote Spange, wie sie in Kurzwarenläden verkauft werden. Wie die, die in Pixys Laden hingen, neben den Eisen- und Plastikwaren. Sie hatte genauso einen Pferdeschwanz wie er, und Billy glaubte, ihm müßte das Herz zerspringen. Als sie aus der großen Tür ging, den Hund neben sich – sein Bauch schleifte beinahe am Boden –, merkte Billy, daß er nicht hinunterschlucken konnte, daß ihm die Spucke im Hals festsaß.

Wie heißt du? rief er ihr nach.

Sie drehte sich ein bißchen um und antwortete:

Lucia.

Lucia, dachte Billy, und an dem Abend konnte er nicht einschlafen – nicht weil er grübelte, wie er aus dem Haus und aus South Bend wegkommen, sondern wie er sie wiedersehen könnte. Würde sie denn allein sein bei der doofen Hochzeit? Oder mit einem Italiener wie Bruno zusammen? Vielleicht hatte sie ja sieben Brüder, lauter Mafiosi, die einen feurig umarmten und einem dann ein Messer in den Rücken rammten. Hatte sie ihn wohl ein bißchen beachtet? Bestand die Möglichkeit, daß sie auch gerade an ihn dachte, oder schlief sie fest und erinnerte sich nicht einmal mehr an ihn? Was mochte ihr Deidra erzählt haben? Wenn sie ihr nur nichts gesagt hatte, aber war es denn möglich, daß sie ihr nichts gesagt hatte? Ausgeschlossen. Wo sie doch Freundinnen waren. Billy lag in seinem Schlafanzug da und quälte sich in der Dunkelheit; wenn er gewußt hätte, wo sie wohnte, wäre er jetzt auf der Stelle hingefahren und hätte sich vor ihr Haus gestellt. Ob sie wohl in Elkhart wohnte? Gut, daß ich es nicht weiß, dachte er und schämte sich über sich selbst. Und auf der anderen Seite ärgerte er sich, daß er sie nicht gefragt hatte, daß er sie nicht länger in der Scheißgarage festgehalten hatte, daß er ihr nicht alles gesagt hatte, was er ihr sagen wollte, sondern wie ein Idiot dagesessen und sich die Hände mit der Putzwolle abgerieben hatte.

In den Nächten sank die Temperatur. Billy stand auf und machte das Fenster zu, drehte das Radio an, leise, damit sein Vater nicht aufwachte; aber er stellte nicht den Jazzsender ein, sondern hörte ein Lied von Kris Kristofferson, *She Comes on Sunday Morning*, das ihm wie ein Zeichen vorkam. Am Sonntag würde er sie sehen. Der Sonntag war freilich noch fern, es wurde ja gerade erst Dienstag. Billy zählte die Tage und kam auf fünf.

Fünf Tage lang behielt Billy vom Augenwinkel aus die Werkstattür im Blick, die wie ein großer grauer Flicken aussah, ein Stückchen Himmel. Lucia tauchte nicht auf; warum sollte sie auch, fragte sich Billy, sie hat gar keinen Grund, aufzutauchen. Und tatsächlich verflossen die Tage, und Billy war so unkonzentriert, daß er sich den Finger an einer Zündkerze verbrannte und eine Blase bekam. Er strich sich Vaseline auf die Brandwunde und war dicht daran, vor Unglück zu heulen; meine Güte, *bambinello*, was stellst du dich denn so an, sagte Bruno. Dir ist nicht der Schniedel verbrannt, sondern bloß der Finger. Paß doch ein bißchen auf, Mann, du bist ja wie mondsüchtig.

Am Samstag ging er mit Telis in den *King Gyros* in Mishawaka, sie aßen je ein Souvlaki. Das heißt, Telis aß anderthalb, weil Billy keinen Appetit hatte. Telis verspeiste auch noch ein Baklava, eine polnische Wurst und eine Käsepitta. Die Käsepitta war altbacken. Er sagte, er trainiere und brauche Kalorien.

Weißt du, wie viele Kalorien Michael Jordan am Tag verbrennt? fragte er. Es war eine rhetorische Frage, die unbeantwortet blieb. Billy redete nicht und war zerstreut.

Sag mal, spielst du eigentlich in einem *silent movie*? platzte Telis heraus. Warum redest du nicht? Hast du die Zunge verschluckt?

Billy schüttelte den Kopf. Er wollte Telis nichts über Lucia erzählen, er würde ihn bloß hochnehmen. Er würde sagen, da läßt sich 'ne Braut mit'm Köter in der Werkstatt blicken, und du kriegst 'nen *nervous breakdown*?

Sollen wir denn jetzt den ganzen Schietsamstagabend auf diese Weise verbringen? fragte Telis von neuem.

Kommst du morgen zum Basket? machte Telis geduldig weiter.

Nein.

Tough Jesus. Warum denn nicht, Dudes? Du weißt doch, daß uns die Lafayette in Grund und Boden spielen? Die machen uns alle, Mensch, auf unserm eigenen Feld. Wenn nicht einmal du zum Training kommst – jetzt, wo Ray auch noch weg ist …

Weißt du, daß Lafayette die Bassets nach Amerika gebracht hat? fragte Billy in Gedanken versunken.

Welcher Lafayette, liebes Kind? Welche Bassets? Dudes?

Nichts, vergiß es.

Dudes, du bist im Delirium.

Ich geh schlafen.

Wie bitte? Mensch, es ist doch erst neun Uhr, willst du etwa mit deiner Mutter Stallone anschauen? Spinnst du?

Ich geh schlafen.

Billy stand auf und ging in die Nachtluft hinaus. Er wäre gern etwas spazierengegangen, aber das ging in South Bend nicht; neben dem Fluß führten die Bundesstraßen vorbei. Er fuhr mit dem *Hot-rod* nach Hause und ging direkt in sein Zimmer.

Am Sonntag morgen wachte er um sechs auf – es war gerade hell geworden. Er blieb noch ein bißchen im Bett, und als er dann seine Mutter in der Küche hörte, stand er auf, um Muffins zu essen.

Bist du schon auf, sagte seine Mutter.

Ja doch, Mama, ich bin auf. Wie hast du das bloß gemerkt?

Was möchtest du, Pancakes oder Muffins?

Muffins.

Honig oder Marmelade?

Marmelade.

Blueberry oder Orange?

Blueberry. Geh, Mama, hör doch auf.

Soll ich dir noch ein *scrambl' egg* machen?

Laß mich doch in Ruhe, Mama, so in aller Früh.

In Wirklichkeit wollte er gar nichts – er wollte, daß die Zeit vorbeiging, daß es elf Uhr wurde, daß er auf der Hochzeit war, in der lutherischen Kirche von Elkhart.

Gehst du mit in die Kirche?

Nein.

Wenn du doch schon so früh auf bist, heut gibt's auch die Messe des Herrn.

Na so was. Dann komm ich, damit ich die bloß nicht verpasse.

Sei still, dein Vater kommt.

Ja was, so früh auf, was seh ich, wie kommt's? Gehst du mit in die Kirche?

Nicht schon wieder.

Ich frage dich: gehst du mit in die Kirche?

Nein, ich fahr zu 'ner Hochzeit.

Ach, wer heiratet denn?

'ne Freundin.

Ach, du verehelichst sie auch noch?

Billy tat, als ob er nicht verstand.

Ich eheliche sie nicht. Ich bin eingeladen.

Von wem ist sie denn?

Wie, von wem ist sie, Mann, Papa?

Von wem die Tochter eben?

Sie ist aus Elkhart.

Wir kennen doch eine Menge Leute in Elkhart.

Sie ist keine Griechin.

Was ist sie denn, vielleicht 'ne Jüdin? Ich glaub nicht, daß du jetzt was mit *kikes* anfängst.

Hitler hat recht gehabt, daß er die in den Ofen gesteckt hat, was, Dad? sagte Billy und bedauerte seine Coolness sofort.

Ist sie ein *kike*? beharrte Moropoulos.

Nein, Papa, ich glaub, sie ist kein *kike*.

Ist sie womöglich Polin? Die Polen haben die ganze Welt überrannt.

Nein, Papa – eine waschechte Amerikanerin aus dem County Elkhart. Außerdem bin's doch nicht ich, der sie heiratet. Also juckt's mich auch nicht.

Um zehn Uhr war Billy fertig – er hatte sich eine Krawatte umgebunden, sie aber wieder abgenommen, dann hatte er sie wieder umgebunden und wieder abgenommen. Er beschloß, daß sie ihm nicht stand; knöpfte sich das Hemd bis oben zu, so sah es besser aus. Dann schlüpfte er noch in die Schuhe mit den Löchern, in seinen dunklen Blazer, er war zufrieden. Er hätte gern gehabt, daß seine Mutter prüfte, ob irgend etwas an seinem Äußeren nicht in Ordnung war, aber Eleni war schon in die Kirche gegangen.

Auf dem Highway schaute er, wie sich der Nebel auflöste und glaubte, Shane bekäme Flügel und flöge.

Garden Party

Shane flog förmlich und landete dann in der Nähe der St.-Pauls-Kirche – etwas abseits, denn Billy wollte nicht, daß die Provinzler sein Auto mit den gelben Flammen auf den Kotflügeln kommentierten; er sah durch die Windschutzscheibe, ob er Lucia irgendwo entdecken konnte. An der Mauer waren um die fünfzig Gäste versammelt, und der Gottesdienst schien schon zu Ende zu sein – Billy atmete vor Erleichterung auf, von Hochzeiten kriegte er Pickel. Die wenigen Male, wo man ihn eingeladen hatte – zusammen mit seinen Eltern –, hatte er sich halb zu Tode gelangweilt. Auch als seine Kusine Stavroula geheiratet hatte, war er bei der Hochzeitsfeier im Sitzen eingeschlafen, während die anderen auf alle möglichen Hits tanzten, *Maria in Gelb, Wär's doch nur 21*, und auf verschiedene kretische Volksweisen. Er war eingeschlafen, obwohl ein griechisches Orchester aus Nordchicago spielte und ihm Stavroula aus der Ferne Kußhändchen zuwarf; sie hatte extrem viel für ihn übrig. Billy war beschämt, daß er sie enttäuscht hatte und sich unter seinen Verwandten so fremd fühlte. Sein Vater war aufgestanden und hatte einen Tsamiko hingelegt, mit der Hand auf den Boden gehauen und ssst, ssst, hoppa, hoppa gemacht, und Stavroulas Mutter hatte sich mit einem Tuch in der Hand um sich selbst gedreht. Billy war es ganz schwummerig geworden.

Doch jetzt suchte Billy mit den Augen Lucia, und sie war nirgends zu sehen. Er stieg aus dem Auto, strich sich sein Jackett ein bißchen glatt und stellte sich an den Rand der Menge, ohne zu wissen, wo er die Hände hintun sollte. Er blieb eine Weile wie verloren da stehen und folgte dann den anderen zur Garden Party zwei Blocks weiter unten in Deidras Haus, einem Holzhaus wie ihrem eigenen, aber mit einem kleinen Garten. Er schaute sich so unauffällig wie möglich überall um, lächelte jeden an, den sein Blick traf, und hätte sich am liebsten umgebracht. Er kannte keinen einzigen Menschen; er befand sich in einer unbekannten Stadt, auf der Hochzeit einer Unbekannten. Und er war so durcheinander, daß er gar nicht richtig mitbekam, wen Deidra eigentlich geheiratet hatte, den großen Blonden, der neben ihr stand, oder den kleinen Blonden, der ebenfalls neben ihr stand, aber auf der anderen Seite. Als er Lucia nirgends entdeckte, bekam er eine Wut auf sich selbst und begann sich bösartige Gedanken zu machen wie: Ob sich Deidra auch nach der Hochzeit noch vögeln ließ? Ob sie immer noch mit ihm zum Rennen der *Illegals* fahren wollte? Gab's hier vielleicht irgendwo 'ne gute Braut? Vielleicht gab's 'ne *kike*, dann konnte er gleich seinem Vater auch noch eins mit auswischen? Und als er das so dachte, während er vor einem langen Tisch mit winzigen Törtchen und Schokoladentortenstücken stand, fiel sein Blick auf Lucias Hund, und er wurde puterrot. Er wurde rot, weil er Lucias Hund sah, der Lucia selbst ankündigte, und er wurde rot, weil er gedacht hatte, was er gedacht hatte.

Er entdeckte sie fast neben sich, wie aus der Erde geschossen; sie trug wieder diese Schuhe mit den dicken Absätzen und den Riemchen und ein Baumwollkleid mit kleinen Streublümchen darauf. Und eine Strickjacke, die ihr so eng war, als wäre sie beim Waschen eingegangen.

Hi, du, sagte er zu ihr. Er räusperte sich.

Sie stockte kurz, die Fußspitzen zeigten leicht nach innen. Billy bemerkte, daß sie etwas unterhalb des Knies einen blauen Fleck hatte, als ob sie vom Rad gefallen wäre oder sie jemand ins Bein gekickt hätte. Sie betrachtete ihn einen Augenblick lang aus direkter Nähe (Ist sie vielleicht kurzsichtig? dachte Billy) und sagte dann:

Hi auch.

Aber sie schien ihn nicht zu erkennen. Billy wäre am liebsten fortgelaufen.

Du bist heute so anders, kam sie ihm zuvor. Du hast keine Schmierflecken.

Holy shit, dachte Billy, ich hatte *Schmierflecken*. Ich hab mir wie ein Arsch die Hände mit der Scheißputzwolle sauber gewischt, aber ich hatte Valvolineflecken im Gesicht. *Valvolineflecken*. Im Gesicht. In dem Moment durchzuckte ihn der Gedanke, die Werkstatt sausenzulassen, sich bei der Armee zu verdingen, eine Bank auszurauben, irgend etwas Verzweifeltes zu tun.

Ihn rettete Deidra, die über den Rasen gewankt kam. Sie schien ihm blonder als je zuvor, die Gesichtszüge hatten sich aufgelöst.

Wie gefällt dir die Hochzeit? Ich hoffe, sie ist bald zu

Ende, es ist total anstrengend. Sie blies eine blonde Strähne hoch, die ihr über die Stirn hing.

Lucia kennst du? Was red ich denn, sie hat dir ja die Einladung gebracht. Ich freu mich, daß du gekommen bist, Dudes – ich darf dir dort Seth vorstellen (der Bräutigam war der Große), meine Ma ist die da in dem lila Kleid, gleich drüben neben dem Baum. Ich werd auch einmal so, ganz genauso. Was hältst du von Lucias Hund? Drooby, da, komm her, mein Junge, schmatz, Küßchen. Dieser Hund haßt mich.

Der Hund sah sie mit starrem Blick an; Billy betrachtete seine krummen Beine, die ihm diesmal mehr wie die einer Gans vorkamen.

Lucia mußte lachen und streichelte ihren Hund mit der Wade; ihr Gesicht leuchtete in der Sonne. Sie war nicht schön, aber sie hatte etwas, was Billy noch überhaupt nie gesehen hatte und wovon ihm nie in den Sinn gekommen wäre, daß es das geben könnte: sie war einfach anders – die Art zu schauen, als sähe sie alles zum ersten Mal, die Sätze, die in der Luft hängenblieben, die Hände, die weiß und dünn waren und deren Adern durchschienen. Sie redete mit dem Hund, als ob er ein Mensch wäre, und er stellte sich auf die Hinterbeine und umarmte sie.

Gehst du oft auf Hochzeiten? fragte Billy, und kaum hatte er es herausgebracht, kam es ihm so vor, als ob er mit dem Fortschreiten der Zeit immer lächerlicher wurde, daß er sich unweigerlich lächerlich machte.

Einmal hätte ich beinahe geheiratet, sagte sie, als antwortete sie auf die Frage. Wenn sie sprach, machte sie an unvermuteten Stellen kleine Pausen. Billy spürte, wie ihm die Luft wegblieb.

Wie bitte? hörte Billy seine Stimme sagen.

Er hat es vier Tage vor der Hochzeit bereut.

Ja was? Und du warst sehr traurig.

Nein, gar nicht.

Wie bitte? (Billy hatte eine Stinkwut auf sich; ihm fiel nichts Gescheites ein. Immer nur »wie bitte«, »wie bitte«.)

Ich war überhaupt nicht traurig.

Wann war das denn? Oder besser, wann war das nicht? (O weia, sehr klug, dachte Billy betrübt.)

Letztes Jahr.

Direkt nach der Highschool.

Ein Jahr nach der Highschool. Ich wußte nicht, was ich nach dem Schulabschluß anfangen sollte.

Da merkte Billy, daß er auf sie böse wurde: Wer also nach dem beknackten Schulabschluß nicht weiß, was er machen soll, geht hin und heiratet? dachte er sich. Und fragte sich, ob er vielleicht eifersüchtig war; in ihm stieg das Bild von Lucia auf, wie sie sich leidenschaftlich mit dem Arsch küßte, der sie um ein Haar vors Standesamt gebracht hatte. Und gleich darauf dachte er blitzartig: Wahrscheinlich ist sie katholisch, also hat sie's vielleicht mit dem Typen gar nicht gemacht. Billy war über sich selbst beschämt.

Wolltest du denn nicht aufs College? (Und du, du Schlaumeier, dachte er, bist etwa du aufs College gegangen? Was für einen Schwachsinn gibst da eigentlich von dir?)

Aber Lucia antwortete, während sie in ein Schokoladetörtchen biß:

Ich geh ja aufs College.

Hier in der Nähe oder in Indianapolis? fragte Billy und dachte, wenn sie nach Indianapolis ginge, war's das, er konnte sie vergessen, Indianapolis war weit.

Doch sie sagte:

In South Bend.

Er hätte sie am liebsten abgeküßt. Sie gepackt, hochgehoben und abgeküßt. Und dazu noch Deidra, Seth und den Hund und jeden anderen, der geküßt werden wollte.

Ich geh aufs staatliche College, fuhr sie fort und blickte

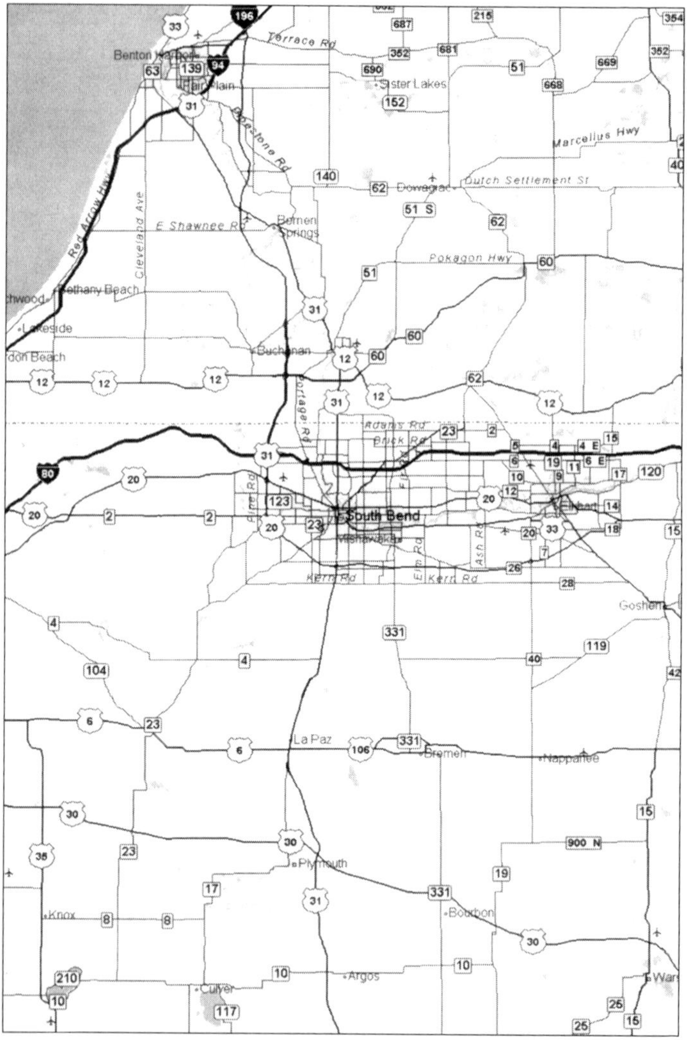
Benton Harbor
Fair Plain
Terrace Rd
Sister Lakes
Pipestone Rd
Marcellus Hwy
Dowagiac
Dutch Settlement St
Red Arrow Hwy
Cleveland Ave
E Shawnee Rd
Berrien Springs
Pokagon Hwy
Bethany Beach
Lakeside
Buchanan
Portage Rd
Adams Rd
Brick Rd
South Bend
Mishawaka
Ash Rd
Elm Rd
Kern Rd
Elkhart
Goshen
La Paz
Bremen
Nappanee
Plymouth
Knox
Bourbon
Argos
Culver
900 N

den Rest des Törtchens prüfend an. Sie ging so nahe heran, daß ihre Augen schielten. Billy dachte, daß sie Augen wie Drehzahlmesser hatte, das heißt, traumhafte. Groß, fast übernatürlich. Lucia biß noch etwas von dem Törtchen ab – sie hatte offenbar einen enormen Appetit.

Und was studierst du?

Nichts.

Wie, nichts?

Ein bißchen was von allem – wir sind mehr Mädchen als Jungs.

Sie verspeiste das Törtchen mit sichtlichem Genuß. Dann mußte sie husten.

Hast du dich verschluckt?

Nein, ich huste einfach so.

Du hast dich erkältet, sagte Billy. Außer du hast, was Greta Garbo in diesem Stummfilm hatte, witzelte er – und auf der Stelle tat ihm seine Plumpheit leid.

Der war nicht stumm.

Wie bitte?

Der Film – der war nicht stumm.

Billy sah sie ungläubig an.

Es sind jedenfalls ein paar Worte drin vorgekommen.

Ein kurzes Schweigen trat ein. Billy goß sich etwas Coca-Cola ins Glas und begann daran zu nippen. Er hatte Angst, daß Lucia weggehen würde, wenn ihm nichts einfiel, daß sie gehen und sich an eine andere Stelle im Garten stellen würde.

Woher kommst du eigentlich? fragte er. (Sehr originelle Frage, dachte er sich, das fragen doch alle.)

Von hier, von Elkhart – mein Vater hat einen Posaunenladen gehabt.

Posaunen?

So was wie Trompeten.

Ich weiß, was Posaunen sind, gab Billy zurück und mußte

lachen, ohne zu wissen, warum. Er mußte an Jack Teagarden denken, den besten Jazzposaunisten.

Aber er ist gestorben.

Dein Vater? Ach, das tut mir leid.

Aber es tat ihm gar nichts leid, er war glücklich, daß er hier vor ihr stand, glücklich, daß er hier war und nicht irgendwo anders.

Ja, er ist gestorben. Aber bevor er gestorben ist, war er bankrott und mußte den Laden zumachen. Seitdem wohnen wir in einem Trailer außerhalb von Elkhart – wir wohnen schon über fünf Jahre da. Nein: sechs. Jedenfalls gefällt mir der Trailer.

Ich hab gehört, daß der Strom oft ausfällt, sagte Billy, der etwas über die Stromausfälle gelesen hatte.

Das Wasser auch, sagte sie mit vollem Mund. Sie probierte gerade ein anderes Törtchen.

Wie, das Wasser auch?

Das Wasser fällt auch aus.

O weia, sagte Billy. Und dachte, ich bin so blöd, ich weiß nicht, was ich sagen soll, das Mädchen geht aufs College, und ich sage »o weia«.

Meine Mutter wollte, daß ich aufs Saint-Mary-of-the-Woods gehe, fuhr Lucia fort, ohne eine Ahnung von Billys Ängsten zu haben. Daß ich im Studentenheim wohne – kennst du das Saint-Mary-of-the-Woods?

Billy kannte es nicht.

Das ist eine katholische Uni. Bei Terre Haute.

Ah ja. Terre Haute kenne ich. Es gibt ein Buch von Alfred B. Guthrie Jr. …

Billy stoppte. Machte er womöglich den Eindruck, daß er sich aufspielen wollte?

Von Alfred B. Guthrie, fuhr er fort. Es heißt *Der Express von Terre Haute*.

Ah ja. Ich glaub, davon hab ich schon was gehört, sagte

sie etwas abwesend. Jedenfalls bin ich nicht nach Terre Haute gegangen, weil die Studiengebühren zu hoch sind, und wenn man im Heim wohnt, ist es noch teurer.

Entschieden besser, daß du da nicht hingegangen bist.

Ja, wirklich besser, sagte sie, ein Stück Torte hinunterschluckend.

Da reckte Billy ein bißchen den Hals und küßte sie auf die Wange – nicht hastig oder flüchtig; er gab ihr einen richtigen Kuß, ohne sich klar zu sein, wann er beschlossen hatte, ihn ihr zu geben. Und dann trank er einen Schluck Coca-Cola und stand da und schaute sie an.

Wirklich besser, wiederholte sie, wieder etwas abwesend, als hätte er sie gar nicht geküßt, oder als hätte er sie schon tausendmal geküßt. Und sie beugte sich hinunter, um zu sehen, was Drooby wollte, denn er rieb sich an ihrem Bein und stieß Laute aus. Dann hob Lucia den Kopf wieder hoch und streckte Billy die Hand hin, die Innenfläche zum Himmel. Er nahm ihre Hand und hielt sie sich an die Wange.

See

Er hielt ihre Hand auch, als sie am folgenden Wochenende zum Michigansee fuhren. Sogar während er lenkte, hielt er ihre dünne Hand, die das Weißeste war, was er je gesehen hatte, eine ganz, ganz weiße Hand. Am See entdeckte Billy plötzlich, daß die riesigen Sandhügel der schönste Platz auf der ganzen Welt waren. Sie waren lebendig: sie wanderten langsam dem Binnenland zu, und die Winde verwehten sie; Billy war schon einmal dagewesen, hatte sie bereits gesehen – aber sie waren ihm anders vorgekommen; in seiner Schulzeit war er oft sonntags mit Tony zum Seeufer nach Mount Baldy gefahren – und sie hatten zur anderen Seite hinübergeschaut, nach Chicago. Es war ein etwas erschreckender

Ort, und Billy mußte oft an Masters *Legende von Chicago* denken[4], die sie in der Schule gelesen hatten – in der *Legende* hieß es: Auf den Sandhängen und Sandhügeln, wo die Möwen, die Falken und die Krähen fliegen, an den sumpfigen Ufern Chicagos lauert die giftige Klapperschlange, und die Wasserschlange reißt den arglosen Frosch. Wir sind Frösche, hatte Billy gedacht und war erschrocken, und das Erschrecken gefiel ihm. Wenn es Nacht wurde, trat Chicago silbern und unnahbar in Erscheinung; Billy betrachtete es von den windumtosten Sanddünen aus und fragte sich, ob er wohl je von South Bend wegkommen würde und ob er bei den Lichtern da drüben sein Glück finden könnte. Und dann dachte er, wenn er nach Chicago gehen sollte, um in den Fabriken zu arbeiten oder im industriellen Ghetto zu leben, im Dreck und in der Armut, dann ginge er lieber nirgendwohin – er bliebe besser zu Hause bei seiner Mama und hätte zumindest gebügelte Jeans und Hemden.

Aber jetzt war alles anders. Er war nicht allein, er war nicht mit Conny zusammen, die immer sagte, komm, streichel mich ein bißchen; auch nicht mit Telis, der ihn immer belaberte, mit ihm die Kneipe seines Vaters zu übernehmen. Für Billy war der See ein Ort, der an Tony erinnerte – als die beiden in der Highschool gewesen waren, waren sie öfter ans Ufer gefahren und hatten da gestanden, wo vor drei Jahrhunderten La Salle sein Schiff vor Anker gelegt hatte. Das Schiff sei kurz danach in einem Sturm verschollen, hatte Tony erzählt, als er mit einer Ladung Pelze nach Osten gereist war.

---

[4] Gedicht von Edgar Lee Masters (1868–1950), der in Kansas geboren wurde, aber seine meisten Lebensjahre in Chicago verbrachte. In seinen Gedichten wird eine heftige Ablehnung des amerikanischen ländlichen Provinzialismus sichtbar. Zu ihnen zählt auch *Kaliforniens Goldenes Vlies* (1936). (Anm. der Autorin)

Billy setzte sich neben Lucia in den Sand und machte sich Sorgen, daß sie sich erkältete, denn sie trug ihr Kleidchen mit den Streublumen. Billy fragte sich, ob sie ein anderes Kleid besaß, ob sie etwas anzuziehen hatte, wenn der Winter kam. Sie blieben eine Weile so, und als Lucia eine Gänsehaut bekam, setzten sie sich ins Auto. Sie redete nicht viel, sie streichelte mit ihrer weißen Hand übers Armaturenbrett. Es war wirklich eine ganz dünne, ganz weiße Hand.

Sehr schön, sagte Lucia. Das Auto.

Es gefiel ihr, daß er es so gemacht hatte, mit blitzenden Radkappen und einem Kühlergrill vorne, der aussah wie zwei Reihen großer gefletschter Zähne.

Ich hab so was noch nie gesehen, sagte sie, ohne eine Antwort zu erwarten. Nur einmal hab ich eins gesehen, das ein bißchen ähnlich aussah und gemalte Flammen dran hatte.

Billy sah sie mit neuem Interesse an. Es gab also noch einen *Hot-rod* in South Bend?

Hatte es Nummernschilder aus Indiana?

Aber Lucia erinnerte sich nicht daran, sie hatte nicht auf die Schilder geachtet.

Mädchen, dachte Billy, achten weder auf Nummernschilder noch auf Autotypen.

Danach, auf der Straße um den See, suchte Lucia nach Radiosendern und machte bei einem halt, der Countrymusik spielte. Sie sagte, sie liebte Nancy Griffith, Reeba McEntire – ja, die. Und Kathy Mattea, setzte sie auf eine Weise hinzu, als schämte sie sich, daß sie sie als letzte genannt hatte. Billy lachte in sich hinein; er hatte noch nie ein Mädchen gesehen, das so sehr Mädchen war; und gleichzeitig auch wieder nicht. Als er sie bei Deidras Hochzeit gefragt hatte: Wann seh ich dich wieder? hatte sie die Schultern hochgezogen. Nicht aus Gleichgültigkeit, sie hatte eben die Schultern hochgezogen.

Heute abend? hatte Billy insistiert. Und hatte seinen

Übereifer schon wieder bereut, aber noch während er ihn bereute, hatte er weitergefragt: Soll ich dich um sieben abholen?

Um Viertel nach sieben, hatte sie gesagt und gelacht.

Um sieben.

Zehn nach sieben.

Okay, sagte Billy freudestrahlend.

Er war um zwanzig vor sieben in der Trailersiedlung angekommen; wenn er auf dem Weg nicht getrödelt hätte, damit die Zeit vorbeiging, wäre er schon um halb sieben dagewesen. Es war ungehobelt; er machte einen Spaziergang durch den Park und schaute sich die Trailer an, die Leinen mit der Wäsche, die Leute, die im starken Wind unter den Türen und Vordächern saßen. Er überlegte sich, wie es wohl war, wenn es regnete und der Boden im Camp schlammig wurde. Um zehn vor sieben hatte er schließlich nichts mehr zu tun, wurde von seiner Ungeduld übermannt und fragte eine sehr dicke Dame in Shorts, wo die Rossis wohnten.

Die Donatella? fragte die Dame. Donatella? fragte Billy dagegen, weil er darauf keine Antwort wußte.

Lucia, meinte er zögerlich und fühlte sich idiotisch, weil er eine Lucia Rossi in einer Trailersiedlung suchte.

Die Donatella, wiederholte die Dame fest und zeigte auf ein altes, silbernes Haus auf Rädern, das an den Stellen, die einmal verchromt gewesen waren, Rost angesetzt hatte und aussah wie ein großes aufgestelltes Ei. Es hatte vier Fenster mit Vorhängen – und nebendran war ein blauer Lieferwagen ohne Scheinwerfer geparkt. Er wirkte wie ein verwundetes Tier ohne Augen.

Lucia war noch nicht fertig. Sie machte ihm die Tür auf, und er stellte sich auf die Treppe und wartete, bis sie sich die Schuhriemchen zugemacht hatte – er erzählte ihr, er hätte die Zeit nicht richtig berechnet, aber es sei doch besser, man käme zu früh als zu spät. Im Haus war außer ihr niemand –

ausgenommen Drooby, der mit seinen krummen Beinen dastand und ihn aus den roten Augen ansah, als hätte er geweint. *Jesus*, dachte Billy, sie nimmt den Hund auch mit, sie wird ihn sich auf den Arm nehmen – *Jesus Christ*. Aber als ob sie gemerkt hätte, was er dachte, meinte Lucia: Er ist zu schwer, man kann ihn nicht auf den Arm nehmen. Und sie ließ ihn im Wohnwagen und machte vorsichtig die Tür zu, wobei sie zu ihm sagte, mach keine Dummheiten, ich komm nicht zu spät, okay? Okay?

Dann fuhren sie nach Elkhart, durchquerten die Stadt, nahmen die Landstraße, fuhren in South Bend wieder hinaus; sie fragte ihn nichts, weder, woher er war noch wo er wohnte, noch was er tat, wenn er nicht in der Werkstatt arbeitete. Wenn sie nicht auf seine Fragen antwortete, blieb sie schweigsam und sah auf die Straße – aber ihr Schweigen war leicht und natürlich, wie das, was sie sagte; und wenn dieses Schweigen eintrat, sang sie leise, fast wie in sich hinein, *Sing me a rainbow, Josie, sing me a rainbow if you can*[5], mit einer Stimme wie von einem Kind. Billy dachte, diesmal müßte ganz bestimmt etwas mit seinem Herzen passieren.

Sie erzählte ihm, daß ihre Großeltern aus Italien gekommen seien, vom Aspromonte in Kalabrien (Wo zum Teufel liegt der Aspromonte, überlegte sich Billy. Wo zum Teufel liegt denn Kalabrien?) – sie waren Antifaschisten, sagte sie. Billy suchte in seinem Gehirn nach dem Aspromonte; dann kam es ihm, Süditalien, gegenüber von Sizilien. *Genau* gegenüber. *Holy shit*, dachte er, da haben wir sie, die sieben Brüder, die Messerstecher. Aber Lucia erzählte, daß sie überhaupt keine Geschwister hätte, daß ihr Vater aus Sant' Eufémia stammte (Wo zum Teufel liegt Sant' Eufémia, überlegte

---

[5] Ein Lied von Shel Silverstein, das durch *Dr. Hook and the Medicine Show* 1970 zum Hit wurde. (Anm. d. Autorin)

Billy) und ihre Mutter hier drüben geboren sei, in La Port, in der Nähe von Potato Park. Sie hätte viele Jahre lang in den Stahlwerken in Gary gearbeitet, sagte sie. Bis die meisten Stahlwerke endgültig schließen mußten und die Arbeiter sich über die nordöstlichen Staaten zerstreuten.

Jetzt jobbt sie als Platzanweiserin.

Billy fragte sich, ob sie vielleicht in einem Pornokino arbeitete, denn er hatte sie weder im *Concord* in Elkhart noch im *Multiplex* in Valparaiso gesehen. Außer diesen Kinos gab es noch ein paar Sexschuppen, einen in Gary und einen in Ostchicago, in South Bend sahen die meisten Leute fern, die Zeit des Kinos war vorbei.

Wir sind Katholiken, sagte Lucia, als hätte sie wieder gemerkt, was Billy durch den Kopf ging. Oder als sei es etwas, was Billy zum ersten Mal hörte.

Wir sind Orthodoxe, sagte Billy. Und korrigierte sich sofort: Das heißt, meine Mutter und mein Vater – ich selbst bin überhaupt nichts. Er bereute auch die letzte Bemerkung, aus Angst, sie zu beleidigen; aber sie schien nicht beleidigt zu sein. Sie spielte mit dem kleinen Goldring in ihrem Ohr.

Und weil sie keinen beleidigten Eindruck machte, wurde Billy mutig und sagte noch einmal:

Ich glaube an nichts.

Du glaubst nicht an Gebete? fragte sie, aber auf eine Art, als wollte sie sagen, Du glaubst nicht an Geister? oder, Du glaubst nicht an Zauberei?

An Zauberei glaube ich, sagte Billy.

⋆

Lucias Haus befand sich in einem Trailercamp etwas außerhalb von Elkhart, in der Nähe eines Friedhofs. Die neunziger Jahre sind eine Zeit, in der die Trailer ihre Romantik verloren haben; in den dreißiger Jahren waren die Trailer noch ein Element der amerikanischen Mobilität, das der Landschaft etwas Malerisches verlieh – sie waren das Symbol eines abenteuerlichen Lebens, in dem die Klassenunterschiede einer heiteren Kameraderie gewichen waren, die die offene Straße begünstigte. Seit die Wohnwagen aber Wurzeln geschlagen hatten, waren sie zu einem Zeichen der Armut geworden: zu der Zeit, als Billy Lucia kennenlernte, das heißt 1990, wohnten dreißig Prozent der amerikanischen Bevölkerung in Trailern – die Ärmsten und die weniger Begünstigten: Rentner, Niedriglohnarbeiter und Randgruppen. Daneben sind die Bewohner der *mobile homes* wie eh und je Wanderverkäufer, Zirkusartisten und viele Bauarbeiter, die je nach Arbeit von Stadt zu Stadt ziehen. Die wohlhabenderen Bürger nennen sie *trailer trash* und verachten sie; vor wenigen Jahren tauchte in den Spielzeugläden San Franciscos eine Puppe auf, die »Lumpenbarbie aus dem Trailer« genannt wurde und ein Hemdchen trug, auf dem stand: »Mein Dad gibt mir die schönsten Küsse der Welt« – eine Anspielung auf die »Verdorbenheit«, die in den Trailercamps herrschte, wo in der Tat die Verbrechensrate über dem Durchschnitt und der Lebensstandard darunter liegt.

Die Menschen, die in Trailern wohnen, sind verletzbar: sie kommen oft durch Hurrikans und Überschwemmungen um. Der Tod kommt vom Himmel, von den Flüssen und aus den Tiefen der Erde. Lucia, die, seit ihr Vater pleite gegangen war, in einem Trailer wohnte, schien ein Leben ohne Beständigkeit und ohne Sicherheit akzeptiert zu haben. »Zu Hause ist, wo du parkst«, pflegten die alten erfolgreichen Wohnwagengesellschaften zu sagen; dieser Slogan war ein Bruch mit der Tradition von Heimat und Herd – und gleichzeitig auch eine Fortsetzung: wenn man es recht bedenkt, sind die Trailer eine Weiterentwicklung der Wagenkarawanen, mit deren Hilfe der Westen erobert wurde. Sie sind immer noch Symbol des Amerikanismus, der Apotheose der Industrie: einerseits wird das Haus zum Industrieprodukt, während sich auf der anderen Seite Gemeinschaften bilden (die Camps und Parks), die – theoretisch – das amerikanische Gesellschaftsideal umsetzen. Theoretisch; in den meisten dieser Siedlungen sind die Bedingungen der Wasserversorgung, Kanalisation und Unterbringung problematisch, ebenso wie die Beziehungen der Nachbarn untereinander. Die Alten geraten mit den Jungen aneinander, und Kinder sind unerwünscht. Schließlich sind die Trailercamps das Schlachtfeld einer kruden Ausbeutung der Erde und der Armen: die Sam Shell Company, die ihren Sitz in Chicago hat und die, wie es heißt, »auf Gräbern tanzt«, kauft zu Spottpreisen Land von Menschen auf, die aus Not verkaufen müssen. Der Konkurrenzkampf zwischen den Firmen (Horton Homes, Vixen Motors – die zugemacht haben –, Chateau Properties etc.) scheint nicht zur Erhöhung der Lebensqualität in den Trailern zu führen. Und während die Lebensqualität sinkt, weiht Elkhart das *Museum of Mobile Homes* ein, in dem der erste Trailer der Geschichte ausgestellt wird – er wurde 1915 produziert –, sowie eine

Reihe anderer grotesker Objekte: rosa Wohnwagen eigens für Haustiere und Modelle von gewaltigen Wolkenkratzern auf Rädern – die Wohnquartiere der Zukunft.

Wenige Monate nach dem Ende der Geschichte von Billy und Lucia kam in Indiana in der Stadt Hebron in der Nähe des Highways nach Indianapolis eine Mutter mit vier Kindern durch ein Feuer um, das in ihrem Trailer ausgebrochen war. Keiner hatte ihnen beigestanden.

*

Kuss

An Abend des Sonntags, an dem Deidras Hochzeit stattgefunden hatte, legten Billy und Lucia um die hundert Meilen zurück; sie stiegen nicht aus dem Auto aus – sie konnten nirgends hin; es gab keinen Ort, wo man hinfahren konnte, außer dem See, aber der war zirka vierzig Meilen entfernt. Als sie in die Trailersiedlung zurückfuhren, wurde Billy traurig: er haßte die County von Saint Joseph und Elkhart, die Felder, die Fabriken, die Imbißbuden. Er wollte es ihr gerade sagen, als sie ihm zuvorkam:

Hier in der Gegend kann man nirgends hin. Aber du kannst hier rechts ein bißchen halten.

Billy parkte am Straßenrand, und sobald er den Ganghebel auf P gestellt hatte, schlang Lucia die Arme um ihn und gab ihm einen riesengroßen Kuß, ganz sanft und lange. Billy schlüpfte mit der Hand unter das Kleidchen und kam fast bis zu ihrer Taille. Danach erinnerte er sich nicht mehr an viel, es war, als hätte er eine chemische Substanz eingenommen, irgend etwas sehr Wirksames; er fühlte sich, als hätte er Fieber, als hätte er eine Krankheit.

In der folgenden Woche holte er sie – mit Drooby – jeden Abend vom Wohnwagen ab, und an einem Abend blieb er mit ihr auch drinnen, weil Lucia eine Arbeit fürs College vorzubereiten hatte – »Schriftsteller aus Indiana«. Billy war begeistert: er kannte nicht viele, aber er kannte Ross Lockridge, der so tragisch ums Leben gekommen war, und Alfred B. Guthrie Jr., der die Western verfaßt hatte[6].

Macht es was, daß Guthrie über Montana geschrieben hat? fragte er. Er ist aber hier geboren, in Bedford, Indiana.

Ach, dann ist es okay, sagte sie und wartete, daß er ihr sagte, was sie schreiben sollte.

Schreib, sagte er. *Der weite Himmel, Oregon Express* – warte, ich muß nachdenken –, *Der Weg nach Westen.* Hast du's? Lucia notierte es.

Schöne Titel, sagte sie. Der große Himmel. Der Weg nach Westen.

Ja, stimmte Billy zu und wurde wieder traurig. *Der weite Himmel* ist die Geschichte eines Jägers, der den Fluß Missouri hinauffährt, mit einer Ladung Whisky und einer schönen Indianerin. Und *Der Weg nach Westen*, weißt du, das sind so Geschichten aus der Frontier-Bewegung. Fährtensucher, Jäger, Glücksritter, Saloons, Bergwerke, Indianer, die ameri-

---

[6] Billy hat Kurt Vonnegut übergangen, Kenneth Rexroth (einen Dichter, der in South Bend geboren ist und Jazzfan war) und Theodore Dreiser. Allerdings sind sie ihm bekannt. Hingegen scheint er überhaupt nicht an Booth Tarkington (1869–1946) zu denken oder je etwas von Philip José Farmer gehört zu haben, einem Science-fiction-Autor aus Terre Haute. Die Krimis von Rex Stout, dem Erfinder von Nero Wolf, liest Tony im Gefängnis. Im Literaturunterricht in der Schule haben Billy und Tony Teile aus Lloyd Cassel Douglas' Roman *Das Gewand des Erlösers* und *Ben Hur* von Lew Wallace gelesen, zwei religiöse Schinken, die sie aber überhaupt nicht mochten. (Anm. d. Autorin)

kanische Weite – die Helden kippen nur so um vor Saufereien und Prügeleien.

Lucia sah ihn an, den Bleistift in der Luft, und Billy dachte, daß ihre Züge für ihren Gesichtsumriß sehr groß wirkten; als er sie so beobachtete, kam er zu dem Schluß, daß sie das Attraktivste war, was er je zu Gesicht bekommen hatte. Auf dem Tischchen neben ihr stand eine große Schachtel mit Schokoriegeln. Ich bin ganz verrückt auf Schokolade, sagte sie. Die gefüllte und die andere. Billy nahm sich ein Stück: Echt, sagte er, die schmeckt echt gut.

Billy lief Lucias Mutter nie in die Arme; Frau Rossi arbeitete abends und ging dann zum Schlafen zu Earl.

Earl gibt ihr Geld, sagte Lucia. Er ist ihr Freund. Sie fügte hinzu, daß sie seit den Tod von Lucias Vater von Sozialhilfe lebten.

Aber Earl hat uns auch immer geholfen.

Sie sagte es, als sei es die natürlichste Sache der Welt, und Billy kam ein bißchen durcheinander, aber er stellte keine Fragen. Es machte ihm nichts – an dem Abend, als er bei ihr saß, spürte er, daß die Welt ein Stern und daß der Raum mit der niedrigen Decke im Trailer dessen Zentrum war. Und er dachte sich, daß er für sie alles tun konnte, nicht nur ihr etwas zu essen machen – wenn sie überhaupt etwas anderes aß als Schokolade – oder sie schlafen legen oder ihr ihren Sirup geben, wenn sie Grippe hatte; er konnte alles tun und wußte gar nicht, was dieses Alles war.

Und am Wochenende machten sie einen Ausflug zum See, zu den Sandhügeln. Lucia behauptete, es gäbe Sirenen, große Wassersalamander, die so ähnlich wie Aale aussähen, aber singen könnten. Das war der Moment, in dem Billy entdeckte, daß der Michigansee der schönste Platz auf der Welt war: in den kleinen Schluchten gab es Zugvogelschwärme und seltsame Pflanzen, die er noch nie gesehen hatte – manche sahen wie arktische Flechten aus, andere wie gefrorene Orchideen. Lucia stellte sich in die Mitte der Wüste, ganz oben auf den weißen Sand, wirbelte ein bißchen herum und sagte: Wenn es weht, bewegt sich der Sand und deckt die toten Wälder auf.

Drugstore

Die toten Wälder bestanden aus Ahornbäumen, und sie fielen Billy zum ersten Mal richtig auf, obwohl er sie schon gesehen hatte. Plötzlich war die Welt voll mit kleinen Wundern, Wäldern und Gewässern und Paradiesvögeln.

Nur daß Lucia immer husten mußte. Sie wurde von einem trockenen, hartnäckigen Husten geschüttelt, wie ein Krampf. Es war nicht, wie wenn man erkältet ist, auch nicht, wie wenn jemand raucht – und auch nicht so, wie sich Opas fast ihre Eingeweide aus dem Hals husten. Dudes hatte Telis gleichzeitig mit seinem Großvater husten hören; als sie zu husten aufhörten, sagte Telis, Scheißzigaretten, und der Großvater sagte, Scheißwetter – und erinnerte sich an Griechenland, wo angeblich (so ein Unsinn) die ganze Zeit die Sonne schien. Aber Lucias Husten war anders – man hatte den Eindruck, ihr zerspränge das Herz.

Du ziehst dir ja auch nichts an, sagte Billy, denn sie war nackt und bis zur Taille ins Laken gehüllt. Du trägst kein Nachthemd.

Und dann mußte er lachen. Ihm war das Nachthemd seiner Mutter eingefallen, das mit den Volants.

Ich habe Asthma, sagte Lucia. Sie sagte es hustend, darum verstand Billy das Wort nicht richtig.

Ist das was Schlimmes? fragte er hinterher, weil er es nicht wußte. Hängt es mit den Pollen zusammen?

Er hatte gehört, daß Asthma mit Pollen zu tun hätte.

Sie schüttelte den Kopf auf eine Art, die keine Antwort gab.

Elizabeth Bishop, sagte Lucia, hat ihr ganzes Leben lang Asthma gehabt.

Billy versuchte sich zu erinnern, wer Elizabeth Bishop war.

Kann man es heilen? fragte er noch einmal, aber er machte sich keine großen Sorgen. Was kann einem schon vom Husten passieren? Allerhöchstens, daß man stark husten muß und dabei, wenn es Nacht ist, den anderen aufweckt, der neben einem schläft. Außerdem hatte ja auch diese Elizabeth Bishop mit dem Asthma gelebt – hustend und nach Atem ringend gelebt. Billy fragte sich, wie lange sie wohl gelebt hatte; und später, als er wieder zu Hause war, schlug er im Schulbuch für amerikanische Literaturgeschichte nach und fand: sie war mit achtundsechzig Jahren gestorben; na, das war nicht gar so jung.

Ich nehme so Tropfen, sagte Lucia. Und manchmal nehm ich Tabletten.

Sie stand auf und nahm Tropfen.

Jedenfalls ziehst du dir nichts an, sagte Billy noch einmal. Und er wartete, bis der Husten vorbei war, um sie wieder in die Arme zu nehmen.

Zweimal in der Woche arbeitete Lucia abends in einem Drugstore in der Logan Street – sie saß an der Kasse und packte die Einkäufe in Papiertüten. Um sechs fing sie mit der Arbeit an und war um zwei Uhr nachts fertig; Billy schlief vier bis fünf Stunden, stellte sich den Wecker auf halb zwei, stand auf und holte sie mit dem Auto ab. Sie machten nichts Besonderes, aßen Kartoffelchips an der Imbißbude, die nachts aufhatte, dann brachte er sie zum Trailer und fuhr wieder nach Hause, um noch einmal drei bis vier Stunden zu schlafen. Als Billy das erste Mal mitten in der Nacht losgefahren war, hatte sein Vater nichts mitbekommen, er hatte weder den Wecker noch den Motor des *Hot-rod* gehört. Aber das zweite Mal stand er auf und schaute verblüfft aus dem Fenster, als hätte er eine Vision – Billy konnte ihn sehen, weil das Fenster hell wurde. Er sah auch seine Mutter – ihr Kopf war ein bißchen hinter Moropoulos' Schulter zu sehen. Das dritte Mal erwischte der Vater Billy an der Tür:

Sag mal, spinnst du? *Gone crazy?*

Nein, ich fahr herum.

Seine Mutter kam auch angelaufen und stand in der Tür.

Ist bei dir vielleicht eine Schraube locker? sagte der Vater noch einmal, aber gedämpft, um die Nachbarschaft nicht aufzuwecken.

Mensch, Papa, ich bin zwanzig, laß mich doch zufrieden.

Was für ein Mädchen ist denn um zwei Uhr nachts noch unterwegs! Was für eins! machte Moropoulos weiter. Hat sie keine Eltern?

Hast du eine Jacke? fragte die Mutter dazwischen. Nimm die warme Jacke.

Billy stieg in den *Hot-rod* und fuhr so sacht an, wie er konnte. Er schaute nicht in den Spiegel – er wollte sie nicht sehen, sie hatten ihn absolut wütend gemacht.

Beim vierten Mal rannte Moropoulos hinter ihm her und packte ihn am Ärmel.

Ich hau dir eine runter. Sag jetzt augenblicklich, wohin du verdammt noch mal fährst. Wo treibst du dich eigentlich die ganze Zeit herum, *gamó tin panaghía mou*?

Aber Billy hätte es auch nicht gesagt, wenn man ihn gefoltert hätte. Einfach so – er wollte es nicht sagen, Lucia war etwas, was ihm gehörte, er wollte nicht, daß sie über sie redeten.

Als wäre Moropoulos mit seinem Stänkern und Mekkern, mit seinem ewigen: In Amerika gehen die Familien kaputt, die Kinder haben vor nichts mehr Respekt, die

Jugend ist auf einem schlimmen Weg, laß dir die Haare abschneiden, nicht schon übergenug gewesen – in einer dieser Nächte sah Billy, als er zum Drugstore fuhr, auch noch einen Streifenwagen hinter sich; den weißen Dodge von dem verdammten Sheriff. Er blinkte ihn mit der Lichthupe an. Billy stellte den Recorder aus, hielt mit dem Auto am Straßenrand und wartete. Es war gar kein Sheriff, es war ein Deputy mit breiten Fußballerschultern. *Holy shit*, fluchte Billy inwendig. Der Deputy beugte sich zum Fenster nieder, während Billy, innerlich kochend, reglos abwartete. Ich komm zu spät, dachte er. Ich komm zu spät, verdammte Hacke.

Autopapiere und Führerschein.

Billy gab ihm die Papiere. Er prüfte sie lange im Licht der Taschenlampe.

Basil Morrow. Woher kommst du?

Von hier, Sir, aus South Bend, Indiana.

Bist du mit den Morrows verwandt, die ein Restaurant in *Mishowuaka* haben?

Nein, Sir, eine pure Namensgleichheit. Billy dachte, der Aussprache nach ist er aus den Mountains.

Der Deputy sah Billys Papiere durch, als hätten sie irgendeine geheime Bedeutung.

Hat denn so ein Hilfssheriff überhaupt das Recht, einen auf der Straße anzuhalten? überlegte Billy aufgebracht. Eigentlich hält einen doch nur die Streife vom National Highway an, fuck you – *fuck you*, ich komm zu spät.

Was treibst du denn um diese Zeit auf der Straße?

Was ich will, dachte Billy. – Ich bin zur Logan Street unterwegs, Sir, zum K-Mart, um eine Freundin abzuholen, die dort arbeitet. Sie hat um zwei Uhr aus – ich bin schon zu spät dran …

Es ist reichlich spät dafür, daß du noch rumfährst, hast du denn keine Familie?

Fuck you, fuck you, dachte Billy. *Holy shit. Holy shit.* Aus dem Augenwinkel sah er die Handschellen von der hinteren Hosentasche des Deputy baumeln.

Ist das Fahrzeug »frisiert«? Zeigst du es auf Jahrmärkten herum? fragte der Deputy weiter. Aber er ließ gar keine Zeit für eine Antwort.

Ist dir klar, daß das Chassis nicht die vorgeschriebene Höhe hat? fuhr er fort. Wenn ich will, kann ich den Wagen beschlagnahmen.

Jawoll, Sir, sagte Billy. Er hat aber die vorgeschriebene Minimalhöhe. Ich habe ihn selbst gebaut.

Wo sind die anderen? bohrte der Deputy weiter und lugte ins Wageninnere.

Welche anderen?

Die anderen von der Gang.

Ich gehöre zu keiner Gang, Sir.

Du weißt, daß ich Dich wegen Herumtreiberei einlochen kann, wenn ich will?

Dieser Mensch ist stocktaub, dachte Billy wutentbrannt und starrte geradeaus vor sich hin. In dem Moment fiel ihm ein, daß er außer dem bordeauxroten *Hot-rod* auch noch einen Pferdeschwanz hatte – und er bekam plötzlich Panik; er war sich so gut wie sicher, daß er wegen Herumtreiberei eingelocht würde.

Er mußte sich zusammennehmen, um nicht aus dem Auto zu springen und den Deputy niederzuschlagen. Es war einer dieser fast kahlgeschorenen Bauernlümmel, die zu den Marines gehen oder Söldner werden und einen ins Zuchthaus schicken, weil sie *meinen*, daß man das Tempolimit überschritten hat.

Du hast das Tempolimit überschritten, sagte der Deputy.

Ausgeschlossen, Sir. Ich bin fünfundfünfzig gefahren. (In diesem Scheißland tun alle so, als wäre die Höchstgeschwindigkeit fünfzig.)

Hier ist eine Wohngegend, da sind nur vierzig erlaubt, sagte der Deputy, heftig den Kopf hin- und herbewegend.

Oh, das tut mir leid, gestand Billy zu, obwohl es ihm gar nicht leid tat.

Er blickte angestrengt auf die Uhr des Deputy, konnte aber die Zeit nicht erkennen. Aus, ich bin zu spät, sagte er sich und spürte, wie ihm der Schweiß auf der Stirn ausbrach.

Aussteigen, Hände auf die Motorhaube, Beine auseinander, fuhr der Deputy fort.

Billy stieg aus und tat, was ihm gesagt wurde. Der Deputy tastete ihn ab, fand seinen Nagelknipser, die Schlüssel, ein Stück von Lucias Schokolade im Stanniolpapier, einen Ausschnitt aus der Lokalzeitung über das Crash-Rennen in Merion, ein zerknittertes Papiertaschentuch. Schließlich verpaßte er ihm eine Verwarnung wegen Geschwindigkeitsüberschreitung. Vierzig Dollar.

Ich bin noch tolerant, sagte er. Ich könnte dich die ganze Nacht über auf der Wache festhalten.

Billy mußte an Mrs. Normand-Parks denken. *Fuck you*, fluchte er bei sich.

Und daß ich dich nicht mehr zu einer derartigen Zeit auf der Straße erwische.

Arschloch, dachte Billy. *Motherfucker. Jerk. Schmuck.*

Danke, Sir, sagte er. Und dachte, wenn er nicht mit Lucia verabredet gewesen wäre, hätte er ihm womöglich die Nase blutig geschlagen. Und wäre wegen Übergriffs auf die Obrigkeit in den Knast gewandert.

Er fuhr ganz langsam an, denn der Deputy war hinter ihm, aber sobald er weg war, begann er Gas zu geben, um Lucia vielleicht doch noch zu erwischen. Doch es war unmöglich, er hatte viel zuviel Zeit verloren, sie war bestimmt weg, sie würde sich gedacht haben, daß er verschlafen hätte, daß er sie vergessen hätte.

Als er zum Drugstore kam, spähte er aus dem Autofenster

zur Glastür. Er tat es ohne jede Hoffnung – es mußte schon nach halb drei sein. Und da sah er sie, sie, Lucia, hinter der Glasscheibe stehen und auf ihn warten.

Nirgends

Sie stand und wartete fest entschlossen auf ihn, als hätte er sich nicht eine Minute verspätet. Als Billy sie so betrachtete, wie sie dastand und gedankenverloren aus der Glastür schaute, hatte er das Gefühl, er hätte sie schon vor vielen, vielen Jahren gesehen. Er hätte sie gesehen, als sie noch ein kleines Mädchen war, auf dem County-Jahrmarkt, bei den Autoscootern oder beim Eisbüdchen. Einen Augenblick lang war er sich sicher: ja, am Michigansee hatte er sie gesehen, beim Vogelfest – ein Mädelchen mit schwarzem Haar, in einem Kleidchen mit Streublumen; er hatte dies kleine Mädchen noch genau in Erinnerung: es hatte eine riesige Schokoladeneiswaffel verspeist. Dann schob sich ein anderes Bild dazwischen, blaß, aber real, ganz lebendig: als hätte er sie am See gesehen, beim Vogelfest unter freiem Himmel, wo die Schulkapellen spielten; aber vielleicht ja doch nicht.

Warst du mal Majorette? fragte er sie, wenn er sich auch an keine Majorette erinnern konnte, die ihr ähnlich sah.

Nein, nein, sagte Lucia und konnte sich kaum vor Lachen halten.

Warst du jemals auf dem County-Jahrmarkt? hakte Billy nach.

Als er klein war, war er immer zum County-Jahrmarkt gegangen und war Autoscooter gefahren; später machte er Go-cart-Rennen. Er war mit Telis und Tony hingegangen und hatte den ganzen Sonntag mit Karussells und Hühneressen verbracht; Tony hatte gewaltige Mengen von knusprigen Chicken Wings aus dem *Kentucky Fried* verdrückt, und er hatte es sich angewöhnt; als er erwachsen wurde, ernährte er sich nur noch so, er aß Fried Chicken und trank Bourbon.

Als Billy und Tony noch in die Volksschule gingen, war Moropoulos arbeitslos, er machte Gelegenheitsjobs hier und da, bis nach Chicago ging er zur Arbeit, wenn sich etwas ergab – Umzüge, Malerarbeiten, Reparaturen und Ausbesserungen. Eleni briet am National Highway Omeletten und Spiegeleier und buk für die durchkommenden Lastwagenfahrer Kuchen. Auf den Jahrmarkt gingen sie immer mit Onkel Andreas; Moropoulos hatte keine Lust auf Jahrmärkte, und Eleni arbeitete wie eine Maschine – und klagte nie darüber. Sie schuftete zehn Stunden im *Diner* und kam dann nach Hause und kochte, wusch, erledigte alles, schnell, perfekt – es machte ihr Spaß, sie war so veranlagt. Es macht doch nichts, sagte sie immer, dann arbeite ich eben, ich komme auch noch zu einem Fernseher. Sie kauften sich auch wirklich ein RCA-Fernsehgerät, in einem Musikschrank, er hatte eine Schiebetür, die vor dem Bildschirm zuschnappte. Sie stellten allerhand Nippes darauf, eine Stoffpuppe in griechischer Nationaltracht, Fotos aus der Zeit, als Billy ein Säugling war, und einen vergoldeten Leuchter.

Sobald sie den Fernseher hatten, fing Eleni an, für *Peyton Place* zu schwärmen. Sie fand es phantastisch, bis zu dem Moment, als Allison Mackenzie angeblich verschwand, weil Mia Farrow Frank Sinatra geheiratet hatte und nicht mehr in der Serie mitspielen konnte: Eleni hatte das Gefühl, man habe sie zum Narren gehalten: so also wurden die Serien gedreht? Wenn eine Schauspielerin heiratete, wurde einfach das Drehbuch geändert und man baute ihr angebliches Verschwinden in die Handlung ein? Nach der Enttäuschung mit *Peyton Place* sah sie sich Quizsendungen an, das *Glücksrad* und *Jeopardy*, sie schrieb sich die unbekannten Wörter auf; hinterher benützte sie sie bei der erstbesten Gelegenheit, und Harry war unleidlich, weil er sie nicht verstand. Mensch, bist du auch sicher, daß es das bedeutet, fragte er. Womöglich fährst du hier irgendwelche unpassenden Wörter auf, und wir blamieren uns?

Elenis Love-Story mit dem Fernsehen setzte sich unvermindert weiter fort: sie schwärmte für Rosanne Bar, Mary Taylor Moore und vor allem für Betty White, die bei den *Golden Girls* mitspielte. Jahrelang wollte sie selbst an der Sendung von David Letterman teilnehmen, sie kam Tag für Tag darauf zurück, bis sie einen Brief an den Sender schickte und dann ein Jahr warten mußte, bis sie an die Reihe kam. Als man ihr schließlich antwortete, in Ordnung, sie sei als »Teil des Publikums« bei der *Late Night Show* angenommen, wäre Eleni am liebsten auf die Veranda gestürmt und hätte es der gesamten Nachbarschaft verkündet. Und sie lief auch wirklich nach gegenüber zu Ella Jules und nach nebenan zu Bertha und erzählte es ihnen. Billy ging damals in die zweite Klasse der Highschool und sagte: Meiner Mama ist der größte Traum in Erfüllung gegangen. Sie darf bei dem Lackaffen in die Hände klatschen. Der Lackaffe erzählt schlechte Witze, und meine Mama brüllt, er lebe hoch.

Er war aber glücklich darüber, daß sie so glücklich war.

Er ist ein *Hoosier*, sagte Eleni stolz. Wenn wir nicht zu seiner Show gehen, wer soll es denn dann tun?

Jude ist er, sagte Moropoulos.

Ein jüdischer *Hoosier* ist er, sagte Billy, und ein halbes Jahr vor und nach der Show drehte sich alles im Hause Moropoulos um David Letterman.

»Dave«, Rosanne und Mary Taylor Moore waren Elenis einzige Ablenkung; manchmal sah sie auch die *Muppets* an; einmal fuhr der Frosch Kermit sogar mit einem Studebaker nach Hollywood – Eleni war zutiefst gerührt.

Sie arbeitete Tag um Tag, sogar sonntags; sie kochte ja *Kolliva* für die Beerdigungen, alles, was in einem Umkreis von fünfzig Meilen verbraucht wurde. Moropoulos war etwas bekümmert, mein Gott, du hast ja nie frei, du Arme, sagte er immer – aber sie hatten das Geld, das die *Kolliva* abwarf, auch wirklich nötig.

Wie soll sie denn frei haben, wenn du so behinderte Schwestern hast? meinte Billy vorlaut.

Laß meine Schwestern aus dem Spiel, schrie Moropoulos. Hörst du? Du lästerst nicht über meine Schwestern!

Als Harry später mit Eleni ins Bett ging, sagte er:

Meine Schwestern sind wirklich behindert. Ich hab sie verpimpelt.

Eleni sagte nichts. Harry fügte hinzu: Und du hast den Jungen verpimpelt.

Als Billy noch in die Schule ging, baute sich sein Vater immer vor ihm auf und sagte: Lern nur ordentlich, vielleicht kriegst du ein Stipendium.

Kurz danach streckte seine Mutter den Kopf durch die Tür und meinte: Warum gehst du nicht raus und spielst ein bisselchen. Geh doch ein bisselchen spielen.

Alles war irgendwie verworren. Billy war nur glücklich, wenn er auf dem Jahrmarkt mit den Go-carts herumrasen konnte. Seine übrigen Momente, die viel häufiger waren, hatten eine eigenartige Schwere – und nachts hatte er eine Menge Alpträume: er träumte, wie ihm seine Großmutter in den schwarzen Kleidern von weitem zuwinkte und dann immer größer wurde und ihr faltiges Gesicht an seines preßte. Er sah sie in zahlreichen Versionen: die Großmutter lächelte wie die Fratzen in der Geisterbahn, oder sie heulte und jammerte wie die Greisinnen, die er in jenem Sommer im Dorf bei einem Totengottesdienst in einer Kirche gehört hatte. Und dann wieder erschien die Großmutter auf einer Bahre liegend – auf etwas, was aussah wie eine Bahre –, die Hände über der Brust gefaltet. Und sie war so weiß, als hätte man sie mit Talkum gepudert.

Als die Zeit so verging und Moropoulos dauernd über

Griechenland redete, dachte Billy, daß für ihn Griechenland diese schwarzgekleidete Großmutter war. Und er schämte sich zwar, es zuzugeben, aber vor Griechenland hatte er Angst – später, als Tony sich auf die Diebstähle und die Knastgeschichte eingelassen hatte, begann er auch vor Amerika Angst zu bekommen; er hatte das Gefühl, daß es in Amerika so viele Gesetze gab, daß es unmöglich war, nicht mindestens eins davon zu übertreten. Tony pflegte zu sagen, sie lebten in der Epoche des Trinkverbots, des Rauchverbots, des Verbots ganz allgemein.

Das war zu der Zeit, als Billys Kindheit zu Ende ging. Aber vorher hatte er, als er fünfzehn wurde, die Gitarre von Wes Montgomery und das Saxophon von Charlie Parker gehört und beschlossen, daß Amerika göttliche Musikstücke und lange blaue Nächte hieß; daß es nicht South Bend und auch nicht der Staat Indiana war – und auch nicht der Basketball im Viertel und die Go-carts auf dem Jahrmarkt. Und nicht einmal Wilma Popper, wenn Wilma Popper auch diese einzigartige Initiative ergriffen hatte, mit ihm auszuprobieren, »wie es ist«. Es war nicht übel, aber es war auch nicht überwältigend – es war feucht und schweißtreibend –, aber sobald sie gesehen hatten, wie es war, gefiel Billy Anny besser, die diesen strengen Vater mit dem Chevy Bel Air hatte.

Im übrigen hatte ihn Indianapolis enttäuscht – nicht die Rennen von Indianapolis, sondern die Stadt selbst: das erste Mal war er mit seinem Vater dort gewesen, mit dem Greyhound, das war noch in der Volksschulzeit – Moropoulos wollte ihm den Zoologischen Garten und das Kindermuseum zeigen, wo es die größte Uhr der Welt gab. Damals war es ihm groß und glänzend erschienen, voller Fabrikschlote. Es gab auch ein bis zwei Wolkenkratzer, die durch den Dunst stachen und den Himmel wie Rasierklingen zerschnitten. Später, als er im Gymnasium war, fuhr er öfter hin – mal mit Telis und mal mit Tony. Das erste Mal war er mit Telis dortgewesen, sie waren einen ganzen Tag dageblieben, hatten das Museum der Autorennen besichtigt, die Siegerfotos, Szenen aus der Geschichte der Rennbahn; Billy war ganz aufgewühlt, Telis langweilte sich ein bißchen, was das für eine Hysterie mit den Rädern ist, hatte er gesagt. Räder interessierten ihn nicht, ihn interessierten Bälle; ihn hatte das Baseballfeld, wo die *Pacers* spielten, beeindruckt.

Sie hatten in einer Kneipe, die *Dude's Smokey Pig* hieß, Hamburger gegessen, einfach so zum Spaß, weil sie *Dude's* hieß, aber weiter machten sie nichts, und Billy fand, diejenigen, die meinten, daß Indianapolis mitten in einem Maisfeld schliefe, hätten alle recht. Es schlief wirklich; es schien ein Platz zu sein, der nur einmal im Jahr erwachte, und zwar, wenn die Rennen stattfanden; nach dem Museum ging er mit Telis zu dem seichten Fluß hinunter, zum White River, und sie wanderten dort ein bißchen herum, aber hier ist ja ein Ghetto, sagte Telis, da wohnen die Nigger. Das einzige, was sich lohnte, war die Rennpiste, auch wenn sie leergefegt und verwaist war, weil die Fiesta schon seit langer Zeit vorbei war – es war August; Billy stand da und starrte sie an, und sie schien ihm unendlich mitten in der Prärie.

Als sie mit dem AMTRAK nach South Bend zurückfuhren, sah Billy aus dem Fenster hinaus in die enteilende Nacht, auf die Maisstauden, die im blauen Licht glitzerten, auf die Traktoren, die in der Mitte der Ebene abgestellt waren, und er dachte sich, daß er an einem Ort ohne Berge und ohne Meer lebte, an einem Ort, durch den man fährt, um irgendwo anders hinzugelangen – daß er im Nirgendwo lebte.

Er lebte im Nirgendwo und spürte, daß er niemanden sehr liebte. Ihn selbst liebte auch niemand besonders. Und ehe er Lucia kennengelernt hatte, hatte es ihm nicht einmal etwas ausgemacht zu verlieren. Sein Vater pflegte zu sagen, du wirst ein Loser, paß auf, daß du kein Loser wirst. Das hier ist ein Land für Winners, hörst du? Er erzählte ihm die Geschichte der Studebaker-Brüder, die mit einem Fuhrwerk aus Pennsylvania gekommen waren und die als Schmiede zu Automobilfabrikanten geworden waren. Und von John Bradima, der es bis Harvard gebracht hatte – *Harvard* – und Abgeordneter geworden war. Für Harry gab es zwei Kategorien von Menschen: diejenigen, die ihren eigenen Garten besaßen, und die, die im Garten der anderen Gärtner waren. Du wirst *Gärtner*, sagte er zu Billy – er wollte ihn doch mindestens als Autoverkäufer bei irgendeiner Vertretung sehen, als erfolgreichen Chevrolet- oder Chryslerhändler zum Beispiel. Aber Billy wollte nicht auf Kundenfang gehen und ein Top-Handlungsreisender werden und vorzeitig den Tod finden wie Willy Loman.

In der Basketballmannschaft spielte er in der Verteidigung und war ein mittelmäßiger Spieler; Telis ärgerte sich: Dudes, komm doch ins Training, die werfen uns glatt zweihundert Bälle ins Netz, wir blamieren uns, Dudes – aber Billy hatte keine Lust, sich hervorzutun. Auch bei den Rennen in Indianapolis hatte er nicht die Absicht, erster zu werden, er wollte nur *hin*. Er hatte einfach seine Freude am Autofahren, er hatte Freude daran, die Räder und das Kreischen der Bremsen zu hören, er hatte Freude an dem Gebrumm, an der Geschwindigkeit und der Straße. Die Formel 1 und die Rennautos, die über die Piste von Indianapolis flitzten, verkörperten für Billy die Einsamkeit des echten Trappers: die Fahrer waren in ihren Fahrerkabinen so einsam wie die Westernhelden in ihren unendlichen Prärien.

Wenn Billy mit Tony, Telis und Tonys Chicagoer Freunden Karten spielte, setzte er wenig und verlor er wenig – am Ende der ersten Partie stand er auf, ging Bier trinken, mit irgendeinem Mädchen reden. Du bist vielleicht ein Superspieler, alter Schwede, sagte Telis dann. Der reinste Nick the Greek[7]!

Nicht einmal daß er seine Lieben verlieren könnte, machte ihm etwas aus; nicht daß er gewollt hätte, daß sein Vater oder seine Mutter starben, aber er hatte das Gefühl, sein Leben würde trotz allem, nach allen und auch ohne jemanden weitergehen. Als er Lucia kennenlernte, begann er allerdings zu überlegen: Wenn sie einer überfällt und umbringt? Wenn sie unter ein Auto kommt? Wenn sie krank wird?

In dem Winter, in dem er befürchtete, daß Lucia etwas zustoßen könne, starb Tony Farina. Es hieß, er sei im Michigansee ertrunken, er sei auf den Sanddünen herumgestiegen, und der Sand hätte nachgegeben; der Boden sei sumpfig gewesen, und auf diese Weise sei er ins Wasser gekommen. Oder die Windstöße hätten ihn mitgerissen. Was hatte er denn an dem beschissenen See zu schaffen? fragte sich Billy, so wie sich alle fragten – aber keiner sagte etwas. Und obwohl Billy darauf gefaßt war, daß sein Vater etwas sagen würde wie, na, er hat's ja drauf angelegt, oder, ich hab's doch gesagt, daß es mit ihm kein gutes Ende nimmt, strich Moro-

[7] Spitzname für den Kreter Nikos A. Dandolos, der 1919 nach Chicago emigriert war. Nick the Greek wurde zur Legende der Glücksspieler und Held des gleichnamigen Romans von Harry Mark Petrakis (zufällige Namensgleichheit mit dem Kreter John Petrakis, der Stavroula heiratete). (Anm. d. Autorin)

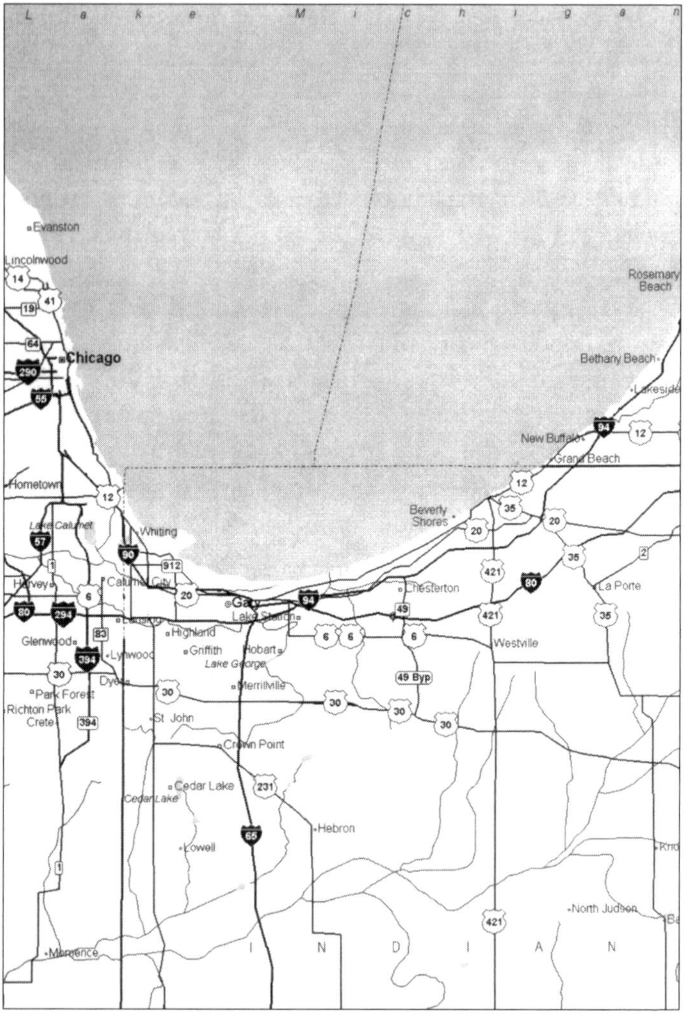
Lake Michigan
Evanston
Lincolnwood
Chicago
Rosemary Beach
Bethany Beach
New Buffalo
Grand Beach
Hometown
Lake Calumet
Whiting
Beverly Shores
Harvey
Calumet City
Gary
Lake Station
Chesterton
La Porte
Glenwood
Highland
Griffith
Hobart
Lake George
Lynwood
Westville
Merrillville
Park Forest
Richton Park
Crete
St John
Crown Point
Cedar Lake
Hebron
Lowell
North Judson
Momence
INDIANA

poulos tagelang mit feuchten Augen durch die Wohnung und murmelte:

Der arme Bursche. Für nichts und wieder nichts umgekommen.

Und er erinnerte sich an eine ganze Reihe von Einzelheiten aus Billys und Tonys Kinderzeit, als sie auf der Straße gespielt hatten und Tony der Liebling der ganzen Nachbarschaft gewesen war.

Er ist immer gekommen und hat Lukumi von mir gekriegt, sagte Moropoulos. Er hat da draußen mit dem *bicycle* angehalten und gefragt, Mister Harry, *got any candy*?

Als Tony klein gewesen war, hatte er sich Moropoulos' Geschichten voller Neugierde angehört: Geschichten von unterjochten Griechen und türkischen Eroberern, von bösen Geistern und einem Christus, der nie nach Amerika gekommen war. Das heißt, Christus war am gleichen Ort geblieben, dreiunddreißig Jahre lang. Tony verstand Moropoulos' Englisch, und wenn er nicht das richtige Wort fand, half er ihm und ergänzte die Lücken; sie waren Freunde geworden.

Er hat mich auch am Schnurrbart gezupft, sagte Moropoulos. Der Schnurrbart hat ihm gefallen.

Moropoulos hatte Sehnsucht nach seinem Schnurrbart; er hatte ihn vor sieben, acht Jahren abrasiert: der Rasierer war ihm aus Versehen ausgerutscht, und er hatte es als Zeichen genommen. Er sagte, aus, das war's dann eben, Schluß mit dem Schnurrbart, und hatte ihn ganz abrasiert. Eleni hatte sich gefreut. Du bist *cute*, hatte sie gesagt – und so ließ sich Moropoulos keinen Schnurrbart mehr stehen. Etwa in der Zeit hatte Tony aufgehört, so häufig zu Billy nach Hause zu kommen – aber dann hatte Eleni wieder Moussaka gemacht, wenn er kam, gefüllte Tomaten und Paprika, die besten Gerichte, die sie kannte, denn im Gegensatz zu Billy wußte sie Tony zu schätzen.

Billy sah seine Mutter über den Herd gebeugt stehen und begriff nicht, warum sie nicht alle zum Imbiß nebenan gingen oder einfach zwei Rühreier zum Essen machten.

Als Tony starb, wurde Billy bewußt, wie es ist, etwas zu verlieren. Und wie es ist, nichts unternehmen zu können. Er hatte Rachevisionen: er stellte sich vor, er würde den Mörder finden und ihn hinrichten. Danach begann er sich zu fragen, ob Tony vielleicht absichtlich an den zugefrorenen See gegangen war, um zu sterben, ob er vielleicht an der Stelle gestanden hätte, wo irgendwann einmal La Salle gestanden hatte – ob er sich vielleicht von den Wirbelstürmen hatte ins Wasser reißen lassen.

Es war aber ein Tod, der zu Tony paßte – ihn hatten die Wasserstrudel hinuntergezogen, die turbulenten Flußmündungen, die Industriegewässer. Billy versuchte sein Leben weiterzuführen, morgens normal aufzustehen, zur Arbeit zu gehen, Jazz zu hören, Shane über die Straßen zu jagen; aber er kam fast um vor Unrast – und er spürte, daß nichts mehr das gleiche sein würde. Zwei, drei Tage nach der Beerdigung, als er Lucia vom Drugstore abholte, legte er ihr den Kopf auf die Beine und schlang ihr ganz fest die Arme um die Taille:

Ich muß weg, sagte er. Und während er es sagte, wußte er nicht, was er damit meinte, ob er Indianapolis meinte, die Autorennen, oder Kalifornien, den Ozean. Einen Augenblick lang dachte er an die frenetische Atmosphäre der Autorennen, an die Fahrer, die vor dem Start das Lenkrad küssen, die großen Reklamewände mit Reifen- und Ölwerbung, die Helme, auf denen der Name und die Blutgruppe des Fahrers steht. Er dachte an die Menschenmenge, die Jubelschreie – und die endlosen Garagen, die magische Gasolinstraße.

Lucia regte sich nicht. Sie saß an ihrem gewohnten Platz im Auto und sah nach vorn, als wollte sie etwas in der

Dunkelheit erspähen. Billy richtete sich wieder auf und sah sie an:

Wir müssen weg, sagte er diesmal, die erste Person Plural leicht betonend. Als er es aussprach, sah er Tony vor sich, lebendig, wie er ihm zulächelte und zu ihm sagte: Die Bank bezahlt. Und wie er seine Schrottmühle auf der Straße nach Chicago lenkte und dabei leise sang und mit den Händen aufs Steuer schlug, *Won't you please come to Chicago for a ride. Don't ask Jack to help you …*[8]

Er erwartete, daß sie ihn fragte, warum und wohin, oder protestierte oder ihn aufzog – aber Lucia tat nichts dergleichen; und Billy dachte, daß er eigentlich nur das erwartet hatte, was sie tat.

Ich weiß, sagte sie. Und danach setzte sie wie zu sich selber hinzu: Ich war noch nie in einem Flugzeug.

Billy umarmte sie voller Dankbarkeit; er dachte, wie schön es gewesen wäre, wenn Tony noch lebte, und daß sie dann vielleicht zu dritt weggegangen wären.

Wir fahren aber nicht mit dem Flugzeug, sagte er sanft zu ihr, als wäre sie ein Kind. Wir fahren mit dem *Hot-rod.*

Lucia klatschte in die Hände.

Und Billy fühlte sich fast glücklich; wenn Tony nicht gestorben wäre, wäre er absolut glücklich gewesen. Und ihm fuhr durch den Kopf, daß Tonys Tod nur ein böser Traum war, daß er aufwachen und ihn lebendig vor sich sehen würde.

---

[8] Aus dem Lied *Chicago* von Graham Nash (1970). (Anm. d. Autorin)

Am Sonntag wachte Billy zeitig auf und fuhr allein zum Michigansee, zu dem Punkt, wo man Tony tot aufgefunden hatte – in der Nähe von Kemil Beach. Es war ein Wintermorgen, es war windig, und der Sand wurde zu kleinen Kegeln gewirbelt; es war einer der Winde, die man *sand-devils* nennt. Billy streifte stundenlang am Ufer herum und schlug den Pfad nach Westen ein – als die Zeit so verging, kam es ihm immer mehr vor, als ob Tonys Tod noch ein weiteres verlorenes Spiel gewesen sei: er sah ihn im Geist, wie er oben auf den Sandhügeln von Kemil Beach stand und gestikulierte und brüllte, um dann abzustürzen und ins vereiste Wasser zu schlingern.

Vor Kälte zitternd kehrte Billy zum Auto zurück, das er am Eingang des Nationalparks zurückgelassen hatte. Er setzte sich hinters Steuer und rieb sich die Hände, um warm zu werden; die Scheibe beschlug durch die Atemluft. Auf der Fahrt nach South Bend begann es zu regnen – Billy hörte nur noch die Scheibenwischer, die auf der Windschutzscheibe hin- und hergingen.

★

DER MICHIGANSEE hat seinen Namen von dem indianischen Wort *mishigami*, was »Großer See« bedeutet: er ist der drittgrößte der fünf Großen Seen von Nordamerika und der einzige, der ganz im Besitz der USA ist. Der erste Weiße, der ihn erblickte, war der französische Forscher Jean Nicolet (1634) und nicht La Salle, wie Billy und Tony meinen. Dann begab sich der Jesuitenpater Claude-Jean Allouez dorthin, um die Indianer zu missionieren. Es folgten weitere französische Forscher und Missionare wie Louis Jolliet und Jacques Marquette. Zu Beginn des neunzehnten Jahrhunderts wurde auf der Südseite des Sees die erste Gießerei errichtet, und die Gegend entwickelte sich zum Industriegebiet.

Unter den Flüssen, die in den Michigansee münden, ist auch der Saint Joseph, der durch South Bend fließt: an seinem Ufer hatten Billy und Tony ihre geschwänzten Tage verbracht. Das Land um dem Michigansee ist beinahe flach; am südöstlichen Ufer bildet die Erde Sanddünen, und die Winde fegen den Sand dem Binnenland zu; es ist eine merkwürdige Landschaft, eine Skulptur der Zeit, ausgeformt seit der Gletscherzeit.

Von den Ausläufern von Michigan City im Osten bis zum Bezirk von Portage gegen Westen dehnt sich heute der Sand Dunes National Park von Indiana aus. Die National Route 12, die dem Indianerpfad folgt, verbindet parallel zum Seeufer verlaufend die alten Minen Deerborn und Wayne; bevor die weißen Einwanderer die Erde zu kultivieren begannen – die schwedische Familie Zelberg unterhielt dort etwa ein Jahrhundert lang eine große Farm –, lebten indianische Jäger in den Sandhügeln.

Von Mitte Dezember bis Mitte April friert das Wasser in den Häfen des Michigansees zu – dennoch weist das Klima, genau wie die Pflanzenwelt, eine große Variationsbreite auf: auf den Sandhügeln von Indiana wachsen arktische Pflanzen, aber auch tropische Orchideen und Wüstenkakteen. Billy hatte diese Pflanzen zum ersten Mal gesehen, als er mit Lucia hinfuhr.

★

Bevor er starb, hatte Tony gelebt …

Bevor er starb, hatte Tony einundzwanzig Jahre gelebt. Als er noch mit Billy zur Schule ging, hatte er gesagt, Dudes, ich schaff keine einundzwanzig – ich krieg's nicht hin. Billy hatte ihn verblüfft angesehen; sogar James Dean und diese ganzen Ärsche, die die Autos nicht wert waren, die sie fuhren, hatten länger gelebt. Aber Tony wußte etwas, wovon die anderen nicht einmal einen Schimmer hatten: als er noch in die Volksschule ging, hatte seine Mutter Eugene Gaskil kennengelernt, der auch verheiratet war; er wohnte außerhalb der Stadtgrenze auf dem Land, auf einer Farm, zusammen mit seiner Frau und seinen drei Kindern. Tonys Vater hatte über zwei Jahre nichts davon gemerkt, aber Tony hatte es gewußt – seine Mutter ging immer morgens weg, kam mit verstrubbelten Haaren zurück, erzählte alle möglichen Lügen, und dann noch mehr Lügen, um die ersten Lügen zu decken. Tony sagte nichts, er fragte sich nur, warum seine Mutter seinen Vater nicht verließ und mit Eugene zusammenzog; darauf bekam er nie eine Antwort. Zu guter Letzt erschien Eugenes Frau bei ihnen zu Hause – und sie war im siebten Monat schwanger. Sie erschien und drohte Vi Farina. Sie wollte sie beißen. Sie brüllte von draußen, komm raus, du *bitch. Bitch.* Alle kamen zu den Türen heraus und glotzten. In der Nachbarschaft gab es einen Riesenskandal, Cathy Gaskil zerrte Vi aus dem Haus, spuckte sie an und begeiferte sie mit Schimpfwörtern. Es war ihr völlig egal, ob dem Kind dabei etwas zustieß. Ein paar Nachbarn führten sich auf, als sähen sie einen Faustkampf, sie sagten, Mann, die langt aber zu – und andere schämten sich und zogen sich in ihre Häuser zurück. Tony stand am Rand und sah zu und wunderte sich, daß das alles nicht schon früher passiert war, daß Cathy nicht schon im vorigen oder vorvorigen Jahr aufgetaucht war. Nach diesem Vorfall erlitt sein Vater – er wurde Ed Babyface genannt, weil er ein großes Kindergesicht mit den Augen eines Fünfjährigen hatte – eine Art Nervenzusammenbruch; er gab seine Arbeit auf (er hatte in einem Parkhaus gearbeitet) und konnte nachts keinen Schlaf finden, er strich umher wie ein Geist – und während er schon immer leicht getrunken hatte, begann er jetzt die Abende nur noch mit Biertrinken und Fernsehen zuzubringen. Zu Vi sagte Ed nichts, und Vi sagte auch nichts zu ihm – sie traf sich weiter mit Eugene, aber seltener, und je mehr die Zeit fortschritt, desto seltener sah sie ihn; sie war ziemlich am Ende, mit sich selbst und Ed und Eugene und am meisten mit Tony, der sie zu beobachten und alles zu wissen schien; Vi dachte sich manchmal, sie hätte den Sohn des Satans zur Welt gebracht, und seine Augen – die auf alle einen süßen und unschuldigen Eindruck machten – seien der schlagende Beweis dafür.

Die Zeit verstrich schleppend; ab und zu ging sie mit Eugene aus, sie fuhren in ein Motel und stritten sich heftig; manchmal kam Vi heulend nach Hause zurück, und gelegentlich ging sie mit Ella Jules, ihrer besten Freundin, in *Frank's Bar* und heulte wieder. Es kam auch vor, daß sie ins *Roadhouse* gingen; Tony sagte immer, das ist das Schlimme an den Kleinstädten; abends trifft man seine Mutter an der Bartheke. Vi und Ella saßen gar nicht an der Theke; sie saßen an einem Tischchen und tranken Soda und redeten über Eugene und was damit zusammenhing. Rosalie, die bediente, schüttelte nur den Kopf – sie verachtete Frauen, die unter Männern litten.

Vi ließ ihren Ärger oft an Tony aus; bis er siebzehn war, schlug sie ihm mit dem Handrücken ins Gesicht; aber er sagte nichts, er verließ nur das Haus und strich in der Gegend herum. Einmal verbrachte er die Nacht bei Billy und ein anderes Mal bei einem Mädchen, das er in Chicago kennengelernt hatte. Am nächsten Tag kam er zurück; alles verlief wieder im üblichen Rhythmus.

So vergingen die Jahre: Tonys Mutter arbeitete in einem Friseursalon, und von den Trinkgeldern dort konnte sie die Miete bezahlen, die Familie ernähren, und Ed trank sein Bier davon. Morgens ging Tony in die Schule – wenn er nicht mit Billy schwänzte –, und danach hing er in der Nachbarschaft herum, in allen möglichen Häusern, er machte Besuche, stundenlang war er bei Billy zu Hause, aß Stifado und Fasolada, saß mit Billy in seinem Zimmerchen und redete über Autos, die Rennen in Indianapolis, Cocomo und Winchester. Manchmal unterhielten sie sich auch über die Rennen in Pomona, aber sie wußten, daß Pomona weit entfernt lag, in der Zukunft, in Kalifornien. Dort fand zweimal im Jahr ein ganzer Karneval mit *Hot-rods* und Beschleunigungswettkämpfen statt – Billy war sicher, daß er gewinnen würde, wenn er nur das richtige Auto hätte. Er wollte an nächtlichen Rennen teilnehmen – Rennen in der heißen kalifornischen Nacht; und vor allem hatte er vor, Mitglied in der Nationalen Hot-rods-Vereinigung zu werden, die ihren Sitz in Glendora in Kalifornien hatte.

Sie hörten Jazz – holten sich Fried Chicken und Chips vom *Kentucky Fried* und hockten herum und hörten sich Platten an. Manchmal kam auch Stavroula, flätzte sich auf Billys Bett und hörte auch mit zu. Sie lag auf den Ellbogen gestützt da und malte mit dem Finger Muster auf Billys Bettdecke.

Was eßt ihr da eigentlich, *guys*? sagte sie. *Junk food?* Soll ich euch von meiner Mutter was Anständiges zu essen mitbringen?

Aber nein, Tony erzählte, Charlie Parker habe genau solche Hühner gegessen – Bird habe eine Schwäche für Brathuhn gehabt.

Daran ist er auch gestorben, hatte Stavroula bemerkt, aber sie sahen sie böse an, und sie sagte nichts mehr über Charlie Parker.

Sie war nett, und Billy hatte sie gern, aber er hatte kein rechtes Vertrauen zu ihr; mitten in der Begeisterung über Billie Holiday konnte sie aufstehen und *Kalamatianó* tanzen. Aus heiterem Himmel schwärmte sie plötzlich für Volksmusik aus dem Peloponnes und aus Kreta.

Billy und Tony hatten zum ersten Mal die Big Bands im Radio gehört und waren ganz aus dem Häuschen. Sie verfolgten die Sendungen des staatlichen Radios und der Chicagoer Sender; während in den Regionalsendern die Jackson Five gespielt wurden – weil sie allen gefielen und *Hoosier* waren, aus Gary –, sagte Billy zu Tony, hör dir doch nur die Gitarrenläufe von Wes an. Mal spielte er neben dem Harmonium von Jimmy Smith und dann wieder neben dem Baß von Monk und dem Klavier von Buddy. *Man, this is cool*, sagte Tony, und es gab nicht viel, was man *cool* nennen konnte. Sie saßen da und hörten Wes Montgomery und überlegten sich, wie sie aus South Bend wegkommen konnten, als planten sie die Flucht aus Alcatraz. Billy wollte nach Kalifornien, und Tony sagte, laß uns erst nach Chicago kommen, dann fahren wir nach Hawaii, nach Honolulu.

★

John Leslie Montgomery – Wes – war Billys Lieblingsmusiker. Ein Grund, warum er ihn liebte, war, daß Montgomery ein wahrhaft bedeutender Jazzgitarrist war; ein anderer, daß er in Indianapolis geboren war – im März 1925. Noch während seiner Schulzeit hatte Wes für sich allein Gitarre gelernt, und dann hörte er Platten von Charlie Christian, der neun Jahre älter war als er. Seit er Christians *Solo Flight* gehört hatte, war es für ihn beschlossene Sache, daß er Jazzgitarrist werden wollte; innerhalb von sechs Monaten hatte er Arbeit in einem Club gefunden, wo er die Solos von Christian spielte.

Von 48 bis 50 spielte er mit Lionel Hampton; morgens war er in verschiedenen Jobs tätig, und abends trat er in den Clubs von Indianapolis auf; dort sah ihn Cannonball Adderley und schlug ihn der *Riverside Company* vor. Von 57 an begann er mit seinen Brüdern Aufnahmen zu machen, mit Monk, der Baß, und mit Buddy, der Vibraphon spielte; sie nannten sich *Mastersounds* und später *Montgomery Brothers*. Den größten Teil seines Lebens verbrachte er in Indianapolis, dort heiratete er und bekam viele Kinder; er war ein *Hoosier*, ein armer Schwarzer, der in den Clubs arbeitete, um seine Familie zu ernähren. In Indianapolis lebten auch die meisten seiner Freunde, wenn auch nur die wenigsten so wie Wes für immer dort blieben: der Trompeter Freddie Hubbard, der Posaunist Jay Jay Johnson, Jimmy Spaulding, Cy Coleman und Leroy Vinnegar. Und Cody Cadoly, der in Mishawaka geboren war, aber nach Kalifornien ging, wie auch John

Bunch, der seine Heimat Indiana verlassen hatte, um sich in Los Angeles niederzulassen.

1960 spielte Wes Montgomery mit dem Sextett von John Coltrane auf dem Festival von Monterrey, und von 62 bis 66 spielte er mit dem Trio von Wynton Kelly und machte mit ihm Plattenaufnahmen. In der Mitte der Sechziger arbeitete er für kommerzielle Alben mit Musik für großes Orchester. Er unterschrieb einen Vertrag mit der A&M und erschien mit Herb Alpert im Fernsehen. Er war vom rhythmischen Stil des Charlie Christian beeinflußt, fügte Akkorde hinzu und entwickelte einen ungewohnt weichen Sound, indem er die Gitarre mit dem Daumen spielte. Nach ihm war die Jazzgitarre nicht mehr dieselbe. Unter anderem stammen folgende Platten von ihm: *Pretty Blue*, *Encores*, *Full House* (mit Kelly, Johnny Griffin, Paul Chambers, Jimmy Cobb), *California Dreamin'*, *Bumpin'*, *Going Out of My Head*, *Tequila '66*, *A Day in the Life*, *Down Here on the Ground*, *Road Song*.

Wes Montgomery starb am 15. Juni 68. An einem dieser Tage kam Billy Morrow zur Welt. Billy hörte Wes zum ersten Mal, als er zehn Jahre alt war; bis dahin hatte er Popmusik gehört und die Lieder, die sein Vater sang, alle möglichen volkstümlichen Lieder mit komischen Texten. Als er anfing, auf die Highscool zu gehen, fuhr er zur Mall hinunter und stöberte in den Platten von *Musicland*. Meistens kaufte er nichts, weil er kein Geld hatte – er sah sie nur durch; manchmal ging er in die Hörerkabine und hörte sich Orchesterstücke für den Zirkus und die Rallyes an. Trotzdem bekam er nach und nach alle Platten von Wes zusammen, die, die er mit Jimmy Smith aufgenommen hatte, und die andere, auf der der *Naptown Blues* war, das Stück über Indianapolis. Außerdem kaufte er sich ein großes

Poster mit Charlie Parker, Dizzy Gillespie und John Coltrane, ein Schwarzweißfoto von 1948. Das hängte er sich übers Bett. Sein Vater regte sich ziemlich auf.

★

Chicago

Tony liebte Chicago, er sagte immer, für ihn sei das eine Stadt, die richtig Zunder hätte; Chicago sei der amerikanische Büffel; der amerikanische Geier. Billy staunte über diese Vergleiche. Und einmal, als sie unter den Gleisen der S-Bahn entlangliefen, blieb Tony stehen und sagte, hör doch mal, Dudes, das Herz von Amerika, hör mal, wie es schlägt. Billy spitzte die Ohren und hörte es.

Es war für Tony keine schlechte Zeit; vielleicht war es sogar die beste in seinem Leben; in der Schule ging es ihm zwar miserabel, und er schaffte es, andauernd Scherereien auf sich zu ziehen, aber nachmittags fühlte er sich großartig, nahezu – in der vorletzten Klasse der Highschool bekam er ja auch diesen Ford Mustang, eine uralte Karre, die seine Mutter Ella Jules abgekauft hatte – Ella hatte sie ihr fast geschenkt. Die Jules kauften sich ein neues Auto, und so erbte Tony die Schrottmühle: der Mustang war nicht häßlich, Tony war glücklich damit, er peitschte ihn hoch, machte mit Billy große Touren, sie fuhren bis nach Chicago, in die Bars der South Side, die billig waren und die ganze Nacht über aufhatten. Und wo man keinen Ausweis verlangte, um Bier auszuschenken – oder ihn verlangte, dann aber daran vorbeischaute. Außerdem hatte Tony seinen Flachmann dabei; gelegentlich gingen sie samtags abends in einen Club mit dem Namen *Bulls*, er war in der Nähe vom Lincoln Park – Billy mochte ihn, weil dort Jazz gespielt wurde; sie saßen dort und bestellten je eine Coca-Cola und tranken Whiskey aus dem

Flachmann. Und sie gossen sich Whiskey in die Coca-Cola und Wodka in die Orangenlimo.

Je älter sie wurden, desto unerträglicher wurden die Verbote; sie gingen in Konzerte, wo das Trinken nicht einmal für Erwachsene erlaubt war, in Bars, wo man nicht rauchen durfte; und das Tempolimit auf den Straßen wirkte schon lächerlich: die fünfundfünfzig Meilen pro Stunde waren eine Vorschrift für alte Damen. So verstießen sie gegen das Gesetz: kurz bevor er aus der Schule flog, hatte sich Tony bei einem Fälscher in Cleveland einen falschen Ausweis bestellt; darauf stand als Geburtsdatum 1967, demnach war er zweiundzwanzig – demnach konnte er Alkohol und Zigaretten kaufen. Billy bestellte sich keinen Ausweis, er sagte, laß lieber, ich will nicht in etwas hineinrutschen.

Er war aber durchaus in Gefahr, in etwas hineinzurutschen; in Chicago trieben sie sich in Schwarzenclubs herum, und sie gingen oft ohne Bezahlung weg – wenn sie nichts in den Taschen hatten. Sie bewegten sich allmählich auf die Tür zu, und dann nahmen sie die Beine unter die Arme, sprangen schnell in Tonys Mustang und verschwanden in den dunklen Straßen, die zu den alten Schlachthöfen führten. Wenn sie bezahlen konnten, gingen sie ins *At the Hop*, ins *Studebaker* und ins *Jukebox Saturday Night*, Bars, die Tony zum Ausflippen brachten und in denen tolle Mädchen mit Netzstrümpfen verkehrten.

Sie fuhren frühmorgens nach South Bend zurück, rasten über die 90er, streckten den Kopf aus dem Fenster und brüllten laut. Es passierte nichts Aufregendes: ein paarmal brachte Billy ein paar Mädchen mit großem Busen mit, Conny Fisher, die ihm ewig die Zunge in den Mund steckte, und eine Hochnäsige, der angeblich alles egal war und der die Gesellschaft und ihr gesamtes Leben zum Hals heraushing. Jean hieß sie, Pauls oder Peters. Und einmal hatte es Ärger gegeben: sie wollten in einen Jazzclub in der Michigan

Avenue, und der Türsteher wollte sie nicht hineinlassen, er sagte, sie seien nicht entsprechend angezogen; Billy war hochgegangen. Tony hatte ihn vorher noch nie richtig wütend werden sehen – manchmal stank es Billy, und er kochte inwendig, aber jetzt hätte er dem Menschen, der Gesichtskontrolle machte, um ein Haar einen Faustschlag verpaßt. Danach hatte er eine Wut auf sich und Tony: Was haben wir denn auch in Yuppie-Clubs zu suchen? sagte er. Und er beschloß, nie wieder mit ihm zur Michigan Avenue zu gehen – lieber in die Kellerbars der Schwarzen und die Kneipen der *Chicago-Bull*-Fans. Tony fand das auch besser.

Tony begann zur gleichen Zeit wie Billy mit Mädchen zu gehen, aber er zeigte sie nie vor, er war für ein, zwei Nächte verschwunden und sagte hinterher: Ich war bei einer Lady. Er sagte nicht »Braut« oder »Mieze« oder so, er sagte »Lady« – aber er ging nicht ins Detail, und Billy wunderte sich, denn er war daran gewöhnt, mit Telis und Ray alles haarklein zu besprechen. Und was hat sich abgespielt? fragte er dann voll Interesse. Was soll sich schon abgespielt haben, sagte Tony. Das übliche eben. Was heißt hier üblich, fragte sich Billy. Es gab Miezen, die man einfach nur küßte, andere, denen man an die Titten gehen konnte, und noch andere, die es auf verschiedene Arten machten und unbegrenzte Phantasie hatten.

Poker

Linda gehörte zu den letztgenannten, aber sie hatte es schnell über. Das einzige, was ihr nie über wurde, war das Schlagzeug; sie war Schlagzeugerin und suchte eine Arbeit bei einer Rockgruppe. Sie mochte Jungs, die viel auf Achse waren, aber Tony übertrieb es; außer daß er arbeitslos war, trank er reichlich viel und spielte Karten; er ließ sich auf tödliche Spiele ein. In der letzten Klasse der Schule, kurz vor und kurz nach dem Hinausschmiß, hatte er angefangen, mit – nahezu – Professionellen zu spielen; er ging in Casinos für Kartenspiele, Billy fragte sich, wie er überhaupt hineinkam, wie er es verdammt noch mal machte, und ob er die Rausschmeißer schmierte; er pokerte mit verschiedenen Typen, die aus anderen Städten kamen, aus Gary, aus Michigan City und sogar aus Detroit. Er war fasziniert vom Spiel, den verqualmten Räumen, dem Geld, das man verlor und gewann, dem grünen Filz – manchmal, wenn er nachts nach Hause unterwegs war, horchte er auf die Nachtvögel und die rauschenden Bäume und dachte, was mach ich eigentlich, wie verbring ich mein Leben, aber dann beruhigte er sich wieder: er war ja noch jung, er konnte es sich leisten, Zeit zu vertun. Linda war die Schwester von einem Typen aus Gary, der mit Tony pokerte; er hieß John Peters; ein netter Kerl, er arbeitete bei einer Installationsfirma. Linda kam immer, um ihn vom Kartenspiel loszueisen, ihre Mutter schickte sie los: sie fuhr mit dem Auto vor, hielt draußen an, hupte ein paarmal, dann kam sie hereingestürmt und sagte, komm jetzt, mach Schluß, die Mutter kriegt schon 'nen hysterischen Anfall. *Auf jetzt, hab ich gesagt.* Sie war herrisch und laut, sie ließ sich nicht viel sagen; sie trug Pumps mit spitzen Absätzen, die auf den Boden knallten – Tony fand sie total gut. Er fand gut, daß sie groß war und wilde hochtoupierte Haare hatte, steife BHs und enganliegende Kleider trug; sie war keine richtige Schönheit, aber sie hatte so etwas Helles an sich, sie glaubte an sich, sie wußte, wozu sie fähig war. Und sie mußte immer das letzte Wort haben – häufig war es ein Schimpfwort. Eines Tages lud sie Tony ein, mit ihm auszugehen, er sagte zu ihr, wenn du freitags mitkommst, spielen wir eine Woche lang keinen Poker. Er lächelte ihr dabei zu, Tony lächelte ja ziemlich viel. Sie schaute ihn finster an: Wer zieht hier eigentlich wen in diese Scheiße rein, sagte sie. Sie schaute auch John an. Wer, wiederholte sie lauter, als wäre John ihr Kind.

Sie kaute wie wild auf einer Kaugummiblase herum, die ihr im Mund zerplatzte – *Losers*, zischte sie und machte kehrt.

Rook fuhr dazwischen: Mann, verpiß dich, sagte er. Zisch ab, wir wollen spielen. Darauf begann Linda zu kreischen; sie zog an der grünen Filzdecke, und das Kartenspiel verteilte sich auf dem Boden, es gab einen Mordszoff; Rook und Ben gingen ihr an die Kehle. Die Rettung kam durch ihren Bruder und Tony, der wegen der Unterbrechung überglücklich war: er sollte achtzig Dollar verlieren – das Spiel war zu hart geworden, es wurde ihm ein paar Nummern zu heftig. Sie rannten auf die Straße hinaus und schwangen sich in Lindas Auto, während die anderen drohend die Fäuste schwenkten.

Am Freitag ging Linda mit Tony aus, sie fuhren nach Chicago, in die Clark Street, in zwei, drei Bars – und tranken eine Menge Bier. Linda kannte die Stadt, sie fand sich darin mit geschlossenen Augen zurecht – Alles, was über Chicago erzählt wird, ist Schwachsinn, sagte sie. Angeblich eine taffe Stadt *mit breiten Schultern*[9] – lauter Stuß: Chicago ist ein trübseliger Ort, versifft und morsch, es ist das Amerika der Armen. Linda kannte alle Kneipen, in denen Rock 'n' Roll gespielt wurde, und eine Menge Musiker aus den dortigen Gruppen. Chicago ist auch das Amerika der Rocker, sagte sie, und sie tanzte, als hätte sie einen Trip eingeworfen; aber sie nahm gar nichts, sie war einfach so drauf. Es folgten noch viele Freitage, auch Samstage und Sonntage und mehrere Dienstage: sie fuhren nach Chicago und tanzten, Linda stand vor der Bühne und stampfte im Rhythmus der Musik, brüllte die Refrains mit, danach überfiel sie eine Melancholie, sie sagte wiederholt, wir sind zwanzig, *fuck*, und wissen nicht, was aus uns wird. Tony verstand es nicht; er verstand auch nicht, warum Linda herumnölte, trink nicht, spiel

---

[9] Aus: *Chicago Poems* von Carl Sandburg (1914). (Anm. d. Übers.)

nicht, jag das Fuckding nicht so hoch – sie meinte den Mustang. Aber Tony dachte, wenn ich langsamer werde, sterbe ich.

In Wirklichkeit nölte Linda gar nicht: sie gab Anweisungen. Du wirst krank, die lochen dich ein wegen Schulden, du bringst dich noch um. Andauernd kam sie ihm mit solchem Kram; und als sie ihn zu Hause besuchte, sah sie Ed Farina, der stumm dahockte und unkonzentriert am Fernseher zappte, und sie sagte zu Tony, geh mit deinem Vater zum Arzt, der ist ja völlig kaputt, du mußt dich um ihn kümmern. Hörst du, *fuck*? Tony wußte, daß Linda recht hatte, aber er wollte sich nicht ändern und konnte es auch nicht; und seinen Vater konnte er auch nicht ändern. So ging es mit den Treffen zu Ende; sie zofften sich heftiger als gewöhnlich, Linda bezeichnete ihn als nutzlos; sie schrie ziemlich herum. Schließlich stieß sie die Autotür auf und sagte zu ihm: *Raus*. Tony stieg aus und stand in der Mitte des Highways, ganz allein – er sah zu, wie sie Gas gab und in der Ferne verschwand.

Danach kam John nicht mehr zum Pokern. Tony wartete auf ihn, um herauszubekommen, wie es Linda ging und ob sie unglücklich wirkte, aber John erschien nicht und rief auch nicht an. Ein paar Wochen später sah Tony sie an einer Exxon-Tankstelle, sie hatte den Benzinschlauch in der Hand und tankte den Wagen mit einem abwesenden Blick auf die Straße; es war zu der Zeit, wo sie zur Arbeit fuhr, in ein Reisebüro unten im Zentrum. Ihm schien es, als ob sie gewachsen war, und er spürte, daß er sich gleichzeitig vor ihr fürchtete und sie begehrte, und daß er daran schuld war, daß er sie verloren hatte. Aber er hielt nicht an, um mit ihr zu reden, er fuhr langsam an der Tankstelle vorbei, in der Hoffnung, Linda würde den Mustang sehen.

Sie sah ihn aber nicht.

Niemand bemerkte etwas; und von da an wurde alles schlimmer; Billy war mehr mit seinem Vetter Telis zusammen, denn er spielte nicht Karten und konnte auch nicht jede Nacht so lange aufbleiben; sein Vater saß ihm im Nacken, und außerdem fing er mit der Arbeit in der Werkstatt an. Er stand früh auf und kam spätnachmittags halbtot von der Arbeit heim. Tony hingegen schlief tagsüber und wurde erst nachts lebendig; die meisten Nächte verbrachte er in Chicago, einige Wochen lang wohnte er bei einer Mexikanerin, die eine Wohnung in Pilsen hatte; dort war er Tag und Nacht – und wieder hatte er niemandem etwas erzählt. In dem Sommer schlossen sich Rook und Ben einer Gang an, die sich in Detroit herumtrieb; zwei Typen hatten sie gegründet, die schon ein paar Dutzend Überfälle hinter sich hatten, bei einem war sogar ein Mensch umgekommen. Die Typen aus Detroit sagten, sie wollten sich für eine Weile aus der Stadt zurückziehen, für eine Weile nach weiter unten gehen, in den Süden, wo man noch kein Auge auf sie hatte. So ließen sich Rook und Ben auf ihre Gaunereien ein und machten einen Einbruch in zwei Drugstores in Nordindiana mit, zwei Provinzsupermärkten, bei denen weniger als tausend Dollar abfielen. Die Ausbeute war gering, aber Rook hatte Spaß daran, er hatte das noch nie gemacht, er hatte nicht gewußt, wie leicht es ging; Ben hingegen sagte, okay, Jungs, genug, ich bin raus – und er zog sich aus der Szene zurück, er hatte Angst vor schlimmeren Folgen. Da stieß Tony zu der Gang; er hatte kein Geld mehr, seine Mutter gab ihm nicht einen einzigen Cent: Geh doch arbeiten, sagte sie und beschimpfte ihn ständig als Versager, genau wie es Linda getan hatte. Vi verlor keine Gelegenheit, ihn mit wüsten Flüchen einzudecken, obwohl sie ihn nur selten sah; Tony wohnte nicht oft zu Hause, er hielt weder den Anblick seines Vaters aus noch das Geschrei seiner Mutter, wenn sie ihr Leben und alles andere verfluchte.

Er pendelte zwischen verschiedenen Städten der Umgegend hin und her und spielte Poker; er schummelte und gewann; einmal hatte er auch ohne Schummeln gewonnen. Zweimal hatten sie ihn allerdings erwischt, er hatte extreme Prügel bezogen, ein Typ hatte ihm neben dem Ohr die Haut aufgeschlitzt. Wenn ich dich hier in der Gegend noch mal erwische, hatte er gesagt, mach ich dich alle. Ich *skalpiere* dich. Von da an schlug Tony einen Bogen um Hammond und Calumet City, und später merkten sie es auch in Lyons, und so schlug er auch darum einen Bogen. Und an einem Abend, als er gerade einen Saab klauen wollte – Autos klaute er häufig, aber nur, um Spritzfahrten zu machen –, griff ihn eine ganze Gang an, weil er ihn ihr Gebiet eingedrungen war. Sie hatten ihn übel zugerichtet, und Tony schleppte sich blutüberströmt bis zu Billys Haus, aber Billy war nicht da, er hatte während dieser Tage ein Mädchen kennengelernt, eine Italienerin, und man konnte ihn nicht so leicht finden.

Moropoulos hatte Tony aufgelesen.

My god, rief er, als er ihn an der Tür sah. Komm schnell rein, *gamó tin panaghía mou*.

Eleni hatte Watte und Alkohol und kalte Kompressen geholt. Und während sie still blieb, wurde Moropoulos mit seinem Gejammer immer lauter.

Wer hat denn das gemacht? Was hast du angestellt, daß das passiert ist? Worauf hast du dich eingelassen? Ist der andere auch mit dabei?

Der »andere« war Billy.

Rück schon raus, Mann, *drugs*, oder was?

Nein, Mister Harry.

Erzähl, was passiert ist, oder ich schlag dir den Schädel ein.

So ’ne kleine Verwicklung.

Hältst du mich für *stupid*, Mann? Machst du Geschäfte mit Mafiosi? Raus damit.

Tony hatte seine liebe Mühe, den Fragen auszuweichen. Nachdem das Blut aus Mund und Nase gestoppt war, tat ihm alles weh, er war voller Blutergüsse. Er konnte kaum noch lächeln vor Schmerzen. Er setzte sich mit Harry und Eleni zu Tisch; und das war das letzte Mal, daß er sie sah. Sie aßen Omelette mit Paprikaschoten und hinterher Möhrenkuchen; Eleni machte ihn wunderbar. Während sie aßen, ließ Tony seine Blicke auf ihnen ruhen und dachte, daß sie bessere Eltern als seine wären und daß sein Leben auch besser gelaufen wäre, wenn er bei ihnen gelebt hätte.

Iß, sagte Moropoulos. Iß, du gefällst mir nämlich überhaupt nicht.

Eleni lächelte ihm zu. Schade, daß Billy nicht da ist, sagte sie.

Noch so ein Versager, sagte Moropoulos. Entweder ist er mit Weibern unterwegs oder mit Autos. Es entstand eine kurze Stille, dann fragte er wieder: Ist Vassilakis auch mit drin? Raus damit.

Nein, Mister Harry, sagte Tony, auch wenn nicht ohne Schmerzen sprechen konnte; er hätte brüllen können vor Schmerzen. Ich schwör es ihnen.

Auch wenn du es schwörst, kräht kein Hahn danach. Ihr glaubt doch an nichts, Mann, ihr habt ja keinen Gott!

Als Tony ging, war es spät; aber Billy war noch nicht zurück. Eleni steckte ihm ein Gläschen Sirupfrüchte zu, da hast du kandierte Walnüsse, von mir selbst eingelegt, sagte sie. Tony nahm es und wunderte sich, wie Eleni Walnüsse in Sirup legen konnte – er küßte sie auf die Wange, flüchtig; und sie klopfte ihm zärtlich auf die Schulter, und wieder spürte Tony, daß etwas passieren würde, was sonst keiner wußte.

Es passierte auch etwas, was er besser nicht gewußt hätte: Rook und die anderen brachen in Pixys Eisenwarenladen ein, in Billys und Tonys Nachbarschaft. Und Tony spürte, daß das Leben um so leichter war, je weniger man wußte. Er hatte nicht mitmachen wollen, er hatte gesagt: Menschenskinder, ich bin da drin groß geworden, meine Mutter hat mich dorthin einkaufen geschickt. Wir haben da Schlüssel machen lassen und Werkzeug gekauft. Rook hatte den Kopf geschüttelt: Hey, so kommen wir nicht vorwärts, hatte er gemeint. Mit solchen Sentimentalitäten kommen wir nicht voran. Aber Tony ließ sich nicht umstimmen, und er befürchtete sogar, es könnte etwas danebengehen und Pixy dabei etwas zustoßen.

Aber halblang, Jungs, hey? sagte er. Und schämte sich, weil er wußte, daß sie ihr die Kasse ausrauben würden und er nichts dagegen tun konnte.

Sie raubten ihr die Kasse aus; sie stürmten den Laden mit den Eisenwaren, Kurzwaren und Plastikwaren, machten die Kassenschublade auf und ließen dreihundertzwanzig Dollar mitgehen. Pixy tat nichts – sie sagte: Nehmt alles mit und zischt ab, zum Teufel mit euch, ihr Scheißkerle. Und als sie mit dem Geld abrauschten, brüllte sie ihnen nach: Wollt ihr vielleicht auch noch ein paar Haarspangen?

Tony vernahm die Geschichte von beiden Seiten, und sie war beidesmal gleich. Als Pixy sie ihm erzählte, wäre er am liebsten im Erdboden versunken – er hatte es vermieden, bei dem Eisenwarengeschäft vorbeizugehen, aber eines Tages traf er Pixy in der Getränkehandlung, und sie erzählte es ihm in allen Einzelheiten; Tony fragte sich, ob ihr wohl der Gedanke gekommen war, daß er die Einbrecher kennen könnte. Er betrachtete ihre gebleichten Haare, die schwarzen Wurzeln, die unter den blonden Strähnen herauskamen, und ihre großen Hände, die Billy und ihm über so viele Jahre hinweg Nägel, Kabel, Klebeband und Schrauben gereicht hatten, die ganzen Dinge, die Ed Farina und Harry Morrow zum Handwerkeln brauchten. Zum Schluß hatte ihm Pixy noch leicht über die Wange gestrichen und gesagt:

Ach, Tony, du bist ein netter Kerl. Du bist ein sehr netter Kerl. Ihre Hand blieb in der Luft hängen, und Tony nahm sie und drückte sie. Als Pixy mit ihren Getränken abzog, blieb Tony noch ein bißchen wie verloren da stehen und mußte an Linda denken, vielleicht sollte er einfach alles sausenlassen und zu ihr gehen, um ihr zu sagen, okay, ich nehm eine Arbeit an, ich werd ein anständiger Mensch und so weiter. Seitdem hatte er noch oft daran denken müssen; er war sogar an einem dieser Sommerabende mit dem Mustang bis vor ihr Haus gefahren und hatte dort haltgemacht – er hatte nach ihrem Fenster Ausschau gehalten, aber kein Licht gesehen, alles war dunkel, als wäre sie schon eingeschlafen oder gestorben: Tony war niedergeschlagen. Er saß dort in seinem Auto und wartete, ohne zu wissen, worauf er wartete. Es tat sich nichts, kein Fenster wurde hell und keiner kam aus dem Haus oder aus der Garage. Er startete den Motor und fuhr weg, er ließ sich nicht mehr in ihrer Gegend sehen.

In der darauffolgenden Woche machten sie einen Überfall auf den Drugstore in Niles. Es war eine Dummheit, Tony wußte es auch, aber er ging mit den beiden aus Detroit mit, sie stürmten mit Pistolen hinein – es war eine große Dummheit und dilettantisch und bescheuert. Der Kassierer ließ sich nicht einschüchtern, er hatte gemerkt, daß Tony kein Mörder war, er drückte auf den Alarmknopf, und im Handumdrehen war die Polizei zur Stelle. Sie war eigentlich nie im Handumdrehen zur Stelle, aber diesmal war es eben so. Sie wurden gefaßt.

Als sie später im Untersuchungsgefängnis sagten, Tony habe das Recht, zwei Telefonanrufe zu machen, machte er keinen. Wenn er einen gemacht hätte, hätte er Billy und Harry Morrow angerufen – aber er tat es nicht. Er rief niemanden an. Auch aus dem Ryan-Gefängnis in Detroit rief er niemanden an. Dann verlegten sie ihn – in Handschellen – in das Staatsgefängnis von Jackson in South Michigan.

*

ES WAR das größte Gefängnis mit einer Mauer. In dem Flügel, in den Tony gesteckt wurde, gab es vor allem Drogenhändler, manche waren Crack- und Heroinpusher und andere waren einfache Dealer, Junkies, die böse in etwas hineingezogen worden waren. Einer, Gary Fannon, war wegen Kokainhandel zu lebenslänglich verurteilt worden – obwohl er doch erst achtzehn war. Sieben von zehn Gefangenen waren wegen Vergewaltigung verurteilt worden; die meisten waren Schwarze; sie kamen aus den Ghettos von Detroit und Lancing. Es war eine schlechte Zeit fürs Gefängnis, wie für alles andere auch: bevor Tony hineinkam, war ein Gefangener an Blutvergiftung gestorben – er hatte sich durch das Blut eines anderen infiziert, indem er sich eine Pulsader mit einer verrosteten Rasierklinge aufschnitt. Zur gleichen Zeit flog der Skandal mit dem Wasser auf – man hatte Trichloräthylen im Wasser gefunden. Die Gefangenen drohten mit einem Aufstand, und die Atmosphäre war geladen; alle wußten, daß Waffen in Umlauf waren – nicht nur Scheren und Messer, sondern richtige Schußwaffen. Am 4. Januar 91 – Tony war gerade ins Gefängnis gekommen – protestierte ein Gefangener, der wegen Drogenkonsum und -handel zu zwanzig Jahren verurteilt worden war, gegen seine Strafe; er machte einen Hungerstreik und starb. Neun Monate später tötete ein Verurteilter während eines Fluchtversuchs den Hilfssheriff, als man ihn unter Bewachung ins Jackson-Gefängnis verlegte. Während dieser Tage vergewaltigte und tötete ein ehemaliger Insasse – Leslie Allen Williams – vier Mädchen. Es folgten harte Schutzmaßnahmen für die Gefangenen, und der Winter schien lang und schwer zu werden. Während sich dies alles zutrug, flocht Tony Körbe, ohne zu begreifen, welchen Nutzen so viele Körbe haben sollten; die Gefangenen flochten eben Körbe, es sei denn, sie gehörten zu Gangs, dann hielt man sie in Isolierhaft. Die Mitglieder von Gangs fanden sie durch verschiedene psychologische Tests heraus, denen sie die Neuzugänge unterzogen; bevor man die einzelnen Gefangenen in ihren Zellen unterbrachte, wurden sie in Kategorien eingeteilt – asozial, *sehr* asozial, *gefährlich*. Die Letztgenannten hatten nicht das Recht, mit den anderen zusammen zu essen oder fernzusehen oder gemeinschaftlich zu duschen.

Außer der Wasserverunreinigung, den kalten Zellen und der drangvollen Enge – die Zahl der Gefangenen im Jackson-Gefängnis belief sich auf sechseinhalbtausend Mann – litt Tony unter einer ganzen Reihe anderer Dinge: unter dem Lärm – es gab ständig Radau auf den Gängen und in den Aufenthaltsräumen – und unter dem Licht, das die ganze Nacht anblieb. Er konnte nicht schlafen; in der Nachbarzelle lag ein Mensch aus Gary in Indiana wach – einer, der mit dem Maschinengewehr sieben Menschen umgelegt hatte.

*

In Michigan verbrachte Tony die letzten Monate seines Lebens. Nach den ersten schweigsamen Wochen, in denen er vergeblich gehofft hatte, daß man ihn in die Erziehungsanstalt für Jugendliche in Planefield in der Nähe von Indiana verlegen würde, rief er Billy an: er hatte das Recht, einmal im Monat ein Telefongespräch zu führen. Bring doch Comics mit, sagte er zu ihm. Zigaretten nicht, ich hab mit dem Rauchen aufgehört. Er las Comics und machte für sich allein Gymnastik – vierzig Liegestütze, vierzig Rumpfbeugen. Sie wurden jeden Tag nach dem Frühstück auf den Hof geführt – Tony rannte schlotternd auf und ab, machte Jogging, dachte, ich überlebe, ich komm hier mit Muskeln raus wie Andy Garcia (er mochte Andy Garcia), ich bekomm eine Strafaussetzung und fahr mit Dudes nach Chicago. Ich laß mir einen Pferdeschwanz wachsen wie Dudes, dann sind wir zwei Typen mit Pferdeschwänzen.

Man hatte ihm die Haare geschoren, und er wartete ungeduldig darauf, daß sie wieder länger wurden. Er dachte an Billy, ans *Roadhouse*, an Biere und Bourbon. Er wartete auf das Ende der Haft, um sich mit Billy in die nächtlichen Viertel zu stürzen und mit ihm die größten *spins* der Welt hinzulegen, aufs Gas zu treten und die Reifen heißlaufen, die Motoren aufheulen zu lassen. In die *Slippery Noodle* zu gehen und Avantgardeorchester zu hören. Manchmal packte ihn das heulende Elend, er rollte sich in der Ecke der Zelle zusammen und weinte, bekam Angstzustände und Anfälle von Klaustrophobie – das passierte selten; tagsüber versuchte er die meiste Zeit Freundschaften zu schließen, mit anderen Brettspiele zu machen und die Krimis von Rex Stout zu lesen (er wußte nicht, ob er ihm gefiel; er las Rex Stout, weil er *Hoosier* war) und in den Bildgeschichten von Snappy Sammy Smoot herumzublättern. Und die Körbe zu flechten. Aber nichts war unkompliziert; Tony teilte sich eine winzige Zelle mit noch zwei anderen; einem gleichaltrigen Schwarzen, der Jay Jay genannt wurde und sein halbes Leben im Knast verbracht hatte – er hatte lauter selbstgemachte Tätowierungen und machte den Mund nicht auf; was Tony über ihn wußte, hatte er von dem anderen erfahren, einem dürren älteren Typ, der Coup hieß und ständig über seine Krampfadern jammerte. Er zeigte seine Krampfadern vor, faßte an die aufgeschwollenen Adern an seinen Beinen und ächzte. Er behauptete, er sei aus Versehen eingesperrt worden. Da ist was schiefgelaufen, sagte er. Das findest du nicht heraus. In Wirklichkeit hatte er einen Menschen auf dem Gewissen – er hatte in einer Auseinandersetzung um Heroin einen erstochen. Ein Junkie bin ich aber nicht, sagte er. Er war wirklich keiner.

Jay Jay sagte nie etwas – vielleicht war er stumm, vielleicht hatte er einfach beschlossen, für immer den Mund zu halten – aber Coup redete ununterbrochen; er erzählte gräßliche Geschichten über die schlimmsten Gefängnisse, die er besucht hatte – das Gefängnis von Huntsville und das vom County Essex –, und daß ein Typ, der Vandiver hieß, ganze siebzehn Minuten dazu gebraucht habe, auf dem elektrischen Stuhl zu sterben; jawohl: der elektrische Stuhl des Staatsgefängnisses von Indiana sei kaputt. Dieser verfickte Stuhl hätte einen Schaden. Tony hörte ihm zu und versuchte an erfreuliche Dinge zu denken, an gutes Essen, schöne Autos und Musikstücke – und Coup machte weiter: Hast du von Paula Cooper gehört? Die hat zweiundzwanzigmal auf 'ne Alte eingestochen. *Zweiundzwanzigmal!* Kapiert? Hat sie quasi in Scheiben geschnipselt. Die ham se auf den Stuhl geschickt, und der Papst hat sie gerettet.

Wie hat sie der Papst gerettet?

Er hat gesagt, sie solln Mitleid haben, weil sie minderjährig ist.

Tony hatte dieselben Stories bereits Dutzende von Malen gehört. Er übte sich in Geduld.

Die Katholiken wolln den elektrischen Stuhl in Indiana abschaffen.

Ah ja.

Nicht bloß den Stuhl, auch den Galgen und alles.

Klar, sagte Tony. Alles.

Und trotzdem waren weder Jay Jay noch Coup besonders schlimm, und Tony zog sie anderen vor, die er im Speisesaal traf. Coup sagte sogar »Baron« zu ihm, Tony verstand nicht, weshalb. Du trägst die Uniform wie einen Frack, sagte er eines Tages zu ihm. Die Uniform war ein Overall, der ein bißchen aussah wie der, den Dudes in Brunos Werkstatt trug. Es war nicht genug Platz für alle drei vorhanden; Tony meinte immer wieder, er müßte ersticken, die Luft würde dünner, ihm tat die Brust weh – er ging zum Gitter und sog die Luft des Flurs tief in sich ein. Er wartete auf die Zeit, wo man sie in den Freizeitraum brachte, um mehr Luft zu kriegen – aber dort konnte er auch nicht atmen. Er war an schnelle Dinge gewöhnt, doch im Gefängnis ging alles langsam, als hätte man die Zeit eingefroren.

Am ersten Junisonntag kamen Dudes und sein Vetter Telis gemeinsam zu Besuch. Tony dachte, was für ein schöner Sommertag, wie viele werden wohl heute den Schulabschluß gekriegt haben, wie viele den Führerschein machen, wie viele eine Geburtstagsparty feiern, wie viele werden erzählen, was sie beim Autorennen in Indianapolis gesehen haben – und ihn überfiel ein Gefühl der Verzweiflung. Sie brachten ihm einen Walkman mit – den hatten sie mit knapper Not durch die Kontrolle gebracht, der Verantwortliche hatte ihn untersucht, ihn aufgemacht, die Batterien herausgenommen, sie wieder eingesetzt, er wollte ihn auseinandernehmen; schließlich gelangte der Walkman mit zwei Kassetten in Tonys Hände: eine mit Stücken von Wes Montgomery,

Chet Baker, Dinah Washington und die andere mit griechischer Musik, die Telis aufgenommen hatte – Charóula Alexíou, Jórgos Daláras und Mitropános. Als er sie hörte, war er ganz weg, er wollte sie auch den Stummen und den anderen, Coup, anhören lassen, aber Jay Jay hatte keine Lust – er machte eine Bewegung wie »Laß mich in Ruhe«. Und Coup warf sich auf seine Pritsche und schlief ein, er beachtete ihn nicht, was er normalerweise eigentlich tat.

Tony setzte den Kopfhörer auf und hörte Wes, und es hätte ihn beinahe zerrissen, er hatte Angst, er würde am Herzleiden sterben wie Wes – wenn er auch immer gedacht hatte, daß er das Schicksal von Charlie Christian haben würde, der durch den fehlenden Schlaf und die nächtlichen Exzesse in die andere Welt hinübergegangen war. Und dann sagte er wiederholte Male zu sich, alles kommt wieder in Ordnung, alles wird gut, und lächelte sich selber zu, um sich Mut zu machen. Jay Jay, der ihn auf seiner Pritsche hockend beobachtete, machte mit dem Finger eine Drehbewegung an der Schläfe: Spinnst du? Tony lächelte weiter.

Begnadigung

Er lächelte jeden Tag, etwa acht Monate lang. In den letzten Tagen hatte er in der Gefängnisbibliothek – möge sie Gott zu einer Bibliothek werden lassen – das Buch *Raintree County* von Ross Lockridge gefunden; und er hatte beschlossen, die Seiten zu lesen, die er ausgelassen hatte. Aber er konnte sich nicht konzentrieren, und er war deprimiert. Er dachte an Charlie Christian, der sogar noch im Krankenhausbett Parties gefeiert hatte, während er an Tuberkulose gestorben war; und letzten Endes war es Charlie gelungen, sechsundzwanzig Jahre zu leben, das heißt fünf Jahre mehr, als Tony alt war. Und das sagte sich Tony immer wieder vor und versuchte zu leben: er war in allem gehorsam, tauchte unter die Oberfläche ab, damit nichts sichtbar wurde; ließ die Zeit verstreichen, denn die Zeit war auf seiner Seite. Und er vermied sogar daran zu denken, daß er Scheiße gebaut hatte – du hast alles versaut, wie seine Mutter immer zu ihm gesagt hatte, und Linda hätte ihr sicher zugestimmt. Er versuchte weder an Linda noch an seinen Vater zu denken – dein Vater vegetiert nur noch vor sich hin, hatte ihm Vi eines Tages gesagt. Er *vegetiert.*

Er konnte sich das nicht vorstellen.

Vi war ihn zweimal besuchen gekommen: einmal weinte sie, sie sagte, ich weine, weil ich stinkwütend bin, hörst du? *Nur aus Wut.* Tony sagte nichts, er schaute sie nur durch die Glasscheibe an. Das zweite Mal war sie beinahe heiter, sie sagte zu ihm, alle habt ihr mich gequält, aber scheiß drauf, das ist wohl mein Schicksal. Mach zu, spiel das brave Kind, damit du hier ein Stück früher rauskommst. Mach zu. Ißt du auch gut?

Er aß Kartoffeln, Reis, Brot und Bohnen. Einmal in der Woche bekamen sie Speck, aber das war das pure Fett.

Schläfst du gut?

Er schlief mit der Decke über dem Kopf, weil ihn das Licht verrückt machte.

In den letzten Tagen, bevor er den Erlaß bekam, brachten sie einen Zurückgebliebenen in die Zelle. Einen geistig behinderten Menschen, der nicht einmal richtig sprechen konnte. Tony dachte, sein Lebensende stünde bevor, er würde verrückt. Aber da kam er heraus, auf Bewährung. Sie ließen allmählich die Kleinkriminellen frei, denn das Gefängnis war voll, wegen der Überfüllung begannen immer ernstere Übergriffe aufzutreten – der Regierungsvertreter fürchtete, es könne zu blutigen Zwischenfällen kommen; und es sollte noch mindestens ein Jahr dauern, bis das neue Gefängnis fertig war, das auf der Chicagoer West Side gebaut wurde. So kam Tony heraus: als sie es ihm eröffneten, meinte er, sie wollten ihn auf die Schippe nehmen, es sei einer von diesen groben Gefängniswitzen – auch wenn er täglich darauf wartete, daß jemand zu ihm käme und sagte, Farina, du bist frei, hau ab; als es ihm gesagt wurde, konnte er es nicht glauben. Zwei, drei Tage wartete er wie verloren – bis eines Freitags der Wärter kam (er trug immer eine kugelsichere Weste, was Tony beeindruckt hatte) und sagte, komm ein paar Wische unterschreiben, und dann nichts wie raus mit dir. Wir haben reichlich genug von dir gesehen. Mann, was schaust du mich denn so an wie ein Idiot? Komm, steh auf, oder bist du taub? Hat dich etwa der andere mit Stummheit angesteckt?

Tony hatte keinen informiert, deshalb wartete keiner auf ihn. Sie hatten ihm das Busticket nach South Bend ausgehändigt, und er stellte sich an die Bushaltestelle und wartete auf den Greyhound; er wartete und starrte den Highway an, als sähe er ihn zum ersten Mal. Und während der Fahrt starrte er auf die Herbstbäume, auf das orangefarbene und rote Laub, und hatte nach langer, langer Zeit das Gefühl, daß alle Stücke von Wes Montgomery wahr werden konnten.

Sie konnten – aber sie wurden es nicht. Denn im Dezember wurde Tony tot im See gefunden. Er wurde ertrunken gefunden. Die Polizei sagte, es sei ein Unfall gewesen, der Treibsand habe ihn mit sich gezogen; und die aus der Nachbarschaft sagten, es sei ein Verbrechen gewesen. Am Abend vor dem Ertrinken war Tony mit Billy zusammen im *Roadhouse* gewesen – Billy wollte Lucia um zwei Uhr vom Drugstore abholen –, sie hatten zusammen dort gesessen, die billige Biersorte getrunken, die in Milwaukee hergestellt wird – und an Kalifornien gedacht. Und danach hatte Tony sehr viel getrunken und war auf die Motorhaube der Schrottmühle, die er fuhr, geklettert, und hatte zum Himmel hinaufgebrüllt. Die Motorhaube hatte sich eingedellt.

Schau doch bloß, Dudes, hatte er gerufen, der Himmel sieht aus wie Erde. Und er hatte sich um sich selbst gedreht. Er hatte mit auseinandergereckten Armen dagestanden und schrille Schreie ausgestoßen und dabei in die Leere hinaufgestarrt.

Nach Tonys Tod dachte Dudes …

Nach Tonys Tod dachte Dudes allein an Kalifornien; er dachte auch an Tony – was sie gemeinsam vorgehabt hatten und was sie nicht gemacht hatten. Er dachte Tag und Nacht an ihn und fand keine Ruhe: er spürte, daß ihn Tonys Tod fertiggemacht hätte, wenn er in der Zwischenzeit nicht Lucia kennengelernt hätte. Wenige Tage nach dem Mord wäre im Hause Moropoulos beinahe ein Krieg ausgebrochen. Moropoulos sagte so etwa zu Billy: So wie du dir da und dort die Nächte um die Ohren haust, wirst du auch in was reingezogen, und wir finden dich dann zerstückelt in einem Graben – hier ist Amerika, es ist kein Witz, und Billy ging in die Luft, ja, *wo* ist es denn ein Witz? *Wo ist es ein Witz?* Einen Augenblick lang hätte er ihm beinahe entgegengehalten: Mann, fickst du denn nicht auch, Vater? Er sagte aber:

Ich hau mir nicht da und dort die Nächte um die Ohren.

Er fragte sich, ob er nicht endlich etwas über Lucia erzählen sollte, damit er der permanenten Ausfragerei entging. Und noch während er sich das fragte, fuhr sein Vater fort:

Den Bush haben wir doch aus Sicherheitsgründen gewählt, damit wir unsere Ruhe haben. Und wohin ist es gekommen? Man hat Angst herumzulaufen, das Land ist voller Saukerle.

Und dann sagte er noch: Ganz abgesehen davon, daß der jetzt auch noch mit dem Russen herumreist.

Billy wurde wütend, aber nur innerlich. Am meisten wurde er wütend, weil sein Vater, der vier beschissene Dollar die Stunde bekam, den Arsch »aus Sicherheitsgründen«

gewählt hatte – welche Sicherheit denn, du armer Schlucker, was hast du denn sicherzustellen; was hast du denn zu verlieren, Scheiß*wop* und Scheiß*spic*, dich wollen doch nicht mal die AHEPANs. Seine Mutter sagte gar nichts, sie wählte, was ihr Moropoulos sagte, ehemals Reagan, jetzt Bush, morgen wählte sie womöglich noch den Scheiß-Redneck, den vom Ku-Klux-Klan, der in Louisiana auf Tournee ging. Es war nicht so, daß sie Harry gehorchte, es war, daß sie zu ihm Vertrauen hatte; und daß sie von den Politikern nichts erwartete, sie erwartete alles von sich selbst.

So wiederholte sich die gewohnte Familienkrise, eine Krise, die immer zu Ostern und Weihnachten ausbrach, bei jeder Hochzeit und bei jeder Taufe, wenn Billy nicht in die Kirche gehen wollte und die griechischen Abende mit der Sippe überhatte. Normalerweise sagte Billy nichts, er schloß sich in sein Zimmer ein und drehte den Jazz laut auf, damit er seinen Vater nicht hörte. Aber dieser Tage war er soweit, wegen Tony oder Lucia alles kurz und klein zu schlagen – sein Vater brauchte nur eine blöde Bemerkung über die Nudelfresser, die Mafiosi, vielleicht auch die Trailerleute fallenzulassen – und schließlich war der Anlaß nun eben Bush.

Nicht daß Billy etwas von Politik verstand; er hatte keine Ahnung, wollte aber durchaus etwas lernen – als Tony diesen Aufsatz über Eugene Debs geschrieben hatte, der irgendwie Kommunist gewesen war, hatte sich Billy gedacht: Das gefällt mir. Und als Mrs. Normand-Parks an den Rand eines Nervenzusammenbruchs geraten war – obwohl sie versuchte, das nicht zu zeigen –, hätte Billy gern mehr über Politik gewußt, nur um es ihr reinzuwürgen. Das einzige, was Billy wußte, war, wenn man in South Bend in einem Holzhaus lebte und wenn man einen Schiet-Einundzwanzig-Zoll-Fernseher in einem Musikmöbel aus dem vorletzten Jahrzehnt hatte, nein, dann wählte man eben nicht den Scheiß-Bush – und auch nicht den Deppen Reagan. Und wenn man die ganze Zeit herumwinselte, ach, Griechenland, ach, die Heimat, dann wählte man doch zumindest den Gigerl aus Massachusetts[10]. Der abgesehen davon sowieso auf die Griechen schiß. Deshalb mokierte er sich über seinen Vater: Ja ja, sagte er, der Bush ist auch so ein Roter geworden. Wie Onkel Kostas.

Onkel Kostas war Moropoulos' Vetter – »Partisan im Bandenkrieg«, hatte Harry gesagt –, jetzt wohnte er in Athen und fertigte vergoldete Schmuckstücke an; er hatte ein kleines Lädchen, eine Art Kiosk. Billy hatte ihn nie gesehen, er hatte nur von ihm gehört.

Weißt du, warum ich nach Amerika gekommen bin, Vassilakis? fragte Moropoulos aggressiv, aber weniger, als Billy erwartet hatte. Damit ich der Armut und den Konservenbüchsen entgehe. Und weißt du, was ich sehe, Vassilakis? Der Armut bin ich nicht entgangen, und Konservenbüchsen gibt's hier auch nicht grade wenige.

Billy kam nicht recht mit. Er ging in sein Zimmer und schloß sich ein und begann über Tony Farina zu weinen: den hatten sie nicht mit Konservenbüchsen umgebracht[11], den hatten sie im vereisten See ertrinken lassen. Billy vergrub sein Gesicht im Kopfkissen und mußte noch ein bißchen länger weinen.

---

[10] Gemeint ist Michael Dukakis, der 1988 für die Präsidentschaft kandidiert hatte. (Anm. d. Autorin)

[11] Den kommunistischen Partisanen im griechischen Bürgerkrieg wird nachgesagt, sie hätten mit aufgeschnittenen Konservenbüchsen Greueltaten verübt. (Anm. d. Übers.)

Und er hätte jeden Abend weinen müssen, wenn nicht die Aussicht bestanden hätte, daß er Lucia sah. Doch in der Mitte des Winters sah er sie ganze drei Tage lang nicht: der Schneesturm war schuld; Billy fuhr nicht in die Werkstatt, die Straßen waren zugefroren. Auch bis zum Trailercamp konnte er nicht vordringen; obwohl die Schneeraupen ununterbrochen unterwegs waren, waren viele Häuser abgeschnitten, und die Landstraßen waren zu. Nicht einmal anrufen konnte er sie; im Trailer gab es kein Telefon. Billy fragte sich, wie man ohne Telefon leben konnte: ohne die Erwartung, daß einen jemand anrufen würde, um mit ihm alles mögliche zu bereden. Und wenn Lucia krank wurde? Wenn sie die 911 holen mußte? Billy blieb drei Tage lang in seinem Zimmer gefangen und hörte sich *Baby, it's Cold Outside* und andere Stücke von Wes an. Er versuchte, an keine traurigen Dinge zu denken und das kleine Büchlein zu lesen, das ihm Lucia gegeben hatte – die Gedichte von Elizabeth Bishop. Er fragte sich, ob alle Mädchen so auf Gedichte versessen waren – auch Stavroula hatte die ganze Zeit Gedichte gelesen, als sie jünger war, und die Tränen waren ihr in die Augen gestiegen, weil sie so rührend waren, wie sie sagte. Aber als Billy die Gedichte von Elizabeth Bishop durchblätterte, entdeckte er, daß sie von Reisen handelten, von entfernten nördlichen und südlichen Ländern – und sie erschienen ihm wie ein Versprechen. Er verbrachte das schlechte Wetter in der Gesellschaft der Gedichte, und es war eines dabei, an das er sich nachher noch lange erinnerte: Jede Nacht ziehen ihn künstliche Tunnel fort / und er träumt Träume, die immer wiederkommen.

Schließlich war der Schneesturm zu Ende, aber Billy spürte, daß sich in ihm etwas verändert hatte – und daß er nicht mehr leben konnte, indem er die Stücke von Wes

Montgomery anhörte oder darauf wartete, daß Tony aus dem Gefängnis kam, oder in Brunos Werkstatt arbeitete. Selbst bei Shane hatte er den Eindruck, er hätte ihn verraten; hätte er ein Jeep gehabt wie den von John Petrakis, dann hätte er den Schnee nicht fürchten müssen; aber der *Hot-rod* hatte ein ganz niedriges Chassis, und die Ketten nützten überhaupt nichts. Das Vorderteil, seine »mörderische« Stoßstange, lief Gefahr, sich in den Schnee einzugraben wie eine Schaufel. Billy mußte dauernd an Tony denken und an dieses eine Mal, wo sie mit der Schrottmühle an den See gefahren waren: auch damals hatte es geschneit – und Tony hatte gesagt, in Hawaii schneit es nie. Und dann, in Griechenland schneit es auch nicht, oder? Billy wußte nicht, was er ihm antworten sollte, er glaubte aber, daß es in Griechenland schon schneite – es gab doch so hohe Berge.

Trotz des Unwetters fuhr Billys Vater zur Arbeit – in die Insektizidfabrik »Alexander Chemical« –, er kam mit dem Firmenbus nach Hause, in einer Wolke von Schnee. Billy sah ihn an einem Nachmittag vom Fenster aus und hatte Mitleid mit ihm; er sah wie ein kaputter Schneemann aus.

Als die Straße wieder frei war, machte sich Billy eilig auf die Suche nach Lucia; sie verabredeten sich am alten Zug in Jimtown; die Straße, die zu den Trailern führte, war noch nicht befahrbar. Lucia hatte gelernt, sich ohne Auto fortzubewegen; sie lief viel zu Fuß, machte Autostop, hielt die Busse an, selbst wenn sie keine Haltestelle hatten; sie verabredete sich mit Billy an den unwahrscheinlichsten Plätzen, obwohl er darauf bestand, sie mit dem *Hot-rod* überallhin zu bringen. Er mochte die Vorstellung nicht, daß sie alleine auf den Highways unterwegs war – und war auf sich selbst böse, er dachte, ich komme noch soweit wie mein Vater, ich werde so wie die sizilianischen Verlobten.

Sie trafen sich in Jimtown an den verlassenen Eisenbahnwaggons: Billy sah sie von einem Laster heruntersteigen und mit Drooby im Schlepptau über den glatten Schnee auf ihn zubalancieren – sie hielt ihn nicht an der Leine; der Hund schien nur mit Mühe auf dem Eis voranzukommen. Als sie in der Nähe des *Hot-rod* waren, stieg Billy aus und machte zwei Schritte auf sie zu – Lucia stockte ein bißchen, dann nahm sie ihn ganz fest in die Arme, als hätten sie sich jahrelang nicht gesehen. Sie hatte eine Papiertüte mit zwei McDonald's-Sandwichs und zwei Dosen Kakao mitgebracht. Billy überlegte, wie es wäre, wenn sie in einer großen Stadt leben würden, in einer sonnenüberfluteten Stadt voller Tanzlokale am Meer und mit Jazzkonzerten im Freien – und bemitleidete sich selbst, wie er seinen Vater bemitleidet hatte. Sie gingen in den Waggon und setzten sich auf einen ausgeleierten Sitz, er war nicht besonders staubig, Billy nahm an, daß die Kinder aus der Schule von Jimtown bei gutem Wetter hier drinnen spielten. Drooby stellte sich neben die Tür und wirkte trauriger als je zuvor – seine Augen waren sehr rot, und sein Atem ging schwer, wie manchmal bei Lucia, die ja ihr Asthma hatte. Da hätte Billy beinahe zu weinen angefangen; diesmal nicht wegen Tony Farina, sondern weil er so froh war, Lucia zu sehen, die er lebendig und warm neben sich hatte in ihrem Wollkleidchen und diesem alten Mantel mit den zwei riesigen runden Knöpfen vorne. Sie aßen die Sandwichs und tranken den Kakao mit dem Strohhalm; und als er sie so betrachtete, wie sie die Lippen ein bißchen kräuselte, während sie ihren Kakao schlürfte, spürte er, daß er unendlich glücklich war, weil er sie gefunden hatte. Weil Lucia da war, real war; und als sie ihren Kakao zu Ende hatte und das Röhrchen in der Dose zu blubbern anfing, nahm Billy sie ihr aus der Hand, stellte sie neben sich auf dem Sitz ab und hob Lucia sanft hoch, er ließ sie auf sich sitzen. Sie lächelte und küßte ihn auf diese langsame und feuchte Art und zog dabei unter dem Mantel das Kleid hoch.

Billy hatte schon andere Mädchen sich in null Komma nichts ausziehen sehen. Conny hatte ihre Kleider abgestreift, sie sorgfältig zusammengefaltet und sich pudelnackt neben ihn gesetzt, die Hände auf den Knien – oder sie hatte ihm das T-Shirt hochgeschoben und ihm die Taille geleckt; und Letty hatte urplötzlich den Pulli ausgezogen und nichts darunter gehabt. Sie hatte ihn fast mitten auf der Straße ausgezogen und ihm ihre zwei spitzen Brüstchen gezeigt. (Danach war sie Nonne geworden, sie war irgendwo im Süden in ein Kloster gegangen.) Aber Lucia tat etwas, was man nicht beschreiben konnte – man konnte es nicht erzählen. Manchmal nahm sie seine Hand und steckte sie unter ihr Oberteil auf den blanken Busen, hörst du mein Herz? sagte sie. Hörst du's? fragte sie, als müßte er es unbedingt hören, weil es sonst nicht schlagen würde. Dann stellte sie noch andere Fragen, wonach rieche ich? *Wie* rieche ich? *Wo* rieche ich am besten? Billy wußte nicht, was er antworten sollte, sie schien ihm überall herrlich zu riechen. Sie roch nach Zimt und Rosen und Meer, obwohl Billy das Meer noch nie gesehen hatte und seinen Geruch gar nicht kannte.

Als Telis Lucia zum ersten Mal sah – er war ganz scharf darauf, sie kennenzulernen –, sagte er zu ihr:

Warum hustest du denn so, Mädchen? Und dann beging er wieder diese Blödheit und erzählte von seinem Großvater, wie der immer hustete und spuckte. Er beschrieb den Auswurf seines Großvaters. Er kannte kein Halten. Sie gingen Hamburger essen, und er setzte sich ihr gegenüber und überschüttete sie mit Fragen: Warum hast du so eine Aussprache, du hast so ein komisches L, woher kommst du, wo wohnst du, hast du Eltern und so weiter. Er erzählte ihr, er habe gehört, der Aspromonte sei so ähnlich wie Arkadien, ja, sagte er, die Berge gehen bis hinunter zum Meer. Und außerdem gibt es da unten auch griechischsprachige Dörfer, hast du das gewußt, Dudes? Du hast es nicht gewußt, ej? Byzantinische Dörfer!

Na bitte, dachte Billy, er kennt nicht nur den verdammten Aspromonte, er spielt auch noch den Schlaumeier. »Byzantinische Dörfer!« – War das nicht dort, wo sie an Malaria gestorben sind? fragte Billy. Aber Telis ignorierte ihn und fing wieder die Leier mit Arkadien an, wie schön es sei, die Gebirgskämme, die wilden Berge, die Schluchten. Ej, Dudes? fragte er immer wieder, aber das einzige Arkadien, das Billy kannte, war der Arcadia Ballroom in New York, der Saal, in dem die besten Jazzer gespielt hatten. In dem Moment hätte er Telis am liebsten umgebracht, er dachte, daß er genau wie Onkel Andy, sein Vater, war. Er war ein *busybody*. Und ihm fuhr durch den Kopf, daß Telis mit Lucia flirtete: Du siehst einer Schauspielerin ähnlich, sagte er zu ihr, einer mit einem italienischen Namen, wie heißt sie denn noch, Annabella, Isabella, so eine mit Augen so groß wie Kaffeetassen! Mensch, Dudes, wie hieß die denn noch, die in dem Film mit Matt Dillon mitgespielt hat? In *Mr. Wonderful*? Billy zählte von eins bis zehn, eins, zwei, drei, damit sein Zorn abkühlte und er Telis keine reinhauen mußte – und er stöhnte immer wieder auf, sagte: Was sind das denn für Scheißpommes, gib mir mal das Ketchup her, reich mir den Senf rüber, und stöhnte wieder auf. Doch Telis betete alle italienischen Wörter, die er kannte, herunter, *buona sera, come stai, bella, bellissima, cara, carina*, und Billy hatte das Gefühl, daß er demnächst Lucias Schenkel anfassen müsse, daß er sich über den Tisch beugen und sie küssen müsse. Aber er passierte nichts dergleichen, der arme Telis kaute unschuldig an seinen Pommes; und unter all dem anderen sagte er noch zu ihr, ach ja, du gehst doch aufs Staatliche, ich hab mich auch beworben.

Wie bitte? fragte Billy. Wo hast du dich beworben?

Am College. Am staatlichen.

Welchem College? Du gehst aufs College?

Ej, ja, Mann, Dudes, ich gehe –

Du gehst, echote Billy. Und was studierst du?

Die beknackte *business administration*, was denn sonst, Hauswirtschaft etwa? Telis wandte sich zu Lucia und lachte.

Und du hast dich beworben? Und mir nichts erzählt? machte Billy weiter.

Schon gut, Dudes, schlag mich nicht gleich. Ich sag's dir doch jetzt. Was bin ich dir eigentlich schuldig, bin ich etwa dein Lover? Hör dir den Kerl an!

Mann, sag doch, warum hast du nichts erzählt? Warum?

Ich sag's dir doch jetzt, Bruderherz – komm runter, Mann. *Tough Jesus.*

Ja, aber wolltest du denn nicht eigentlich ein Sportstipendium? Wolltest du nicht Basketballspieler werden? bohrte Billy weiter. Es ging ihm an die Nieren.

Und wann kriegst du die Antwort? fragte er schließlich noch.

Demnächst – bis Ende des Monats.

Du gehst in das, wo Lucia auch hingeht?

Ach was, nein, wahrscheinlich in das in Evansville.

In welches? In Evansville? In *Evansville*?

Mann, Dudes, in Kack-E-v-a-n-s-v-i-l-l-e, hab ich gesagt, ich hab nicht Kack-Paris gesagt, warum kommt dir denn das so komisch vor? sagte Telis mit einem Blick auf Lucia.

Weil es Jot-we-dee ist, machte Billy weiter.

Ich wohne drinnen.

Wo drinnen?

Im Campus, Dudes. C-a-m-p-u-s.

Du gehst aufs College. Du wohnst im Campus.

Ja, Dudes, Mann, ich wohne im Campus. Mit noch anderen eintausendfünfhundert Leuten. Im Studentenheim, in den Schlafräumen. Stu-den-ten-heim. Schlaf-räu-me.

Cam-pus. Telis konnte nicht begreifen, weshalb Billy so fassungslos war.

Du machst Scheiß?

Nein, Dudes, ich mach keinen Scheiß.

In Evansville gibt es doch Überschwemmungen, sagte Lucia. Der Ohio tritt über die Ufer.

Telis fing zu lachen an.

Ich hoffe, ich bleib verschont, sagte er und kaute geräuschvoll an seinem Hamburger. Nach jedem Biß klappte er ihn auf und tat noch mehr Senf dazu.

Billy schluckte seinen Happen unzerkaut hinunter. Evansville! Sein ganzes Leben lang hatte Telis gesagt: Ach, Mensch, Dudes, wenn wir bloß nach Europa fahren könnten, nach Italien, nach Spanien, so etwas hatte er immer gesagt. Und daß Billy und Tony anachronistisch seien, weil sie in den Westen fahren wollten – wo glaubt ihr denn, daß ihr euch befindet? Im Zeitalter der Entdeckungen? Und was ist denn schon der verdammte Westen, Mann, *guys*? Du nimmst das beknackte Flugzeug und bist in allerhöchstens fünf Stündchen in San Francisco. Die Stadt kann mir gestohlen bleiben. Telis gefiel Kanada – er wollte mit ihnen über die Brücke fahren, nach Windsor, um erzählen zu können, er wäre im Ausland gewesen. Griechenland galt nicht als Ausland – für Telis war Griechenland die Heimat. Aber von Evansville hatte er nie etwas gesagt.

Billy dachte traurig an Tony; der eine stirbt, dachte er, und der andere geht in das beschissene Bloomington, um ein Basketballstar zu werden, und der hier geht weg und studiert am anderen Ende des Bundesstaates – in einer Grenzstadt voller Landeier, wo nicht ein einziges Autorennen stattfindet. Er sah sich allein in South Bend vor sich, zwischen den Tankstellenschildern, den Leuchtschriften und den Verkehrszeichen; einen Augenblick lang empfand er Panik, und dann Dankbarkeit für Lucia. Er sah sie an, wie sie im grellweißen

Licht der Imbißbude neben ihm saß und mit dem Strohhalm an einem Schokoladenshake trank; Billy fragte sich, was er getan hatte, um sie zu verdienen. In dieser Nacht hatte er einen seltsamen Traum: wie Lucia in der Mitte einer riesigen Ranch, einer gelben Einöde stand; sie stand da und hatte die Arme zum Himmel gestreckt, als ob sie tanzte, als ob sie herumwirbelte – und dann sah er sie Kirschen essend auf sich zukommend, von den Kirschen war ihr Mund knallrot.

Telis hatte auch einen Traum …

Telis hatte auch einen Traum: er träumte von Lucia, aber er war sich nicht sicher, daß es Lucia war. Sie kam ihm sehr schön vor, mit schwarzen Augen wie bei einer Amerikanerin mit italienischem Namen, die im Film spielte, mit einem runden rosa Mund, der aussah, als würde er ihm einen ganz dicken Kuß schicken. Das Mädchen stand lächelnd in der Mitte des Dorfplatzes in Archontiki in Arkadien, wo der Bruder seiner Mutter das Kafenio hatte. Dann wurde der Platz kleiner, und Telis sah in seinem Traum Arcadia, einen Nachbarbezirk von Indianapolis; als er mit Dudes dort durchgekommen war, hatte er gedacht, daß sie wirklich in einer Einöde lebten, daß es um sie herum überhaupt nichts gab. Aber Telis war sich nicht sicher, daß er von Lucia geträumt hatte; ja hoffentlich hatte er nicht von ihr geträumt, denn sie war doch das Mädchen von Dudes, und Dudes hatte eine Schwäche für sie. Im übrigen kümmerte sich Telis in letzter Zeit nicht besonders um Frauen; er hatte seine Zukunft im Auge, die Universität, den Campus, und dann das kleine Unternehmen seines Vaters, das überleben und wachsen sollte. Aber trotzdem, es war schon beeindruckend – das Mädchen Lucia: eine Amerikanerin der zweiten Generation, und man hatte sie nicht zum Beispiel Lucy oder Lucille getauft, sondern Lucia, als befände sie sich noch in dem Land mit den Oliven und den Bergamottefrüchten. Aus Bergamotte machte Telis' Mutter eingelegte Sirupfrüchte in hellem Orange. Lucia hatte ihm erzählt, Kalabrien, und besonders die Gegend von Catanzaro, sei für Kastanien und

Bergamottefrüchte berühmt – und dabei hatte er immer gedacht, Bergamotte sei eine griechische Spezialität. Telis fragte sich immer, wo Billy in Gottes Namen so schöne Weiber auftrieb und warum für ihn nur die Dicken abfielen. Und das, obwohl er besser Basketball spielte, obwohl er der Held des Schulsports war – nach Ray allerdings, der der Superstar war. Du hast eben das Knöchlein der Fledermaus, also wirklich, sagte er zu Billy, sogar meine Schwester ist in dich verschossen. Du bist ihr Idol. Billy schaute ihn mit offenem Mund an: Was bedeutet das mit dem Knöchlein der Fledermaus, *damn it*? Woher hast du solche Ausdrücke, *fuck you*? Telis brüstete sich damit, daß er richtiges Griechisch konnte, nicht Gräkoamerikanisch; er hatte die griechische Schule mit Eins abgeschlossen und las griechische Bücher und Diasporazeitungen, Biographien von Emigranten, Berichte von Griechen, die in die Neue Welt gekommen waren. Jedes Jahr holte er sich das Jahrbuch der Amerikagriechen und lernte es beinahe auswendig; er informierte Billy über die gräkoamerikanischen Ereignisse des Jahres: Dudes, dieses Jahr hat Nicholas Gage ein Buch herausgegeben – wer ist denn Nicholas Gage, fragte sich Billy[12] –, und ab und zu schickte Telis einen kleinen Artikel an die griechische Zeitung von Chicago, Korrespondenzen aus South Bend – stell dir vor, sagte er, ich werd noch Journalist. Das wird super! Im übrigen teilte sich die Welt für Telis in zwei Kategorien: in Griechen und Barbaren – in Orthodoxe und Protestanten; und die Katholiken, die hatte er in seiner Einteilung überhaupt nicht vorgesehen. Für Billy dagegen teilten sich die Leute in Gescheite und Dumme, in Liberale und Rednecks – du, mein Junge, sagte Telis zu ihm, bist im Zeitalter des Bür-

---

[12] Der Verfasser der Bücher *Eleni* und *Elenis Kinder*, die auch in Deutschland Aufsehen erregten. (Anm. d. Übers.)

gerkriegs und der Sklavenbefreiung steckengeblieben, du bist ein geborener Yankee. Ein *Abolitionist*, sozusagen.

An dem Abend, als Telis Billy von Evansville erzählt hatte, war ihm selbst bewußt geworden, daß er von zu Hause und von seiner Mama wegging, die knusprige Spinatpitta mit einem herrlichen selbstgemachten Teig backen konnte – seine Leibspeise. Er lächelte zufrieden vor sich hin – er würde da runtergehen und sich austoben: die besten Protestantinnen würde er finden, die einen in Ruhe ficken ließen und einem nicht den Kopf mit Verlobung und Heirat volldröhnten. Nicht wie die Griechinnen, die er in der Kirche kennengelernt hatte, die man nur im Schweiße des Angesichts in die Horizontale bringt, und wenn man es dann geschafft hat, heißt es die ganze Zeit, komm mit nach Hause zum Essen, komm am Sonntag auf einen Kaffee mit Papa und Mama und so weiter und so fort. Aber Telis war nun eben diese Sorte beschieden, mit denen ging er aus. Einmal, als er Jean Pauls angebaggert hatte, die eine Aristokratin und ein Snob war – er hatte sie angebaggert, weil er wußte, daß Dudes darauf pfiff, er ging damals gerade mit Conny – jedenfalls hatte ihm Jean da eine Abfuhr gegeben. Dann hatte sie auch Dudes eine Abfuhr gegeben und hatte mit einem Arsch angebändelt, der sogar werktags Krawatte trug. Und ein anderes Mal hatte sich Telis an Rays Braut herangemacht, und die kicherte, hihihi, es hatte ihr gefallen – aber nach der Party ging sie dann natürlich wieder mit Ray weg, und wenn er sie seitdem auf der Straße traf, lächelte sie ihm zu und sagte Baby zu ihm. Was sollte Telis mit dem Lächeln und dem »Baby« – er wollte *Taten*. Als er in der Taverne seines Vaters arbeitete, machten ihm alle möglichen gräkoamerikanischen Damen den Hof, aber was sollte er tun, sollte er sich etwa mit ihnen auf der Toilette verabreden? Er wußte nicht, was er tun sollte – er stand mit dem *Pastitsio* da und hatte Angst, ihm würden die Teller aus der Hand rutschen. Außerdem sagte sein Vater ständig zu ihm, paß auf, daß dich keine rumkriegt – als wäre er ein Schnäppchen. Außer den Dicken und den Griechinnen wollten einen gar keine Frauen herumkriegen. Nicht einmal Dudes, der als schön galt. Aber vielleicht will Lucia Dudes herumkriegen, überlegte sich Telis. Und wenn sie ihn herumkriegt? Wenn sie ihn zum Katholiken macht?

Zwei Wochen nach dem Abend mit den Hamburgern und den Träumen bekam Telis die Antwort von der Universität von South Indiana: sie hatten ihn angenommen, und seine Vorlesungen begannen im Frühjahrstrimester. Kaum hatte er den Brief erhalten, begann er einen Freudentanz aufzuführen und Mama, Mama zu schreien – seine Mutter kam in die Diele gerannt, und Telis faßte sie um die Taille und hob sie hoch, obwohl sie achtzig Kilo wog.

Jesus, Mama, bist du schwer geworden, sagte er und hoppelte weiter herum wie ein Hase.

Seine Mutter wurde besorgt: Wohin gehst du, ist es weit weg, konntest du denn nicht irgendwo hier einen Platz finden, zu Hause wohnen –

Aber Telis hatte sich gar nicht an der lokalen Universität beworben; er hatte fälschlicherweise behauptet, er hätte es getan, und sie hätten ihn nicht angenommen. Er hatte sich eine leichte Provinzuniversität auf der anderen Seite des Bundesstaates ausgesucht, an der Grenze nach Kentucky, am Nordufer des Flusses Ohio; die großen Städte flößten ihm einen Schrecken ein – Evansville war genau das richtige; er wollte aus dem Haus seiner Eltern fort, wollte irgendwo allein sein, weit weg von dem Viertel, wo ihn alle kannten, auch weit weg von Dudes, der die besten Bräute flachlegte und einen *Hot-rod* fuhr, und ihn noch dazu mit einer Coolness fuhr, die man irgendwie sexy nennen konnte. Denen wollte er allen entkommen, und er dachte voller Gewissensbisse an Tony Farina, denn er hatte ihm ein- oder zweimal den Tod gewünscht – Tony war Dudes' bester Freund, und er hatte etwas, hatte *etwas*, eine Leichtigkeit, eine *amerikanische* Leichtigkeit; wenn den erst die Frauen anschauten! Aber er achtete nicht besonders darauf. Was war wohl mit diesem Kolossalweib passiert, überlegte sich Telis, aber er fragte nicht nach, denn er brachte den Mut nicht auf; Linda erschien ihm überirdisch – vor allem, wenn sie Schlagzeug spielte; er hatte sie nicht spielen sehen, aber er stellte sich vor, wie sie auf die Metallteller drosch und mit dem Fuß das Pedal bediente. Linda war nicht Tonys einzige Errungenschaft, wenn es überhaupt eine Errungenschaft war; denn sie hatte ihn verlassen, nicht Tony hatte sie verlassen. Aber Tony hatte auch Glück beim Pokern, er spielte mit einem Stil, mit einer Lässigkeit, als hätte er seit seiner Geburt nichts anderes getan, als hätte sein Leben mit Zocken begonnen – er war ein Loser, aber ein Loser mit einem gewissen *Etwas*. Und außerdem hatte er diese ganzen Phantastereien wegen Reisen nach Kalifornien mit Billy geteilt, als lebten sie im Zeitalter der Expeditionen, als sei das Leben ein gewaltiger Western mit Goldgräbern. Aber freilich war Tony gestorben, und wie sollte er auch nicht sterben, wenn er doch auf dem Bartresen tanzte und schrie: Ich bin ein verwundeter Falke – lauter solche Dinge hatte er von sich gegeben, übertrieben und unverständlich. Solche *dramatischen* Kundgebungen hatte er immer gemacht.

Der Brief von Evansville kam am 15. Februar; Telis hatte sich am 1. März an der Universität einzufinden. Er war sicher gewesen, daß er angenommen würde; in Evansville wurden fast alle angenommen – es war nicht wie die Universität von Ray Bildner, die sozusagen für Auserwählte bestimmt war. Während der folgenden zwei Wochen wurde Telis schier verrückt; fast hätte er sich in Lucia verliebt; fast hätte er Depressionen bekommen und wäre fett geworden. Er aß, wie er nie in seinem Leben gegessen hatte, aß die Gerichte seiner

Mutter und spülte dann noch zwei Cheeseburger mit einer Riesen-Coca-Cola hinunter – vor lauter Aufregung; und vor lauter Aufregung fing er auch einen üblen Streit mit Dudes an: wegen Dukakis; er unterstützte Dukakis, er sagte, die Griechen müßten ihn unterstützen, sonst wären sie Verräter, wären Vaterlandsfeinde – und der arme Dudes stimmte ihm zu; zwar nicht, was die »Verräter« betraf, aber er zog Dukakis *generell* den Republikanern vor. Telis spulte sich auf und sagte zu ihm, wenn alle Griechen solche Waschlappen wären wie du, dann hätten wir die Türkenherrschaft immer noch. Bist du überhaupt Grieche, *damn it*, du hörst dir doch immer bloß den Scheißniggerjazz an, diese Dschungelmusik, und als Daláras gekommen ist, hast du keinen Ton von dir gegeben. Und bei Stavroulas Hochzeit bist du im Sitzen eingeschlafen! Weißt du, wie schwer sie das genommen hat? Wenn so ein Nigger auf Flaschenhälsen gespielt hätte, hättest du Luftsprünge gemacht! Telis hatte zu schreien angefangen, und Lucia begriff nicht, wo das Problem lag – dann pflaumte er sie auch noch an, er fragte sie, ob sie am Freitag Fisch aß, wie die guten Katholiken, und ob sie zum heiligen Christophorus betete, weil Dudes so gemeingefährlich fuhr. Schließlich brach er in Tränen aus, sagte, *Sorry, guys*, ich fühl mich komisch; sie saßen im *Stude Bagels* und aßen Bagel mit Schmelzkäse, und Telis fühlte sich idiotisch, weil er sich mit ihnen angelegt hatte, ohne daß sie ihm etwas angetan hatten. Und dann war er auch noch über den Jazz hergezogen, wo das doch eine einwandfreie Musik war, im großen und ganzen jedenfalls. Aber auf der anderen Seite dachte er, in Wirklichkeit hätten sie ihm doch etwas angetan, weil er aus South Bend weggehen und keinem fehlen würde, außer seiner Mutter. Aber das mit seiner Mutter juckte ihn nicht.

Dudes nahm es ihm nicht krumm. Er saß da und betrachtete ihn, wobei er mit dem Strohhalm seiner Coca-Cola spielte, in seiner Cola herumrührte, obwohl es doch gar nichts zu rühren gab. Lucia streichelte den Hund, der neben ihr saß, und warf Dudes ab und zu einen Blick zu, aber sie übte sich in Geduld, als sei Telis vorübergehend von Sinnen.

Als er sich wieder etwas beruhigt hatte, sagte Dudes, laß uns ins *Roadhouse* gehen, ich geb dir ein Bier aus – und sie gingen hin, sie waren zum letzten Mal dort, bevor Telis fortging; sie tranken nicht eines, sie tranken viele, und Telis sah die Welt mit anderen Augen und sang Lucia sogar ein Stück von Daláras vor – eines, das er auch auf der Kassette für Tony Farina aufgenommen hatte –, Lucia mochte es, und Billy lächelte und packte Telis an den Schultern und zeigte ihn Lucia und sagte, Telis, wie Aristotelis Onassis, wie Telly Savalas. Ein modernes Individuum, ein perfekter kleiner Ami, der studieren und den Gipfel des Erfolgs erklimmen will. Hej?

Was soll ich denn sonst tun, Mann, Dudes? protestierte Telis. Soll ich dasitzen und rumträumen, ach und weh, Kalifornien, ach und weh, *Thalatta, Thalatta*?

Billy mußte kurz daran denken und später, als der Winter strenger wurde, mußte er noch viel mehr daran denken.

Der Winter war sehr streng …

Der Winter war in der Tat sehr streng, und der Wind fühlte sich an, als bliese er frostig aus Kanada. Dudes zählte die Tage bis zum Frühling. Während dieser Zeit hatte er viele Träume; nachts wachte er ein- bis zweimal voll Unruhe auf, er meinte, jemand befände sich in seinem Zimmer und schnaufte über ihm. Im Traum sah er Lucia und seinen Vater und danach die schwarzgekleidete Großmutter, die Beschwörungen wisperte. Wenn die Erregung vorbei war, blieb er liegen und sah schaudernd an die Zimmerdecke, verfolgte die Schatten und verlor sich in Träumereien – er überlegte sich, was wohl auf den Highways los war, an den Tankstellen, in den großen Städten mit den sonnenüberfluteten Plätzen. Als Telis in Evansville angenommen wurde, hatte es Billy bereits verdaut; er dachte sogar, daß er so den Zeitungen *Proiní* und *Ethnikós Kírykas* entgehen würde, die Telis ihm immer gab, um ihn aufzuklären – und in denen Fotos vom Erzbischof Iakovos abgedruckt waren, wo er von vorn und von der Seite drauf war, und von Paul Tsóngas[13] und Fúfutos. Und andererseits hatte er schon jetzt Sehnsucht nach Telis, nach den Abenden, die sie im *Roadhouse* verbracht hatten, und den anderen Abenden in Chicago, wo er mit ihm

[13] Demokratischer Senator aus Massachusetts (1941–1995), Sohn eines griechischen Schneiders. Studien in Dartmouth und Yale, 1978 in den Senat gewählt. 1990 war er Kandidat der Demokratischen Partei. Er verlor gegen Bill Clinton. (Anm. d. Autorin)

in ein griechisches Tanzlokal gehen und Tsifteteli tanzen wollte. Und wo sie, wie er sagte, einen Bauchtanz zu sehen bekommen würden – aber ist denn der Bauchtanz nicht türkisch, hatte Billy gedacht, ist er etwa griechisch?

Als Moropoulos erfuhr, daß Telis aufs College gehen würde, schüttelte er nur den Kopf: Wo treiben die denn die vier Riesen im Jahr auf, fragte er sich. Viertausend Dollar, plus die täglichen Kosten, das ist ein Haufen Geld – er warf einen Seitenblick auf Billy und dachte: Vielleicht ist es nicht richtig von mir, daß ich ihn nicht aufs College schicke? Vielleicht sollte ich mich krummlegen, damit Vassilakis auch studieren kann? Wie soll er sich denn durchs Leben schlagen? Soll er Automechaniker bleiben? Aber Billy machte sich keine Gedanken, wie er sich durchs Leben schlagen sollte, er war nur bekümmert, daß Telis weggehen würde, die Scheißuni konnte ihm gestohlen bleiben. Er konnte ihm nicht verzeihen, daß er sich beworben hatte, ohne ihm etwas zu sagen, obwohl sie sich auf die Nerven fielen, obwohl sie sich über den *Ethnikós Kírykas* und Daláras in die Haare gerieten.

Ende Februar sollte Telis nach Evansville fahren; ich werde jetzt Student, sagte er wiederholt, damit ich euch los bin, euch *blue collars*. Er war vergnügt, die Vorstellung, daß er im Campus wohnen, in die studentische Basketballmannschaft eintreten würde und daß ihm die Studentinnen applaudieren würden, wenn er einen Korb warf, machte ihm Spaß. Billy hörte Telis Pläne machen, Unsinn reden und schwärmen – und versuchte an seinem ausschweifenden Feierrhythmus teilzunehmen, am Rummel vor dem Studentenleben, das ihm wie das Ende und gleichzeitig wie der Anfang der Welt erschien.

Die zwei Wochen vor der Abfahrt nach Evansville wollte Telis in sämtliche Nightclubs von Chicago gehen, nach Greenstown fahren und den Sängerinnen Gardenien zuwerfen. Zweimal brachen sie zu dritt auf: Telis, Billy und Lucia, aber sie fanden keinen Nightclub mit Sängerin und Gardenien; nur griechische Restaurants – das *Parthenon*, das *Avles tis Plakas* – mit Musik vom Band und Shish-Kebab. Aber Telis amüsierte sich prächtig, und man brachte es nicht übers Herz, ihm irgend etwas abzuschlagen – schließlich überredete Billy ihn an diesem Mittwoch, mit ihm in seine Lieblingsbar mit Jazzmusik zu gehen, wo er sieben Biere trank, und danach waren sie gezwungen, mit fünfzig Meilen pro Stunde nach South Bend zurückzuzuckeln, weil Billy vor der nächtlichen Streife Angst hatte. Morgens verschlief er gründlich und kam um elf in der Werkstatt an. Bruno erwartete ihn stinkwütend:

Sieh mal einer an, sei gegrüßt, sagte er. Hast du etwa draußen Licht gesehen, daß du reingekommen bist?

Entschuldigung, es ist was passiert. Ich bleibe dann eben länger.

Ich will nicht, daß du länger bleibst. Weißt du, wie viele es von deinem Schlag gibt?

Viele, erwiderte Billy ehrlich.

Das meine ich nämlich auch, sagte Bruno.

Ein Schweigen trat ein. Billy ging seinen Blaumann überziehen, um mit der Arbeit anzufangen. Der *Elefante* stand über einen Motor gebeugt und sagte nichts.

Bruno kam hinter Billy her.

Ich will dir mal was sagen, fuhr er fort. Hast du in deinem Dickschädel eigentlich noch was anderes außer Weibern?

Billy zog sich den Träger des Blaumanns über die Schulter. Er antwortete nicht.

Du antwortest nicht, he? Also, ich hab hier ein Heftchen, in dem ich alle Stunden aufgeschrieben habe, die du zu spät gekommen bist.

Er holte einen Block aus seiner Schublade und begann ihn durchzufilzen: Ja also, da haben wir letztes Jahr einundzwanzig und heuer dreiundzwanzig, macht zweiundfünfzig Stunden, nein, vierundvierzig. Ja also –

Billy begann den Blaumann auszuziehen. Bruno starrte ihn mit dem Block in der Hand an.

Wenn du jetzt abhaust, brauchst du gar nicht mehr hierher zurückkommen, sagte er und wedelte mit dem Block vor Billys Augen herum.

In Ordnung, sagte Billy und machte eine Kehrtwendung, ohne recht zu wissen, wie er sich fühlen sollte. Und als er nach Hause zurückfuhr, fühlte er alles zugleich: Erleichterung und Angst und die Ahnung, daß etwas Neues passieren würde.

Samstag

Etwas passierte, und etwas passierte nicht. Billy erzählte seinem Vater und seiner Mutter nichts von Bruno. An den nächsten zwei Tagen fuhr er morgens wie üblich weg und machte Spazierfahrten mit dem *Hot-rod*; er holte Lucia am College ab, und sie fuhren in der Gegend herum – und Billy empfand eine herrliche Freiheit, die, wenn es Frühling gewesen wäre, nicht auszuhalten gewesen wäre. Doch es war nicht Frühling; es war tiefster Winter, der Winter von Nordindiana; Billy hörte sich wieder und wieder ein Stück von Coleman Hawkins an: *Winter of Indiana* und wartete darauf, daß die Wintermonate vergingen. An einem Abend fiel in dieser Woche ein feiner Eisregen – und Lucia hustete auf eine andere Weise, tiefer unten; sie wurde richtig geschüttelt, und ihr Gesicht wirkte dünn wie Papier. Billy hielt sie in den Armen, bis es wieder verging, nachdem sie drei-mal Tropfen und zweimal von diesen Tabletten genommen hatte – dann sagte er zu ihr: Am Samstag bringen wir Telis nach Evansville.

Er sagte es zögerlich, als wäre Evansville nicht dreihundertfünfzig Meilen entfernt, sondern dreitausend.

Ich habe neunhundertzwanzig Dollar, sagte sie. Neunhundertdreiundzwanzig, fügte sie hinzu, als hätte sie im Geist die Addition ausgeführt.

Das war so ihre Art: sie antwortete nicht auf das, was Billy zu ihr gesagt hatte, sondern auf das, was er ihr eigentlich hatte sagen wollen.

Elizabeth Bishop, setzte Lucia hinzu, ist nach Mexiko gefahren. Danach ist sie nach Brasilien gefahren.

Wie bitte? sagte Billy, und dann erinnerte er sich an die Gedichte, die er während der Schneesturmtage gelesen hatte. Elizabeth Bishop ist aber eine alte Jungfer geblieben, sagte er.

Nein, überhaupt nicht, sagte Lucia, sie hatte Dutzende von Liebhaberinnen.

Billy war beeindruckt. Ah, so ist das, meinte er und hob Lucias Kleid hoch, um sie zu küssen.

Am Samstag morgen fuhren sie mitten in der eisigen Kälte ab; und Billy hatte das Gefühl, daß er diese Straßen nie wiedersehen würde, und daß er frei war, und daß das einzige, was ihm gehörte, die Fakten seines Lebens waren. Und diese Fakten reichten ihm nicht aus, er wollte noch mehr, er wollte alles. Telis machte einen Luftsprung vor Freude: Kinder, bringt mich bis vors Tor, damit alle den *Hot-rod* sehen und vor Neid platzen, sagte er, als er seinen Sack auf den Hintersitz warf und sich niederließ. Nur seine Mutter nahm von ihm Abschied – sein Vater schlief noch, denn er war erst sehr spät von der Taverne zurückgekommen.

Seid vorsichtig, sagte Maria, ans Fenster des *Hot-rod* gelehnt. Sie wandte sich an Telis: Ich erwarte dich zum kommenden Wochenende, ja, *honey*? Du rufst uns an und erzählst, wie es dir geht. Ja?

Schon gut, murmelte Telis. Und als Billy das Auto startete, sagte er:

Wenn du mich vor Ostern siehst, freß ich einen Besen.

Wo hat er denn bloß diese Ausdrücke her, fragte sich Billy wieder. Er hatte sie aus der Spalte »Wörter und Bedeutungen« im *Ethnikós Kírykas* – er schnitt die Spalte immer aus und hob sie auf. Aber Telis las nicht nur Zeitungen, er las Kazantzakis, Myrivilis und die Legende von einem Typen, der als Emigrant nach Amerika gekommen war[14], solche Dinge. Das war die Erklärung dafür, daß er so gut Griechisch konnte und so viele idiomatische Ausdrücke kannte; Billy dagegen las Western: das wurde ihm erst in diesem Moment bewußt – und er mußte lachen: sein Vater hatte recht, wenn er sagte, er hätte keinen Schimmer vom Griechentum.

Mann, *guys*, nehmen wir etwa den Hund auch mit? fragte Telis, als sie an der Ecke der Dubeil Street einbogen. Soll ich den mit hier hinten haben? Vielleicht fängt er an, mich abzuschlecken? Beißt das Vieh womöglich?

Lucia drehte sich halb nach hinten um und sagte:

Wenn du möchtest, setz ich mich nach hinten. Möchtest du vielleicht lieber nach vorne kommen? Komm nach vorn.

Ich möchte nicht, daß er nach vorne kommt, sagte Billy. Er warf Telis durch den Rückspiegel einen bösen Blick zu.

Schon gut, Dudes, ich will ja gar nicht nach vorne, sagte Telis eilig und quetschte sich ans Fenster, denn er hatte Schiß vor dem Hund.

Lucia hatte ihren Mantel mit den großen Knöpfen an und Strickhandschuhe, diese Sorte, bei der nur der Daumen getrennt ist; sie sah bleich aus, hustete aber nicht. Billy fühlte sich sonderbar glücklich, obwohl er Angst hatte, obwohl seine Finger halb erfroren waren.

Sie nahmen die 31, die nach Indianapolis führt; dann bo-

---

[14] Es handelt sich um Thanassis Valtinos, *Die Legende des Andreas Kordopatis*, auf deutsch 1982 erschienen. (Anm. d. Übers.)

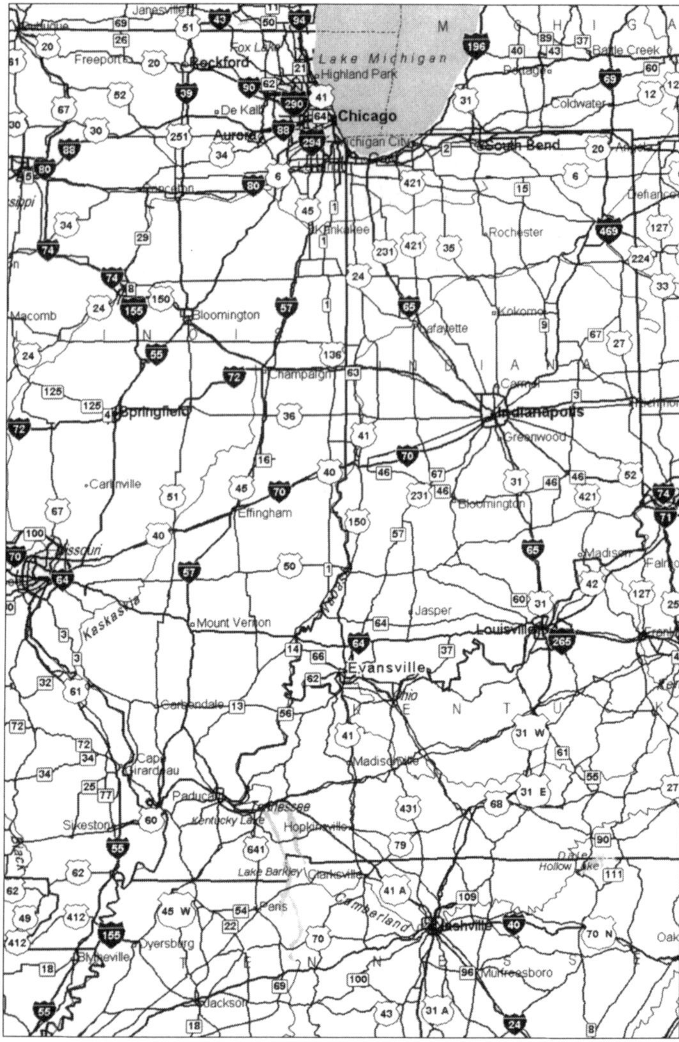
Janesville
Freeport
Rockford
Fox Lake
Lake Michigan
Highland Park
De Kalb
Chicago
Aurora
Battle Creek
Portage
Coldwater
South Bend
Defiance
Kankakee
Rochester
Macomb
Bloomington
Kokomo
Lafayette
I N D I A N A
Champaign
Carmel
Springfield
Indianapolis
Greenwood
Carlinville
Effingham
Bloomington
Madison
Mount Vernon
Jasper
Louisville
Kaskaskia
Evansville
Ohio
K E N T U C K
Carbondale
Cape Girardeau
Madisonville
Paducah
Tennessee
Kentucky Lake
Hopkinsville
Sikeston
Lake Barkley
Clarksville
Dale Hollow Lake
Paris
Cumberland
Nashville
Dyersburg
Blytheville
Murfreesboro
Jackson

gen sie ins Netz der Landstraßen ein, um nach Evansville zu kommen; es gab keine Nationalstraße; die Gegend war wie ein Labyrinth. Telis redete ununterbrochen: Kinder, schaut mal, hierherum ist *Unheimliche Begegnung der dritten Art* gedreht worden, hier sind die Ufos heruntergekommen. He, he, Mann, der da kommt mir immer näher. Zurück, Mann, zurück, Struppi! Und etwas später: Mensch, *guys*, uns fällt ja glatt die Nase vor Kälte ab, das ist das Schlechte am *Hot-rod*, er hat keine Klimaanlage. Billy aber faßte an Lucias Knie und fühlte sich warm; sie legte ihre Hand auf seine – und dann holte sie gefüllte Schokoladenkekse aus ihrer Tasche, und sie aßen sie; hast du mal die Cookies von meiner Mutter probiert? fragte Telis. Sie macht tolle Cookies – hej, Dudes? Sie tut Ei obendrauf. Sie schlägt das Ei schaumig und bestreicht den Teig mit einem Pinsel.

Während der Fahrt hielten sie dreimal an: einmal, damit Drooby das Bein heben konnte, einmal, um zu tanken und damit Drooby noch mal das Bein heben konnte, und einmal, um Doghnuts zu essen und Trinkschokolade zu kaufen. Sie fuhren durch die Sojabohnenfelder, die Kalksteinbrüche, vorbei an den Farmen mit den Wildschweinen und den roten Scheunen, an den Fabriken, die Rauchsäulen in den weißen Himmel entließen; der Landstrich roch nach Popcorn mit Butter. Nachmittags kamen sie in Evansville an: der Highway 40 durchschnitt die Ölfelder und führte direkt zum Campus. Als sie auf dem Parkplatz anhielten, hätte Telis vor Freude fast einen Herzschlag bekommen: Was für eine tolle Uni, rief er aus. *Was für ein toller Park. Guys*, ihr tut mir leid – ich überlasse euch eurem finsteren Schicksal. Auf, kehrt nur zurück in das beknackte South Bend und zu euren Mummies. Er lachte, er war überglücklich. Er nahm seine Sachen, gab allen beiden einen Kuß – Billy hatte er noch nie einen gegeben – und betrat beschwingt das Gebäude.

Als Billy mit Lucia allein war, sagte er zu ihr:
Wir fahren nach Kalifornien, ja?
Lucia klatschte hingerissen in die Hände.
Ich hab gedacht, du hast es bereut, antwortete sie.
So zählten sie ihre Dollars – es waren neunhundertvierundsechzig – und schlugen den Weg nach Westen ein.

Denk an den Boulevard mit den kleinen Palmen
die in Reihen gepflanzt sind, und die plötzlich aussehen
wie Hände voll formloser Fischgräten.

ELIZABETH BISHOP, *Kleine Übung*, 1955

Billy hatte bereits das Gefühl …

Billy hatte bereits das Gefühl, er könne die Brise des Pazifik riechen, die aus dem fernen Westen herüberblies. Er träumte von einer Schaukel auf dem Strand; in seinem Kopf hallte der *West Coast Blues*, den Wes Montgomery auf der Gitarre spielte. Er hatte sich vorgestellt, er würde das Land im Sommer durchqueren, durch die Wirbelwinde der Großen Prärien fahren, sich unter die glühende Sonne am Strand von Santa Monica legen. Es war aber eine Winterreise, und sie hatte nicht die Autorennen zum Ziel: weder das *Indy 500* – Indianapolis hatten sie bereits über hundertfünfzig Meilen hinter sich gelassen – noch die Rennen der *Illegals* in Cocomo. Billy wußte nicht, was das Ziel war – nur das Meer war es und Lucia.

Sie nahmen den Highway 60 von Evansville und fuhren am Fluß Ohio entlang, durch die Tabakfelder und dicht am Damm; die Nacht verbrachten sie in einem Motel in Smithland. Kurz bevor es Tag wurde, wachte Billy vom Geräusch eines Dieselmotors auf; er schlug die Augen auf und sah, wie Lucia im Licht der Nachttischlampe die Landkarte studierte. Sie drehte sich lachend zu ihm um, als sei es die natürlichste Sache der Welt, wach zu sein und auf der Karte nachzuschauen; sie küßte ihn und ließ sich mit ihrem gesamten Gewicht bäuchlings auf ihn fallen und sagte zu ihm, sie wolle mit ihm überallhin fahren, mit ihm Amerika sehen, die Grenzen von Mexiko sehen. Sie sagte, ich will das alles sehen – sie sagte es ruhig, aber entschlossen, und Billy dachte, daß vor kurzer Zeit er es gewesen war, der das alles sehen wollte.

Wenn ich diese Krankheit nicht hätte, sagte Lucia, wäre ich das glücklichste Geschöpf der Welt. Sie wirkte begeistert, ihr Gesicht leuchtete. Sie verspeiste mit sichtbarem Genuß ein großes Stück Schokolade. Die Ränder ihrer Lippen waren braun.

Ach, sagte sie wieder und schaute intensiv auf die Karte. Ich bin noch nie verreist. Weißt du, wo ich hin will?

Wohin? fragte Billy verschlafen und warf sie aufs Kissen. Er wollte sie kitzeln, sie küssen und mit ihr spielen, als wäre sie eine große Puppe.

Überall dorthin, wo Calamity Jane war.

Billy dachte, daß Lucia immer die unerwartetsten Antworten gab; er hatte erwartet, sie würde etwas über Elizabeth Bishop sagen, aber sie wollte die Schlupfwinkel von Calamity Jane sehen.

Und Geronimo[15], fuhr Lucia an einem Stückchen Schokolade kauend fort; sie saß wieder über der Karte.

Er betrachtete sie: er hatte sie noch nie in einem Motelzimmer gesehen; hatte nicht gesehen, wie ihre Brüste im Licht einer Lampe leuchteten, noch ihren Mund, der immer feucht war, als hätte sie gerade etwas Dickflüssiges und Klebriges gegessen. Oder als hätte sie gerade Kirschen gegessen, wie in dem Traum.

Wenn wir nach Kalifornien kommen, sagte Billy, fahren wir nach Pomona, damit ich mir Arbeit suchen kann.

Lucia wußte nicht, wo Pomona lag, und daß dort die Rennen der »frisierten« Autos stattfanden – es gab eine Piste

---

[15] Geronimo war der Anführer der Chiricahua-Apachen, der in den Jahren um 1880 in Arizona und New Mexico gegen die amerikanische Armee kämpfte. Entgegen den Versprechungen der Regierung, wurde er nach seiner Übergabe nach Florida verbannt. (Anm. d. Autorin)

von vierhundert Metern, Billy hatte das alles in seinem Gedächtnis notiert.

Was denn für eine Arbeit? fragte sie.

Wartung von Autos. Anfertigung von *Hot-rods*. Ich kann doch nichts anderes.

Ich hab eine Kusine in Hollywood, sagte Lucia. Sie steckte die Hand in ihre Handtasche und fischte ein winziges Adreßbuch heraus; so ein kleines hatte Billy noch nie gesehen.

Die wohnt am Wilton Place, sagte sie, während sie mit den Augen ganz nahe an die Seite heranging. Sie ist Schauspielerin, aber sie arbeitet in einem Eissalon. Es ist toll, in einem Eissalon zu arbeiten, fügte sie hinzu – ich bin ganz verrückt nach Eis.

Sie machte eine Pause und sagte dann: Ich hab auch noch eine Kusine in Phoenix. Die heißt Stella.

Billy dachte an das Stück von Wes, *Erotic Melody of Phoenix*, – und sein Herz hüpfte; vielleicht war sein Ziel ja Phoenix? Wenn doch Wes davon sang und Bob Bondurant dort eine Pilotenschule gegründet hatte. Aber Phoenix war sehr weit im Süden und überhaupt sehr weit; Billy wollte schnell in Los Angeles ankommen.

Du wirst schon sehen, Los Angeles gefällt dir, sagte er zu ihr. Es ist absolut traumhaft.

Dann schliefen sie bis spät in den nächsten Morgen, und Billy hatte Meeresträume. Er wurde als erster wach, setzte sich neben ihr auf und betrachtete sie, auf einen Ellbogen gestützt. Er betrachtete ihren Hals, das Kettchen mit dem kleinen Kreuz, das sie trug, die lockigen kastanienbraunen Haare, die ihr bis auf die kalkweiße Brust fielen. Er hatte noch nie ein Mädchen gesehen, das so weiß war, das so im Licht leuchtete. Er überlegte sich, ob er ihr etwas Schlimmes antat, ob es nicht besser für sie gewesen wäre, in South Bend zu bleiben, im College, auch wenn sie gar nichts studierte. Er überlegte sich, ob sich ihre Mutter wohl Sorgen machte, ob sie nach ihr suchte. Und dann dachte Billy noch an seine eigene Mutter und an seinen Vater, aber er fühlte ein Unbehagen und schob den Gedanken wieder weg.

Als Lucia die Augen aufschlug, saß Billy immer noch auf einen Ellbogen gestützt neben ihr.

Was machst du? fragte sie ihn und streckte sich ein bißchen unter dem Laken.

Ich betrachte dich, sagte er.

Königin der Nacht

Er betrachtete sie auch, als sie durch Kentucky fuhren; während der ganzen Fahrt betrachtete er sie und wollte sie immerzu anfassen, ihr die Hand zwischen die Beine legen. Sie lachte, nahm seine Hand, schob sie weiter nach oben, lachte wieder. Drooby saß auf dem Rücksitz und purzelte ab und zu nach unten, er rutschte vom Sitz herunter und stöhnte. Lucia streckte ihre Hand nach hinten und griff nach ihm. Manchmal redete sie mit ihm auf eine Art, als würde er ihr Antwort geben, sie stellte ihm Fragen, hast du Hunger? Sollen wir anhalten? Was möchtest du? Billy fragte sich, ob Menschen wohl auf Hunde eifersüchtig sein konnten, oder ob das durch und durch lächerlich war. Und auf der anderen Seite mochte er Drooby, soweit man einen so lästigen Hund mögen konnte; es störte ihn nur, wenn Lucia erst Drooby streichelte und danach ihn. Und als sie so am Fluß entlang weiterfuhren, sagte Lucia, sie wollte die Weiden mit dem blauen Gras und die schnellen Pferde von Kentucky sehen, die weißen Pferde, die wie geflügelt erschienen. Billy war auch glücklich, daß er sich dort befand: Alfred B. Guthrie Jr. hatte ein großartiges Drehbuch geschrieben, in dem der Held ein Mensch aus den Wäldern Kentuckys war, der sein Glück in Texas suchte. Er hatte den Film im Fernsehen gesehen –

mit Burt Lancaster. Aber Billy sah in Kentucky keine Wälder: er sah nur Prärien, Weiden, überwucherte und vereiste Ufer von Flüssen, die in den Mississippi mündeten.

Sie hätten in westliche Richtung fahren können, nach Missouri und Kansas, aber Lucia brauchte besseres Wetter, das Wetter des Südens. Und sie sagte, die Nase mitten auf der Karte, fahren wir doch ein Stück weiter nach unten. Während sie es sagte, hustete sie ein bißchen – aber nicht stark. Billy war sich sicher, daß sie hustete, weil es kalt war – wenn sie sich erst in Südkalifornien befänden, in der Sonne, würde sie nicht mehr husten. Aber je mehr sie in den Süden hinunterfuhren, desto strenger wurde der Winter; auf dem Weg nach Memphis brach ein Schneesturm aus, und sie waren gezwungen, auf dem Highway 51 Station zu machen und die Nacht in einem Motel zu verbringen, in dem die Heizung ausgefallen war. Es hieß »Mammy Louise«, und alle, die sich darin aufhielten, waren Schwarze; zumindest alle, die Billy die Außentreppe hinauf- und hinuntergehen und ihre Autos auf dem Hof abstellen sah.

Billy und Lucia lagen engumschlungen unter der dünnen Decke, Drooby zusammengeringelt am Fuß des Bettes. Sie hatten ihre Strümpfe und Pullis anbehalten, und Lucia hustete und setzte sich immer wieder auf und holte ganz tief Luft – Billy hielt ihr ein bißchen die eine Schulter und schaute sie traurig an, hilflos. Er dachte, daß sie vielleicht in Memphis in einem anständigen Hotel wohnen und riesige Portionen Schwein am Spieß essen konnten – in Memphis aßen die Leute ständig Barbecue, das hatte er in einem Buch gelesen; es war die Stadt mit dem besten Barbecue und den besten Koteletts.

Am folgenden Tag kamen sie bis nach Memphis und fuhren zum Fluß hinunter, denn Billy hatte die Gewohnheit, immer an die Flüsse zu fahren. Er liebte die Flüsse und die Gewässer, die Seen – jetzt brannte er vor Ungeduld, das

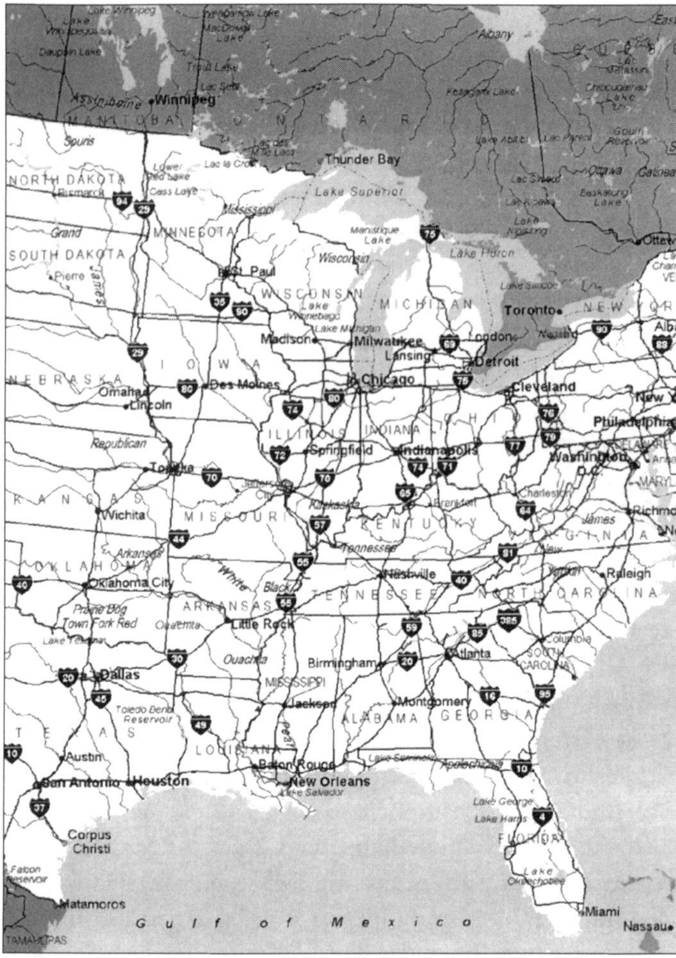
Winnipeg
MANITOBA
ONTARIO
Thunder Bay
Lake Superior
NORTH DAKOTA
Bismarck
MINNESOTA
SOUTH DAKOTA
Pierre
St. Paul
WISCONSIN
MICHIGAN
Lake Huron
Toronto
NEW YORK
Madison
Milwaukee
Lansing
London
Detroit
IOWA
NEBRASKA
Omaha
Lincoln
Des Moines
Chicago
Cleveland
Philadelphia
ILLINOIS
INDIANA
OHIO
Springfield
Indianapolis
Washington
D.C.
Topeka
KANSAS
Wichita
MISSOURI
KENTUCKY
Richmond
OKLAHOMA
Oklahoma City
Nashville
TENNESSEE
NORTH CAROLINA
Raleigh
ARKANSAS
Little Rock
Atlanta
Birmingham
Dallas
MISSISSIPPI
Jackson
Montgomery
ALABAMA
GEORGIA
TEXAS
LOUISIANA
Austin
Baton Rouge
New Orleans
San Antonio
Houston
Corpus
Christi
FLORIDA
Miami
Nassau
Matamoros
Gulf of Mexico

Meer zu sehen. Sie nahmen sich ein Zimmer in einem Hotel, das »River Place Inn« hieß und den Blick auf den Mississippi und Mad Island hatte; Tiere waren dort zwar verboten, aber Lucia brachte Drooby schnell über die Treppe hinauf, während Billy den Angestellten mit allen möglichen Fragen über den Stadtplan ablenkte. Ihr Zimmer war warm, die Fenster waren ganz beschlagen von der herrlichen Wärme. Es war der schönste Abend ihres Lebens: sie stiegen in die Badewanne und schütteten ein ganzes Fläschchen Schaumbad hinein und rührten dann heftig im Wasser, bis es blau wurde; über zwei Stunden blieben sie drinnen und bespritzten und streichelten sich – die Badewanne war eine göttliche Erfindung, eine echte Entdeckung. Billy spürte, daß Lucias Körper, das warme Wasser und der Seifengeruch der Inbegriff des wahren Glücks waren. Drooby stand an der Badezimmertür und blickte sie traurig an, wie er eben immer aussah, und ein bißchen verlangsamt, als wäre er sehr müde. Lucia hatte gesagt, daß er in Menschenjahren etwa vierundsechzig Jahre alt war – in Hundejahren elfeinhalb.

Sie hatten sich gedacht, sie wollten ein bißchen in Memphis bleiben, im Zentrum herumstromern, wo man Blues und Boogie-Woogie spielte; aber es gab kein Zentrum, nur eine Straße für die Touristen. Es gab keinen Blues und auch keinen Boogie-Woogie; an Jazz war schon gar nicht zu denken; in der Beale Street sangen Doubles von B. B. King und Otis Redding. Es war Samstag abend, und Billy hielt Lucia an der Hand, um sie nicht in der Menge zu verlieren; sie betraten die Bars mit den Namen von Schwarzen, tranken je ein Bier und gingen wieder; nach vier bis fünf *Bud* hörte sich die Musik göttlich an. Als sie so herumstromerten, sahen sie am Rand des G. K. Huddy Place eine Kartenlegerin, die einen spitzigen hohen Hut mit Silbersternchen trug; sie saß vor einem Tischchen mit einem Stück Silberlamé darauf und schaute in ihre Glaskugel. Lucia ging hin und stellte sich vor der Kugel auf, wobei sie die Hand ausstreckte:

Also? fragte sie die Zauberin. Die besah sich Lucias Handfläche und wiegte leicht ihren Kopf mit dem Hut. Billy, der etwas beiseite stand, musterte sie: sie hatte extrem lange Nägel, die dunkelblau lackiert waren und stark glänzten; ihr Mund war ebenfalls blau, und auf ihre Wangen hatte sie kleine blitzende Tupfen geklebt. Sie sah aus wie die Königin der Nacht im Märchen. Als sie so lange nichts sagte, holte Lucia einen Schokoriegel aus ihrem Täschchen und fragte sie, ob sie davon etwas abhaben wollte. Billy glaubte nicht, daß die Königin der Nacht Schokolade annehmen würde, aber sie nahm sich mehr als die Hälfte davon und begann sie abwesend zu essen, während sie Lucias ausgestreckte Hand betrachtete.

Du findest, wonach du suchst, sagte sie schließlich und schluckte ein Stückchen Schokolade hinunter.

Also? fragte Lucia.

Du wirst sehr glücklich. Alles läuft bestens für dich. Großartig. Perfekt. Wundervoll.

Lucia klatschte in die Hände.

Drei Dollar, sagte die Zauberin. Sie kaute immer noch an der Schokolade.

Billy und Lucia kehrten betrunken und sich gegenseitig stützend ins Hotel zurück. Bevor sie einschliefen, sagte Lucia, sie wünschte sich einen Traum voller Küsse und Süßigkeiten, mit lauter Torten. Billy lachte: Du wirst dick werden, meinte er.

Am nächsten Tag gab es für sie in Memphis nichts mehr zu unternehmen; aus dem Fenster schauten sie auf den großen schlammigen Fluß und die sonntägliche Menge, die auf Mad Island spazierenging, in der Mitte des Mississippi.

Sie fuhren die Straße am Missisippi entlang; der Fluß war nicht zu sehen, er lag hinter dem Damm. Die Nebelschwaden hatten sich tief nach unten gesenkt, und die gelben Scheinwerfer des *Hot-rod* bohrten Löcher in die große Wolke, die sich über den Asphalt wälzte. Und Billy dachte sich, daß sich Alfred B. Guthries großer Himmel weiter drüben befinden mußte, in Texas, in New Mexico; hier war er klein – es war der Himmel des alten Südens. Billy mußte an das Cowboylied denken, das folgendermaßen ging:

Sam Bush ist in seiner Heimat Indiana geboren,
und seit siebzehn war er mal hier unterwegs und mal da,
und er kam bis hierher nach Texas und wurde Cowboy,
und es gab keinen besseren als ihn in ganz Amerika.

Und er lächelte in sich hinein, obwohl Sam Bush aus Indiana in Texas einen blutigen Tod gefunden hatte. Der Mörder Thomas Floyd hatte ihn umgebracht.

Sie machten die Reise mitten im Wasser, in Regen und Dunst; Shanes Scheibenwischer gingen mit einem rhythmischen Geräusch hin und her. Es ist wie das Lied, dachte Billy, wo es heißt, »Diamanten auf meiner Windschutzscheibe« – plötzlich fühlte er einen kleinen Stich; er wußte nicht, warum, und was es war, was ihm fehlte. Und andererseits stellte er sich die Frage: Tut Lucia vielleicht die Nässe nicht gut? Und wenn es ihr schlechter geht? Und wenn sie stirbt? Aber er sagte nichts, er hatte Angst, daß er ihr schadete, hatte Angst, daß sie zuließ, daß er ihr schadete – und so war er nicht die ganze Zeit über glücklich, obwohl er doch nichts anderes wollte, als sie neben sich haben, als ihre zarte Brust unter dem dicken Wollpulli streicheln. Während sie auf der Route 61 dahinfuhren, auf der Straße, wo das Gespenst von

Mandy Waters herumspukte – Billy spürte, wie es spukte, er konnte es hören –, hielt er immer wieder den *Hot-rod* an und beugte sich ein bißchen zu ihr hinüber, nahm sie in den Arm, küßte sie auf eine Art, die ihm weh tat: er fürchtete, daß etwas passieren und er sie verlieren könnte, daß ihn die Krankheiten und die Widrigkeiten besiegen könnten. Daß er vielleicht einen entsetzlichen Fehler machte. Er sehnte sich danach, schnell mit ihr in die Wüste zu kommen, nach Nevada, nach Kalifornien, wo Meer und Sonne den Husten lösen. Doch Lucia war offenbar ruhig und voller Pläne; sie sagte, laß uns doch nach New Orleans fahren, laß uns sehen, wie es ist, wenn der Karneval zu Ende geht. Sie studierte die verknitterte Karte und sagte, fahren wir nach Algiers und schauen wir, wie sie die Karnevalspuppen machen. Sie klatschte in die Hände, überschlug das Geld, fragte sich laut, ob es für einen Umweg bis in den Südosten von Louisiana reichen würde. Billy hatte große Lust, das Jazzfestival mitzuerleben, aber das Festival fand im April statt, und der April war noch weit, es war ja erst Anfang März – der Sommer war noch weit. In diesen zwei, drei Nächten kamen oft sintflutartige Regengüsse mit Blitz und Donner herunter, Lucia hatte einen gestörten Schlaf. Billy überlegte sich, ob sie vielleicht lieber gar nicht nach Kalifornien fahren sollten, ob es nicht besser wäre, nur bis New Orleans zu kommen und etwas zu finden, was sie tun konnten. In einem Jazzclub eine Arbeit anfangen, im französischen Viertel kellnern. Aber nein, Billy hatte Angst vor den Südstaatlern, den Sümpfen und den Touristen, die sich in der Bourbon Street amüsierten und Karaoke sangen, betrunkene und herzzerreißende Lieder – und der Golf von Mexiko war ihm zu klein und eng und seicht; er wollte so schnell wie möglich am Pacifik ankommen – nach Glendora gehen und der Nationalen *Hotrods*-Vereinigung beitreten und dann nach Pomona und bei den Autorennen Mechaniker werden.

In Natchez bogen sie nach Westen ab und gelangten in die grünen Sümpfe; Billy hatte das Gefühl, daß sie sich im Landesinneren verirrt hatten, daß sie auf unerklärliche Weise den großen Straßen auswichen, daß sie im Kreis herumfuhren; er wußte nicht, wieso, aber sie wurden von den Umleitungen in die Irre geführt, sie entschieden nicht selbst, welchen Weg sie nehmen wollten – sie schienen in einer kreisförmigen Strecke gefangen, und Billy hatte den Eindruck, sie hätten den falschen Weg eingeschlagen.

Schließlich verirrten sie sich wirklich, Lucia hatte die Karte nicht richtig gelesen, und Billy nahm an der Kreuzung die falsche Abzweigung; sie befanden sich in einem Wald, auf einer schmalen Straße, an der gebaut wurde und die lauter Schlaglöcher hatte. Niemand fuhr die gleiche Strecke; es war eine menschenleere Gegend, wo die Waschbären eben aus ihrem Winterschlaf erwachten. Ab und zu kamen sie an Lastwagenwracks vorbei, an Autos ohne Stoßstangen mit halboffenem Kofferraum, voll altem Krempel. Lucia sagte nichts, sie saß da und schaute zum Horizont und sang leise vor sich hin; sie war glücklich und machte sich um nichts Gedanken. Sie sang »Sing me a rainbow, Josie … sing me a rainbow if you can …«. Billy wurde zum ersten Mal böse auf sie – sie hatten sich verirrt, und sie unternahm nichts dagegen. Und ihm fiel ein, daß sie am vorigen Tag vier ganze Dollar ausgegeben hatte, um Hundefutter zu kaufen, vier ganze Dollar; als könnte Drooby nicht auch die Reste von einem Scheißhamburger fressen.

Sie kamen auf die andere Seite von Louisiana, durch schlafende Baumwollfelder und zu den Ufern des Red River. Billy sah rings um sich, und alles kam ihm bekannt und zugleich fremd vor, als befänden sie sich gleichzeitig in Indiana und in Griechenland, an einem Ort, der in der Vergangenheit festgehalten worden war, einer Vergangenheit, die verloren und ohne Zusammenhang war. Sie irrten stundenlang auf der Suche nach der größeren Bundesstraße nach Nakitis herum – einer kleinen Stadt von Katholiken – Lucia wollte sie sehen, sie sagte, es sei eine katholische Oase inmitten der protestantischen Wüste; Billy hatte sie vorher nie über Religion sprechen hören – nur einmal hatte sie gesagt, die heilige Dympna ist die Beschützerin von denen, die einen Nervenzusammenbruch erlitten haben, und Billy war in Lachen ausgebrochen. Lucia hatte ihn ganz verwundert angesehen: Die heilige Dympna, hatte sie gesagt, beschützt alle, die den Verstand verloren haben – sie ist eine irische Heilige. Ihr heidnischer Vater hat ihr den Kopf abgeschlagen.

Jawohl, hatte Billy gesagt. Und gedacht: *God is a lily in the valley.*

Trotz ihrer Geschichten über die heilige Dympna und trotz des Kettchens mit dem kleinen Kruzifix, das sie um den Hals trug, schien sich Lucia nicht wirklich für die Heiligen und die Kirche zu interessieren. Aber ich kenne sie natürlich noch nicht so lange, dachte Billy, und sie redet ja nicht viel, und vielleicht hat sie tausend Geheimnisse, vielleicht gibt es finstere Geschichten über ihre unsichtbare Mutter und diesen Earl, der ja auch Zuhälter oder irgendwas Illegales sein könnte. Einen Moment lang fragte sich Billy, warum Lucia nicht mehr über ihn erfahren wollte, warum sie ihn nicht wie die anderen Mädchen über alles ausfragte, was er erlebt hatte. Sie fragte nichts und machte auch zu nichts eine Bemerkung, sie nahm alles, was geschah, so hin, als sei es unausweichlich. Plötzlich hatte Billy das Gefühl, Lucia sei eine Fremde, und es sei absurd, daß sie nicht Auto fahren könne – wer nicht Auto fahren kann, dachte Billy, kann auch noch andere ganz grundlegende Dinge nicht. Das Auto ist Macht, es ist *existentiell* – allerdings nur, bis das Benzin ausgeht. Billy mußte sich wohl oder übel eingestehen, daß das Geld die wahre Macht war. Aber Lucia nervte ihn auch noch ein Stück weiter; weil sie noch nichts von Wes Montgomery gehört hatte – Wie ist es möglich, daß du Wes Montgomery nicht kennst? –, und weil sie die Countrysängerinnen mochte. Diejenigen, die sangen, »Oh, oooh, let it shine over me«, diese Schnulzen, die die Farmerinnen rührten.

Auf dem Weg brach ein Gewitter aus, und Drooby erschrak und begann zu wimmern; Lucia nahm ihn in die Arme; Billy fragte sich, wie sie einen so schweren und trübsinnigen Hund umarmen mochte, wie sie ihn mit solcher Leichtigkeit hochheben konnte – Drooby schien mehr als zwanzig Kilo zu wiegen.

Als sie in Nakitis ankamen, aßen sie Meat Pies und machten Streifzüge am Flußufer; es sah so ähnlich aus wie das französische Viertel in New Orleans, wie es Billy auf Fotos gesehen hatte. Er fühlte sich appetitlos und von einer vagen Unruhe erfüllt – er nahm es sich selbst übel, daß er auf Lucia böse gewesen war. Und als er sie jetzt den halben Pie essen und hinterher in ein Stück Schokolade beißen sah, wurde er von zärtlichen Gefühlen überschwemmt, und er fühlte sich bereit, mit ihr zu gehen, wohin sie nur wollte, an die abgelegenen Orte, bis zu denen der Zirkus der Calamity Jane gekommen war, und bis dorthin, wo die Apachen gekämpft hatten.

Es war ein kühler Abend, und Lucia zog ihren Pullover nach unten, um ganz zugedeckt zu sein; sie hustete ein bißchen, danach begann sie noch stärker zu husten und auf eine Art an ihrem Kettchen am Hals zu spielen, die Billy noch mehr beunruhigte. Und gleichzeitig spürte er noch ein weiteres Mal, daß Lucia anders war als alle Mädchen, die er kennengelernt hatte – sie redete nicht über ihre Kümmernisse und klagte über nichts; wenn sie auch viel zu klagen gehabt hätte. Sie kehrten ins Motel zurück, und Billy hätte gerne geraucht, er lechzte nach einer Lucky Strike – aber er fürchtete, daß Lucia dann noch mehr husten mußte. Er mußte an Tony denken, und wie es wohl wäre, wenn er mit ihm unterwegs wäre und nicht mit einem Mädchen und einem Hund – Tony fehlte ihm, seine Art, die Sorgen zu vertreiben, die Art, wie er diese schweren, übelriechenden mexikanischen Zigaretten geraucht und dazu Bier mit Bourbon getrunken hatte.

Billy setzte sich neben Lucia und küßte sie auf die Schulter; und erst in dem Moment wurde ihm bewußt, daß Lucia Tony gar nicht mehr hatte kennenlernen können, daß sie zwar viel über ihn gehört hatte, daß er aber für sie nichts bedeutete. Daß Lucia durch eine Reihe von Zufällen nie mit ihm zusammengetroffen war, obwohl er für Billy die Essenz seiner Lebensgeschichte war.

Das Motel befand sich an der Route 49, zwischen Kisachi Forest und Lake Simpley, an einer Kreuzung. Hier übernachteten die Trucker, die in den Süden nach New Orleans oder in den Westen nach Dallas fuhren: der Radau hielt bis zwei Uhr nachts an, es kamen neue Trucks auf den Parkplatz, Türen schlugen, man hörte Stimmengewirr, Lärm von Gepäckstücken, die aus den Kofferräumen geholt oder hineingestellt wurden. Billy konnte nicht einschlafen; draußen gab es den Lärm, und neben ihm rang Lucia tief und mühsam nach Atem. Mit offenen Augen im Dunkel liegend dachte er daran, daß sie über zweitausend Meilen und noch etwas darüber zurückgelegt hatten, während Lucia mit den Händen auf den Knien dagesessen hatte, ohne etwas anderes zu tun, als Drooby die Ohren zu streicheln. Eine quälende Schlaflosigkeit überkam ihn, er wälzte sich im Bett und lauschte dem Atem von Lucia und Drooby, der zusammengesunken neben dem Bett lag; er hörte die Geräusche aus dem Zimmer nebenan: jemand sah fern, Werbung und Teleshop-Empfehlungen – Gymnastik- und Küchengeräte, Kosmetika; gegen drei Uhr morgens war Billy völlig ausgemergelt, drehte Lucia den Rücken zu und schlief ein. Kurz danach erwachte er von ihrem Husten; als er die Augen aufschlug, sah er sie auf dem alten Sessel neben dem Tischchen sitzen, Drooby unnatürlich still zu ihren Füßen. Lucia versuchte den Husten zwischen ihren Handflächen zu ersticken. Sie hatte ein weites Baumwollhemdchen an und war von der Taille abwärts nackt; sie erschien ihm schön, zart und weiß, und plötzlich wollte er sie ficken, nicht lieben wollte er sie, er wollte nicht, daß sie sich viel anfaßten, er wollte sie einfach ficken. Aber er verscheuchte den Gedanken, richtete sich auf und sah sie voller Bedauern an, er wußte nicht, was er tun sollte.

Hast du die Tropfen genommen? fragte er.

Sie nickte mit dem Kopf, denn sie konnte nicht sprechen.

Kannst du nicht noch mehr nehmen?

Lucia antwortete nicht, sie hustete nur, so gedämpft sie konnte.

Drooby stand schwächlich am Ende des Zimmers und hatte die Schnauze in eine Ecke geschoben. Das fand Billy merkwürdig, aber es war nicht das einzige, was er an Drooby merkwürdig fand. Er setzte sich neben Lucia und nahm sie bei den Schultern. Er fühlte sich schuldig, daß er auf sie böse geworden war, weil sie ihn in die Sümpfe von Louisiana gebracht hatte, weil sie die Landkarte nicht richtig lesen konnte. Er mußte an Conny Fisher denken, wie sie ihm gesagt hatte, daß er nicht imstande sei zu lieben, daß das einzige, was ihn interessierte, die Scheißmotoren und die Scheißlevi's mit den Knöpfen vorn seien. Das war doch einfach nicht wahr; Billy verscheuchte auch den Gedanken an Conny. Als er Lucias Schulter berührte, erschien sie ihm seltsam weich, als hätte sie keine Knochen. Sie wollte gerade etwas sagen, Entschuldigung oder so, aber sie konnte nicht, sie hustete, hörte einen Moment auf und hustete wieder. Vor Husten standen ihr Tränen in den Augen. Billy sah sie husten, und sie schien ihm so wehrlos in dem Zimmer mit den abgeblätterten Wänden, dem abgetretenen Bodenbelag und den Wasserflecken an der Decke. Und er fragte sich, was er tun sollte, fragte sich auch, wie sein Leben ohne diesen Husten von Lucia wäre – wie es wäre, wenn er mit einem Mädchen nach Kalifornien unterwegs wäre, das vor Gesundheit strotzte und Auto fahren konnte wie alle gewöhnlichen Mädchen. Er schämte sich, daß er das dachte, und wußte nicht, von wo es ihm in den Kopf gekommen war und seit wann es sich dort befand. Und Lucia versuchte, tief Atem zu holen, damit sie genug Luft bekam. Aber es war nicht genug: sie hatte einen heftigen Schweißausbruch bekommen und war dann so bleich geworden, daß Billy wirklich einen Schrecken bekam; er ließ sie im Zimmer zurück und flitzte halbangezogen in das kleine Büro des Hotels, um einen Arzt zu holen.

Er rief bei der Ersten Hilfe an, die Telefontasten tanzten ihm vor den Augen, dann hörte man mehrere Klingeltöne, schließlich nahm jemand ab; Billy sagte, er befinde sich an der Route 49, gab den Namen des Motels an, da erst bemerkte er, daß es »Starway« hieß, und einen Augenblick lang bekam er Sehnsucht nach jener reizlosen Zeit, als er mit Conny und Jean Pauls an allen möglichen Orten herumgezogen war. Und mit Deidra Anderson. Er dachte mit Sympathie an Deidra zurück, einen Augenblick überlegte er sich, ob sie wohl mit Seth glücklich war oder mit anderen herumvögelte. Er erinnerte sich, daß sie zu ihm gesagt hatte, er sähe Al Pacino in seinen jungen Jahren ähnlich. Er wunderte sich über sich selbst: wie konnte er solchen Gedanken nachhängen, während er mit der Ersten Hilfe telefonierte. Es handelt sich um einen Asthmaanfall, sagte er, Sie müssen auf der Stelle kommen.

Sie kamen tatsächlich. Wenige Minuten nachdem Billy wieder bei Lucia war, sah er das blaue Licht des Krankenwagens unter der Leuchtschrift des Hotels. Er half ihr beim Anziehen und fuhr im *Hot-rod* hinter dem Krankenwagen her;

Drooby schien nicht geneigt, sich fortzubewegen, und so ließ ihn Billy, verwundert über seine Apathie, allein im Zimmer zurück. Lucia hatte schon fast das Bewußtsein verloren.

Man brachte sie in die Polyklinik irgendeiner Kirche in Nakitis, Billy wußte später nicht mehr, ob es die Methodisten oder Baptisten waren. Man brachte sie in einen Raum, und die Schwester am Empfang stellte ihm alle möglichen Fragen: Billy antwortete mit lauter Lügen, ohne zu wissen, warum eigentlich, ohne sich dabei auch nur im geringsten zu amüsieren. Er wünschte sich, daß sie ihn noch mehr fragte, um noch mehr Lügen erzählen zu können. Er sagte, er hieße Jacky Stuart – nach dem Namen eines Formel-1-Piloten – und daß Lucia in Missoula in Montana geboren sei; dort hatte Alfred B. Guthrie Jr. die meisten Jahre seines Lebens verbracht.

Sozialversicherungsnummer? fragte die Krankenschwester schließlich.

Ich glaube nicht, daß sie versichert ist, antwortete Billy. Es war der erste wahre Satz, den er von sich gab, auch wenn er sich nicht sicher war.

Die Schwester sah ihn mit einem ermunternden Lächeln an, das ein bißchen wie Spott wirkte.

Es gibt keinen amerikanischen Bürger ohne Sozialversicherungsnummer, meinte sie und wedelte mit dem Stift in der Luft.

Billy hob die Arme: Ich weiß es nicht, sagte er.

Er wartete etwa eine Stunde lang auf dem Flur – und hatte einen Drang zu rauchen wie nie im Leben; aber das Rauchen war verboten. Endlich kam ein Arzt und sagte zu ihm, sie müßte eigentlich die Nacht über hierbleiben, aber sie selbst will unterschreiben und wieder gehen. Sind Sie ihr Mann?

Nein, sagte Billy und fühlte sich auf der Stelle schlechter als vorher. So ungefähr, korrigierte er sich.

Überreden Sie sie zu bleiben. Wenn man Asthma hat, tut

man bestimmte Dinge, und andere tut man eben nicht. Man richtet sein Leben nach dem Asthma ein, verstehen Sie?

Billy verstand nicht.

Man lebt zum Beispiel nicht mit Hunden zusammen; Hunde verschlimmern das Asthma. Die junge Frau hat gesagt, sie hat einen Hund. Haustiere verschärfen die Symptome, selbst wenn es sich nicht um allergisches Asthma handelt. Verstehen Sie?

Billy verstand nicht.

Außerdem hat die junge Frau gesagt, daß sie sich von Schokolade und Bier ernährt. Das ist keine Ernährung für jemand, der Asthma hat.

Billy hörte aufmerksam zu.

Jawohl, sagte er.

Außerdem, sagte der Arzt wieder, muß jemand, der Asthma hat, Reisen im Frühjahr vermeiden. Es ist Frühjahr, schloß er, als hätte er es soeben erst selbst bemerkt. Und vor allem darf man nicht an Orte mit verschmutzter Luft gehen, zum Beispiel in Großstädte. Oder Industriegebiete.

Billy stand verlegen da und blickte den Menschen im Kittel an.

Jawohl, sagte er wieder.

Er dachte zum ersten Mal daran, daß Los Angeles ein Ort mit verschmutzter Luft war. Und ihm fiel Telis ein, der zu sagen pflegte, Los Angeles, das kannst du vergessen: Nebel und Schadstoffe.

Die Schwester machte ihm vom Empfang her ein Zeichen, etwas wie, komm mal her, ich muß dir was sagen. Sie stellte ihm eine Quittung aus: Zweihundert Dollar – Transport, Erste-Hilfe-Maßnahmen, Arztkosten, Medikamente. »Corticosteroide«, sagte sie, die Silben betonend. »Bronchodiastaltika«.

Billy hob die Arme ein bißchen und sagte:

Wir haben kein Geld.

Er mußte daran denken, was ihm der Arzt über Drooby gesagt hatte, daß er Lucia schaden sollte.

Die Krankenschwester nahm ihn mit einem Blick wie von einer Eule aufs Korn:

Kreditkarten?

Wir haben keine Kreditkarten.

Wir haben keine, echote Lucia.

Billy sah Lucia aus dem Raum kommen, extrem bleich, die Haare nach hinten gekämmt. Sie stellte sich neben ihn. Das tut mir alles total leid, sagte sie zu ihm. Ihre Stimme setzte aus.

Auf Wiedersehen, sagte Billy laut. Vielen Dank. Er nahm Lucia am Arm und zog sie auf die Straße hinaus. Sie stiegen in den *Hot-rod*, und Billy schien für einen Moment seine gute Laune wiederzufinden. Freßt meinen Staub, rief er und jagte zum Highway 49. Sie verschwanden in einer dunklen amerikanischen Nacht.

FRÜHLING

Als sich die Nacht auflöste und zum Tag wurde, sah alles leichter aus. Der März war voller Licht, der Himmel rot; in Texas erwartete sie der Frühling. Auf den Feldern reckten die Vogelscheuchen ihre langen Arme in die Sonne, die Rinder schauten hinter den Zäunen der Ranchs auf die Straße hinaus.

Lucia wirkte ruhig, ihr Atem hörte sich normal an, wie der jedes beliebigen anderen Menschen – aber Billy glaubte nun weniger daran, daß Kalifornien das Asthma heilen würde, daß es der Sonnenschein und die kalifornischen Heilmittel zum Verschwinden bringen würden. Sie hatten nie über die Krankheit geredet, deshalb hatte Billy auch nicht gewußt, daß sie durch Hunde und durch den Frühling schlimmer

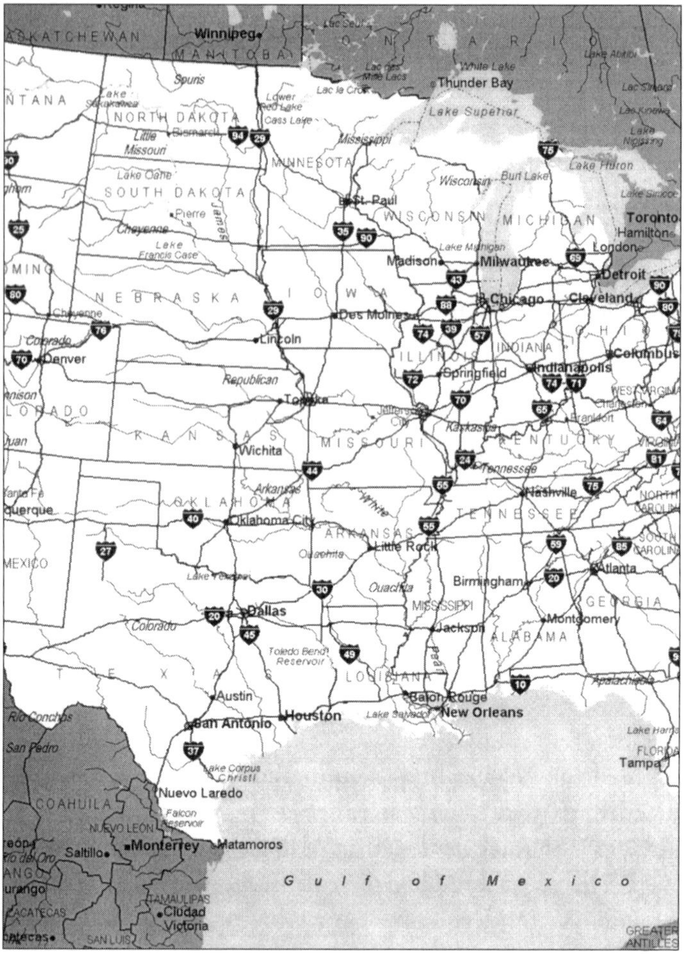

Winnipeg
MANITOBA
ONTARIO
Thunder Bay
Lake Superior
Lake Huron
Toronto
Hamilton
London
NORTH DAKOTA
Bismarck
SOUTH DAKOTA
Pierre
MINNESOTA
St. Paul
WISCONSIN
MICHIGAN
Madison
Milwaukee
Detroit
Chicago
Cleveland
NEBRASKA
IOWA
Des Moines
Lincoln
Denver
ILLINOIS
INDIANA
OHIO
Springfield
Indianapolis
Columbus
Topeka
KANSAS
Wichita
MISSOURI
KENTUCKY
Nashville
TENNESSEE
OKLAHOMA
Oklahoma City
ARKANSAS
Little Rock
Birmingham
Atlanta
GEORGIA
MISSISSIPPI
Jackson
Montgomery
ALABAMA
Dallas
LOUISIANA
Austin
San Antonio
Houston
Baton Rouge
New Orleans
TEXAS
Tampa
Nuevo Laredo
COAHUILA
Saltillo
Monterrey
Matamoros
Ciudad Victoria
Gulf of Mexico

wurde. Lucia hatte ihm gegenüber auch nie erwähnt, daß Rauch die Krankheit verschlimmerte und daß plötzliche Temperaturunterschiede, Feuchtigkeit und Kümmernisse Anfälle hervorrufen konnten.

Sie redeten nicht über viele Dinge: sie schauten sich an und streichelten sich, liebten sich, küßten und bissen sich, aber sie redeten nicht viel. Billy war daran gewöhnt gewesen, mit Tony zu reden, bis spät in die Nacht über Reisen und Autos zu reden, und mit Telis alles, was mit den Bräuten zusammenhing, exzessiv durchzukauen, in haarsträubenden Einzelheiten; auch mit Conny hatte er geredet, wenn sich Billy auch zuweilen gräßlich gelangweilt hatte – sie beschrieb ihm jeden einzelnen Tag, sie ließ nicht das geringste aus. Aber Lucia redete nicht viel, sie schien es nicht zu bedürfen; so reisten sie in den Süden und Westen, indem sie auf die Straße schauten, auf den Fluchtpunkt tief hinten, auf den Horizont, der sich rötlich färbte und veilchenblau wurde, wenn die Sonne versank. Dann hielten sie an den Motels, den billigsten Motels, denen, die keine Schildchen mit »Tiere verboten« hatten. Jedesmal, wenn sie das Verbotsschild sahen, mußte Billy an David Letterman denken, der zahme Hausdachse und Eichhörnchen in seine Sendung brachte.

Das Geld ging zur Neige: von den neunhundertsoundsoviel Dollar waren nur noch hundertfünfzig übriggeblieben. Es wurden hundertfünfundvierzig daraus, als Lucia fünf im Waschautomaten verlor; die Maschine hatte sie verschluckt. Sie hatten an einem einsamen Waschsalon angehalten, auf der Straße nach Corpus Christi, die nach Süden führte, parallel zum Golf von Mexiko. Es war ein Ort, der aussah, als ob es dort spukte, voller Aufschriften und Gebrauchsanweisungen auf spanisch; Lucia hatte die gemeinsame Kleidung in die Maschine gesteckt und das Waschmittel hineingeschüttet, aber die Maschine lief nicht an – sie begann erst zu funktionieren, als sie alle Münzen geschluckt hatte. Billy versuchte, es nicht schwer zu nehmen, nicht zu zeigen, was für Sorgen er sich wegen des Geldes machte und darüber, daß sich ihre Ankunft in Kalifornien so verzögerte. Er wußte nicht, warum er zugestimmt hatte, daß sie den Weg zur mexikanischen Grenze einschlugen, denn er entsprach nicht der direkten Linie der Interstate, und genausowenig, warum er zu diesen vergessenen Stränden gekommen war, den Fjorden des Südens. Andererseits dachte er dann wieder, lassen wir uns doch noch ein bißchen Zeit, bis das Wetter wärmer wird und wir ja vielleicht Geld auftreiben, wir können doch auf Stundenlohnbasis auf dem Feld oder in einer Werkstatt arbeiten. Als er klein gewesen war, hatte er zweimal in Michigan gearbeitet, auf Feldern mit Kirschbäumen, er hatte Kirschen gepflückt.

Sie wuschen und trockneten ihre Kleider in diesem einsamen Waschsalon; hockten wartend auf einem durchgesessenen Sofa und sahen zu, wie die Wäsche in der Trommel herumgewirbelt wurde. Billy rauchte, und Lucia versuchte dem Rauch auszuweichen, sie blätterte in den alten, zerrissenen Illustrierten, die auf den Waschmaschinen und Trocknern herumlagen. Drooby saß mit der Schnauze am Boden da: er wirkte tatsächlich zu Tode betrübt.

Er frißt nicht, sagte Lucia. Er hat seit zwei Tagen nichts mehr gefressen.

Sie hörte sich bekümmert an. Billy betrachtete den Hund; sein Fell schlug Falten, er sah abgemagert aus, wie geschrumpft.

Vielleicht ist er krank, sagte Billy fast zustimmend und ging zu ihm, um sich die Zunge und die Augen anzusehen. Lucia seufzte ein bißchen und sagte dann:

Er ist schon eine ganze Zeit krank – jetzt hat es sich wahrscheinlich verschlimmert.

Was hat er denn? Was sagt der Tierarzt? fragte Billy und

wunderte sich über sich selbst. Er wollte nicht, daß Drooby etwas zustieß. Drooby war ein Stück von Lucia.

Ich habe zum heiligen Judas gebetet, daß er wieder gesund wird, fuhr Lucia fort.

Wer ist denn das nun wieder? fragte Billy und ging auf sie zu, um ihr einen Kuß zu geben. Sie war so süß, wenn sie einmal zur heiligen Dympna und einmal zum heiligen Judas betete.

Er ist der Heilige für die aussichtslosen Fälle, sagte Lucia. Für die Geschöpfe ohne Hoffnung. Er ist der Bruder des heiligen Simeon, setzte sie hinzu, als sei der heilige Simeon ein Bekannter von Billy.

Die Katholiken spinnen, dachte Billy. Die spinnen ja noch mehr als die Orthodoxen. Er hätte am liebsten gelacht und sie in die Arme geschlossen und ihr viele Schokoladen gekauft.

Drooby ist ein Geschöpf ohne Hoffnung, fuhr Lucia fort. Ihre Stimme war fast erloschen.

Billy ließ die Zigarette zwischen den Lippen hängen. Plötzlich kam ihm zu Bewußtsein, daß er sich mit einem kranken Mädchen und einem kranken Hund auf einer Reise ins Unbekannte befand, daß ihn die Krankheit eingekreist hatte. Er erhob sich vom Sofa und trat hinaus in die klare Luft.

Meer

Es war Meeresluft, Ozeanluft. Sie kamen durch die Ölfelder und die Urlaubsorte von Osttexas, die Rentnerkolonien: Galveston, die kleinen Häfen der Matagorda-Bucht – und alles wirkte irreal, wie vom Winde verweht, von Möwenschwärmen bewohnt. Billy betrachtete Lucia, die den grauen Himmel betrachtete, den Himmel, der die Farbe von Asche hatte. Der Große Himmel des Alfred B. Guthrie Jr. sah aus, als käme er aus dem Inneren der Erde, von dort, wo die Toten begraben liegen; Billy schien es, als reisten sie unter der Erde.

Der Wetterbericht im Radio sprach von einem Sturm, von einem Zyklon, der aus Florida kam und die Küsten des Golfs von Mexiko heimsuchte. Als sie allerdings in Corpus Christi ankamen, wirkte alles ruhig, und Billy empfand eine jähe Freude, die sich leicht und gut anfühlte. Es war eine richtige Stadt, frühlingshaft, wach; voll mexikanischer Restaurants und riesenhoher exotischer Dattelpalmen, die sich im Wind bogen. Die Felder und Kleinstädte, durch die sie gefahren waren, hatten im Schlaf gelegen; in einem Schlaf wie Indianapolis, wie South Bend, und noch viel tiefer – aber Corpus Christi machte den Eindruck, als ob es daraus emporkam und sich streckte.

Sie hielten am Uferkai und schauten aufs Meer. Das ist also das Meer, dachte Billy, den Arm um Lucias Taille geschlungen, es ist blau und groß und von den Fabriken verschmutzt – und trotzdem glänzt es unter der warmen und verhangenen Sonne. Sie wohnten in einem Motel in der Lepard Street; der Typ, der in der Lobby saß, sah sich im Fernsehen Trickfilme an. Er schaute sogar auf den Bildschirm, während er ihnen die Zimmerschlüssel gab. Billy dachte sich, daß man in Motels keine Menschen kennenlernen konnte; man war allein – blieb allein; nicht einmal der Mensch an der Rezeption redete mit einem. Und wenn die Gäste morgens weggingen, ließen sie den Zimmerschlüssel in einem Kästchen, sie waren nicht verpflichtet, mit jemandem zu sprechen. Die Zimmermädchen, die ab und zu in Erscheinung traten, redeten erst recht nicht: sie konnten kein Englisch und hatten die Nase voll.

Als sie das Zimmer betreten hatten, breiteten sie ihr Geld auf dem Bett aus und zählten es noch einmal durch: Billy kam zu dem Schluß, daß es ihnen nicht reichen würde, um aus Texas hinauszukommen, nicht einmal, wenn sie im Auto schliefen. Er bekam eine Wut auf sich selbst, daß er auf Lucias Wünsche eingegangen war, auf ihr Bedürfnis nach guter Luft und nach Herumzigeunern.

Im Nebenzimmer stritt sich ein Paar; vor allem die Frau kreischte: Du gehst mir total auf den Geist. *Aber schon so total.* Billy fiel auf, daß er Lucia noch nie angeschrien hatte und daß sie ihn auch noch nie angeschrien hatte.

An diesem Abend gingen sie in einen Club, wo ein Bluesorchester auftrat: *Marc May and the Alligators*; es war schön, aber Billy hatte Zweifel, ob es in Texas echten Jazz gab – und dann entdeckte er beim Hinausgehen, daß sie ganze achtzehn Dollar ausgegeben hatten.

Ich telefoniere Earl an, sagte Lucia. Ich bitte ihn um hundert Dollar.

Sie sagte es zaghaft, sie war sich absolut nicht sicher, ob er es ihnen schicken würde.

Ist es denn nicht zu spät? fragte Billy. Vielleicht schläft er schon?

Er schläft nicht, sagte Lucia ganz sicher, als wäre Earl Nachtwächter oder etwas Ähnliches. Ihre Stimme brach ab, und sie begann zu husten.

Billy wollte noch mehr über Earl fragen, aber ihm gingen andere Dinge im Kopf herum. Ihn quälten Lucias Husten und dieser unglückliche Hund, der ständig Durst hatte und nicht mehr richtig laufen konnte. Er wußte nicht, was er tun sollte – er dachte, wenn sie es nur weiß. Er hoffte inständig, daß sie es wußte.

Okay, sagte er, sobald der Husten etwas nachließ. Gehen wir telefonieren.

Er versuchte seine Besorgnis zu verbergen, ging mit ihr bis zur Telefonzelle im Erdgeschoß des Motels, stellte sich an die Seite und rauchte; er hatte sich billige mexikanische Zigaretten besorgt – und rauchte sie ganz herunter, bis sie ihm die Finger verbrannten. Er hörte sie kurze Zeit sprechen, dann sah er sie den Hörer ganz dicht an den Mund halten, ihn mit der Hand abdecken. Tränen waren ihr in die Augen gestiegen, und sie sahen ganz, ganz groß aus. Als sie den Hörer auflegte, stellte Billy keine einzige Frage, er nahm sie nur an der Hand und ging mit ihr zu Fuß zum Hafen. Dort setzten sie sich hin und schauten auf die Pontonbrücke, die auf die gegenüberliegende Insel Mustang führte.

Lucia schaute auf die Insel …

Lucia schaute auf die Insel, aber sie träumte von Phoenix, Arizona, oder von Mexiko, was immer sich auf der anderen Seite der Grenze befand. Sie träumte generell nicht sehr stark von irgend etwas – sie blickte nicht weiter voraus als einen Tag, sie erwartete nichts. Seit damals, als ihr das Vertrauen in den Glauben abhanden gekommen war, als sie angefangen hatte, an allem zu zweifeln, hatte sie aufgehört, Wunder und Strafen zu erwarten. Selbst Earl hatte sie angerufen, ohne Hilfe von ihm zu erwarten, obwohl er ihr doch versprochen hatte, daß er ihr immer helfen würde, daß er ihr das ganze Leben lang zur Seite stehen würde.

Aber er stand ihr nicht zur Seite. Sie hatte ihn mitten in der Nacht angerufen, und er hatte sich nicht einmal Sorgen gemacht. Er hatte nicht einmal gesagt, ich geb dich an deine Mutter weiter. Aber vielleicht war ja ihre Mutter auch gar nicht da. Earl hatte gesagt, Mensch, *kid*, wo steckst du eigentlich, wo in Dreiteufelsnamen? Nein, ehrlich, ich hab keinen Cent; ich hab alles für das Scheißdach ausgegeben – ja, wir haben das Scheißdach reparieren lassen, es hat uns sechshundert grüne Lappen gekostet. Ist dir das klar? Aber wo treibst du dich eigentlich rum? Deine Mutter glaubt, daß du einen Ausflug mit dem College machst. Gesundheitlich alles okay?

Lucia hatte das Gefühl, daß Earl Theater spielte, daß er sich an ihr rächen wollte, weil sie Billy gefunden hatte und mit ihm ausgerückt war. Aber dann war sie sich doch wieder nicht so sicher – vielleicht hatte er sie auch wirklich vergessen. Vor zehn Jahren war alles ganz anders gewesen: Earl hatte sie sehr beeindruckt, er war sehr groß, stark und sonnengebräunt – er kam oft an die Hausecke und holte sie gemeinsam mit ihrer Mutter zum Spaziergang ab. Damals hatte ihr Vater noch gelebt, aber er unternahm mit Donatella nichts, sie gingen nirgends zusammen hin, redeten kaum miteinander; er war zwei, drei Nächte in der Woche fort – in der Nachbarschaft sagten sie, er hätte eine Frau in Jeffersonville, eine, die in einer Fabrik arbeitete, wo Bonbons hergestellt wurden. In ihrem Viertel in Elkhart und später im Trailercamp sprach sich alles herum, bis zu den unwahrscheinlichsten Details. Und Lucia fragte sich, ob die Schokoladekaramellen, die sie aß, wohl aus Jeffersonville stammten. Als sie in den Trailer zogen, zog sich Rossi endgültig in sich selbst zurück; er saß nur noch da und hörte sich Opern an – sie hatten ihm immer gefallen, aber in den letzten Jahren war es zur Manie geworden. Und Lucia hatte er nach seiner Lieblingsoper getauft, *Lucia di Lammermoor* – er konnte sie fast auswendig, das Libretto und die Musik; und einmal hatte er gesagt, der größte Fehler der Menschen sei ihre Leichtgläubigkeit – die Schwäche der Lucia von Lammermoor, hatte er gesagt, sei deren Leichtgläubigkeit gewesen.

Lucia ging in die Volksschule, als ihre Mutter Earl kennenlernte – es war die schlimmste Periode ihrer Krankheit, und Donatella war völlig zermürbt: sie glaubte, Lucias Asthma sei eine Heimsuchung Gottes, eines ungerechten und bösen Gottes. In den Nächten hustete Lucia so stark, daß ihr Vater und ihre Mutter nicht schlafen konnten; Donatella bekam hysterische Anfälle, und Rossi saß bei ihr und stopfte sie mit Codeinsirup voll – obwohl die Ärzte gesagt hatten, sie dürfe nicht viele Hustenmittel nehmen, weil ihr das noch mehr schaden würde. An einem dieser Hustentage lernte Donatella im *Wendy's* Earl kennen, der aus Cincinnati,

Ohio, gekommen war. Er lud sie zu einer Coca-Cola ein – auch Lucia, die still neben ihrer Mutter saß, spendierte er eine. Das einzige, was Lucia während des ganzen Abends von sich gegeben hatte, war, daß sie gern ein Eis mit viel Schokoladensirup essen würde. Earl bestellte ihr das Eis.

Earl hatte einen Laster, er machte Transporte in ganz Indiana und bis nach Ohio. Nach und nach bekam Lucia Earl öfter als ihren Vater zu sehen. Bei Earl ging es ihr wesentlich besser: Er achtete sehr auf ihre Mutter, er kümmerte sich um sie, kaufte ihr Sachen, holte sie zu Ausflügen ab; sie nahmen dann auch Lucia mit. Und seine Berührung hatte so etwas an sich, etwas Flüchtiges und zugleich noch etwas anderes, was ihr einen Schauer über die Haut jagte und auch ein bißchen Scham – am Anfang zumindest, denn sie hatte Angst, es sei eine Sünde; abends betete sie zur Madonna, sie möge ihr verzeihen, damit sie nicht gemartert würde, wie die heilige Agnes zur Zeit des Diokletian. Später begann Lucia allmählich die gruseligen Geschichten der Märtyrer zu vergessen und überließ sich Earls Armen: er gefiel ihr immer besser, sie verbrachte zahlreiche Stunden mit ihm, während sie auf ihre Mutter wartete – damals, als sie in der Fabrik in Gary arbeitete. Manchmal fuhren sie sie mit dem Laster in Gary abholen. Sie mochte Gary, die Industrieausdünstungen und den Lärm der Stahlwerke, die Kräne und die Waggons, die das Metall transportierten. Die Stadt starb nach und nach: Häuser brannten aus, Autos rosteten vor sich hin, Busse verrotteten, auf leere Grundstücke abgestellt, mit kaputten Reifen. Aber Lucia mochte sie – in Gary hatte sie die erstaunlichsten Dinge gesehen: einen Hund, der sich auf einem Sofa mit kaputten Sprungfedern sonnte, einen silbernen Zug, der Stahl beförderte, eine Gruppe von Kindern in schwarzen Baumwoll-T-Shirts, auf denen »Bestattungsinstitut Connors, Washington Street, Gary« aufgedruckt war. Und ein anderes Mal hatte sie mitten zwischen Stacheldrahtzäunen und den Gleisen der Güterzüge einen Menschen gesehen, der Geige spielte; er stand dort vor den Ziegelschloten, die Rauch ausspien, und spielte Geige. Später glaubte sie, sie hätte auf einem Bürgersteig einen Kinderwagen im Sturzregen stehen sehen – aber vielleicht hatte sie das auch geträumt.

Im Laster saß Lucia neben Earl, futterte Schokolade und besah sich die Welt von oben, sah zu, wie sich der Asphalt abrollte, wiegte sich auf dem Sitz – in der ersten Zeit gab ihr Earl Kleingeld und Spielsachen, später küßte er sie ganz weich und streichelte sie auf eine Weise, die ihr die Glieder lähmte. Es passierte nichts, was Lucia hätte weitererzählen können, und es passierte nichts, was sie veranlaßt hätte, diese Liebkosungen nicht zu mögen – sie lebte über zehn Jahre damit, und Earl blieb ein wunderbares Geheimnis. Selbst als Deidra eines Tages zu ihr gesagt hatte, Earl liebt doch mehr dich als deine Mutter. Ihre Mutter schöpfte auch keinen Verdacht, obwohl sie wußte, daß Earl kein Engel war und sie ihm alles mögliche zutraute.

Als Lucia in die vorletzte Klasse der Volksschule ging, schenkte ihr Earl einen Welpen; es war ein winziges Geschöpfchen mit kurzen Beinen, die nach außen gekehrt waren, mit einem Bauch, der fast am Boden schleifte; ein ulkiges Tier mit unverhältnismäßig großem Kopf, genau wie der Hund, den sie im Fernsehen immer in Zeichentrickfilmen sah und der Drooby hieß. Seine Schnauze war weiß, die Ohren braun, der Schwanz kurz, wie gestutzt. Earl sagte, es sei ein Basset-Jagdhund von der Sorte, die Le Couté hieß – er könne Hasen jagen, Hirsche, Vögel und sogar Füchse. Lucia war ganz aus dem Häuschen: sie hatte noch nie etwas völlig Eigenes besessen und noch nie einen so komischen Hund gesehen. Ihrem Vater log sie vor, sie habe ihn auf der Straße gefunden, der Hund sei ihr nachgelaufen; er fand ihn nett und übernahm sogar alle möglichen Pflegedienste, badete ihn, brachte ihm verschiedene Dinge bei, wie einen Ball fangen und wiederbringen und auf den Hinterbeinen sitzen; manchmal hatte Lucia Gewissensbisse, daß sie ihn dazu gebracht hatte, Earls Hund zu streicheln und zu füttern. Und andere Male wieder bekam sie einen Zorn auf ihre Mutter, weil die so viele Geheimnisse mit ihr teilte und weil alles so verwickelt war.

Sie tauften ihn Drooby, weil er dieser Zeichentrickfigur mit den kurzen Beinen und den riesigen Hängeohren so ähnlich sah – Drooby hieß aber auch einer der sieben Zwerge im Schneewittchen, der, den Lucia immer mit der Schlafmütze verwechselte. Und während Lucia größer wurde, wurde auch Drooby neben ihr größer. Er wurde größer und schwerer; nach kurzer Zeit war es schon schwierig, ihn auf den Arm zu nehmen. Einer ging neben dem anderen her; sie legten zu Fuß große Entfernungen zurück, machten Streifzüge durch das Viertel, in dem sie wohnten, als Rossi noch den Laden mit den Posaunen hatte, und später durch die Trailersiedlung. Lucia und Drooby waren unzertrennlich; sie waren beide einsam, langsam und irgendwie zerstreut – Drooby hatte nicht die geringste Ähnlichkeit mit den Hunden, die spielen und kluge Dinge machen; er folgte Lucia einfach überallhin, wartete vor der Schule auf sie und vor der Eisdiele, in die sie mit Deidra ging. Und wenn sie Asthmaanfälle hatte und so viel husten mußte und keine Luft bekam, stellte sich Drooby in die Zimmerecke, die Schnauze zur Wand gekehrt. Er gab keinen Mucks von sich, sondern wartete bloß mit dem Blick zur Wand.

Als Lucias Vater starb, atmete Donatella auf; die erste Zeit verlegte sie sich ein bißchen aufs Beten, ging alle zwei, drei Tage in die Kirche, sprach Gebete zur Santa Agatha, war im Geiste zu ihren und Rossis Wurzeln zurückgekehrt, zum Aspromonte, zu den vergessenen Feldern zwischen Sant' Eufémia und Ardore. Sie fuhr oft zu ihrer Mutter nach La

Port und verbrachte mit ihr die Wochenenden – plötzlich tat sie ihr leid, weil sie ganz allein in einem Industriegebiet wohnte, neben einer Kühlschrankfabrik. Und sie bat die Santa Lucia um Vergebung, die Beschützerin der verirrten Frauen, die die betrogenen Ehepartner mit Blindheit schlug, damit sie die Schande nicht sahen. Sie beichtete jeden Sonntag, kam mit verquollenen Augen nach Hause zurück; dann vergaß sie Rossi allmählich und was sie sich gegenseitig Schlimmes angetan hatten – sie bat Earl, sie zu heiraten, aber er lehnte ab.

Was hätten wir denn davon? sagte er zu ihr.

Donatella nahm es sich sehr zu Herzen, sie fiel in finstere Trübsal – sie glaubte, wenn jemand eine Frau liebte, heiratete er sie auch. Wenn er sie nicht heiratete, bedeutete es, daß er sie nicht liebte. Aber sie verließ ihn nicht, sie hing sich ganz im Gegenteil an ihn – außerdem konnte sie von den achthundert Dollar im Monat nicht leben, und Earl schoß immer etwas mit zu. Zu dieser Zeit lernte Lucia Rodney Gibbs kennen, einen Jungen, der von Elkhart zum Arbeiten ins Trailercamp kam; er war aufs Technical College gegangen und kannte sich mit Elektro- und Wasserinstallationen aus. Sie fingen an, abends miteinander auszugehen, Donatella setzte ihr zu, sie solle ihn heiraten; Rodney sei ein guter, katholischer Junge, der sich mit der Einrichtung von Installationssystemen in Trailerparks selbständig machen wolle. Und Donatella wollte von Lucias Gegenwart befreit sein und die Sorgen mit ihrem gräßlichen Husten endlich beiseite schieben können. Wenn Lucia einen Anfall bekam, hatte Donatella schon gelegentlich erwogen, sie ersticken, sie sterben zu lassen. Auch Earls Verhalten fand sie störend, er beschützte Lucia, aber sie selbst beschützte er nicht – und es war, als hätte er nicht begriffen, daß die Kleine nicht mehr klein war, er sagte ewig *»kid«* und *»kiddo«* zu ihr, ewig »iß doch«, ewig »hast du deine Tropfen genommen«, »hast du inhaliert«. Er machte sich Sorgen wegen des Asthmas; und einmal, als er Donatella gefragt hatte, ob sie auch »alles getan habe, was für die Gesundheit der Kleinen erforderlich war«, hatte sie geantwortet: Sie wird eben lernen, mit dem Asthma zu leben, wie andere mit der Migräne leben.

Lucia hatte über lange Zeit ein Fieber gehabt, das mit dem Asthma nichts zu tun hatte; auch wenn das Asthma mit allem etwas zu tun hatte: damit, daß sie in der Schule keinen Sport treiben und an keinen Ausflügen teilnehmen konnte. Das Atmen, das für andere die einfachste Sache der Welt war, schien für Lucia eine regelrechte Hochleistung zu sein. So verbrachte sie viele Stunden allein und hörte dabei auf ihren Atem; sie saß mit Drooby im Trailer und las, sah fern und schrieb in ihr Tagebuch, ein Heftchen, das sie am Ende verlor. Sie aß Pommes frites von McDonald's und Schokoriegel – Schokolade mit Kirschfüllung und Mars und anderes mit Haselnüssen darin. Sie hatte keine speziellen Vorlieben, sie mochte alle Schokoladesorten, außer denen, die etwas Weißes und Weiches innen hatten, etwas, was nicht schokoladig war.

Meistens übernachtete ihre Mutter bei Earl – und manchmal kam Rod und schlief bei Lucia; aber er langweilte sie ein bißchen. Er fand es gut, gemeinsam mit ihr dazusitzen und fernzusehen, Basketballspiele und Eishockey, Cola schlürfend und Chips knabbernd. Und sich zu lieben und dabei verschiedene Shows zu sehen; es war nicht schlecht, aber es war die Art Sex – hatte Lucia das Gefühl –, die nach kurzer Zeit abflaut. Das heißt, er hatte etwas Stürmisches, etwas Hastiges, etwas Dringliches, aber irgend etwas fehlte, und Lucia wußte nicht, was. Und dennoch hätten sie geheiratet, wenn nicht passiert wäre, was dann passierte.

Bis Lucia begonnen hatte, mit Jungs zu gehen, war Earl zu ihr ruhig, geduldig und lieb gewesen. Zu ihr war er lieber als zu irgendeinem anderen Menschen. Donatella sagte immer, wenn du schon so ein guter Vater bist, warum kriegen wir dann nicht zusammen ein Kindchen, warum heiraten wir nicht – wieder und wieder hatte sie es gesagt, bis sie die Hoffnung verlor. Als Lucia zum ersten Mal mit einem Jungen aus der Schule ausging – in der vorletzten Klasse –, gab es eine fürchterliche Szene; Earl sah sie spätabends mit ihm in den Trailerpark zurückkehren und stoppte den Laster, sprang heraus und packte sie am Oberarm. Der Junge hielt sich etwas abseits und sah entgeistert zu, völlig verschreckt – er forderte sie nicht mehr zum Ausgehen auf. Lucia imponierte Earls Haltung, die Art, wie er sie am Arm gepackt und in den Laster gezerrt hatte – hinterher hatte er zu ihr gesagt, du gehörst mir. Das imponierte ihr, wenn sie auch eine leichte Unruhe spürte – was würde passieren, wenn sie sich glühend in jemanden verliebte und mit ihm leben wollte? Oder von Elkhart weggehen?

Mit Rod spielte sich nichts dergleichen ab. Sie hatte sich in ihn nicht glühend verliebt und wollte auch nicht mit ihm weggehen. Doch obgleich Earl zu Beginn Verständnis zeigte – er versuchte, sich unter Kontrolle zu halten –, bekam er zwei, drei Monate später einen jähen Anfall, und er schlug sie. Er hatte sie nicht schlagen wollen; Donatella war nicht da – sie war bei der Arbeit. Earl war in den Trailer gekommen und wartete auf Lucia – irgendwann sah er durch das kleine Fenster, wie sie mit Rod ankam, und Rod hielt sie um die Taille gefaßt – sie machten vor der Tür halt, und er legte ihr die Hand auf die Brust; sie blieben eine Weile dort stehen, und Rod sah zum Fenster hinein und sagte zu ihr, da ist jemand drin.

Es wird die Mama sein – oder Earl, sagte sie.

Verdammt, ich wollte mit dir ins Bett, sagte Rod, und Earl sah, wie sie sich küßten.

Als Lucia hineinkam, schlug Earl sie ins Gesicht. Er wußte nicht, warum er es tat, aber er tat es eben. Drooby jaulte auf, bewegte sich auf ihn zu, dann bereute er es. Auch Earl bereute es, er wollte sie in den Arm nehmen, aber innerlich kochte er und hatte Angst, er könnte ihr etwas antun. Sie stand da und hielt sich die Wange, ohne etwas zu sagen.

Sag was, meinte er. Sag irgendwas. Er machte einen sehr bekümmerten Eindruck.

Aber sie sagte nichts. Sie ging in ihr Zimmerchen am Ende des Ganges, holte auch Drooby hinein und schloß still die Tür. Sie spürte, daß die Santa Lucia sie mit grimmigem Blick ansah, daß ihr die Santa Agatha mit ewiger Strafe in der Hölle drohte.

Von dem Tag an begannen die Dinge mit Rod immer schlechter zu laufen. Lucia war zerstreut; wenn sie sich liebten, überlegte sie, wie es wäre, wenn sie ihn nicht heiratete, wenn sie von Elkhart und von Indiana wegginge. Manchmal sann sie darüber nach, wie es wäre, wenn Earl nicht der Mann ihrer Mutter wäre, sie rechnete sogar nach, wieviel älter er war als sie; zwanzig Jahre älter – das war nicht viel, es war aber auch nicht wenig.

Und dann fuhr Donatella an einem Wochenende nach La Port zu ihrer Mutter – am Montag wollte sie sie nach Elkhart zu Lucias Hochzeit mitbringen, die am Mittwoch stattfinden sollte; Earl fuhr sie mit dem Laster nach La Port und kehrte dann nach Elkhart zurück, ging direkt zum Trailer; er klopfte an die Tür, wartete ein bißchen, Lucia machte ihm halb angezogen auf – sie war mit Rod zusammen. Earl setzte sich in den Sessel, ohne die Jacke auszuziehen, und sagte mit leiser Stimme, sag ihm, er soll gehen. Er saß da und wartete mit den Händen in den Taschen.

Und Lucia sagte Rod, er solle gehen. Rod zog sich an und ging – es war vier Tage vor der Hochzeit. Er ließ sich nicht mehr beim Trailer blicken, und später erfuhr Lucia, daß er als Freiwilliger zum Peace Corps gegangen war. Aber als sie mit Earl allein blieb, war sie sich gewiß, daß sie aus der Stadt weg wollte, daß sie wollte, daß alles aufhörte; und sie empfand wieder dieses Gefühl der aberwitzigen Sünde, die Drohung, daß jemand sie unerbittlich bestrafen würde. Während dieser ganzen Nacht wachte sie immer wieder auf: sie hörte Geräusche, glaubte, ihre Mutter sei gekommen und stünde an der Tür und sähe sie zusammen daliegen. Und ein Husten überfiel sie, der schlimmste Husten des Jahres, obwohl sie angefangen hatte, ein neues Medikament zu nehmen. Sie hustete, und ihr Körper glühte, ihre Brust ging in einer Todesangst hoch und nieder, wie sie sie ihrer Erinnerung nach noch nie gehabt hatte. Sie nahm es Earl übel, daß er darauf bestanden hatte, bei ihr im Trailer zu schlafen, daß er ihre Mutter so behandelte und ihr Schicksal herausforderte. Morgens war sie zu Tode erschöpft, sie konnte kaum aus dem Bett kommen – und Earl begriff, daß er sie nicht mehr in den Armen halten würde.

Wenn du mich brauchst – fing er zu sagen an. Aber du wirst mich nicht brauchen, sagte er.

So hörten sie damit auf, sich zu sehen. Und Lucia fühlte eine Last von sich abfallen; sie weinte ein paarmal, betete zur Santa Agatha und den anderen Heiligen, die sie von ihrer Mutter kannte – die heilige Dympna, die alle beschützte, die an psychischer Zermürbung litten. Sie bat Gott um Vergebung, danach überfiel sie der Wunsch, Earl zu sehen, schließlich dachte sie an Donatella und wurde von Verzweiflung überwältigt. Das einzige, was sie wollte, war, daß sie nie etwas erfuhr.

College

Donatella erfuhr nichts. Doch aus irgendeinem Grund, den sie auch selber nicht kannte, erschien ihr Lucia überhaupt nicht so liebenswert, wie sie den anderen erschien; zwei- oder dreimal hatte sie gesagt, wenn ich nicht katholisch wäre, hätte ich eine Abtreibung machen lassen. So redete sie immer: Wenn ich nicht katholisch wäre, hätte ich dieses gemacht, hätte ich jenes nicht gemacht. Sie war katholisch: freitags aß sie Fisch, und sie hatte Angst, für ihre Sünden hart bestraft zu werden. Und als Lucia die Highschool abgeschlossen hatte, wollte sie sie als Interne in die Katholische Universität für Mädchen stecken, um sie endgültig loszusein. Aber sie hatte kein Geld und konnte auch nicht so viel von Earl verlangen – er war kein Rockefeller, und außerdem zahlte er seiner ersten Frau Unterhalt. So ging Lucia auf das College in South Bend; sie ging, weil es schade gewesen wäre, nicht zu gehen; in der Schule war sie eine gute Schülerin gewesen, hatte sich für alles interessiert, hatte gelesen; sie mochte Bücher, sie konnte die Gedichte von Elizabeth Bishop, die Erzählungen von Flannery O'Connor auswendig. Die Gedichte von Elizabeth Bishop handelten von dem, was sie fühlte, und die Erzählungen von Flannery O'Connor von dem, wovor sie sich fürchtete – aber sie hatte keine Neigung, kein Talent; Earl hatte immer zu ihr gesagt, deine Gabe ist deine Haut, deine zarte Haut. *Das Gedicht bist du.* Lucia war anfangs rot geworden, dann hatte sie für sich allein ihre Haut angefaßt, um zu sehen, wie zart sie war. Und sie fragte sich, ob wohl noch ein anderer auftauchen würde, der sie so schön fand wie ein Gedicht von Elizabeth Bishop.

Seit sie ins College eingetreten war, hatte Lucia tief Atem geholt – so tief sie nur konnte – und ihr Leben wieder neu angefangen. Sie ging zum Unterricht und zu den Festen, ging mit allen möglichen Jungs aus und mit Deidra Anderson, die seit der Schulzeit ihre Freundin war. Und mit allen möglichen anderen Jungs, sie sie über Deidra kannte, denn Deidra kannte alle, sie stellte Nachforschungen an, um den Richtigen zum Heiraten zu finden. Sie hatte eine Kartei mit Kandidaten: sie notierte, wer sich hatte scheiden lassen, wer verfügbar war, wer nicht, wer es demnächst sein würde, und Lucia meinte, Deidra sei haargenau so wie Dolly die Kupplerin.

Jedenfalls war es ein schönes Jahr, voller Gelächter und Spritzfahrten nach Fort Wayne und Chicago, voller Pläne für den Abend und für Sonntagsausflüge. Lucia überlegte, wie ihr Leben ohne Asthma wäre, so wie sie kurz vorher überlegt hatte, wie ihr Leben ohne Earl und ohne Rod wäre. Manchmal spekulierte sie, wie es ohne South Bend und Elkhart, Indiana, wäre, und ob sie wohl je quer durch Amerika reisen würde, ob sie mit Drooby gemeinsam in das warme Klima kommen würde – wie John Steinbeck, der mit seinem Hund Charly von einer Küste zur anderen gefahren war. Lucia lachte in sich hinein und wurde dann ganz plötzlich ernst – wie es wohl in Phoenix, Arizona, war, wo das Klima trocken war, die Palmen kleine Blätter hatten und die Kakteen wie riesige Kandelaber aussahen? Es mußte schön sein. Hier ist es schön, schrieb ihr ihre Kusine Stella, es gibt eine Menge Schwimmbäder. Und acht von zehn Tagen Sonne.

Jeden Tag dachte sie daran: sie dachte daran, fortzugehen, den Bus oder Zug zu besteigen; Auto fahren hatte sie nie gelernt; im Normalfall fuhr Deidra, ab und zu verschiedene Mitstudenten – und als sie mit Rod zusammengewesen war, fuhr Rod. Außerdem hatte Earl sie chauffiert, wohin sie wollte, und kam sie danach auch abholen. Manchmal hatte er vor den Kneipen oder Kinos auf sie gewartet. Lucia kannte keinen, der nicht Auto fahren konnte, außer sich selbst. Sie ging gern zu Fuß, machte Autostop und studierte die Fahrpläne der Züge; und im Sommer schickte Deidra sie dann zur Verteilung der Hochzeitseinladungen los, weil es ihr Spaß machte, hier und da herumzukommen, und weil sie sie selbst auf die Idee gebracht hatte. Lucia freute sich, daß Deidra Seth gefunden hatte, wenn sie sich auch für sich selbst eine leidenschaftlichere, verrücktere Liebe wünschte – und gerade in den Tagen, als sie sich das durch den Kopf gehen ließ, lernte sie Billy Morrow kennen, der in einer Werkstatt in Elkhart arbeitete.

Gleich als sie ihn über den Motor eines Autos gebeugt sah, fand sie, er hätte eine schöne Figur – sie fand es, als sei Billy ein Geschenk in einer Verpackung. Dann sah er in ihre Richtung, ins Licht, und war ein bißchen verschmiert vom Maschinenfett, und sie hätte am liebsten ein Papiertuch genommen und ihm die Wange abgewischt. Er hatte ganz große braune Augen und langes Haar, das zu einem Pferdeschwanz gebunden war, lange Hände und Finger; schöne Finger, auch wenn sie voll Motoröl waren. Sie gab ihm die Einladung und ging wieder weg, und in den folgenden Tagen dachte sie nicht viel an ihn, sie glaubte nicht, daß Billy zur Hochzeit kommen würde – aber er kam und war so schön, daß einem die Luft wegblieb. Er trug etwas wie einen Anzug – er sah nicht wie ein Grieche aus, und ganz sicher nicht wie ein Italiener. Sie hatte zu Deidra gesagt, er sieht aus, daß einem die Luft wegbleibt, und sie hatten sich halbtot gelacht, weil Lucia ja leicht die Luft wegblieb und sie Theopyllin nahm, damit sie nicht wegblieb.

Auf der Hochzeit starrten alle Billy an, aber es war ihm nicht bewußt – und irgendwann hatte sich Deidra zu Lucia gebeugt und gefragt: Wie gefällt er dir? Seine Freunde sagen Dudes zu ihm. Das hatte ihr Deidra schon einmal erzählt, Lucia wußte es.

Ist er nicht süß?

Deidra fand allerdings alle süß; sie waren sich zum ersten Mal darüber einig, daß einer süß war.

Er sieht haargenau aus wie der Typ, der für die Levi's Reklame macht, hatte Deidra gesagt. Der, der sich die Levi's im Waschsalon auszieht und sich dann hinsetzt und wartet.

Er sah nicht aus wie der Typ, der für die Levi's Reklame machte, aber von dem Moment, als sie ihn auf der Garden

Party gesehen hatte, wußte Lucia, daß sie sich in ihn verlieben würde – und von da an dachte sie in Momenten, wo sie ihn nicht sah, daß Rod doch sehr hinter ihm zurückblieb, und daß Earl doch ein bißchen reichlich alt war und ein bißchen seltsam, weil er diese Dinge mit ihr gemacht hatte, obwohl sie noch so klein war. Billy war jung, schön, gesund und küßte phantastisch – phantastisch. Und in seiner Gegenwart schien alles möglich – selbst die Zukunft schien vorhanden, nahe und real zu sein.

Die Zukunft war eingetroffen …

Die Zukunft war eingetroffen, und am zweiten Tag in Corpus Christi fuhren Dudes und Lucia mit dem *Hot-rod* ins Einkaufszentrum hinunter, um einen Job für einen Tag zu finden. Sie ließen Drooby mit einer Schüssel Wasser im Auto zurück; Drooby hatte ständig Durst. Lucia wirkte sorglos, sie sang leise *Sing me a rainbow*, hielt Billy an der Hand. So liefen sie eine Zeitlang zwischen den Gebäuden herum. Bei einem Friseurgeschäft, das gleichzeitig Schallplattenladen war – es hieß *Little Queenie* –, sahen sie einen Zettel an der Glastür kleben: »Aushilfe für Archivierungsarbeiten gesucht«. Sie traten ein: es war ein uralter Laden, der Schallplatten aus den Fünfzigern verkaufte, Rock 'n' Roll und Schnulzen. Billy mußte an das Friseurgeschäft denken, in das sein Vater ging, ein Barbershop aus den Anfängen des Jahrhunderts, wo an der Wand ein Rähmchen mit einem Gedicht von Theodore Dreiser über den Wabash[16] hing. Die beiden Friseurgeschäfte waren grundverschieden.

Kaum hatte der Friseur einen Blick auf Billy geworfen, begann er sich schon die Hände zu reiben. Das wird mir ein Vergnügen sein, junger Mann, sagte er und fixierte den Pferdeschwanz. Noch bevor Billy antworten konnte, erzählte er ihm, daß er auf Militärhaarschnitte und Brillantinefrisuren spezialisiert sei – und daß er ein ehemaliges Mitglied einer Motorradgang sei, so einer, die vor dreißig Jahren die Wei-

[16] Volkslied mit Versen von Theodore Dreiser und Musik von Paul Desser. (Anm. d. Übers.)

ber terrorisiert hätte. Beim Abdrehen war ich der erste, sagte er. Er hatte einen starken texanischen Akzent, ließ die Endsilben weg, zog die Wörter in die Länge. Billy fragte sich, wie es wohl gewesen wäre, wenn er in den Fünfzigern gelebt hätte, und ob er sich so wie Marlon Brando in *The Wild One* hätte anziehen und frisieren müssen. Er beschloß, daß es ein Glück für ihn war, im Jahr neunzehnhundertneunzig zu leben und einen Pferdeschwanz zu tragen.

Als Billy sagte, sie seien wegen der »Archivierungsarbeiten« gekommen, meinte der Friseur »Ach so« und führte sie ins Hinterzimmer, das voller Kartons mit Platten stand. Ihr müßt die Platten aus den Kartons nehmen, sie abstauben, in diese Plastikhüllen stecken und den Nachnamen nach alphabetisch ordnen, sagte er. Buddy Holly wollte er bei Holly, Little Richard bei Richard stehen haben. Er zahlte vierzig Dollar, und die Arbeit mußte in spätestens zwei bis drei Tagen abgeschlossen sein. Billy sagte, wir machen es in einem.

Sie brauchten die vierzig Dollar in einem Tag. Danach mußten sie weg, fand Billy.

Diese Nacht verbrachten sie im *Hot-rod*, morgens taten ihnen sämtliche Knochen weh; Billy jammerte, er wolle sich sofort die Zähne putzen. Sie gingen ins *Shoney's* und tranken Kaffee, putzten sich in der Toilette die Zähne, und Billy rasierte sich, weil er nicht gerne unrasiert blieb. Sie streckten ein bißchen die Beine aus, um sie zu lockern – Billy nahm Lucia bei den Ellbogen und zog sie etwas am Rücken hoch, damit, wie er meinte, die Knochen wieder an ihren Platz kämen. Dann traten sie in das Friseurgeschäft *Little Queenie* und machten sich an die Arbeit mit den Schallplattenkisten; sie teilten das Alphabet in zwei Teile und ordneten alles nacheinander ein. Billy hatte erwartet, die Platten von Wes zu finden oder wenigstens andere Jazzplatten, Jazzer aus Texas und New Orleans, aber nein, es gab nur verschiedene Typen mit Schmachtlocken, Rockabillys und Cowboys; die meisten waren ihm unbekannt. Es gab auch Troubadoure der Arbeiterklasse, die Billy gar nicht kennen wollte.

Billy arbeitete schnell, ihn schreckte der Gedanke, noch einen weiteren Tag in Corpus Christi zu verbringen; aber Lucia sah sich die Plattencover an, sagte bei Brenda Lee, schau nur, wie sie aussieht, wie die Haare toupiert sind, und bei Fats Domino, du lieber Gott, ist der dick. Sie sagte es fast, als redete sie mit sich selbst, aber Billy war etwas böse, weil er das Gefühl hatte, daß Lucia nicht merkte, wie die Zeit verstrich. Und andererseits erschien ihm diese etwas zerstreute Art sich zu bewegen unendlich attraktiv, das Erotischste, was er je gesehen hatte. Er betrachtete sie zwischen diesen Stapeln von staubigen Platten, zwischen den braunen Pappkartons und den Vinylhüllen; ihr Kleid ging hinten etwas nach oben, und wenn sie sich bückte, sah man ihre Haut, lebendig, zart – kindlich; die Knie waren voll blauer Flecken – Lucia stieß sich ständig an den Gegenständen an –, und Billy begehrte sie so sehr, daß ihn der Körper schmerzte.

Als sie aus dem Friseurgeschäft kamen, war es schon Nacht, und sie fühlten sich beide völlig erschöpft. Während sie auf den Wagen zugingen, begann Lucia mit dem Lied *Sing me a rainbow, Josie, sing me a rainbow if you can* – sie sang es vergnügt und ließ dabei ganze Strophen aus, wie ein kleines Mädchen in der Schulpause. Sie sagte, sie wolle gern einen Milchshake mit Schokolade trinken: Kann ich? fragte sie. Billy schloß sie ganz fest in die Arme und vergaß einen Augenblick lang, daß sie kein Zimmer hatten, daß er kein großes Bad nehmen konnte und sie auch nicht auf reinen weißen Laken umarmen konnte.

Das Lied hab ich gehört, als ich sieben war, sagte Lucia plötzlich.

Sie legten sich, so gut es ging, auf den Sitzen des *Hot-rod* zurecht, Lucia mit Drooby hinten, Billy vorne; er hüllte sich bis obenhin in seinen Mantel und schlief sofort ein.

Gegen Ende der Nacht hatte er einen seltsamen Traum: Er befand sich mit Tony im Vorhof des Gefängnisses von Michigan, und sie wiegten sich rhythmisch wie im Tanz – von weitem erklang *Blue Gardenia* mit Dinah Washington, oder vielleicht war es ja auch *Bye, bye, Blues*, auf jeden Fall ein Lied, das Dinah sang. Als sie sich so auf der Stelle bewegten und dabei leicht ihre Fußsohlen hoben, brach Tony irgendwann auf der Erde zusammen, und der Klang hörte sich jetzt so an, als käme er von einer verstimmten Gitarre (von Wes?) – Billy ging zu Tony und sah mit Entsetzen, daß er leer war, daß nur noch sein Anzug da war. Innen steckte nichts. Billy wachte auf und blieb eine Weile nachdenklich liegen. Dann vergrub er den Kopf im Kissen und fragte sich, ob ihm Tony wohl aus der anderen Welt eine Botschaft sandte.

Fünfzig Dollar

Am Morgen hatte er die Botschaft vergessen, aber an Tony dachte er noch, und wie sehr ihm die Küste des Golfs von Mexiko gefallen hätte, wie phantastisch er das Meer gefunden hätte; und wie ungeduldig er gewesen wäre, auf die Route 66 zu kommen, die Straße in den Westen. Es war, als hätte Tony gewußt, daß er den Westen nie sehen würde – er hatte immer gesagt, wenn wir nur bis Chicago kommen; laß uns wenigstens in dem beknackten Chicago leben, wo die Langfinger und die Fixer hausen. Und er hatte gelacht, weil ihm alles zum Lachen vorkam.

Sie brachen fast sofort auf: Billy hatte es eilig, Mitteltexas zu durchqueren und in Amarillo auf die Route 66 zu stoßen. Danach führte die Straße direkt in den Westen. Als der *Hot-rod* über den National Highway auf San Antonio zuflitzte, versuchte Billy Ordnung in seine Gedanken zu bringen: sie hatten im Friseurgeschäft vierzig Dollar verdient, hatten sich für mindestens zwei Tage Benzin gesichert; es würde ihnen bis zur Grenze von New Mexico reichen. Lucia saß schweigend da und spielte ein bißchen am Radio herum; in einem Moment, als Billy gerade voll Unbehagen dachte, daß sie in Texas nur Countrymusik spielten, war Lucia hocherfreut: es wurde ein sehr schönes Lied von Emmylou Harris gespielt – *Amarillo*. Und plötzlich empfand Billy Erleichterung und Ehrgeiz, er sagte, Amarillo, wir kommen, obwohl es noch über fünfhundert Meilen entfernt lag, jenseits der Gebiete, in denen die Komantschen gelebt hatten, und jenseits des *Land of the Hills*.

Wir sind schon ganz bald in Kalifornien, sagte Lucia leise. Sie sagte es unvermittelt, und Billy drehte sich zu ihr und sah sie erstaunt an. Er gab keine Antwort.

In Phoenix ist es jetzt heiß, sagte Lucia wieder. Und setzte dann, noch bevor Billy dazukam, etwas zu empfinden, hinzu: Glaub nur nicht, ich will, daß wir nach Phoenix fahren. Ich will gar nicht, daß wir nach Phoenix fahren.

Selbst wenn wir es wollten, können wir nicht – begann Billy zu sagen. Er fuhr mit siebzig Meilen pro Stunde, er puschte den *Hot-rod* enorm; der Motor war alt, er hielt es eigentlich nicht aus. Aber Billy mußte an Tony denken, der immer gesagt hatte, *Step on it, man*, und dabei gelacht und mit den Armen aus dem Fenster gewedelt hatte.

Auf dem Weg nach San Antonio hielten sie zweimal an: Drooby erbrach sich, er gab eine dünne, grünliche Flüssigkeit und gleichzeitig Blutklumpen von sich. Das erste Mal blieb Billy stehen und betrachtete den Zaun am Rand des Chako Canyons, und Lucia betrachtete Drooby, der seine Innereien herauswürgte. Das zweite Mal ging Billy in einen kleinen Saloon und aß einen mit Zucker bestreuten Doughnut, während Drooby kotzte und Lucia nicht wußte, was sie tun sollte. Dann fuhren sie traurig weiter bis San Antonio;

während sie auf der Autobahn dahinrollten, sah Billy einen Autofriedhof – er hatte den Eindruck, er könne unter dem ganzen Eisenzeug den Kadaver eines Study ausmachen; er bremste leicht, wandte den Kopf um, es war ein Study Hawk – Billy hatte ein komisches Gefühl: als stürbe einer seiner Bekannten langsam am Rand der National Road.

Texas rief bei ihm ein Gefühl der Beunruhigung hervor: er sah zwei Menschen, die Tarnuniformen trugen, und Billy erschrak – die Armee schreckte ihn, die Waffen schreckten ihn, die Ranger schreckten ihn und die Farmer, die zu religiösen oder militärischen Organisationen gehörten, schreckten ihn ebenfalls. Und die Schilder »Don't mess with Texas« machten auf ihn einen ungastlichen und bedrohlichen Eindruck – er hatte die Befürchtung, in Texas könnten die schlimmsten Dinge passieren. Er legte die rechte Hand auf Lucias Knie, und Lucia lehnte sich ans Fenster und sah auf das Gelände mit dem trockenen Gestrüpp. Ab und zu sagte sie, da ist ein totes Gürteltier, und wandte den Kopf und schaute ganz genau hin, während sie daran vorbeifuhren. Sie war gelassen und nicht gesprächig; aber Billy peinigten Kopfschmerzen, und als er vor sich einen Pickup sah, der einen Aufkleber mit »Zeigt die Kommunisten an« auf der Stoßstange trug, dachte er, daß nicht einmal sein Vater so weit gegangen wäre, einen solchen Aufkleber ans Auto zu machen. Aber der Nissan gehört ja sowieso mehr dem Onkel Andreas als dem Papa, dachte er. Als ihm Moropoulos so in den Sinn kam, überfiel ihn eine leichte Angst, er sah ihn vor sich, wie er ihn anschrie: Du wirst Schuhputzer! So wie du es treibst, wirst du Schuhputzer! Und er hatte ihn vor Augen, wie er die Daumen in die Hosenträger schob.

In San Antonio gingen sie in eine Apotheke, und Lucia holte sich etwas für Drooby – dann machten sie einen Spaziergang am Flußufer: es gab eine Menge Leute, denn das

Wetter war gut, die Geschäfte hatten auf – einige aßen Eis, andere zogen durch die Bars um die Market Street. Billy hatte Lust auf ein Bier wie auf sonst nichts in der Welt, aber sie hatten nicht einmal mehr zwei Dollar übrig; und trotzdem gingen sie in eine Bar, wo irgendein lokales Orchester schrammte, und bestellten sich zwei *Lone Star*; die Kellnerin gab ihnen die Flaschen, fragte, wollt ihr ein Glas, sie lehnten ganz höflich ab, machten zwei kleine Schritte nach hinten und gingen dann mit ihren *Lone Stars* ruhig auf die Straße hinaus. Billy war Lucia dankbar, daß sie Drooby im Auto gelassen hatte; wenn sie ihn dabeigehabt hätten, hätten sie nicht losrennen können. Sie verzogen sich in die Straßen um die San Fernando Cathedral und hielten sich an den Händen; Billy dachte, daß es sogar in Texas leicht war, ein Bier zu trinken, ohne zu zahlen.

Sie verbrachten in San Antonio einen ihrer besten Abende; sie aßen auch noch Burritos, für die sie ebenfalls nicht gezahlt hatten. Während sie in dem mexikanischen Imbiß mit den großen Tabletts und den Burritos saßen, wurde Kathy Matteas Hit *Love at the Five and Dime* gespielt; Lucia klatschte entzückt in die Hände, es war, wie sie sagte, eines ihrer Lieblingslieder. Billy lachte, weil es ihr so gefiel, und dachte, wie leicht sie glücklich zu machen war – und wie leicht es war, ganz umsonst zwei Burritos zu essen.

Eine schöne Stadt, sagte er zu Lucia und küßte sie, wo sich auch andere küßten, am Ufer des kleinen Flusses. Lucia meinte, es würde ihr gefallen, in San Antonio zu leben, es gebe da, sagte sie, viele Katholiken und viele Heilige, den heiligen Johannes, den heiligen Georg und den heiligen Franziskus – Billy wußte nicht, ob sie Spaß machte.

Am nächsten Tag beschaute sich Billy gründlich im Spiegel: Ich brauche einen Haarschnitt, sagte er. Nur ein kleines Stück, einen guten Zentimeter. Lucia klatschte wieder begeistert in die Hände: Ich schneide dir die Haare, sagte sie und holte eine kleine Nagelschere aus ihrer Handtasche. Billy hatte Angst, sie würde sie ihm verderben, setzte sich aber geduldig hin, und Lucia schnitt ihm einen guten Zentimeter ab. Dann stellte sich Billy erneut vor den Spiegel und beschaute sich noch einmal; er holte den Pferdeschwanz nach vorne und musterte ihn, und bei der Gelegenheit inspizierte er auch seine verknitterten Jeans und den Ledergürtel. Sie machten sich wieder auf den Weg nach Nordwesten, in Richtung Laboque – sie befanden sich mitten in den Kreidefelsen, am Rand des Asphalts lagen totgefahrene Tiere, Eichhörnchen ohne Kopf und Igel mit zerfetzten Stacheln. Billy dachte an die entkräfteten Nagetiere, die jetzt aus ihrem langen Winterschlaf erwachten.

Sie verbrachten die Nacht in Post, in einem Zimmer, das ihnen ein Grieche gegeben hatte; sie hatten an seiner Taverne gestoppt, *Giorgos' Family Restaurant* stand daran, und ein Omelett mit Paprikaschoten gegessen, so wie es Eleni machte. Lucia erzählte dem Menschen, der sie bediente, daß Billy Grieche sei, daß er Vassilis Moropoulos heiße. Darauf holte der Kellner den Chef, er rief, Boss, komm doch mal her, und Giorgos erchien in einer weißen Schürze: Ah, Moropoulos, vom Peloponnes also, ich bin aus Kefallonia. Er nahm sie bei sich auf – nicht bei sich zu Hause – in einem Zimmer über der Kneipe, es hatte zwei Feldbetten, und er gab ihnen zwei Decken: Kinder, sagte er, da ist die Toilette, sie ist ein bißchen schmutzig, aber es kommen eben viele Leute durch – es ist eine Kneipe, ihr versteht schon. Billy betete, daß er ihnen auch das Omelett spendierte, aber das tat Giorgos nicht, sie bezahlten vier Dollar dafür. Laß uns nicht undankbar sein, dachte Billy – und dann fragte er: Gibt es vielleicht hier in der Gegend eine Arbeit? Auf einer Ranch? In einer Autowerkstatt?

Giorgos sah sie mißtrauisch an.

Ich hoffe ja nicht, daß ihr mit dem Gesetz in Konflikt seid, he? Ich meine, ihr werdet doch nicht gesucht?

Nein, nein, erwiderte Billy schnell. Plötzlich erschrak er; es war nicht schwierig, in Texas in etwas hineinzugeraten. Er fragte sich, ob das Krankenhaus den Sheriff informiert hatte, vielleicht wurden sie wirklich gesucht.

Ich frag im Hotel nach, sagte Giorgos. Im *Algerita*. Er ging hinter den Tresen, machte ein, zwei Telefonanrufe. Er wedelte mit den Händen in der Luft herum, seine Handbewegungen waren groß und kreisförmig. Irgendwann deckte er das Mundstück mit der Hand ab:

Du kannst doch Autos reparieren?

Billy hätte vor Freude beinahe einen Luftsprung gemacht.

Na klar kann ich das.

Da ist so ein Typ im *Algerita*, der hat ein Japanerauto, einen Mitsubishi, der ist nicht im Automobilclub und nichts. Gehn auf Reisen und sind in keinem Club. Wo geht man denn barfuß in die Dornen? Wo? Wir sind hier in der Provinz, am Sonntag findet man keinen Mechaniker. Du fährst also in die Main Street, Nummer 120, 129, ich weiß nicht genau, du siehst es dann schon, Hotel *Algerita*.

So verdiente Billy an diesem Tag in Post, County Garza, fünfzig Dollar. Und er schlief ganz ruhig mit den fünfzig Dollar unter dem harten Kissen. Lucia dagegen stand zweimal nachts auf – und ging nachsehen, ob Drooby atmete.

Drooby ist sehr krank, sagte sie sehr leise, aber ganz ruhig zu ihm, als sagte sie, er ist sehr schwer oder sehr klein. Billy wußte nicht, was er antworten sollte. Sie blieben liegen und hörten die texanische Nacht verrauschen: westlich von Post und Laboque erstreckten sich die unfruchtbaren Ebenen, wo einst die roten Wölfe und die Falken mit den roten Schwanzfedern gelebt hatten. Hier ist Jack Teagarden früher einmal mit seiner Posaune herumgereist, dachte Billy. Und hatte das Gefühl, wenn es den Jazz nicht gegeben hätte, wäre er nicht der geworden, der er war. Er wäre ein anderer geworden. Billy nahm Lucia ganz fest in den Arm, legte die Hand auf ihre Brust und den Kopf an ihren Hals und schlief volle acht Stunden lang ohne jeden Traum.

★

DIE ROUTE 66 war eine Autostraße, die auf dem Indianerpfad Osage gebaut worden war. In den zwanziger Jahren wurde sie auch »Straße der Drähte« genannt, nach den Telegraphenleitungen, die die gleiche Strecke entlangliefen. Die *Route 66* begann bei Chicago und zog sich quer durch das amerikanische Binnenland: sie lief durch die Maisfelder und die Getreidekammern, durch Missouri, Oklahoma und Mitteltexas – die Gegend, die *Panhandle* genannt wird. Sie ging bis in den Wilden Westen, das Land der Indianer und der Büffelschädel; sie lief durch die ältesten Siedlungsgebiete Amerikas und nach Arizona hinein, in die Mohave-Wüste. Bis in die dreißiger Jahre war es eine Erdstraße. Diese Erdstraße benützten die Wanderarbeiter aus Oklahoma und den anderen armen Staaten – den »Dustbowls« –, um nach Kalifornien zu kommen, das Arbeit und Sonne versprach. Die *Route 66* lief durch San Bernardino, wo der erste McDonald's Imbiß gebaut wurde, und endete in Santa Monica am Ocean Drive und am Landesteg des Pazifischen Ozeans.

Die *Route 66* war Teil des amerikanischen Mythos; so wie die aus gelben Pflastersteinen gebaute Straße im *Zauberer von Oz*. Anfangs war es die Straße der Automobilpioniere (das T-Modell von Ford wurde mit der Fahrt auf der *Route 66* in Verbindung gebracht), die nach den amerikanischen Abenteuern und den amerikanischen Wundern suchten. Später war es für die arbeitslosen Landarbeiter die Straße, die Hoffnungen auf Erfüllung des Wirtschaftstraums weckte. In den fünfziger Jahren war die *Route 66* zu dem Weg geworden, auf dem man das »echte« Amerika, das finstere und seltsame, zu sehen bekommen konnte, um sich dann schließlich in der Welt des kalifornischen Wohlstands zu befinden, zwischen blonden Beauties, Surfern und Villen am Strand. Der Mythos der Straße verband sich mit schnellen, offenen Autos, den Corvettes und den einsitzigen Thunderbirds, die das Leben ein bißchen gefährlicher machten. Und später mit den Cadillacs, die Stanley Marsh III etwas außerhalb von Amarillo, Texas, in sein Feld einsetzen ließ.

Das Lied *Get Your Kicks on Route 66* von Bobby Troup – verfaßt im Jahr 1946 – wurde von den verschiedensten Musikern aufgezeichnet: von Nat King Cole bis zu den Rolling Stones, von Dr. Feelgood bis zu Depêche Mode. Die Straße wurde auch von Merle Haggard, einem äußerst konservativen Countrysänger, besungen, dessen Eltern die *Route 66* in den dreißiger Jahren zurückgelegt hatten, um sich in Bakersfield in Kalifornien niederzulassen. Später war Haggard bei dem Versuch, der Polizei zu entkommen, die hinter ihm her war, die *Route 66* entlanggetrampt. (Billy verabscheut ihn, weil er, obwohl er mehr oder weniger das Symbol des armen und vagabundierenden Amerikaners ist, Nationalist und Faschist wurde.)

In den siebziger Jahren war die *Route 66* bereits eine ständige Ausstellung der amerikanischen Vergangenheit; an ihren Rändern gab es Motels in Form von Indianerhütten, *Diner*, die in der Architektur der vierziger Jahre erbaut waren, Indianerdörfer, gigantische Zementdinosaurier.

John Steinbeck, der in *Früchte des Zorns* die Wanderung der Familie Joad beschreibt, wurde zum Barden der *Route 66*, der »Fluchtstraße«; die Joads ließen die staubigen Staaten hinter sich, gingen nach Kalifornien, um das Eldorado zu finden, so wie im vorigen Jahrhundert die Goldsucher ausgezogen waren. Nur daß sich die Joads nicht um des Goldes willen auf den Weg gemacht hatten, sondern um des Überlebens willen. In *Früchte des Zorns* sagt Joad zum Pastor: »Welche Notwendigkeit gibt es denn, zum Teufel, daß sie um jeden Preis irgendwohin gebracht werden müssen? Leite sie einfach nur« – aber genau wie die Familie Joad will auch Billy um jeden Preis irgendwo ankommen, nämlich an dem Punkt, wo die *Route 66* endet.

Alle reisten sie auf der *Route 66*, Steinbeck und Dorothea Lange zur Zeit der großen Depression, die Beatniks in den vierziger und fünfziger Jahren, Ken Kesey und die Merry Pranksters mit dem Magic Bus, jeweils mit unterschiedlichen Fahrzeugen und unterschiedlichen Glückspillen: die Beatniks nahmen Benzedrin, die Merry Pranksters LSD. Auch Billy sucht ein halbes Jahrhundert später sein Eldorado, als die *Route 66* bereits kaputt und geschlossen ist, als ihr größter Teil durch die Hyperautobahn 40 ersetzt ist, ein gigantisches Machwerk aus Beton.

*

Am nächsten Tag kamen sie durch ein Dorf, das Happy hieß, und Lucia klatschte begeistert in die Hände – sie stellte sich vor dem Ortsschild auf, als sollte sie fotografiert werden; sie nahm den Saum ihres Kleides und hob ihn ein bißchen hoch wie ein kleines Mädchen. Nachmittags kamen sie nach Amarillo, das Emmylou Harris besungen hatte: die *Route 66* zerschnitt die Stadt in zwei Hälften. Billy hatte das Gefühl, die *Route 66* sei nur ihm zuliebe gebaut worden, um ihn zum Ozean zu leiten; und wenn sie Geld gehabt hätten, wäre er der glücklichste Mensch der Welt gewesen. Sie hatten aber kein Geld: sie hatten ein Spray gekauft, das Lucia gegen ihr Asthma nahm, und ein Medikament für Droobys Augen – sie waren stark gerötet und wie tränenunterlaufen –, ein paar Rasierer, eine Packung Kaugummi, eine riesengroße Tafel Schokolade, ein kleines Paket Waschmittel, um die Kleider zu waschen, und eine große Tüte scharfer mexikanischer Chips. Und einen Keks für Drooby, einen ganz speziellen Hundekeks. Billy hatte daran gedacht, sich auch zwei Autozeitschriften zu kaufen, *Downbeat* und *Car and Driver*, aber er nahm sie dann doch nicht. Er dachte, daß jetzt bei ihm zu Hause per Post zwei neue Hefte von *Car and Driver* angekommen sein müßten, und überlegte sich, ob sein Abonnement nicht in diesem Monat auslief.

Hier finden wir sicher Arbeit, sagte Lucia, als sie nach Amarillo hineinfuhren.

Billy sah am Rand der Straße eine Stadtteilkirmes, Holzpferdchen, die sich lustig im Kreis herum drehten. Er fragte sich, ob es wohl die Todesschleife gab, und ob er Boxauto fahren könnte, wie als Kind, oder als Bedienung bei den Boxautos oder der Achterbahn arbeiten, weil er schließlich kein Kind mehr war.

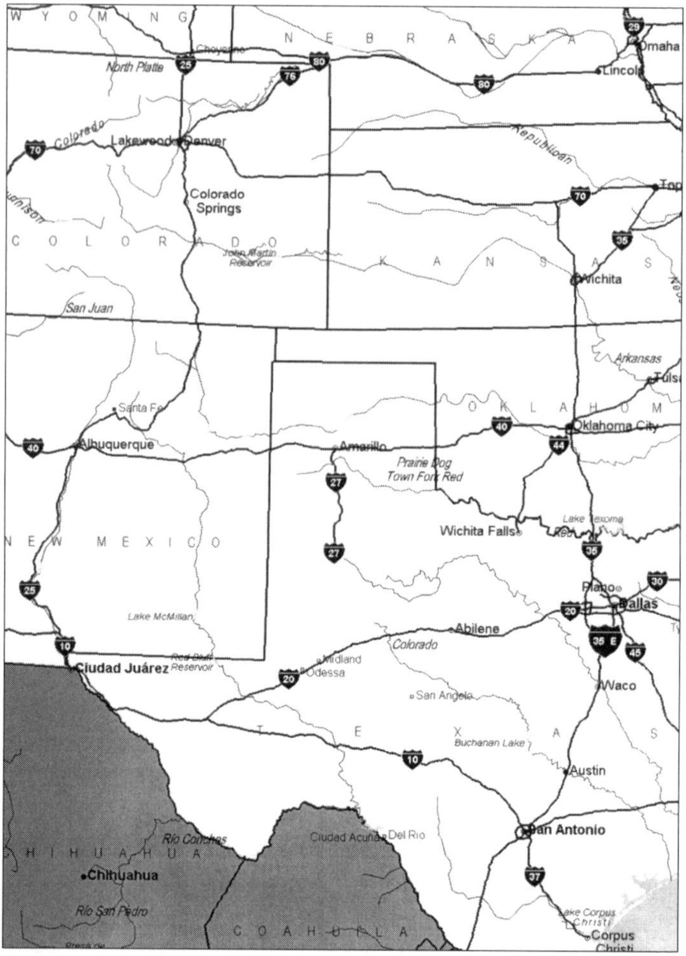

WYOMING
NEBRASKA
Omaha
Lincoln
North Platte
Lakewood
Denver
Colorado Springs
COLORADO
John Martin Reservoir
KANSAS
Wichita
Republican
San Juan
Arkansas
Tulsa
Santa Fe
OKLAHOMA
Oklahoma City
Albuquerque
Amarillo
Prairie Dog Town Fork Red
Wichita Falls
Lake Texoma
NEW MEXICO
Plano
Dallas
Lake McMillan
Abilene
Colorado
Ciudad Juárez
Red Bluff Reservoir
Midland
Odessa
Waco
San Angelo
TEXAS
Buchanan Lake
Austin
San Antonio
Ciudad Acuña
Del Rio
Río Conchos
CHIHUAHUA
Chihuahua
Río San Pedro
COAHUILA
Lake Corpus Christi
Corpus Christi

Wir fragen, ob sie im *Burger's King* jemand brauchen oder im *Taco Time* – oder wir finden eine Werkstatt, eine Pizzeria …

Sie suchten die gesamte Stadt ab; inspizierten die Fensterscheiben der Geschäfte, ob es irgendwo ein Schild »Angestellter gesucht, Mechaniker gesucht, Kellner gesucht« gab – aber es wurde niemand gesucht. Sie streiften ein Stück außerhalb von Amarillo herum, blieben bei ein, zwei Pferdezüchtern stehen: Brauchen Sie vielleicht jemand zum Ausmisten? fragte Billy. Aber sie brauchten niemanden und beäugten mißtrauisch den violetten *Hot-rod.*

Wo kommt ihr her? fragte einer mit einem karierten Schal, der einen Stall hatte.

Aus Indiana, sagte Lucia.

Ihr seid weit von zu Hause weg, sagte der Mensch und kratzte sich mit einem Streichholz am Ohr.

Richtig, sagte Billy.

Und was macht ihr in Texas? Seid ihr auf der Durchreise? fragte der Mensch mit dem Schal und dem Streichholz von neuem.

Richtig, sagte Billy wieder. Wir fahren nach Kalifornien. Und sofort tat es ihm leid: Was steh ich hier eigentlich rum und rede mit dem alten Wichtigtuer? Leben Sie wohl, sagte er und drehte ihm den Rücken zu.

Abends durchstreiften sie die Stadt auf der Suche nach Bier; es war Montag, und alles wirkte geschlossen. Sie kamen schließlich zum *Tanks Pub* an der *Route 66*; außen war es dunkel, aber als sie hineinkamen, sahen sie fünf, sechs Menschen Billard und Darts spielen. Billy und Lucia tranken je drei *Coors* und überlegten, was sie tun sollten.

Brauchen Sie vielleicht eine Kellnerin? fragte Lucia die junge Frau an der Bar. Die starrte sie hinter einem schiefgeschnittenen platinblonden Schopf an. Billy mußte an Pixy denken, die hatte auch so einen platinblonden Schopf.

Wie, könnt ihr euer Bier nicht bezahlen? fragte die junge Frau und blies dabei ihren Schopf nach oben.

Nein, nein, hier, bitte, sagte Lucia und schob ihr ein Fünf-Dollar-Stück hin.

Billy sah die Barfrau erbost an; er hatte geglaubt, die *Hoosier* wären die allerschlimmsten Bauern, von ihrer Natur her freundlich, auf eine feindliche Art. Aber die Texaner waren noch schlimmer. *Fuck you*, dachte er.

Als sie aus dem *Tanks Pub* kamen, war es schon nach zwei, aber Billy konnte nicht schlafen; er hatte eine eigenartige Hochspannung, ein Gefühl, als hätte er nichts zu verlieren. Außer Lucia. Und Shane. Als sie im Hotel ankamen, hob er sie auf die Arme, er trug sie wie ein Bräutigam seine Braut; und als sie im Zimmer angelangt waren, warf er sie aufs Bett, und sie kriegte sich nicht mehr ein vor Lachen.

Er schob ihr das Gesicht in die Halsgrube, hob ihre Arme hoch und hielt sie an den Gelenken fest; und er legte den Kopf zwischen ihre Beine und blieb den größten Teil der Nacht so.

Morgen

Am Morgen sickerte das Licht durch die halboffenen Vorhänge herein; ein pfirsichfarbenes Licht. Es war ganz sicher Frühling, Billy bekam vor Erregung eine Gänsehaut. Endlich war der Frühling da. Billy stand auf und blickte auf den schmutzigen Pool, das grüne Wasser und die fauligen Blätter, die an der Oberfläche trieben. Lucia schlief noch, die Arme ums Kissen gelegt, das Laken zweimal um den Körper gewickelt. Er stellte sich ans Fenster und betrachtete sie, betrachtete die kleinen Brüste, ihre hellen Brustwarzen; ihr Mund schien ihm ein rundes Küßchen zu senden. Sie wirkte ruhig, gesund und glücklich; und doch hatte sie in der vorigen Nacht nur ganz wenig geschlafen, und die Luft war ihr weggeblieben – sie konnte nicht atmen, war plötzlich blau angelaufen, ganz dunkel, sie erstickte fast, und Billy hatte Angst gehabt, etwas Schreckliches würde passieren. Danach beruhigte sie sich wieder, drückte ihn ganz fest – Billy spürte, wie ihm die Luft wegblieb – und schlief ein.

Billy ging hinaus und brachte Apfeltaschen und Kaffee in Plastiktassen mit zurück – setzte sich neben sie und trank Kaffee. Als Lucia aufwachte, war es schon Mittag. Ich habe Hunger, sagte sie. Sie verspeiste ein Stückchen Apfeltasche und trank ein bißchen von dem kalt gewordenen Kaffee.

Wenn sie bis Kalifornien kommen wollten, mußten sie den *Hot-rod* verkaufen. Sie hatten keine andere Wahl – oder sie hatten sie und waren sich dessen nicht bewußt. So machten sie sich erneut auf die Suche, fuhren durch ganz Amarillo, auf die Ranchs, in die Dörfer, die früher einmal Tierzüchterstädte gewesen waren. Sie zeigten den *Hot-rod* her: Ich verkaufe ihn für soundsoviel, sagte Billy verzweifelt. Als er sich selbst reden hörte, wurde er noch verzweifelter. Keiner hatte Interesse, ihn zu kaufen: Wir hier, sagte ein Typ, der Indianerkunst verkaufte, schätzen normale Autos. Wir schätzen die *normalen* Dinge, fügte er noch hinzu.

Der *Hot-rod* war nicht normal. Und Billy fühlte sich einsam und ohne Beistand, obwohl er Lucia hatte. Und an diesem Abend beschloß er, seine Mama anzurufen und sie um Hilfe zu bitten. Mit etwas Hilfe konnten sie nach Los Angeles kommen und ein paar Tage bleiben, bis sie Arbeit und ein Zimmer zum Wohnen fanden.

Eleni hob den Hörer …

Eleni hob den Hörer beim ersten Läuten ab, als hätte sie drei Wochen am Telefon gesessen und gewartet. Billy hatte nur ein einziges Mal angerufen, aus Memphis; er hatte zu seinem Vater gesagt, hi, Dad, ich bin in Tennessee und fahre nach Kalifornien. Moropoulos hatte aufgelegt. Billy hatte noch einmal angerufen, da war seine Mutter dran gewesen; sie machte ihm keine Szene, sie hörte sich fast natürlich an: Soll ich zur Werkstatt gehen und sagen, daß du weggefahren bist? fragte sie ihn. Oder sagen, du bist krank? Was soll ich sagen? Wo ist denn die Werkstatt überhaupt genau? Nein, Harry, laß mich reden, *stop it*, Harry, sagte sie immer wieder zu Moropoulos, der ihr den Hörer aus der Hand reißen wollte. Billy, *sweetheart*, bist du allein? Wie gut, daß du nicht allein bist. Ich bin ja so froh, daß du nicht allein bist. Paß gut auf dich auf. Komm zurück. Hast du Geld?

Diesmal hob Eleni den Hörer ab und sagte: *Billy?* Wo bist du?

In Westtexas, Mama.

Jesus, sweetie. Geht's dir gut?

Ja, Mama.

Billy, ich hab nicht einen Cent. Dein Vater gibt mir ja nicht einmal was für den Haushalt. Was soll ich denn machen, *sweetheart*, wie soll ich dir helfen? monologisierte sie am Telefon, als dächte sie wirklich über eine Möglichkeit nach, ihm zu helfen. Als gäbe es viele Arten der Hilfe außer dem Geld.

Mama, die Münzen sind aus. Ich lege auf.

Mach ein R-Gespräch, hörst du? Ich warte auf den Anruf.

Das Telefon ging aus, und Billy meldete ein R-Gespräch an.

Hör zu, Mama …

Ich leih mir was von Stavroula, ich schick dir zweihundert Dollar, wohin soll ich sie schicken?

Zur Hauptpost von Amarillo, Texas, Mama.

In Ordnung, sagte Eleni und blieb einen Moment lang stumm. Sie wußten nicht, was sie sagen sollten.

Billy spürte, daß alles schwieriger war, als er gedacht hatte. Auch Eleni blieb neben dem Telefon sitzen und dachte, okay, es ist ja nichts weiter passiert. Er lebt, er ist nicht krank, er ist nicht in was hineingeschlittert. Es ist ja keine Katastrophe. Wenn du zwanzig bist, gehst du eben weg. Du willst sehen, wie die übrige Welt ist. Wir sind schließlich auch weggegangen, als wir zwanzig waren, wir haben eine weite Reise gemacht, unsere Eltern haben uns für immer verloren.

Moropoulos war anderer Meinung: Wenn du zwanzig bist, bleibst du bei deiner Familie, sonst bist du ein Streuner, bist ein verdächtiges Subjekt. Du bist ein Punk. Und wenn du mit einem Mädchen abhaust, ist dieses Mädchen eine Hure, und wenn sie's nicht ist, wird sie's. Er hatte einen Streit mit Eleni – in dreißig Jahren hatten sie drei- oder viermal schlimme Auseinandersetzungen gehabt, Eleni wußte die Gründe nicht mehr. Sie wußte nur noch, daß Harry, wenn sie ihn anschrie, in sich zusammenkroch – sie schrie ihn allerdings selten an. Jetzt hatte sie zum ersten Mal das Gefühl, daß Harrys Dickschädeligkeit Billy schaden konnte; und sie bekam deshalb einen Haß auf ihn. Dann bekam sie auch einen Haß auf Billy, der der Grund für ihren Haß auf Harry war. Sie zählte ständig innerlich eins, zwei, drei, bis zehn, um nicht hinauszubrüllen. Sie konnte nicht mehr schlafen; nicht weil Billy abgehauen war, sondern weil Harry wie ein ausgerasteter griechischer Vater reagierte, so, wie sein eigener Vater in Archontiki in Arkadien reagiert hätte, vor fünfzig Jahren. Die Welt kommt nur langsam vorwärts, dachte Eleni. Und sie spürte, daß sie die besseren Zeiten nicht mehr miterleben würde, daß sie vorher sterben würde.

Sie legte sich an den Rand des Bettes, um nicht an Harry zu stoßen, und dachte: Wo ist er jetzt wohl? In New Mexico? In Arizona? Ißt er denn? Liebt ihn dieses Mädchen? Warum sind sie ausgerissen wie die Diebe? Und wenn das Mädchen schwanger wird? Sie hatte nun einmal diesen Horror mit den Schwangerschaften. Sie glaubte, man würde schwanger, wenn man es nicht wollte, und nicht schwanger, wenn man es wollte.

Immer wenn in diesen Tagen das Telefon ging, hetzte sie hin, um abzuheben – aber nie war es Billy. Es war Ella auf der Suche nach ihrem Mann und Maria, die ihnen sagen wollte, daß Telis am Wochenende von Evansville kommen würde. Und während Eleni nachts wach lag, stellte sie sich die Frage, ob Harry sie noch liebte. Und ob er ebenfalls wach lag, und ob er daran dachte, daß sie alt werden und sterben würden. Aber Eleni hatte einen Glauben, den nichts erschüttern konnte: sie war zufrieden, denn in Amerika würde sie besser alt werden als je in Griechenland. Während sie der Schlaf überkam, dachte sie: Morgen geh ich zu Woolworth und kauf mir ein Schaumbad, ich geh zum Friseur, ich kümmere mich um mich selbst.

Sie lieh sich Geld bei Stavroula; als sie erzählte, warum sie es wollte, nickte Stavroula mit dem Kopf, als hätte sie damit gerechnet, daß Billy mit einem *Hot-rod* und einem Mädchen nach Kalifornien ausreißen würde.

Kommt er zurück? fragte Eleni, als wäre Stavroula ein Medium.

Woher soll ich das wissen, Tante, seufzte Stavroula. Sie erwartete ein Kind und war besorgt, wie groß ihr Bauch wurde; die Tage, als sie mit Billy in seinem Zimmer Jazz gehört hatte, schienen zu einem anderen, weit entfernten Leben zu gehören.

Was sagt denn Onkel Harry?

Der dreht durch.

Eleni trank gedankenverloren ihren Kaffee und sah sich in Stavroulas neuer Küche um.

Onkel Harry dreht doch immer durch.

Schöne Küche, sagte Eleni – schöne Schränke. Und das ist eine Mikrowelle, oder? So eine, wie sie sie in den *Diners* haben. Die macht doch alles in einer Minute?

Stavroula stützte den Kopf auf die Hand und sagte nichts. Sie zog mit dem Finger Muster auf die Tischdecke. Dann fragte sie:

Bin ich sehr dick geworden?

Ach was, du siehst prima aus. Wenn das Kind auf der Welt ist, wirst du wieder wie vorher.

Nichts wird wieder wie vorher, Tante, sagte Stavroula und stand auf, wobei sie sich leicht das Kreuz hielt. Und zu den Niagara-Fällen fahren wir auch nicht mehr – wie sollen wir auch mit so einem Bauch?

Dann fahrt ihr eben später, mit dem Kind, sagte Eleni gutherzig. Sie wollte ihr Mut machen.

Ja, Tante. Wir fahren. Wenn wir alte Wracks sind und Rente kriegen.

Stavroula war offensichtlich in schlechter Verfassung.

Eleni nahm die zweihundert Dollar, aber es tat ihr schon leid, daß sie gezwungen war, sich etwas zu leihen. Stavroula wollte das Geld ohnehin nicht zurück:

Wenn du willst, geb ich dir auch noch mehr. Sie meinte es wirklich, aber sie schien auf Billy böse zu sein. Nicht weil er ausgerissen war – sondern weil er nicht damit klarkam.

Stavroula fuhr Eleni mit dem Cherokee nach South Bend – er kam Eleni wie gepanzert vor. Während der Fahrt redeten sie nicht viel; Eleni sagte nur: Ich kann keinen vor dem Unglück bewahren, Harry nicht und Billy auch nicht. Und Stavroula zog sich den Sicherheitsgurt über ihrem Bauch gerade und sagte: Das ist doch nicht das Ende der Welt, Tante Helen, er kommt in Kalifornien an und findet Arbeit in einer Werkstatt, der deichselt das schon. Warum regt ihr zwei euch denn so auf, ich versteh das nicht. Er geht nach Kalifornien, na und? Schlimmer als South Bend ist es sicher nicht.

Eleni fragte sich, was denn an South Bend letzten Endes so schlimm war; ihr gefiel es, sie liebte es. Und als sie wieder zu Hause war, stellte sie sich ans Fenster und schaute hinaus in die Dubeil Street. Der Frühling nahte, und Eleni hatte ein bißchen Angst vor dem Sommer, der demnächst kommen würde; im Sommer fühlte sie sich einsam: alles stand offen, und die Gerüche der Wohnungen drangen hinaus auf die Straße – sie mochte den Winter lieber, wenn sie den Ofen anheizten und vor dem Fernseher Tee tranken.

Sie schickte die zweihundert Dollar nach Amarillo und fügte noch zwanzig dazu; so wurden es zweihundertzwanzig. Als sie nach Hause zurückkam, kochte sie nicht für Harry, sie tat gar nichts – sie saß vor dem Fernseher und sah Oprah Winfrays Show mit massenhaft Werbung dazwischen. Harry ging in *Andy's Greek Luncheonette* und setzte sich allein an einen Tisch unter eine Reihe kleiner Rähmchen mit Fotos von den peloponnesischen Bergen. Er sah sich die Bilder und die Kalender an, die an der Wand hingen, und versuchte, mit Andreas ein Gespräch anzufangen. Aber Andreas hatte zu tun, er spülte, briet, machte alles und hatte keine Lust auf Gespräche. Harry ging nach Hause zurück und aß ein großes Stück Mussakas, das er im Kühlschrank fand. Er aß es, ohne es warm zu machen.

In der Früh schien die Sonne, und Harry …

In der Früh schien die Sonne, und Harry fuhr fast pfeifend zur Arbeit. Mit einem Mal sah er alles in einem anderen Licht: vom Fenster des Busses aus blickte er auf die grünen Wogen der Maisfelder, und sein Herz füllte sich mit Zärtlichkeit für South Bend, für Indiana. Er sah auch einen alten amerikanischen Laster, an dessen hinterer Scheibe stand: »If you don't like America, go away«. Er lachte in sich hinein: er mochte Amerika, er wollte nicht weg. Nach und nach hatte er im Lande der Lotophagen zu leben gelernt – es war, als hätte er die Wunderblume zu sich genommen und die Heimat vergessen. Und seit Jahren verspürte er sogar beim Anhören der amerikanischen Hymne Rührung und Stolz und wußte gar nicht, wie das passiert war: *Oh beautiful for spacious skies, for amber waves of grain, for purple mountains majesties …, America, America, God shed his grace on thee … from sea to shining sea* – Harry beschloß, daß sich alle Nationalhymnen glichen, und wenn man einmal Patriot war, wurde man es auch ein zweites Mal. Und er sann darüber nach, wieviel sich seit 53 verändert hatte, wie sehr sich Amerika verändert hatte und wie sehr er selbst. Als er gekommen war, hatte die Fahne noch achtundvierzig Sterne gehabt; jetzt hatte sie fünfzig, und Harry hing sie am 4. Juli zusammen mit der blauweißen Griechenlandfahne vors Haus. Auch andere Dinge hatten sich verändert: 54 hatte er siebzig Cents pro Stunde bekommen, jetzt bekam er fast fünf Dollar; 54 hatten sie nicht einmal gewußt, was ein Fernseher war, und jetzt fuhr Eleni dahin, wo die Shows gedreht wurden, und dann sah sie sich selbst auf der Mattscheibe und applaudierte sich. Viele unbegreifliche Dinge hatten sich zugetragen, sehr viele: in Gary und in Chicago waren schwarze Bürgermeister gewählt worden, *Niggerbürgermeister*, und die Amerikaner fuhren inzwischen europäische und japanische Autos – vor ein paar Jahren hatte Harry ein Schild gesehen, auf dem stand: »Wenn Sie ein japanisches Auto haben, parken Sie es doch in Tokio«. Na gut, das war übertrieben – aber andererseits geschah es der amerikanischen Autoindustrie recht: ewig die Streiks und ewig *burrshit* und wieder *burrshit*. Die Japaner arbeiteten, die hockten nicht auf ihrem Arsch, die gingen nicht auf die Straße und forderten den Kopf des Direktors von General Motors, wie es hierzulande im Jahr 70 geschehen war.

Wenn ich alt bin, dachte Harry, befasse ich mich mit Gartenarbeit und Reisen – wie viele Jahre habe ich überhaupt noch bis zur Rente? Zehn. In zehn Jahren bin ich achtundsechzig, *damn it*. Dann fahre ich mit Eleni zum Grand Canyon, damit wir die Schlucht sehen, und zu den Niagara-Fällen, damit wir das Wasser sehen. Es heißt ja, es macht einen Lärm wie die Maschinen in der Study-Fabrik. Wir machen Gruppenreisen mit anderen Rentnern, vielleicht kommen wir sogar bis dorthin, wo der Vassilakis hingefahren ist – wo er verdammt noch mal hingefahren war, wußte Harry nicht. Wir gehen nach Kanada, in dieses grüne und saubere Land, und sehen uns die großen Hirsche an – die Elche – die Hirsche mit den verzweigten Geweihen und den dicken Schnauzen. Nicht die Rentiere; die anderen. Dann überfiel ihn die Verzweiflung: er dachte daran, daß er über vier Monate keine Überweisung mehr an Panajota geschickt hatte und daß das Grab seiner Mutter sicher ganz zugewuchert war. Am nächsten Tag ging er für zehn Minuten von der Arbeit weg auf die Bank und schickte achtzig Dollar ins Dorf; als er die Überweisung unterschrieb, dachte er, das ist der letzte Scheck, den ich schicke – und fühlte sich erleichtert, fühlte sich, als wollte er fliegen. Er war der einzige, der noch Geld nach Griechenland schickte; die übrigen Landsleute hatte schon mindestens vor zehn Jahren damit aufgehört. In Griechenland, meinten sie, haben sie es jetzt dicke, die müssen uns Geld überweisen, nicht wir ihnen. Und als er dann aus der Bank herauskam, dachte Harry, daß er in kurzer Zeit wirklich alt sein würde, und daß er vielleicht in einem Altersheim wohnen würde wie dem, das er im Norden von Chicago gesehen hatte: GREEK-AMERICAN HIGH RISE FOR SENIOR CITIZENS. Jetzt nennen sie die alten Leutchen *senior citizens*, obwohl sie in diesem Land hier doch keiner beachtet. In Griechenland hat man die Alten respektiert – dachte Harry; alt zu werden, bedeutete, weise zu werden.

Von wegen, seufzte er. Weise, so ein Quatsch.

Seit Billy weggefahren war, hatte Harry nichts mehr von ihm wissen wollen; als er einmal angerufen hatte, hatte er Eleni nicht mit ihm sprechen lassen. Danach bereute er es irgendwie, aber er redete nicht darüber – er sagte nur, warum ruft eigentlich dieser *bossis* von der Werkstatt nicht an und fragt nach, wo zum Teufel denn eigentlich der Vassilakis steckt? Hat er ihm vielleicht erzählt, daß er weggeht? Und Harry lauerte darauf, ob Billy wieder anrief, um heimlich zu lauschen, um herauszubekommen, wo er sich aufhielt, um ihm womöglich Geld zu schicken – anonym. Besser, er verlor das Gesicht und schickte ihm ein paar hundert Dollar, als daß er irgendwo hineingeriet, in einen Raubüberfall, in ein *Holdupi* – wie der andere, der Farina, Gott verzeih ihm. Er machte sich nicht nur Sorgen, weil Billy ins Unbekannte aufgebrochen war, als wäre er aus dem Gefängnis entflohen, er hatte die Befürchtung, Billy könnte Ähnlichkeit mit seinem Vetter Kostas haben – dem Banditen – oder mit diesem Onkel von Eleni, der Gedichte schrieb und sich dann mit dem

Karabiner das Leben genommen hatte. Alles schien Harry vorstellbar. An diesem Samstag tat er etwas, was er noch nie gemacht hatte: er kaufte sich ein Los; wie er darauf gekommen war, wußte er nicht – jedenfalls spielte er in der Lotterie und betete, daß er eine Million Dollar gewann.

Aber Billy hatte nur um zweihundert Dollar gebeten und außerdem seither nicht mehr angerufen.

Sie blieben noch zwei Nächte in dem Motel …

Sie blieben noch zwei Nächte in dem Motel etwas außerhalb von Amarillo, und Billy schlief in Lucias Armen, als sei er ein Säugling; es war ein miserables Motel, und es machte einen leeren Eindruck – Billy und Lucia schienen die einzigen Gäste zu sein. Der Kerl an der Rezeption sah sie mürrisch an und grüßte sie nicht; er drohte, sie hinauszuwerfen, weil Hunde verboten waren. Als ihm Lucia dann anbot, für Drooby zu zahlen, als ob er eine Person mehr wäre, sagte er, also gut. Der Freitag kam, und die Anweisung war noch nicht da; das Wochenende erschien bedrohlich, voll schlimmer Vorzeichen. Billy hatte sich auf dem Doppelbett zusammengerollt und lauschte auf die Straßengeräusche: es war das einzige, was ihn zur Ruhe kommen ließ. Die Geräusche der Motoren beruhigten ihn, die Geräusche der Menschen erfüllten ihn mit Besorgnis. Am Samstag machten sie sich zu Fuß auf, trampten in die Stadt, bis ins Zentrum, sahen an der Post vorbei (»Immer noch nichts«), dann gingen sie in einen Supermarkt, Billy klaute eine Tüte mexikanische Chips, steckte sie unter den Pullover. Kaum waren sie draußen, fing es zu schütten an, ein starker warmer Regenguß mit Blitzen; sie stellten sich unter das Vordach des Einkaufszentrums und aßen vor Nässe zitternd ihre Chips.

Der Sonntag zog sich in die Länge, Billy stahl noch einmal eine Tüte scharfer »Fritos«; es war die einzige Sorte, die man mitgehen lassen konnte, ohne gesehen zu werden; sie befand sich irgendwie an einem toten Punkt der elektronischen Überwachung. Lucia folgte ihm in den Supermarkt, aber sie war nicht imstande, zu stehlen, die Hand zitterte ihr – dennoch wirkte sie nicht so verzweifelt wie Billy; sie glaubte, daß etwas eintreten würde, was alles veränderte. Sie erinnerte sich an einen Abschnitt in der Bibel, den sie in der Kirche gesungen hatten, als sie noch klein war – er hieß etwa so: du wirst die Wüste durchqueren / aber nicht verdursten / du wirst herumirren / obwohl du aber den Weg nicht kennst / dich nicht verirren / an fremden Orten wirst du deine Sprache sprechen / und die anderen werden dich verstehen / darum *fürchte dich nicht.* So fürchtete sich Lucia nicht.

Die Geldüberweisung kam am Montag morgen – zweihundertzwanzig Dollar –, zusammen mit einer Notiz: Sweetheart, benütze dieses Geld für die Rückfahrt. Ich liebe Dich sehr, Deine Mama. Es gab zwei Rechtschreibfehler darin, und die Schrift war wackelig. Billy fühlte, daß alles noch schwieriger war, als es vor dreißig Jahren für seinen Vater gewesen war, er fühlte, daß er nicht wußte, was er tat. Er dachte an Tony, wir haben alle zwei Scheiße gebaut, dachte er, we fucked up. *We fucked up*. Er tankte Shane auf, gab dem Tankwart neun Dollar; dann gingen sie in einen *Burger's King* und aßen zwei Riesenhamburger und zwei Portionen Pommes frites. Sie kauften Haarshampoo, Zahncreme, eine Tafel dunkle Schokolade, zwei Rasierer, Lucias Medikamente, Augentropfen für Drooby. Lucia sagte, sie bräuchte Enthaarungswachs, konnte sie sich Enthaarungswachs kaufen?

Gehen die Rasierer nicht? fragte Billy.

Nicht so richtig.

Also gut, sagte Billy. Mädchen haben komische Bedürfnisse, dachte er.

Wenn sie noch im Motel zahlten, würden ihnen weniger als fünfzig Dollar bleiben. Billy betrachtete seine Schuhe, die am Rand etwas kaputtgegangen waren – und die von Lucia, die sowieso schon sehr alt waren. Bald würden sie neue Schuhe brauchen, vielleicht brauchten sie auch noch Kleider und andere neue Sachen.

In Kalifornien, sagte er zu Lucia, tragen wir bloß noch Sommerkleider. Wir fahren nach Oceanside, wo es gelbe und orangefarbene Felder gibt, und nach Death Valley, das ist der wärmste Platz von Amerika.

Lucia klatschte in die Hände.

Zu den Salzseen auch?

Zu den Salzseen auch.

Nach Zabriskie Point auch?

Nach Zabriskie Point auch.

Nach Las Vegas auch?

Nach Las Vegas sowieso.

Lucia klatschte wieder in die Hände.

Sie gingen zur Rezeption und boten an, zwanzig Dollar zu zahlen: sie sagten, den Rest würden sie abends bezahlen, aber der Wirt ließ sich nicht darauf ein.

Ihr schuldet mir neunzig Dollar plus Steuern, sagte er. Es sind fünf Nächte.

Lucia zeigte ihm das Kettchen mit dem Kruzifix, das sie um den Hals trug.

Bitte behalten Sie das, sagte sie. Es ist aus Gold. Bis wir bezahlen, meine ich, setzte sie hinzu, denn sie merkte sofort, daß es naiv war.

Wollt ihr mich hochnehmen? Wer sind wir denn hier? Rothäute? Habt ihr nicht vielleicht auch noch einen kleinen Spiegel? Ein paar Perlen? Ihr habt noch siebzig Dollar zu zahlen – habt ihr denn keine Kreditkarten?

Nein, sagte Billy.

Der Kerl kniff die Brauen zusammen und zog sie nach oben; er war um die sechzig Jahre, vielleicht auch älter, aber kräftig gebaut, mit Seemannsschultern. Billy bemerkte ein kleines Abzeichen an seinem Revers, das ihm nach einem Veteranenorden aussah.

Was für Leute seid ihr denn überhaupt? fuhr der Wirt aufgebracht fort. Gibt es einen Amerikaner ohne Kreditkarten? Warum habt ihr keine Kreditkarten? Haben sie euch die gesperrt? Wenn ihr nicht auf der Stelle bezahlt, seh ich mich gezwungen, den Sheriff zu rufen.

Er sah sie voll Verachtung an. Billy und Lucia standen betreten da. Sie machten kehrt und steuerten mit gesenktem Kopf auf ihr Zimmer zu, während ihnen der Wirt hinterherrief:

Bis sechs Uhr habt ihr mir bezahlt. Sonst hole ich den Sheriff.

Da sah sich Billy kehrtmachen und über die Theke springen, den Kerl an der Gurgel packen und ihm einen Fausthieb ins Gesicht versetzen. Der Wirt stürzte wie vom Blitz getroffen vornüber auf den Fußboden – er versuchte sich aufzurichten, aber er hatte irgendwo Schmerzen, irgend etwas hinderte ihn daran. Lucia machte Anstalten, ihm zu helfen, und als er ihr die Hand hinstreckte, versetzte ihm Billy einen heftigen Tritt an den Kopf, und der Mensch plumpste schwer zurück auf den Plastikbelag. Als sich Billy daranmachte, das Buch mit den Namen der Gäste einzustecken, fiel ihm die Achtunddreißiger in die Hand, eine alte Automatikpistole, die unter einer Schachtel ohne Boden verwahrt lag. Er nahm das Buch und die Pistole, packte Lucia am Arm und rannte mit ihr zum *Hot-rod*. Und Lucia nahm Drooby hoch, denn der Hund konnte nicht mehr schnell laufen – und außerdem war er so abgemagert, daß man ihn leicht hochheben konnte. Innerhalb einer einzigen Sekunde hatte Billy das Gefühl, daß der Mensch hinter ihnen aufstand, daß er mit einem Karabiner auf sie zielte; er drehte sich in einem jähen Impuls um und schoß – er hatte noch nie eine Pistole in der Hand gehabt, aber er drückte den Abzug durch und konnte noch sehen, wie der Mensch zu bluten anfing und der Boden schwarze Blutflecken bekam. Seine Hand wurde weggeschleudert, und er selbst flog nach hinten. Es erschien ihm wie eine Halluzination. Dann sah er sich die Hand in die Kasse stecken, in der sich nur ein paar Travellerschecks und etwa zwanzig Dollar in kleinen Münzen befanden; Billy nahm sie an sich und schob sie in die hintere Hosentasche, mit einer Kaltblütigkeit, die wirkte, als gehörte sie nicht zu ihm.

Lucia setzte sich ins Auto, und Billy rannte ins Zimmer und holte ihre paar Habseligkeiten – es war später Nachmittag, als sie aufbrachen; sie hielten sich an die Landstraßen, denn Billy war sicher, daß die Polizei auf dem Highway nach ihnen suchen würde. Vielleicht fehlte dem Typen ja gar nichts, meinte er, vielleicht war er jetzt schon aufgestanden und ihm war gar nichts Schlimmes passiert. Er chauffierte so ruhig er konnte und versuchte an andere, erfreuliche Dinge zu denken, an Charlie Barnet, der mit seiner Band auf den Ozeandampfern das Liedchen spielte: »Kleine grüne Äpfel, im Sommer, in Indianapolis regnet es nicht, tralala«, an Shane, der, bevor er Billys *Hot-rod* seinen Namen gegeben hatte, Revolverheld gewesen war, was Telis wohl in Evansville machte und ob er auf dem Scheißcampus Weiber aufgerissen hatte, ob sie eventuell auf der Fahrt nach New Mexico einen Hirsch sehen würden. Unter allem anderen dachte er an Lucia, und daß das Leben wahrscheinlich so ist, daß man manchmal dem anderen nahe ist – wie in dem Moment, als sie geplant hatten, nach Oceanside zu fahren, und Lucia hingerissen applaudiert hatte – und andere Male weiter entfernt; so wie jetzt, wo sie überhaupt nicht redeten und es so merkwürdig war, daß sie nicht redeten und sich nicht einmal anfaßten.

Es waren noch an die hundert Meilen bis zur Grenze des Bundesstaates; danach verkaufen wir den *Hot-rod*, dachte

Billy, und keiner findet uns. Den *Hot-rod* zu verkaufen erschien ihm als ein gewaltiger Rückzug, wie eine demütigende und nicht wiedergutzumachende Niederlage. Aber er glaubte, Shane würde in der nächsten großen Stadt, in Albuquerque zum Beispiel, einen Käufer finden, und er und Lucia würden ein paar Tage arbeiten können. Sein Gehirn raste, es war wie im Fieber.

Kurz bevor sie nach Clovis kamen, der ersten Stadt in New Mexico, sagte Billy, ich bin sehr müde – *sehr* müde. Er hielt in der Mitte eines unbewohnten Gebiets an, unter einem ganz hellen Mond; Billy hatte die Hoffnung, sie könnten miteinander sprechen und sich vielleicht entschließen, Flüchtlinge zu werden, und nach Mexiko fahren, um unterzutauchen. Aber Lucia sagte nichts. Sie blieb im Shane sitzen, und Billy sah sie unter dem Mondlicht wie eine Wachspuppe oder wie eine Geistererscheinung.

Sie gingen in ein Motel an der Route 60, das so schmutzig war, daß Billy nicht gut schlafen konnte, die Laken schienen ihm ungewaschen, die Matratze voller Beulen. Selbst die Bibel auf dem Nachttisch war speckig und zerfleddert. Seit sie aus South Bend abgefahren waren, waren vier Wochen vergangen, drei Wochen und sechs Tage. Und außer den ersten drei bis vier Tagen waren alle anderen voller Strapazen gewesen: in einigen Motels hatte es kein warmes Wasser gegeben und in anderen ging der Lärm die ganze Nacht über unvermindert weiter – sie hatten nicht gut gegessen, gefroren, Billy vermißte die sauberen und gebügelten Kleider; Lucia hustete, und der Hund lag im Sterben.

Schließlich starb Drooby. Als sie aus Clovis hinausfuhren, nahmen sie wieder die *Route 66*, sie stießen in Tucumcari darauf. Als sie nach New Mexico kamen, schienen die kleinen Städte immer stiller und gleichzeitig schwatzhafter zu sein, voller Straßenzeichen, Symbole, Schilder und Werbeplakate. Billy fühlte, wie ihm die Panik im Hals hochstieg – er konnte den Speichel nicht hinunterschlucken; er hatte Angst, man würde sie an der Grenze des Bundesstaates anhalten, würde sie wegen des bewaffneten Überfalls festnehmen. Aber sie kamen über die Grenze, ohne daß sie jemand anhielt; und dort starb Drooby – im Auto. Lucia drehte sich zu ihm um, wollte ihn streicheln, und er war gestorben. Sie streichelte ihn trotzdem. Billy wußte nicht, was man bei solchen Gelegenheiten sagt – ob man überhaupt etwas sagt; das gleiche hatte er auch bei Tonys Begräbnis gedacht, er wußte nicht, was er zu Vi Farina sagen sollte und ob Vi Farina etwas zu ihm hätte sagen müssen. Während der ganzen Scheißbeerdigung hatte er Angst gehabt, daß sich sein Blick mit dem eines anderen kreuzte. Und als er Linda gesehen hatte, die weit von den anderen entfernt stand, fiel ihm nicht einmal da ein, was er ihr sagen sollte; er wollte losbrüllen, weil der Tod auf der Welt war und weil niemand etwas dagegen unternahm.

Sie tankten an der ersten Tankstelle von New Mexico und fuhren auf der *Route 66* weiter nach Albuquerque. Plötzlich entdeckte Billy, daß der Wagen Öl verlor; Shane schien nicht mehr weiterzuwollen, und außerdem würde sein Wert sinken – es war das Schlimmste, was überhaupt passieren konnte. Kurz nach Cuervo leuchtete das rote Öllämpchen auf und der Motor glühte; der *Hot-rod* ging allmählich kaputt, er ließ sie im Stich – und Billy entschloß sich, Telis um Geld zu bitten. Er schickte ihm von Cuervo aus einen Brief,

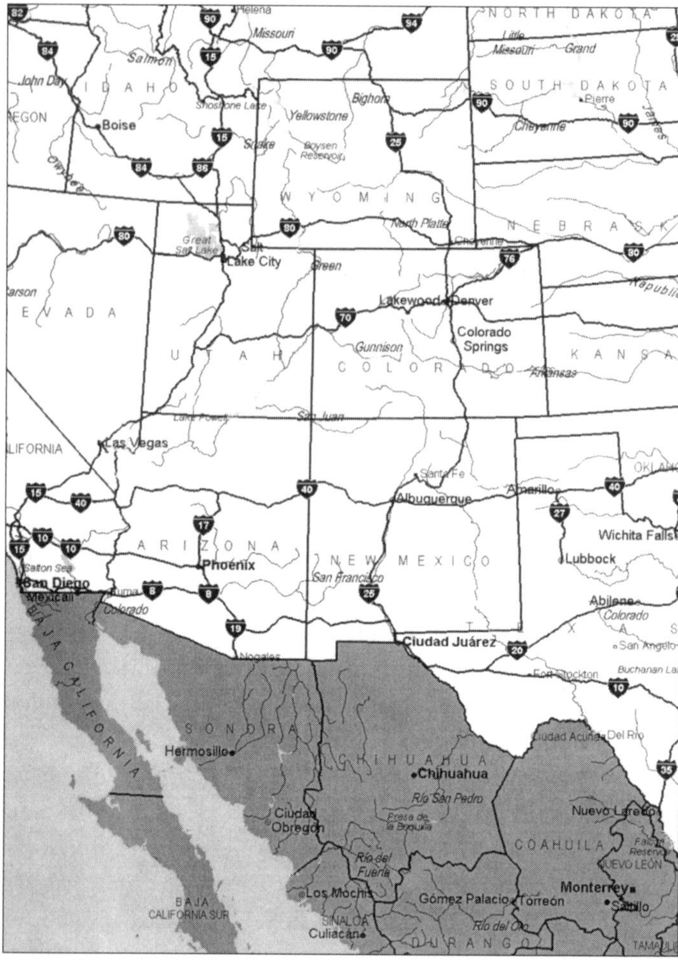
Helena
Missouri
Salmon
John Day
IDAHO
Boise
Owyhee
Shoshone Lake
Yellowstone
Bighorn
Snake
Boysen Reservoir
WYOMING
North Platte
Cheyenne
NORTH DAKOTA
Little Missouri
Grand
SOUTH DAKOTA
Pierre
Cheyenne
James
NEBRASKA
Republican
Great Salt Lake
Salt Lake City
Green
Carson
NEVADA
Lakewood
Denver
Colorado Springs
Gunnison
UTAH
COLORADO
Arkansas
KANSAS
Lake Powell
San Juan
CALIFORNIA
Las Vegas
Santa Fe
Albuquerque
Amarillo
Wichita Falls
Lubbock
ARIZONA
Phoenix
NEW MEXICO
San Francisco
Salton Sea
San Diego
Mexicali
Yuma
Colorado
Nogales
Ciudad Juárez
Abilene
Colorado
TEXAS
San Angelo
Fort Stockton
Buchanan Lake
BAJA CALIFORNIA
SONORA
Hermosillo
CHIHUAHUA
Chihuahua
Río San Pedro
Presa de la Boquilla
Ciudad Acuña
Del Rio
Nuevo Laredo
Ciudad Obregón
COAHUILA
NUEVO LEÓN
Río del Fuerte
Los Mochis
Gómez Palacio
Torreón
Monterrey
Saltillo
BAJA CALIFORNIA SUR
SINALOA
Culiacán
Río del Oro
DURANGO

im leichtesten Ton, der ihm möglich war, schick alles Flüssige an die Hauptpost von Albuquerque, New Mexico, ich geb's dir wieder zurück. Uns geht's supertoll, *See you man* – Dudes. Es war noch Morgen, sie setzten sich in einen *Diner*, tranken Kaffee und teilten sich einen Doughnut mit Schokolade – Lucia aß nur einen winzigen Happen. Billy zog eine Zeitung zu sich heran, die auf dem Tresen lag; darin stand, daß Albuquerque im Rhythmus des Kampfes der *Sonics* mit den *Bulls* lebte; Billy sah gespielt gleichgültig nach, ob die Zeitung irgend etwas über den Zwischenfall in Amarillo enthielt. Es war aber nichts darin – glücklicherweise hatten die Leute andere Sorgen als er: einen Unfall bei einem Rodeo, ein Interview eines Zuni-Indianers, die neue Ernte des Chardonnay »Anderson« – Billy hatte keine Ahnung gehabt, daß man in New Mexico Wein anbaute, und schon gar nicht Chardonnay. Er hatte geglaubt, die Chardonnay-Weine seien Luxusweine aus schönen, weißen, kalifornischen Trauben. In der Zeitung standen keinerlei Nachrichten aus Texas, als gäbe es Texas gar nicht. Billy sah aus dem Augenwinkel auf Lucia und fragte sich, ob sie an die Achtunddreißiger oder an Droobys Tod dachte. Sie hielt den Hund in den Armen und sagte nichts. Sie zerrieb den restlichen Doughnut zu Krümeln.

Der *Diner* war fast leer, und insofern fühlte sich Billy besser – mit Lucia, die einen toten Jagdhund streichelte, in der Mitte einer gaffenden Menge zu sitzen war das letzte, was er sich wünschen konnte.

Wir müssen ihn begraben, sagte Billy – aber Lucia antwortete nicht. Auf der ganzen Strecke seit Amarillo hatte sie nicht gesprochen – sie hielt nur Drooby auf den Knien und sah aus dem Fenster auf die *Route 66*, die altmodischen Motels mit den blinkenden Neonschildern und die Autofriedhöfe, die Pferche, in denen Schrott lagerte. Billy fühlte sich wie verloren; und er wagte nicht daran zu denken, daß der

Alte im Motel tot war – vielleicht war er ja gar nicht gestorben, vielleicht erholte er sich wieder und litt an Amnesie oder so. Kurz nach Cuervo hielt Billy an und warf die Pistole in die Felder, so weit von der Straße weg wie nur möglich. Er wunderte sich über sich selbst, wieso er sie nicht schon früher weggeworfen hatte, wieso er sie nicht gleich nach der Schießerei losgeworden war. Ihm kam Tonys Achtunddreißiger in den Sinn – eine Gänsehaut überlief ihn; plötzlich war ihm sehr kalt, er wünschte sich, Lucia würde ihn in den Arm nehmen. Er blieb eine Weile reglos hinter dem Steuer sitzen, versuchte, sich zu beruhigen, und sah auf die Landschaft, einen Fluß, der für ihn wie der St. Joseph aussah. Für ihn sahen alle Flüsse gleich aus: der White River, der Wabash, der St. Joseph und der hier, von dem er nicht wußte, wie er hieß. Vielleicht ist es der Rio Grande? dachte er. Es war nicht der Rio Grande.

Sie hatten noch ungefähr zwanzig Dollar übrig, das heißt, die Ausgaben für einen Tag, wenn sie der *Hot-rod* nicht unterwegs im Stich ließ; Billy spürte, daß Shanes Motor endgültig ausgebrannt war, wie er selbst auch. Er glaubte aber, sie könnten den Wagen in Albuquerque verkaufen und dann per Autostop nach Kalifornien kommen – oder für dreihundert Dollar ein altes Vehikel kaufen. Aber Lucia sagte nichts: sie tat alles, was sie tun mußte, hörte auf alles, was er sagte, aber sie sagte nichts. Billy bekam Angst; er hätte es vorgezogen, daß sie ihn beschimpfte, kreischte, auf ihn losging – aber nein, sie saß dort neben ihm, blickte auf die unfruchtbare Landschaft vor sich, auf den fernen Fluchtpunkt. Manchmal legte sie den Kopf nach hinten, veränderte leicht ihre Position auf dem Sitz; aber sie sagte nichts.

In Santa Rosa hielten sie an; der Motor ging gerade in dem Moment aus, als Billy ein großes verrostetes Schild betrachtete, auf dem »Club Café, Fried Chicken« neben dem Foto eines sehr dicken Menschen stand, der zufrieden lächelte. Der Motor ging früher aus, als Billy berechnet hatte.

Wir müssen schieben, sagte Billy.

Lucia stieg aus und schob das Auto mit ihm bis zu der Tankstelle, die etwa eine halbe Meile weiter unten auf der *Route 66* lag. Sobald sie außerhalb der Zapfsäulen angekommen waren, setzte sich Lucia wieder wortlos auf den Beifahrersitz und wartete. Billy begann Wasser in den Kühler zu füllen und gleichzeitig mit den Augen den Stand mit den Ölbehältern zu suchen; er sah ihn neben der Tür, ging hin, holte sich zwei Liter Texaco-Öl und goß den einen davon in den Motor, mit langsamen, geübten Bewegungen. Er prüfte den Ölstand, wischte sich die Hände ab und schloß ruhig die Motorhaube, schwang sich blitzschnell in den *Hot-rod*, ließ ihn an, und weg waren sie. Im Rückspiegel sah er den Tankwart herauskommen und mit zum Himmel erhobenen Händen auf die Straße schauen. Billy jagte den *Hot-rod* kräftig hoch; und als sie aus Santa Rosa herauskamen, dachte er, daß das Geld, selbst wenn sie Shane verkauften, nicht ausreichen würde, um in Kalifornien eine Bleibe zu finden. Die *Hoosier* sagten immer, Kalifornien sei ein teures Pflaster; sie sagten nicht nur das: sie sagten, wenn alle Spinner in New York seien, dann seien alle Oberspinner in Kalifornien. Billy bekam bei dem Gedanken eine Wut, aber er hoffte, in Albuquerque würde sich alles ändern und er müßte nicht mehr daran denken, was die *Hoosier* sagten.

Als Billys Nachricht ankam …

Als Billys Nachricht in Evansville ankam, besaß Telis nicht einen müden Dollar; er hatte einen Studentenkredit beantragt, aber noch keine Antwort bekommen. Und er hatte auch noch nicht die Zeit gehabt, Freundschaften zu schließen, so daß er sich etwas hätte borgen können; so las er das Briefchen, als er es im Postfach fand, sorgfältig durch und steckte es dann in die hintere Hosentasche. Diese Hohlköpfe, dachte er, schau mal, wie weit ihr Charme gereicht hat, bis New Mexico! Ihr Hohlköpfe – spielt mir hier Lewis und Clark[17] vor, sucht die Nordwestpassage. Ach. Aaach.

Ihm schoß durch den Kopf, Dudes einen Brief zu schreiben, in dem einfach nur stand: Was hast du dir eigentlich vorgestellt, Mann, was du in Los Angeles finden würdest? Moskitos findest du. *Moskitos.*

Aber er schrieb ihm nicht.

Später am selben Tag hatte er noch einmal den Gedanken, ihm zu schreiben. Ihm zu sagen, Mensch, nimm eben einen Kredit auf und mach eine Werkstatt auf, wach auf, Mann, werd Geschäftsmann. Hol dir fünfzigtausend von der Em-

---

[17] Meriwether Lewis (1774–1809) und William Clark (1770–1838), zwei Armeeoffiziere, die den amerikanischen Westen erforschten. Sie folgten von Saint Louis dem Missouri, kamen nach North Dakota, Montana und bis Columbia in Kanada. Ihre Mission zerstörte unter anderem den Mythos der Nordwestpassage, d. h. des Meeresdurchgangs, der Atlantik und Pazifik verband. (Anm. d. Autorin)

migrant Savings Bank, damit du bessere Tage siehst. Aber er schrieb ihm nicht; er wußte, daß Billy in Wirklichkeit wie Holden Caulfield war, der *Fänger im Roggen* werden wollte und sonst nichts.

Tough Jesus, rief Telis bei sich, und dann begann er an andere Dinge zu denken.

Dort, in Evansville, drohte der Fluß Ohio über die Ufer zu treten und sich mit dem Green River und dem Wabash zu vereinigen. Telis fühlte sich ringsum von Wasser umgeben und ganz allein in einer Stadt, die genau wie South Bend war; eine Kleinstadt, die nach Schmieröl und dreckigem Schneematsch roch. Und wo die, die aus Indiana stammten, Witze über die, die aus Kentucky stammten, rissen und umgekehrt.

Die Universität selbst gefiel ihm: sie war riesig, eindrucksvoll, fast neu – man konnte sich darin verlaufen; selbst in der Bibliothek konnte man sich verlaufen; Telis wußte auch nicht, wie man Mikrofilme benützte, wie man in den Computern nach Stichwörtern suchte. Er fragte sich, wieso es die anderen wußten, wo doch die meisten so wie er selbst aus dem tiefsten Indiana kamen. Und das Übelste: die Frauen studierten in der Fakultät »Freie Studien«, Krankenpflege und Sozialarbeit; bei Business Administration gab es nur ganz wenige, und außerdem waren die boshaft. Sie waren nicht häßlich – sie waren *boshaft*. Schon am ersten Tag, als er in der Mensa aß und sich Brot in die Salatsoße brockte, bemerkte ein Mädchen neben ihm: Bloß Waschbären machen ihre Nahrung naß, bevor sie sie essen.

Doch Telis war fest entschlossen, erfolgreich zu sein: den Scheißbachelor zu bekommen, eine große schlanke Biene zu finden, sich im College-Basketball hervorzutun. An dieser Universität gab es keine ruhmreiche Mannschaft wie in Bloomington, wo Ray studierte – also konnte er sich ganz leicht hervortun. Er trat in die Bruderschaft ein, obwohl nur noch wenige Studenten Bruderschaften angehörten, und dann ging er in das kleine Büro der Studentenzeitung, um seine Dienste zu offerieren. Er sagte, er könne Artikel zur griechisch-amerikanischen Gemeinde beisteuern, zur Außenpolitik der USA, zu ihren Beziehungen zu Griechenland und Zypern – die Zeitungsredakteure starrten ihn an, als sei er nicht gescheit und etwas neben der Kappe. Sie nickten mit dem Kopf: Ja, klar, warum nicht, wir schätzen diese Themen sehr.

Ich kann etwas über den Beitrag der Griechen bei der Entdeckung Amerikas schreiben, Telis war nicht zu stoppen. Über den Entdecker Phokas und die griechischen Wurzeln von Columbus.

In der Folge trat Telis einer Computergruppe bei und der Theaterabteilung des College, wo er vorschlug, sie sollten doch eine griechische Tragödie aufführen. Wieder starrten sie ihn an, als sei er nicht gescheit. Aber er ließ sich nicht unterkriegen; abends ging er auf sein Zimmer im Männerflügel und lernte bis spät in die Nacht. Er lernte freudlose Dinge: Unternehmensleitung, Mikroökonomie, Handelsrecht – aber er lernte sie hartnäckig, unter Selbstverleugnung. Und obwohl erst wenige Wochen vergangen waren, seit ihn Dudes und Lucia am Tor des Campus abgesetzt hatten, fühlte er sich, als sei er in eine neue Lebensphase eingetreten und ihm gehöre die ganze Welt. Er plante, nach Bloomington zu fahren, um Ray zu besuchen und die Majorettes kennenzulernen, die mit den College-Basketballstars in Verbindung standen – die Majorettes, sagte sich Telis, sind Frauen, die man rechtzeitig kennenlernen muß; wenn sie älter sind, neigen sie eher zum Dickwerden. Und er sann darüber nach, wie es wäre, wenn er nichts studierte und sich statt dessen in Albuquerque in New Mexico aufhielte, ohne jeden Pfennig, wie Billy.

In Albuquerque fand Billy keine Nachricht von Telis; sie konnten ihn auch nicht anrufen; er wohnte im Studentenheim, man hätte die Zentrale anrufen und eine Nachricht hinterlassen müssen – sinnloses Rumgesuche, dachte Billy. Er fühlte sich bedrückt – die Strecke vor ihm erschien ihm leer, das Land erschien ihm fremd.

Beim ersten Autohof hielt er an. Ich will dieses Auto verkaufen, sagte er. Der Verkäufer trug ein T-Shirt, auf dem stand, »Gebrauchtwagenverkauf Tobias – wir bieten mehr, als wir versprechen«, und einen großen Cowboyhut. Er sah Billy argwöhnisch an: Hast du Papiere? – Ja, sagte Billy und machte das Handschuhfach auf. Sind alle in Ordnung.

Die »Frisierten« gehen hier nicht gut weg, fuhr der Verkäufer fort. Wenn du nach Kalifornien gingst …

Billy erklärte ihm, wie der *Hot-rod* zusammengesetzt war, er zeigte ihm die Teile des Chevy und die Teile des Pontiac. Er hoffte, es würde nicht auffallen, daß Shane Öl verlor.

Ich bin Automechaniker, sagte er zu ihm. Ich will in Pomona Arbeit auf den Rennpisten finden.

Und warum verkaufst du ihn nicht dort? wunderte sich der Verkäufer.

Ich brauche das Geld, sagte Billy errötend.

Ich werde nie der Nationalen *Hot-rods*-Vereinigung beitreten, dachte er und spürte, wie ihm das Herz sank.

Der Kerl blieb eine Weile stehen und betrachtete den *Hot-rod* und Lucia, die drinnen saß. Er drückte probeweise auf die Hupe – es gab einen melodischen Klang.

’Ne tolle Hupe, sagte er. Und darauf fragte er:

Das Mädchen?

Wie, das Mädchen?

Der Kerl gab keine Antwort.

Der Chef muß erst kommen, sagte er. Schau um drei noch mal vorbei.

Sie strolchten ein bißchen in Albuquerque herum; Lucia sagte nichts. Sie hielt den Hund fest, als wäre er lebendig, und streichelte ihn abwesend mit langsamen Bewegungen.

Wir müssen den Hund begraben, sagte Billy wieder. Sie fuhren ein Stück vor die Stadt, in einen Indianerbezirk; Billy hielt am Straßenrand an. Ohne etwas zu sagen, nahm er den Wagenheber aus dem hinteren Teil des Wagens und begann eine Grube zu graben, indem er gewaltsam den trockenen Boden aufhackte. Dann nahm er Lucia den toten Hund aus den Armen und legte ihn tief in die Erde, scharrte sie wieder zu und rieb sich die Hände ab. Lucia stand etwas abseits und betrachtete ihn. Billy mußte an Tonys Beerdigung denken, an Linda, die erst spät dazugekommen war und in ihren spitzen Pumps abseits gestanden hatte – und an Rosalie in ihren Cowboystiefeln mit den Ziernähten.

Weiter unten, im Canoncito Reservat, bat Billy darum, sich die Hände waschen zu dürfen, die voller Erde waren; die Indianer lächelten ihm zu.

Petrified Forest

Er lächelte ihnen ebenfalls zu, denn er mochte die Indianer. Er empfand Mitgefühl für sie und fand, daß sie jemand für das, was sie durchgemacht hatten, entschädigen müßte. Außerdem hatte er in den Büchern von Alfred B. Guthrie Jr. über sie gelesen – Guthrie schätzte sie, obwohl er auf der Seite der Weißen stand.

Billy und Lucia fuhren nicht mehr zum Autohof von TOBIAS. Billy glaubte, sie würden ihm Shane für ein Stück Brot wegnehmen. Sie fuhren in Richtung Gallup, auf Arizona zu; die Straße war leergefegt, der *Hot-rod* ein silberner Schatten unter dem aufgehenden Mond – Billy wünschte sich, einen Reisenden zu sehen, jemand, der Autostop machte, oder jemand, der eine Schrottkarre fuhr. Etwas später erschien vor und neben ihnen eine Gruppe Motorradfahrer; sie saßen bequem auf ihren Choppers und fuhren in gleichmäßigem Tempo dahin – Billy grüßte sie, und sie grüßten zurück. Er fühlte sich beklommen; ihm fiel ein, daß er vor Jahren mit Tony in South Bend eine Gruppe Mädchen mit Motorrädern gesehen hatte; sie nannten sich »Wüstensalamander« oder »Wüstensirenen« und kamen aus New Mexico oder aus Arizona; sie duchquerten das Land von Südwesten nach Nordosten. Billy konnte sich noch an die Jacken erinnern, auf denen hinten ihr Name aufgestickt war.

In Holbrook, ein Stück hinter dem Petrified Forest, verkaufte Billy den *Hot-rod.* Ein Navajo mit einer enormen Tätowierung auf dem Arm nahm ihn, ein Skorpion war darauf, und darunter stand in schwarzer Schönschrift »Lupita«. Er war einer dieser Indianer, die keine Ahnung vom Massaker am Wounded Knee haben, die nie etwas von General Custer gehört haben; er trug einen Schal der *Chicago Bulls*, betrieb einen Autotauschhandel und besaß in Flagstaff einen Laden mit Kunsthandwerk. Er sagte, er verkaufe Teppiche, Silbersachen und Türkisschmuck. Ob Billy vielleicht Interesse an einem Teppich habe? An einem handgearbeiteten Armbändchen? Der Tauschhandel nahm eine ganze Zeit in Anspruch – es waren zwei, drei Papiere und zwei, drei Unterschriften notwendig; Billy hatte Angst, der Indianer würde ihn über den Tisch ziehen. Aber das Gegenteil war der Fall; er gab ihm einen alten 62er Oldsmobile und fünfhundert Dollar in kleinen Scheinen – der Navajo brauchte mehr als zehn Minuten, um sie zu zählen. Er zählte sie und zählte sie hinterher noch einmal, indem er leicht auf den Finger spuckte.

Wart ihr schon mal in Arizona? fragte er Billy.

Nein, es ist für uns das erste Mal, sagte Billy, der es eilig hatte, wegzukommen.

Ihr müßt nach Norden fahren und unser Dorf besuchen, sagte der Indianer. Über Painted Desert, in den Bergen.

Aha, ja, in den Bergen, sagte Billy.

Billy nahm das Auto und das Geld entgegen und war zufrieden, er dachte, es wäre schön, ein Sommerkleid für Lucia zu kaufen und für sich selbst ein Paar neue Schuhe mit kleinen Löchern. Er hoffte nur, Lucia würde mit ihm reden. Er hatte längst bereut, daß er auf den Menschen in Amarillo geschossen hatte, daß er sie in ein Verbrechen verwickelt hatte – und stellte sich die Frage, wie er überhaupt dazu imstande gewesen war, da er doch noch nie einem Menschen etwas zuleide getan hatte. Er hatte es schon oft im Sinn gehabt, aber er hatte doch nie jemandem etwas zuleide getan. Und einmal, als einer Tony einen Fausthieb gegeben hatte, hatte Billy einen Schrecken bekommen, ihn am Ellbogen gepackt und immer wieder daran gezogen, er hatte gesagt. Laß uns von hier weggehen, *fuck you.* Jetzt dachte er, wie leicht es ist, in ein Verbrechen hineinzugeraten – er hätte sich nie im Leben vorstellen können, daß es so leicht war.

Sie fuhren gemächlich auf der *Route 66* auf die Abzweigung zum Grand Canyon und die Wasserscheide zu, die die Flüsse in diejenigen teilte, die nach Osten flossen, und diejenigen, die nach Westen flossen. Als sie sich Flagstaff näherten, hätte er am liebsten den Kopf aus dem Fenster gestreckt und gebrüllt. Er fühlte sich in etwas Unabwendbarem gefangen; sah sich wieder und wieder schießen, grundlos, und dann auf den *Hot-rod* zurennen, mit einem Mädchen, das nichts dafür konnte, und einem sterbenden Hund. Und er dachte, wenn später an der Tankstelle jemand hinter ihm hergelaufen wäre, um ihn zu fassen, hätte er auch noch auf den geschossen.

Sie kamen durch Geisterstädte, durch die Navajo-Dörfer;

Billy war nicht sehr in Sorge; wenn die Polizei sie verfolgte, suchte sie nach einem auberginefarbenen *Hot-rod* mit bemalten Kotflügeln und nicht nach einen verstaubten weißen Oldsmobile. In Flagstaff glich die *Route 66* einem Bogen aus Neonlicht: sie fuhren durch die Stadt, im Süden traf die 66 auf den National Highway, der nach Phoenix ging, ins Land der Sahuaro-Riesenkakteen, die nachts blühten. An der Kreuzung bremste Billy ein bißchen ab und zögerte: er wußte, daß Lucia nach Phoenix fahren wollte – daß sie glaubte, die Trockenheit würde ihrem Asthma guttun; daß sie vielleicht außerdem noch ihre Kusine Stella sehen wollte. Und diese riesigen Kakteen, die fünfzehn Meter hoch waren und weiße Blüten bekamen.

Lucia –

Er hielt inne. Dann fuhr er fort: Mir tut leid, was passiert ist. Mir tut es auch wirklich leid wegen Drooby. Vielleicht passiert ja nichts Schlimmeres mehr. Fahren wir doch nach Phoenix.

Sie antwortete nicht. Sie sah wie immer vor sich hin, aber ihr Gesicht trug keinen bestimmten Ausdruck, sie schien einfach nicht zuzuhören. Trotzdem wußte Billy, daß sie zuhörte. Sie spielte mit dem Kettchen an ihrem Hals, und Billy hätte sie gern dorthin geküßt, an die Stelle, die sie mit der Hand berührte. Er bereute, daß er aufgebraust war, weil sie nicht Auto fahren konnte, und weil sie das Kreuz schlug, wenn sie an einer katholischen Kirche vorbeikamen, und weil sie trödelte und ein paarmal die Landkarte nicht richtig hatte lesen können; er wollte es ihr sagen, tat es aber nicht. Die Karten trügen, dachte er sich.

Sie hielten kurz in Williams an, in den Bergen – laß uns ein Bier trinken, meinte Billy.

Es war ein kühler Tag; sie setzten sich ins *Tiffany Roadhouse* und tranken Bier, vor einer gewaltigen roten Zapfsäule. Ihnen gegenüber saß eine Gruppe von Ökologen, die

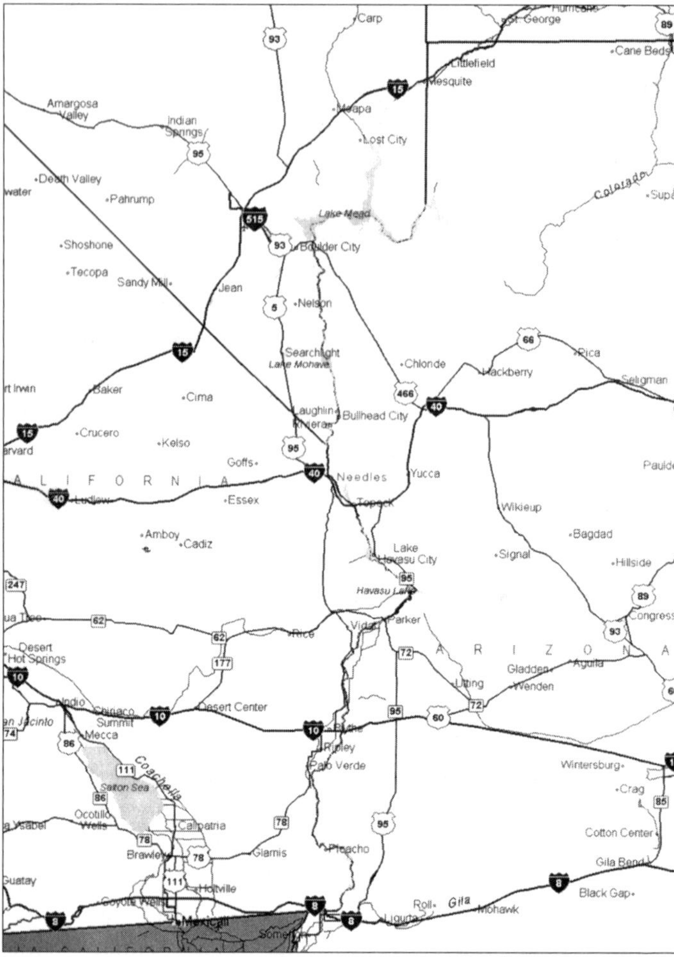
Carp
St. George
Cane Beds
Littlefield
Mesquite
Amargosa Valley
Indian Springs
Moapa
Lost City
Death Valley
Pahrump
Colorado
Lake Mead
Shoshone
Boulder City
Tecopa
Sandy Mill
Jean
Nelson
Searchlight
Lake Mohave
Chloride
Hackberry
Pica
Seligman
Baker
Cima
Laughlin
Bullhead City
Crucero
Kelso
Goffs
Needles
Yucca
CALIFORNIA
Ludlow
Essex
Topock
Wikieup
Bagdad
Amboy
Cadiz
Lake Havasu City
Signal
Hillside
Havasu Lake
Parker
Congress
Rice
Vidal
ARIZONA
Desert Hot Springs
Gladden
Aguila
Wenden
Indio
Chiriaco Summit
Desert Center
Mecca
Blythe
Ripley
Palo Verde
Coachella
Salton Sea
Wintersburg
Crag
Ocotillo Wells
Calipatria
Cotton Center
Brawley
Glamis
Picacho
Gila Bend
Holtville
Black Gap
Roll
Gila
Mohawk
Mexicali
Ligurta

T-Shirts mit der Aufschrift »Rettet die Mohave-Schildkröte« trugen – auf die Hemdchen war eine lila Schildkröte aufgemalt. Billy hörte, wie sie sagten, bei den Schildkröten sei eine epidemische Lungeninfektion aufgetreten. Er bestellte Pommes frites; er hatte Hunger – und Pommes frites waren sein Leibgericht. Aber Lucia faßte sie nicht einmal an – sie saß ihm gegenüber auf einem hohen Hocker, trank *Miller light* und sah dabei auf den Boden. Billy wußte nicht, was er tun sollte – er befand sich inmitten der Wüste und inmitten des Schweigens. Und ein weiterer Tag ging zu Ende.

Wüste

Der Tag ging zu Ende, und als die Sonne hinuntersank, waren sie nach Westen unterwegs; Billys Augen schmerzten vom roten Licht. In Los Angeles, dachte er, kauf ich mir eine Sonnenbrille, eine schwarze Brille.

Sie kamen durch den Wald aus *Joshua*-Bäumen, durch die seltsamen Formationen aus buntem Granit zwischen der Mohave-Wüste und Colorado. Und Billy fragte sich, wie es wohl in diesem Moment wäre, wenn nicht geschehen wäre, was geschehen war. Es wäre ein wunderbarer Moment gewesen, wo die Sonne hinter diesen verrückten Bäumen mitten in der Wüste unterging. Er streckte die Hand aus, um nach Lucias Knie zu fassen, aber mitten in der Bewegung entschied er sich anders und begann am Knopf des Radios herumzuspielen. Es gab zu viele Nebengeräusche, und er drehte es wieder aus.

Es war Nacht, als sie den Fluß Colorado überquerten und in die kalifornische Wüste kamen; hier wirkte der Sand tot – während er am Michigansee zu singen, sich fortzubewegen und auf der Reise zu sein schien. Im Kegel der Scheinwerfer sah Billy große schwarze Fledermäuse mit roten

Augen, fremdartige Insekten, die gegen die Windschutzscheibe prallten und starben. Er war ausgepumpt, aber seine Sinne waren hellwach: er hatte das Gefühl, daß sie von Wüstentieren umringt waren, Wildkatzen, Reptilien, Grillen, Nachtgeschöpfen mit kalten Augen.

Wir sollten in Needles haltmachen, sagte er. Er sah, wie sich die *Route 66* in der silbrigen Dunkelheit hinzog, und sann darüber nach, welches Datum sie hatten und ob es wohl schon April war. In wenigen Tagen würden die Internationals in Phoenix beginnen, der Grand Prix in Long Beach. Das Wetter war wärmer geworden, und die Wüste lief am Rand des Ozeans aus; sie befanden sich nur noch zweihundert Meilen vom Meer entfernt – Billy bemerkte die blauen Schatten, den Umriß der seltsamen Tiere hinter den kaputten Zäunen. Er dachte, daß im Sommer die Erde voller Narben sein würde, daß die Tumbleweeds darüber wegtanzen würden, daß die kleinen Säugetiere zögernd aus ihren Gängen kommen und sich in die Sonne legen würden. Er erschauerte etwas und empfand Trauer.

Sie blieben in einem Motel außerhalb von Needles; an der Tür wehte das Sternenbanner. Die Frau an der Rezeption trug Lockenwickler und eine durchsichtige Plastikhaube darüber; sie war extrem müde und gähnte so stark, daß sie sich kaum mit ihr verständigen konnten. Als sie sich endlich im Zimmer befanden, spülte Billy die Badewanne gründlich mit heißem Wasser aus, ließ sie bis obenhin vollaufen und tauchte hinein und rubbelte sich mit Seife ab, als wollte er eine verfaulte Haut von sich herunterholen. Lucia sagte nichts, sie setzte sich vor den Spiegel und bürstete sich das Haar. Als Billy aus dem Bad kam, verlor er die Geduld:

Warum redest du nicht? Welche Rolle spielst du eigentlich? fragte er.

Und es tat ihm augenblicklich leid, so sehr, daß er sich am liebsten selbst dafür bestraft hätte. Er ging zu ihr, setzte sich neben sie auf den kleinen Schemel, nahm ihre Hand und legte sie sich an die Wange.

Ich liebe dich, sagte er. Du bist das einzige Geschöpf auf der Welt, das ich liebe.

Er wünschte sich, daß sie ihm glaubte, denn nichts war so wahr.

Ich weiß, sagte sie unerwartet. Sie sagte es nur ganz leise, aber Billy war außer Fassung.

Ich liebe dich, flüsterte Billy wieder, und jetzt wünschte er sich, daß er ihr sagen könnte, sie müsse sich nicht fürchten. Aber er konnte es ihr doch nicht sagen.

Arkadien

Er sagte ihr nichts, er versuchte nur zu schlafen, um hinterher wacher zu sein und alles klarer zu sehen. Er wachte ganz früh am Morgen auf, es war wohl noch nicht einmal fünf Uhr: das Tageslicht glich einem Scheinwerferkegel am Horizont. Billy stellte sich ans Fenster und sah hinaus in den violetten Dunst und auf die Erde, die voll eigenartiger Spuren war. Sie wirkte wie von den Fußstapfen eines Riesen gezeichnet – und Billy erschauerte; er fühlte sich einer großen, unwirtlichen Welt gegenüber. Er fragte sich, ob dies die Stunde war, in der sich die Kojoten schlafen legten.

Als Lucia aufwachte, sah sie, wie er sie betrachtete. Billy dachte, daß sie schön war, daß die Stadt der Engel zu ihr paßte. Heute kommen wir nach Los Angeles, sagte er zu ihr und küßte sie.

Lucia setzte sich im Bett auf.

Du mußt dich vor nichts fürchten, fuhr er fort und streichelte sie über der Decke.

Sie gab keine Antwort. Sie schien nicht böse zu sein, es war nur, als hätte sie sich von der Welt zurückgezogen. Billy setzte sich aufs Bett, und sie legte ihr Gesicht an seinen Rücken.

Als sie später auf der 40 entlangrollten, die einst die *Route 66* gewesen war, dachte Billy voller Erwartung an den Pier von Santa Monica, der ihn am Ende der Straße erwartete. Er hatte Fotografien gesehen, er hatte Filme gesehen; die Sonne ging hinter dem Pier unter – dort befand sich die Grenze des Westens, dorthin hatte sich der Hauptanziehungspunkt der westlichen Welt verlagert; und gegenüber befanden sich der Horizont und Asien, Tokio, Shanghai. Er dachte auch noch daran, daß Los Angeles unendlich groß war, daß er sich in der Menge verlieren würde, daß niemand sie finden, daß sie das Meer schützen würde, der Ozean. Und er wünschte sich, daß sie, wie Tony zu sagen pflegte, eine Stunde, bevor es der Teufel erfuhr, im Paradies wären.

In Dugget machte ihnen die Grenzpolizei an der Kontrollstation Kaliforniens ein Zeichen, anzuhalten. Das war es, dachte Billy – der Typ ist schließlich doch tot, ich hab ihn umgebracht; sie erwischen mich, sie schicken mich auf den elektrischen Stuhl. Er hielt neben dem Wärterhäuschen, ohne den Motor abzustellen. Vor ihm stand ein Pickup; auf der hinteren Scheibe gab es einen Aufkleber mit der Parole: »In Amerika haben alle noch eine zweite Chance.«

Der Polizist kam auf das Oldsmobile zu und beugte sich zu Billys Fenster hinunter.

Woher kommt ihr? fragte er.

Aus Arizona, Sir, antwortete Billy. Seine Stimme zitterte, aber nicht so stark, wie er erwartet hatte. Lucia blickte auf ihre Hände.

Habt ihr Früchte dabei? Kaktusfeigen? Andere Früchte, die möglicherweise Parasiten einschleppen?

Nein, nein.

Fahrt durch. Viel Spaß in Kalifornien.

Er faßte grüßend an den Rand seines Hutes.

Billy versuchte locker wegzufahren, bedächtig, wie Leute, die keinen Menschen in einem Hotel in Texas erschossen haben, die nicht zu Mördern geworden sind, wie Thomas Floyd in dem Cowboylied. Und Billy fühlte sich plötzlich so leicht, daß ihm alles möglich schien.

Er dachte, ich werde ein besserer Mensch, ich arbeite hart, wo immer es nötig ist, ich bringe Lucia zum besten Arzt in Kalifornien. Ich werde Mechaniker bei den Autorennen in Pomona, und wir werden sehr glücklich sein. Wir wohnen in einem Bungalow direkt am Meer.

Er betrachtete sie von der Seite und hielt dabei das Steuer fest in der Hand, betrachtete ihre Knie, die neuen blauen Flecken, ihre Hände, die ganz, ganz weiß waren, mit Gelenken, die noch viel weißer waren. Sie fuhren etliche Meilen weiter durch die Wüste; in San Bernardino machten sie halt, um zu essen – Billy schlang ein mächtiges Sandwich hinunter, eines von denen, die »Submarine« heißen – Lucia saß schweigend vor einem Schokolade-Milchshake. Den Hunger nahm Billy als gutes Zeichen: während er an dem Tischchen der Imbißbude saß, nahm er Lucias Hand und hielt sie fest, ohne aufzuhören zu essen. Dann machten sie sich wieder auf den Weg.

Möchtest du zuerst mit mir zu deiner Kusine in Hollywood fahren? fragte Billy und berührte ihr Knie.

Okay, sagte Lucia, aber erst ein paar Sekunden später und als Billy schon glaubte, sie würde ihm gar nicht antworten. Er beugte sich etwas zu ihr, wollte sie berühren; und da sah er im Spiegel den Streifenwagen. Er sah, wie er ihnen in einem Abstand folgte – nicht wie damals in South Bend, wo der Dodge des Deputy fast an der hinteren Stoßstange des *Hot-rod* geklebt hatte. Ihm schoß der verrückte Gedanke durch den Kopf, auf den Gashebel zu treten und alles zu riskieren, aber es war vergeblich: er hielt am Rand der National Highway an – sie hatten gerade die Abzweigung nach

Glendora passiert; Billy konnte ohnehin nicht in die Nationale *Hot-rods*-Vereinigung eintreten, da er keinen *Hot-rod* mehr hatte. Sie hatten die alte *Route 66* hinter sich gelassen, die sie bis dahin beschützt zu haben schien – sie fuhren auf der breiten Autobahn, die nach Nord-Hollywood führte. Billy blickte auf die Schilder an der Kreuzung: Arcadia, East Pasadena. Arkadien, Südkalifornien, dachte er einen Augenblick lang, der so kurz war, daß er auf der Stelle vorbei war. Lucia blieb regungslos sitzen, Billy war ihr dankbar dafür, daß sie nichts machte; er hielt an, stellte den Schalthebel auf P, legte das Gesicht einen Augenblick lang auf das Lenkrad, zwischen die Hände. Schließlich stieg er aus dem Auto und ging mit großen Schritten auf den Polizeiwagen zu.

Epilog

Billy Morrow wurde wegen vorsätzlichen Totschlags zu zwanzig Jahren Gefängnis verurteilt. Er befindet sich im Gefängnis des County Childers in Westtexas. An die Wand über seinem Bett hat er mit einer Münze gekratzt: *God is a lily in the valley – He can do anything but fail.*

Lucia Rossi ist nach Phoenix, Arizona, gegangen und arbeitet zusammen mit ihrer Kusine Stella in einer Pizzeria in der Van Buren Avenue. Gegen das Asthma nimmt sie Ventolin und Accolate. Gegen Ende 94, als Billy im Gefängnis war, sah Lucia zufällig in einem Laden des Einkaufszentrums eine CD mit dem Titel »Geräusche vom Autorennen in Indianapolis«; sie kaufte sie; eigentlich wollte sie sie Billy schicken, tat es aber nicht.

Harry Morrow ist im Winter 95 an einer Muskelerkrankung gestorben. Es hieß, die chronische Vergiftung durch die Chemikalien sei dafür verantwortlich. Er liegt auf dem Highland-Friedhof von South Bend begraben.

Eleni Morrow hat Harrys Lebensversicherung von *Johnson, Taylor and Sons* erhalten. Sie wohnt immer noch in dem Einzelhaus in der Dubeil Street, wo sie einen kleinen Catering-Service unterhält: Sie bereitet Süßspeisen und Appetithappen für Feste und Parties zu. 1992 war sie zu einer Rede von Präsident Bush gegangen, die er am Notre Dame College in South Bend hielt. Der Präsident enttäuschte sie tief: er sprach über Dinge, die Eleni bereits hinter sich gelassen hatte.

Telis Moropoulos hat sein Studium an der Universität von North Indiana in Evansville abgeschlossen und die Taverne seines Vaters in South Bend übernommen. 1994 hat er einen Kredit von der *Small Business Administration* aufgenommen und sie renovieren lassen. *Andy's Greek Luncheonette* trägt heute den Namen *West Side Diner* und stellt die besten Buffalo Wings in ganz South Bend her.

Donatella Rossi hat einen Fleischhändler kennengelernt und ist mit ihm nach Tallahassee, Florida, gegangen.

Earl ist von Elkhart weggezogen. Die einen sagen, er sei nach Cincinnati zurückgekehrt, die anderen, er sei nach Phoenix, Arizona, gegangen.

Violet Farina arbeitet immer noch im selben Friseursalon. Eugene Gaskil lebt mit seiner Familie – er hat vier Kinder – auf einer Farm außerhalb von Elkhart.

Ed »Babyface« Farina leidet an einer Leberzirrhose und ist bettlägerig.

Linda Peters hat einen Kubaner geheiratet, sich aber ein Jahr danach wieder scheiden lassen. Man sagt, es sei eine Scheinehe gewesen, damit der Kubaner die Greencard bekam. Bis 1995 hat Linda eine Rocksendung für den Radiosender WAOR 95,3 in South Bend gemacht. Jetzt lebt sie in Chicago, wo sie im *Southsaint Club* als DJ arbeitet.

Conny Fisher hat einen Journalisten der Lokalzeitung *South Bend Tribune* geheiratet und zwei Kinder bekommen.

Jean Pauls arbeitet bei der Fluggesellschaft *American Eagle* und wohnt in Indianapolis.

Deidra Anderson hat sich von Seth scheiden lassen und einen Gemeinderat geheiratet, der Mitglied der Republikanischen Partei ist.

Pixy besitzt ihr Eisenwarengeschäft immer noch; dort gab es innerhalb von fünf Jahren zwei Einbrüche, aber keinen Raubüberfall.

Stavroula hat einen Sohn, der Billy heißt. Im Viertel nennen sie ihn *Dudes*.

Griechische Literatur im Carl Hanser Verlag

Pavlos Matessis
Die Tochter der Hündin
Roman
Aus dem Griechischen von Birgit Hildebrand
2001. 272 Seiten.

Konstantin Kavafis
Die Lüge ist nur gealterte Wahrheit
Notate zu Moral und Literatur
Herausgegeben, übersetzt und mit einem Nachwort
von Asteris Kutulas
1991. 144 Seiten.

Konstantin Kavafis
Die vier Wände meines Zimmers
Verworfene und unveröffentlichte Gedichte
Aus dem Griechischen von Ina und Asteris Kutulas
1994. 160 Seiten.

Jannis Ritsos
Unter den Augen der Wächter
Gedichte
Herausgegeben, mit einem Essay
und aus dem Griechischen von Armin Kerker.
1989. 152 Seiten.